CHRISTOF A. NIEDERMEIER
Der Tote
im Weinberg

GRAUSAME RACHE Als Küchenchef Jo Weidinger im Weinberg von Winzerlegende Ernst Hoffmann eintrifft, findet er den alten Mann brutal ermordet vor. Der Täter hat ihn gekreuzigt und öffentlich zur Schau gestellt. Der Polizei gelingt es trotz fieberhafter Ermittlungen nicht, dem Täter auf die Spur zu kommen. Obwohl Jo in seinem Restaurant alle Hände voll zu tun hat, beginnt er auf eigene Faust zu ermitteln. Schnell stellt sich heraus, dass Ernst Hoffmann ein skrupelloser Despot war, der sein Weingut mit harter Hand führte und seine Familie tyrannisierte. Hat das rätselhafte Verschwinden seiner Frau vor vielen Jahren etwas mit seiner Ermordung zu tun? Als ein weiteres Opfer gekreuzigt aufgefunden wird, erscheint der Fall immer mysteriöser. Wer ist der unheimliche Killer und wird er erneut zuschlagen? Bei seinen Recherchen stößt Jo auf ein jahrzehntealtes Verbrechen und ihm wird klar, dass der Täter auf einem grausamen Rachefeldzug ist …

© Dagmar Thiel

Christof A. Niedermeier stammt aus der Nähe von Regensburg. Er studierte Kulturwissenschaften in Passau und Norwich/England. Seit über 20 Jahren lebt und arbeitet er in Frankfurt. Neben seiner Tätigkeit in einem internationalen Großkonzern schreibt er seit vielen Jahren Kriminalromane. Besonders fasziniert ihn an seiner Arbeit als Krimiautor die Psychologie seiner Figuren. Was bringt einen Menschen dazu, einen anderen zu ermorden? Wo liegt die Wurzel des Bösen? Bei seinen Recherchen taucht der Autor regelmäßig in andere Welten ein, wie beispielsweise ins Milieu von Spielcasinos oder in die Megametropole Tokio. Der Autor reist gern, wobei seine besondere Liebe der Sonne Italiens und der leckeren Mittelmeerküche gilt.

Bisherige Veröffentlichungen im Gmeiner-Verlag:
Tödliches Sushi (2018)

CHRISTOF A. NIEDERMEIER

Der Tote im Weinberg

Kriminalroman

GMEINER SPANNUNG

Immer informiert

Spannung pur – mit unserem Newsletter informieren wir Sie
regelmäßig über Wissenswertes aus unserer Bücherwelt.

Gefällt mir!

Facebook: @Gmeiner.Verlag
Instagram: @gmeinerverlag
Twitter: @GmeinerVerlag

Besuchen Sie uns im Internet:
www.gmeiner-verlag.de

© 2019 – Gmeiner-Verlag GmbH
Im Ehnried 5, 88605 Meßkirch
Telefon 0 75 75 / 20 95 - 0
info@gmeiner-verlag.de
Alle Rechte vorbehalten
1. Auflage 2019

Lektorat: Claudia Senghaas, Kirchardt
Herstellung: Mirjam Hecht
Umschlaggestaltung: U.O.R.G. Lutz Eberle, Stuttgart
unter Verwendung eines Fotos von: © Alice_D / stock.adobe.com
Druck: CPI books GmbH, Leck
Printed in Germany
ISBN 978-3-8392-2509-7

Personen und Handlung sind frei erfunden. Ähnlichkeiten mit lebenden oder toten Personen sind rein zufällig und nicht beabsichtigt.

PROLOG

Sie hörte ein klopfendes Geräusch. Ein kurzes Stakkato, dann folgte eine Pause. Maria Dabrowski hielt inne und lauschte. Das nächste Stakkato folgte. Die junge Frau lächelte. Schon als Kind hatte sie Spechte geliebt. Dass sich so ein kleiner Kerl unermüdlich in den Baum hämmerte, so lange, bis er für sich und seine Familie ein Heim geschaffen hatte, begeisterte sie. Sie musste an ihre Kindheit in Polen denken. Ihr Vater war oft mit ihr in den Wald gegangen. Zum Pilzesammeln oder um Brennholz für den alten Ofen in der Küche zu schlagen. Ein wehmütiger Ausdruck glitt über ihre Gesichtszüge. Schnell schob sie den Gedanken beiseite. Sie bückte sich, hob ein Stück Holz auf und steckte es in ihren Korb. Pilze hatte sie leider keine gefunden. Dafür war es inzwischen zu kalt. Aber sie hatte mehrere vielversprechende Lindenholzstücke entdeckt. Sie wollte daraus Figuren schnitzen – Maria, Josef und das Christuskind. Da sie Weihnachten in einem fremden Land und ohne ihre Familie verbringen musste, wollte sie wenigstens eine Krippe in ihrer Kammer. Das Schnitzen hatte sie von ihrem Vater gelernt. Plötzlich hatte sie das Gefühl, dass sie beobachtet wurde. Sie packte ihren Korb fester an und blickte sich um.

»Ist da jemand?«, rief sie mit fester Stimme. Niemand war zwischen den Bäumen zu sehen. Der Wind pfiff durch das trockene Herbstlaub und wirbelte ein paar Blätter hoch. Sonst blieb es still. Maria zog ihre Jacke noch enger um ihre schmalen Schultern. Sie verharrte für einen Augenblick, ehe sie ihren Blick wieder auf den Boden richtete. Sie brauchte

noch Brennholz für das Öfchen in ihrer Kammer. Sie musste sich beeilen, es begann bereits zu dämmern. Sie war so ins Holzsammeln vertieft, dass sie die Bewegung hinter sich nicht wahrnahm. Als sie hochschaute, zuckte sie erschrocken zusammen. Nur wenige Meter von ihr entfernt stand ein Mann und beobachtete sie. Seine Augen lagen tief in ihren Höhlen.

»Gott, hast du mich erschreckt, Jaroslav!«, sagte sie vorwurfsvoll.

»Was tust du allein in Wald?«, wollte der Angesprochene in gebrochenem Deutsch wissen. Der Ukrainer war noch nicht lange in Deutschland.

»Nach was sieht es denn aus?«, gab die junge Frau zurück.

Der hagere Mann musterte sie mit ausdruckslosem Gesicht.

»Allein in Wald ist gefährlich«, sagte er.

»Unsinn. Der Wald ist mein Freund.«

Der Ukrainer schüttelte unwillig den Kopf. Maria hatte unterdessen ein weiteres Holzstück in ihren Korb gelegt, der inzwischen ziemlich schwer war.

»Ich dir helfen«, bot er an und trat auf sie zu.

»Nein, ich komme zurecht«, erklärte Maria und drehte sich mit ihrem Korb zur Seite, als er danach greifen wollte.

»Warum willst du Hilfe nicht?«, fragte er konsterniert.

»Ich komme gut alleine klar. Mach dir um mich keine Sorgen.«

»Frau braucht Beschützer.«

Maria lachte glockenhell.

»Beschützer? Wofür das? Glaubst du, ich hab Angst im Wald?«

»Ich sehe jeden Tag, wie andere Männer dich anschauen.«

»Wie denn?«, fragte sie.

»Hungrig«, antwortete er lapidar.

»Das bildest du dir ein«, meinte sie und lachte wieder. »Außerdem hast du in der Ukraine eine Frau, die sehnsüchtig auf dich wartet und die du beschützen kannst«, spottete sie.

»Heimat ist weit weg«, erwiderte Jaroslav. Nachdenklich sah er die junge Frau an. Unvermittelt machte er einen Schritt nach vorn, umarmte sie und versuchte, sie zu küssen. Instinktiv drehte Maria den Kopf zur Seite und riss sich los.

»Bist du irre?«, schrie sie ihn an und gab ihm eine Ohrfeige. Für den Bruchteil einer Sekunde hielt er inne. Dann packte er sie an den Armen und drängte sie gegen einen Baum. Maria spuckte ihm ins Gesicht und wehrte sich heftig. Doch sie hatte keine Chance. Der Ukrainer drückte sie noch fester gegen den Baum. In dem Moment packte ihn jemand von hinten und schleuderte ihn zu Boden. Mit einer katzenhaften Bewegung rollte sich Jaroslav ab und versuchte, sofort wieder auf die Beine zu kommen. Der Angreifer war schneller und versetzte ihm einen Tritt mit dem Fuß, sodass der Ukrainer erneut ins Straucheln geriet. Aus den Augenwinkeln sah er den anderen Mann auf sich zukommen.

»Wenn du dich aufführst wie ein Hund, dann kriech wie ein Hund«, brüllte der Angreifer und versetzte ihm einen erneuten Tritt. Der Ukrainer krabbelte auf allen vieren außer Reichweite seines Angreifers und rappelte sich auf. In geduckter Haltung blieb er stehen. Ein Messer blitzte in seiner Hand auf und in seinen Augen leuchtete der blanke Hass. Er wirkte wie ein Raubtier vor dem Absprung. Sein Gegenüber, ein breitschultriger Mann Anfang 50, schien davon unbeeindruckt.

»Steck das Messer weg!«, befahl er mit gefährlich leiser Stimme. Erst jetzt erkannte der Ukrainer, wen er vor sich hatte. Augenblicklich ließ er das Messer verschwinden.

»Sollte ich dich noch einmal bei so was erwischen, werde ich dich melden, hast du verstanden?«

Jaroslav nickte stumm. Sein Zorn schien so schnell verraucht zu sein, wie er gekommen war. In seinen Augen stand
Furcht.

»Jetzt pack dich!«, brüllte der breitschultrige Mann.
Ansatzlos machte der Ukrainer kehrt und verschwand zwischen den Bäumen.

Maria hatte die Szene atemlos verfolgt. Die Anspannung
wich aus ihrem Gesicht. Sie hob den Korb auf, den sie im
Eifer des Gefechts hatte fallen lassen, und räumte die Holz-
scheite wieder hinein. Eine Träne rann ihr über das Gesicht.
Trotzig wischte sie diese weg.

»Und du? Hab ich dir nicht oft genug gesagt, du sollst
dich nicht im Wald herumtreiben? Kümmer dich lieber um
die Arbeit auf dem Hof.«

»Ja, Bauer«, antwortete die junge Polin in unterwürfigem Ton. Sie vermied es, dem breitschultrigen Mann in die
Augen zu sehen.

»Mach, dass du nach Hause kommst«, knurrte er.

Sie nickte und schlich in geduckter Haltung an ihm vorbei. Er sah ihr nachdenklich hinterher. Dann straffte er die
Schultern und folgte den beiden. Kaum hatte er sich auf
den Weg gemacht, trat eine dunkle Gestalt aus dem Schatten eines Baumes. Nachdenklich blickte der Mann in die
Richtung, in welche die drei gegangen waren. Ein abschätziges Lächeln glitt über seine Gesichtszüge. Bald, schon bald
würde es so weit sein …

Er machte kehrt und verschwand so lautlos, wie er gekommen war.

KAPITEL 1

»Du wirst begeistert sein«, versicherte Kati Müller und unterstrich ihre Aussage mit einer weit ausholenden Geste. Man konnte sehen, wie sehr sie sich auf den anstehenden Termin freute.

»Wenn du meinst«, erwiderte Jo Weidinger. Die Skepsis in seiner Stimme war unüberhörbar.

»Seine Rieslinge sind ein Gedicht, aber warte erst, bis du seinen Weinbergspfirsich-Likör probiert hast!« Sie schnalzte mit der Zunge und verzog das Gesicht zu einer Genießermiene. »Absolute Weltklasse. Bei uns an der Mosel gibt es auch gute, aber die sind kein Vergleich. Allein der Duft ist atemberaubend – so intensiv und fruchtig, als würdest du dir einen frisch aufgeschnittenen Pfirsich unter die Nase halten.«

Der junge Küchenchef sah seine Sommelière an. Obwohl sie erst 26 Jahre alt war, verfügte Kati über viel Erfahrung und einen ausgezeichneten Geschmackssinn, der seinem eigenen in kaum etwas nachstand. Sie stammte aus einem Weingut an der Mosel und war mit dem Weinbau aufgewachsen. Zudem hatte sie in Frankreich, England und Australien gearbeitet und war mehrere Monate durch Neuseeland gereist. Überall, wo sie hinkam, besuchte sie die besten Weingüter und probierte jegliche Weine und Spirituosen, die ein besonderes Geschmackserlebnis versprachen. Sie war eine große Verfechterin von »trial and error«.[*]

_____

[*] Versuch und Irrtum

Das war auch das Motto von Jos Lehrmeister gewesen. Er hatte immer gesagt: »Probiert, probiert, probiert. Esst alles, was euch in die Finger kommt, egal wie es aussieht oder riecht. Je exotischer, desto besser. Nur so kann man seinen Gaumen schulen und seinen Geschmackshorizont erweitern.«

Seit Wochen hatte Kati Jo bearbeitet, dass er mitkam. Ernst Hoffmann war eine Winzerlegende. Als viele seiner Kollegen noch auf preisgünstige Massenweine setzten, hatte er sich entschieden, in Richtung Spitzenqualitäten zu gehen. Seine Riesling-Auslesen zählten zu den besten und teuersten Weinen, die man im Rheintal kaufen konnte. Obwohl er inzwischen fast 80 Jahre alt war, führte er sein Weingut noch immer selbst und war fast jeden Tag draußen in seinen Weinbergen oder bei der Kellerarbeit zu finden. Spitzengastronomen aus aller Welt führten seine Weine. Umso mehr hatte es Kati erstaunt, dass Jo keine einzige Flasche von ihm im Keller liegen hatte – und das, obwohl Hoffmanns Weingut nur wenige Kilometer von Jos Restaurant entfernt lag.

Wann immer Kati Jo auf diese Lücke ansprach, wich er aus. Schließlich vereinbarte sie einen Termin mit dem Winzer, ohne Jo vorher um Erlaubnis zu fragen. Er war darüber alles andere als begeistert gewesen.

»Wir verkosten nachher alle seine Topweine und natürlich den Weinbergspfirsich. Vorher zeigt er uns seine beste Lage, den Sonnenberg. Da kannst du dir ein eigenes Bild vom Terroir machen. Es ist die perfekte Mischung aus Schiefer, Quarziten und fossilhaltigen Felsen. Einen besseren Boden für Riesling gibt es nicht.«

Sie fuhren mit Jos altem Volvo hinunter nach Sankt Goar und bogen hinter dem Städtchen ins Gründelbachtal ab. Nach knapp zwei Kilometern tauchte am Straßenrand ein grauer Pritschenwagen auf. Auf der Fahrerseite prangte die Aufschrift: »Weingut Ernst Hoffmann«.

»Er ist bereits da«, freute sich Kati und stieg aus. Es war ein kühler Frühlingsmorgen. Sie fröstelte, als ein Windstoß über sie hinwegfegte. Auf der rechten Seite der Straße zog sich ein Weinberg steil den Hang hinauf.

»Die Steigung liegt im Schnitt zwischen 35 und 50 Prozent. Wahnsinn, oder? Ist nicht einfach, hier zu arbeiten, aber dafür bekommen die Reben das ganze Jahr viel Sonne ab«, erklärte Kati.

»Hast du ihn entdeckt?«, fragte sie. Jo verneinte. »Bestimmt wartet er oben. Von da hat man eine wunderschöne Aussicht über das Tal«, fuhr sie fort. Die letzten Wochen war es angenehm mild gewesen, weshalb die Weinstöcke deutlich stärker ausgetrieben hatten als sonst zu dieser Jahreszeit. Jo spähte nach oben, konnte aber zwischen den vielen jungen Trieben nichts erkennen. Neben dem Weinberg führte ein schmaler Pfad hinauf. Kati marschierte vorneweg. Obwohl der Hang an der Stelle recht steil und der Aufstieg mühselig war, schaffte sie es, elegant und sportlich auszusehen. Jo fragte sich, wie sie es hinbekam, in jeder Lebenslage eine gute Figur zu machen. Er war so dicht hinter ihr, dass er fast auf sie aufgelaufen wäre, als sie abrupt stehen blieb.

»Guck mal.« Sie deutete mit der Hand auf etwas. Jemand hatte weiter oben im Hang ein lebensgroßes Kreuz mit Leidensfigur aufgestellt.

»Bäh, sieht das gruselig aus«, meinte sie angewidert und blickte zur Seite. »Die Skulptur sieht fast aus wie ein echter Mensch«, flüsterte sie.

Jo, der das Kreuz unentwegt angestarrt hatte, räusperte sich.

»Es ist keine Skulptur«, sagte er mit belegter Stimme.

»Was sollte es denn sonst ...« Mitten im Satz brach sie ab. »Oh, mein Gott!«, entfuhr es ihr. Entsetzt wandte sie den Blick ab und lehnte sich an Jos Schulter. Automatisch legte er die Arme um sie. Ihr Atem ging schnell und er konnte spüren, wie sie am ganzen Körper zitterte. Trotz des schrecklichen Anblicks konnte er sich nicht von dem Toten abwenden. Es war, als wäre die Zeit stehengeblieben. Irgendwann setzte sein Verstand wieder ein.

»Wir müssen die Polizei alarmieren«, entschied er. Kati schien wie in Trance. Es dauerte einen Moment, bis sie realisierte, was er gesagt hatte. Sie nickte stumm. Widerstrebend löste sie sich von ihm. Er half ihr den Hang hinunter.

»Willst du dich hinsetzten?«, fragte er, als sie am Volvo angekommen waren.

Sie schüttelte den Kopf. Ratlos blickte er sie an. Dann nahm er sie tröstend in die Arme. Sie schluchzte. Tränen schossen ihr in die Augen. Ein regelrechter Weinkrampf schüttelte ihren schlanken Körper. Jo konnte es ihr nicht verdenken. Auch ihm war der Schock in alle Glieder gefahren. Er ließ ihr die Zeit, die sie brauchte, um ihre Gefühle in den Griff zu bekommen.

»Warum setzt du dich nicht in den Wagen?«, schlug er vor. Sie nickte und folgte seinem Ratschlag. Jo zog sein Mobiltelefon aus der Tasche und wählte den Notruf.

Als Hauptkommissar Wenger aus dem Wagen stieg und seinen Blick über die Szenerie gleiten ließ, war ihm mulmig zumute. Mehrere Streifenwagen parkten entlang der engen Straße, dazu ein Krankenwagen, der Notarzt und ein Leichenwagen. Zum Glück waren bisher nirgendwo Reporter zu sehen. Eine Kreuzigung – mitten im beschaulichen Rheintal – die Medien würden sich überschlagen vor Sensationsgier. Umso wichtiger war es, den Informationsfluss so gering wie möglich zu halten. Wenger machte einen Schritt nach vorn und blieb wie angewurzelt stehen.

»Was ist?«, wollte Oberkommissar Wieland wissen, der ebenfalls ausgestiegen war. Wortlos deutete sein Vorgesetzter auf einen dunklen Volvo, der zwischen den Einsatzfahrzeugen stand. Daran lehnte ein schlanker junger Mann, der mit ausdrucksloser Miene das Geschehen um sich herum verfolgte. Wenger schoss auf einen der Streifenbeamten zu, der den Zugang zum Weinberg mit einem rot-weißen Plastikband absperrte.

»Wie kommen Sie dazu, einen Zivilisten an den Tatort zu lassen!«, fuhr Wenger den uniformierten Beamten an. Dieser sah ihn verblüfft an.

»Ich weiß nicht, was Sie meinen«, antwortete er, ohne sich von Wengers Ton einschüchtern zu lassen. »Wir machen unsere Arbeit streng nach Vorschrift.«

»Und was ist mit dem da?« Wenger deutete auf Jo.

»Wir haben ihn nicht an den Tatort gelassen. Er und seine Freundin waren vor uns da«, erwiderte der Streifenbeamte trocken. »Sie haben den Toten gefunden.«

Die Kriminalbeamten blickten hinüber zu Kati, die immer noch im Wagen saß.

»Sie ist nicht seine Freundin, sondern seine Sommelière«, meinte Oberkommissar Wieland. Er kannte Kati aus einem früheren Mordfall.

Der Streifenbeamte zuckte mit den Schultern. »Wenn Sie wollen, dass ich gegen die beiden einen Platzverweis ausspreche, mache ich das«, brummte er, »aber ich dachte, Sie wollen vorher mit ihnen reden. Schließlich sind sie wichtige Zeugen.« Ohne ein weiteres Wort zu verlieren, marschierte Hauptkommissar Wenger auf Jo zu, Wieland im Schlepptau. Als Kati die Kriminalbeamten auf sie zukommen sah, stieg sie aus und stellte sich neben Jo. Sie machte einen gefassten Eindruck.

»Was haben Sie hier zu suchen?«, fragte Wenger in unfreundlichem Ton.

»Erst mal schönen guten Morgen, Herr Hauptkommissar«, erwiderte Jo kühl, ohne eine Miene zu verziehen.

»Ja, ja«, knurrte Wenger, »wobei ich nicht weiß, was an dem Tag gut sein soll.«

Kati sah den Hauptkommissar verblüfft an. Was für eine eigenwillige Art, ein Gespräch zu beginnen, dachte sie. Unwillkürlich verschränkte sie die Arme vor dem Körper.

»Was ist denn nun der Grund für Ihre Anwesenheit?«, schaltete sich Oberkommissar Wieland ins Gespräch ein.

»Wir waren mit Ernst Hoffmann verabredet. Ihm gehört der Weinberg. Er wollte uns seine beste Lage zeigen. Anschließend sollte es eine Weinverkostung in seinem Keller geben«, erläuterte Kati.

»Kommt es oft vor, dass Sie einen Winzer in seinem Weingut besuchen?«

»Klar. Das ist Routine.«

»Um welche Zeit wollten Sie sich treffen?«

»7.30 Uhr.«

»Und wann sind Sie eingetroffen?«

»Na, genau zu dem Zeitpunkt.«

»Sind Sie sicher?«

»Absolut. Ich hab auf die Uhr gesehen, ob wir pünktlich sind.«

Wieland machte sich eine Notiz.

»Hat es Sie gewundert, dass er nicht unten an der Straße auf Sie gewartet hat?«

»Ein Winzer hat immer etwas in seinem Weinberg zu tun. So jemand steht nicht tatenlos herum, sondern nutzt die Zeit.«

»Sie sind also den Pfad nach oben gelaufen und haben ihn entdeckt?«

»Korrekt«, antwortete Jo.

»Wie nah sind Sie an den Toten herangegangen?«, wollte Wenger wissen.

»30 oder 40 Meter«, erwiderte Jo.

»Nicht näher?«

»Nein.«

»Woher wussten Sie dann, dass er tot ist?«

Kati und Jo sahen sich an. Jo räusperte sich.

»So sieht kein lebendiger Mensch aus«, erklärte er nüchtern.

»Sein Gesicht ist schrecklich entstellt. Völlig vor Schmerz verzogen«, sagte Kati und schüttelte sich, als sie daran dachte.

»Ein weit verbreiteter Irrtum«, belehrte Wieland sie. »Wenn jemand stirbt, lässt die Muskelspannung nach. Deswegen sieht der Tote verändert aus. Mit Schmerzen, die er erdulden musste, hat es nichts zu tun.«

»Sie haben der Notrufzentrale gemeldet, dass es sich bei dem Opfer um Ernst Hoffmann handelt. Woher wissen Sie das, wenn Sie den Toten nicht aus der Nähe betrachtet haben?«, ging Wenger dazwischen und sah Jo herausfordernd an. Er schien dessen Aussage, dass er sich nicht am Tatort umgesehen hatte, keinen Glauben zu schenken.

»Wer sollte es sonst sein?«, gab Jo zurück.

»Die Streifenbeamten sind sich nicht so sicher. Und das, obwohl sie sein Passbild elektronisch angefordert haben«, sagte Wenger.

»Wundert mich nicht«, erwiderte Kati. »Er sieht schlimm aus. Trotzdem ist es unverkennbar Herr Hoffmann. Sie können sich auf mich verlassen. Ich hab einen guten Blick für Gesichter.«

»Sie kannten ihn also?«

Kati nickte.

»Gut?«

»Ich hab ihn ein- oder zweimal auf einer Weinmesse an seinem Stand getroffen und mich mit ihm unterhalten.«

»Und Sie?«

Wenger warf Jo einen durchdringenden Blick zu.

»Ich kannte ihn nicht persönlich.«

»Wie das?«, hakte Wieland nach. »Ich dachte, als ambitionierter Gastronom kommt man an den Hoffmann-Rieslingen nicht vorbei?«

»Es gibt genug andere gute Winzer in der Region.«

Wieland sah ihn zweifelnd an.

»Haben Sie sonst etwas bemerkt? Irgendwelche Personen in der Nähe? Sind Ihnen Fahrzeuge entgegengekommen?«, hakte Wenger nach.

Jo und Kati schüttelten unisono den Kopf.

»Irgendeine Idee, warum jemand Ernst Hoffmann etwas antun sollte?«

Wieder verneinten beide.

»Die Täter müssen völlig durchgeknallt sein«, entfuhr es Kati.

»Wie kommen Sie darauf, dass es sich um mehrere Täter handelt?«

Die Frage von Wenger kam wie aus der Pistole geschossen.

»Haben Sie sich den Anstieg angesehen?« Sie deutete auf den schmalen Pfad. »Ich kann mir nicht vorstellen, dass jemand ein Kreuz allein dort hinaufbekommt.«

Die Kriminalbeamten blickten hinüber zum Weinberg.

»Gut, das wäre alles. Oder hast du noch Fragen?«, sagte Wenger zu seinem Stellvertreter. Dieser verneinte.

»Nur der Ordnung halber – wir werden in dem Fall eine strikte Nachrichtensperre verhängen. Jede Information, die nach draußen dringt, könnte die Ermittlungen erschweren und den Tätern wichtige Hinweise liefern. Reden Sie mit niemandem darüber und vor allem nicht mit Journalisten.« Wenger blickte Jo streng an. Dieser lächelte feinsinnig. Wenger stockte. Jos Reaktion schien nicht das zu sein, was er erwartet hatte.

»Damit wir uns richtig verstehen, Herr Weidinger: Ich weiß, dass Sie sich für einen begnadeten Hobbyermittler halten. Diesmal werden Sie von dem Fall die Finger lassen, verstanden? Ich habe in der Vergangenheit viel zu oft über Ihre Privatschnüffelei hinweggesehen. Damit ist ab jetzt Schluss. Wenn Ihr Name in Zusammenhang mit dieser Ermittlung ein weiteres Mal auftaucht, werde ich ein Verfahren wegen Justizbehinderung gegen Sie einleiten. Habe ich mich klar ausgedrückt?«

»Sonnenklar«, antwortete Jo.

KAPITEL 2

Jo setzte den Blinker und bog auf die Bundesstraße ab. Kati saß schweigend neben ihm und sah gedankenverloren aus dem Fenster. Seitdem sie losgefahren waren, hatte sie kein einziges Wort gesagt. Sie drehte sich zu Jo.

»Ist es deswegen?«

»Was?«

»Warum du dich in Mordfälle einmischst.«

»Ich weiß nicht, was du meinst.«

»Es ist wegen der Bilder, nicht wahr? Diese schrecklichen Bilder, die man nicht mehr aus dem Kopf bekommt.«

Sie sah wieder zum Fenster hinaus.

»Gott, was muss der Mann gelitten haben!«, schauderte sie. »Wer tut jemandem so etwas Schreckliches an?«

»Ein Psychopath mit religiösen Wahnvorstellungen?«, mutmaßte Jo.

»Glaub ich nicht. Es ist was Persönliches.«

»Wie kommst du darauf?«

»Die Täter haben das Kreuz den Hang hinaufgeschleppt. War bestimmt 'ne Viecherei. Du musst jemanden extrem hassen, um die Energie dafür aufzubringen.«

Sie hielt inne.

»Denkst du, sie haben Hoffmann im Weinberg aufgelauert?«

»Ich habe nicht die geringste Ahnung.«

»Interessiert dich der Fall nicht?«, fragte sie überrascht.

Jo seufzte.

»Du hast Hauptkommissar Wenger gehört. Er will, dass ich mich raushalte. Und das mache ich auch.«

»Du lässt dich von diesem aufgeblasenen Wichtigtuer einschüchtern? Was für ein Unsympath! Dem sollten wir es zeigen«, meinte sie kämpferisch. Jo runzelte irritiert die Stirn. Seit wann war Kati als Hobbydetektivin unterwegs?

»Sag mal, woran stirbt man bei einer Kreuzigung eigentlich?«, fragte sie. Jo bog auf den Hof seines Restaurants ab und parkte den Wagen. Als er den Motor abgestellt hatte, drehte er sich zu Kati.

»Ich hab nicht den leisesten Schimmer. Es spielt auch keine Rolle, weil uns der Fall nichts angeht.«

»Warum? Ich kann dir bei den Ermittlungen helfen.«

»Es ist keine Zeitfrage. Wir haben mit der Sache nichts zu tun und werden uns deswegen raushalten, verstanden?«

»Das sehe ich anders. Immerhin haben wir den Toten entdeckt. Es ist unsere Pflicht, an der Aufklärung mitzuwirken. Stell dir vor, diese Wahnsinnigen schlagen erneut zu.«

»Vorhin hast du gesagt, es ist was Persönliches.«

»Was, wenn nicht? Wir können nicht zulassen, dass noch jemand umkommt. Deswegen sollten wir eigene Nachforschungen anstellen. Ich kenn da …«

»Nein!«, unterbrach er sie mit schneidender Stimme. Verblüfft sah sie ihn an.

»Die Polizei kümmert sich darum. Das ist kein Spiel, Kati, es ist gefährlich.«

»Ach was. Wir hören uns nur ein wenig um.«

»Was sollen wir bitteschön tun, was die Polizei nicht könnte?«

»Keine Ahnung. Dieser Wenger macht auf mich jedenfalls nicht den hellsten Eindruck. Besser, wir werden selbst aktiv.«

»Du willst es anscheinend nicht verstehen. Deswegen nochmals laut und deutlich: Du lässt von der Sache die Finger!«

»Du kannst mir gar nichts vorschreiben«, gab sie patzig zurück, sprang aus dem Wagen und schlug die Tür hinter sich zu. Wütend stapfte sie in Richtung des Restaurants. Jo stieg ebenfalls aus.

»Das ist eine dienstliche Anweisung!«, rief er ihr hinterher.

»Was ich in meiner Freizeit mache, geht dich nichts an«, fauchte sie zurück.

»Kati, sei vernünftig!«, beschwor er sie.

Sie machte eine wegwerfende Handbewegung und war im nächsten Moment im Haus verschwunden. Bestimmt verbarrikadiert sie sich im Weinkeller und zählt Weinflaschen, dachte er boshaft. Das machte sie immer, wenn sie wütend war. Er überlegte, ob er ihr nachgehen sollte, entschied sich jedoch dagegen. Besser, wenn sie sich erst einmal beruhigte.

»Was war denn das für eine Schreierei auf dem Hof?«, fragte Pedro, als Jo die Küche betrat. »Konntet ihr euch nicht einigen, ob wir die Hoffmann-Weine auf die Karte nehmen sollen?«

Sein Stellvertreter sah ihn neugierig an.

»Es hatte nichts mit dem Weinkeller zu tun«, antwortete Jo geistesabwesend.

»Ah, was Privates«, schlussfolgerte der junge Spanier und grinste süffisant. Als er Jos Gesichtsausdruck sah, verkrümelte er sich auf seinen Posten.

»Ich kümmer mich dann mal um die Vorbereitungen«, verkündete er.

»Mach das«, antwortete Jo mit grimmigem Blick.

»Unfassbar, was manche Menschen anderen antun«, sagte Wieland. Wie Wenger konnte auch er den Blick nicht von Hoffmann abwenden.

»Glaubst du, die Kleine hat recht?«

»Welche Kleine?« Wenger sah seinen Stellvertreter fragend an.

»Kati Müller.«

»Mehrere Täter? Ich weiß nicht. Es trägt für mich die Handschrift eines psychopathischen Einzeltäters.«

»Mit dem Kreuz hat sie einen Punkt. Das kann keiner allein den Hang hochgeschleppt haben. Möglicherweise haben wir es mit einer Sekte zu tun«, spann Wieland den Gedanken weiter.

»Ja, oder es war die internationale Vereinigung der Satanisten«, spottete Wenger.

»Deine Einzeltätertheorie finde ich auch nicht überzeugend«, antwortete Wieland beleidigt.

»Du solltest dir das Kreuz genauer ansehen. Es ist nicht aus Holz, sondern aus Metall«, erklärte Wenger. »Ich glaube nicht, dass es so schwer ist.«

»Ich gucke es mir gern an, wenn Konrad uns lässt«, brummte Wieland. »Seid ihr bald mal fertig?«, rief er zu Konrad Bohrmann hinauf, der mit zweien seiner Mitarbeiter den Boden um das Kreuz herum absuchte. Der Leiter der Spurensicherung richtete sich auf.

»Ihr wollt immer alles schnell, schnell. Gut Ding will Weile haben. Der Tote rennt euch nicht davon.«

»Der Tote nicht, aber die Zeit«, gab Wieland zurück. »Kannst du dir vorstellen, was wir für einen Zinnober haben, wenn durchsickert, dass wir hier einen zweiten Golgatha haben?«

Bohrmann ließ sich davon nicht beeindrucken und fuhr ungerührt mit seiner Arbeit fort. Eine Viertelstunde später winkte er die Kriminalbeamten zu sich.

»Wir haben alles in einem Umkreis von 20 Quadratmetern abgesucht.

Der oder die Täter haben das Kreuz vom Pfad her kommend herübergezogen. Es gibt ein paar ausgerissene Grasbüschel. Das ist alles. Keine Zigarettenkippen, kein Kaugummi, nicht einmal ein Fetzen Papier. Es gibt auch keinerlei Fingerabdrücke. Entweder haben die Täter Handschuhe getragen oder sie haben das Kreuz gründlich abgewischt.«

»Fußspuren?«

»Fehlanzeige, tut mir leid.«

»Ihr kriecht eine geschlagene Stunde um die Leiche herum und alles, was ihr vorzuweisen habt, sind drei ausgerissene Grasbüschel?«, fragte Wenger vorwurfsvoll.

»Wir mussten sicherstellen, dass wir keine Blutspuren übersehen.«

»Lass mich raten, Blut habt ihr auch keines gefunden«, meinte Wenger sarkastisch.

Bohrmann nickte widerstrebend. Er schien sich in seiner Haut nicht wohlzufühlen.

»Was sollen wir machen? Wo keine Spuren sind, können wir keine herzaubern«, verteidigte der Leiter der Spurensicherung sich und sein Team.

»Alles gut«, sagte Wieland beschwichtigend. »Wir wissen, dass ihr euer Bestes gebt.«

»Macht uns auch keinen Spaß, wenn man ewig sucht und nichts findet. Könnt ihr mir glauben«, brummte Bohrmann. »Wenn ihr mich fragt, habt ihr es mit Profis zu tun.«

»Oder mit jemandem, der obsessiv Spuren verwischt.«

»Wir nehmen uns jetzt den Wagen des Toten vor. Vielleicht finden wir dort was«, erklärte Bohrmann ohne große Hoffnung.

Wenger und Wieland traten auf das Kreuz zu.

Von Nahem sah der Tote noch schrecklicher aus. Wieland ging um das Kreuz herum.

»Ist tatsächlich aus Metall. Sieht fachmännisch zusammengeschweißt aus. Solche Vierkantrohre sind innen hohl. Dennoch würde ich schätzen, dass allein das Kreuz 60 bis 80 Kilo wiegt. Dazu das Gewicht des Toten. Ich kann mir nicht vorstellen, dass einer allein diese Last den steilen Pfad hinaufbekommt.«

»Wer sagt dir, dass das Opfer dabei am Kreuz angebunden war?«, wandte Wenger ein. »Er könnte erst hier oben fixiert worden sein.«

»Trotzdem müssten es mehrere Angreifer gewesen sein. Wer lässt sich an ein Kreuz binden, ohne sich zu wehren?«

»Solange wir nicht wissen, woran Hoffmann gestorben ist, sollten wir nicht herumspekulieren.«

»Du hast recht«, stimmte Wieland zu. »Zum Glück

kommt da der Mann, der uns alles sagen kann.« Er deutete auf Doktor Walter, der sich mühselig den Pfad hochkämpfte. Der Rechtsmediziner schnaufte vernehmlich, als er bei ihnen eintraf.

»In letzter Zeit nicht viel zum Sport gekommen, was?«, stichelte Wieland.

»Nein, zu viel Arbeit«, gab Doktor Walter zurück. »Sie sehen übrigens auch nicht so aus, als wären Sie jedes Mal beim Dienstsport dabei«, sagte er und deutete auf Wielands Hemd, das um die Hüften deutlich spannte.

»Bei mir liegt's an zu viel Schokolade«, bekannte der Oberkommissar und grinste. Der Rechtsmediziner öffnete seine Tasche und nahm Einweghandschuhe heraus, die er sich überstreifte.

»So was schon mal gesehen?«, fragte Wenger und deutete auf den Toten.

Doktor Walter schüttelte den Kopf.

»Als ich gehört habe, es geht um eine Kreuzigung, dachte ich, jemand hat etwas falsch verstanden. Die Menschheit wird immer verrückter«, seufzte er. Der Rechtsmediziner begutachtete den Leichnam.

»Wir haben uns gefragt, woran jemand stirbt, wenn man ihn an ein Kreuz bindet. Meinen Sie, er ist verdurstet?«

»Dehydrierung spielt sicherlich eine Rolle. Daneben dürften andere Faktoren relevant sein. Der Kreislauf zum Beispiel. Ehrlicherweise hab ich mich nie mit dem Thema Kreuzigung beschäftigt. Jedenfalls nicht aus rechtsmedizinischer Sicht. Ich werde recherchieren und Ihnen das Ergebnis mitteilen. So oder so, die Todesursache dürfte eindeutig sein.«

Die Beamten sahen ihn überrascht an.

»Sehen Sie sich Gesicht und Oberkörper an. Die Haut ist fast weiß. Das deutet auf einen hohen Blutverlust hin.«

»Da sind aber keine Wunden«, wandte Wieland ein.

»Ich glaube, doch.« Der Rechtsmediziner trat auf den Toten zu. Er zögerte. Dann schob er mit beiden Händen den zusammengesackten Oberkörper hoch. Unterhalb des Herzens gab es eine deutlich sichtbare Einstichstelle.

Wieland pfiff durch die Zähne.

»Hier ist nirgends Blut«, stellte er fest. »Könnte die Wunde post mortem* zugefügt worden sein?«

»Nein. Es gibt eindeutige Anzeichen für einen hypovolämischen Schock aufgrund eines massiven Blutverlusts. Die Blässe und die fehlenden Totenflecken sind dafür ein untrügliches Zeichen.«

»Der Körper ist absolut sauber.«

»Stimmt. Der oder die Täter haben die Blutspuren vom Leichnam abgewaschen. Ich würde daher davon ausgehen, dass der Mann woanders ermordet und hier nur zur Schau ausgestellt wurde.«

»Sind Sie sicher?«, hakte Wenger nach.

»Verbindlich kann ich es Ihnen nach der Autopsie sagen. Haben Sie die Mordwaffe gefunden?«

»Nein. Auch keine sonstigen Spuren.«

»Na, dann viel Spaß bei den Ermittlungen«, erwiderte der Rechtsmediziner trocken.

»Denken Sie, dass er am Kreuz hing, als es hochgezogen wurde?«, wollte Wieland wissen.

Doktor Walter sah sich den Toten genau an.

»Die Stricke, mit denen er an der Querstange festgebunden wurde, haben tief in die Haut eingeschnitten. Insoweit ist es durchaus möglich, dass er am Kreuz fixiert war, als er hierher verfrachtet wurde. Die Totenstarre setzt nach ein bis zwei Stunden ein und ist frühestens nach zwölf Stunden voll ausgeprägt. Man hätte ihn also erstechen, ihn

---

* Nach dem Tode

abnehmen, abwaschen und wieder am Kreuz befestigen können, ohne dass dies zu Problemen mit der Totenstarre geführt hätte.«

»Woher wollen Sie wissen, dass er nicht erst erstochen wurde, bevor er am Kreuz befestigt wurde?«

»Er wurde von vorn attackiert, muss die Angreifer also gesehen haben. Trotzdem gibt es keine Abwehrverletzungen. Das spricht dafür, dass er festgebunden war.«

»Wie schwer schätzen Sie den Toten?«, fragte Wieland.

»Er ist nicht groß. Dem Anblick nach zu urteilen, hat er einen Großteil seines Bluts verloren. Es würde mich wundern, wenn er in dem Zustand mehr als 65 Kilo wiegt«, erwiderte der Rechtsmediziner.

»Zusammen mit dem geschätzten Gewicht des Kreuzes kämen wir auf rund 150 Kilo – denken Sie, ein Einzelner könnte eine solche Last den Pfad heraufziehen?«

»Ich fand es schon schwierig, meine Tasche hier hochzuschleppen«, bekannte Doktor Walter. »Insoweit hätte ich ernste Zweifel daran. Allerdings bin ich kein Fachmann für sportliche Höchstleistungen. Machen Sie besser einen Ortstermin mit einem dieser Kraftmenschen, die im Fernsehen Baumstämme werfen oder Lastwagen ziehen«, schlug er vor. »Dann wissen Sie es genau.«

Wieland grinste. Er sah seine Theorie, dass sie es mit mehreren Tätern zu tun hatten, durch die Ausführungen des Rechtsmediziners bestätigt.

»Wir sollten keine voreiligen Schlussfolgerungen ziehen«, sagte Wenger, wobei er seinen Missmut nicht verbergen konnte. »Wenn er woanders ermordet wurde, müssen wir schnellstmöglich den Tatort finden. Bis wann kann ich mit dem Ergebnis der Autopsie rechnen?«

Doktor Walter sah auf seine Uhr.

»Wenn ich den Toten in zwei Stunden auf dem Seziertisch habe, bekommen Sie morgen früh meinen Bericht. Ich werde dem Fall höchste Priorität geben.«

»Tun Sie das«, meinte der Hauptkommissar und sah sich nach Bohrmann um. Er wollte den Leiter der Spurensicherung dabeihaben, wenn sie zu Hoffmanns Weingut fuhren.

KAPITEL 3

Nach dem Mittagsservice bat Jo Ute in sein Büro. Die 60-Jährige war die gute Seele des »Waidhauses«. Obwohl sie keine Kochausbildung durchlaufen und sich alles selbst erarbeitet hatte, war sie eine hervorragende Köchin.

»Ich muss dich was fragen, Ute.«

»Ja?«

»Warum hast du mir damals davon abgeraten, mit Ernst Hoffmann Geschäfte zu machen?«

»Hat Kati dich überredet, bei ihm einzukaufen?«

Sie grinste vielsagend, wurde aber sofort ernst, als sie sah, dass Jo nicht mitlächelte. Als er sein Restaurant »Waidhaus« vor knapp vier Jahren eröffnet hatte, hatte Ute ihm im Vorfeld mit Rat und Tat zur Seite gestanden. Sie war in Oberwesel aufgewachsen, engagierte sich in verschiedenen Vereinen und saß im Pfarrgemeinderat. Daher kannte sie fast jeden im Ort und hatte Jo bei der Auswahl seiner Lieferanten unterstützt.

»Soweit ich mich erinnere, hast du mir gesagt, dass er keinen guten Ruf hat und ich deswegen nicht bei ihm einkaufen soll.«

»Stimmt. Damals haben dich die Hintergründe für meinen Ratschlag nicht interessiert. Wieso jetzt?«

Jo machte eine Pause.

»Wir haben Hoffmann tot in seinem Weinberg gefunden«, teilte er ihr mit.

Sie musterte ihn durchdringend.

»Aus deiner Frage schließe ich, dass es sich nicht um einen Unfall handelt.«

»Korrekt.«

»Wie?«, fragte sie knapp.

Er zögerte.

»Jemand hat ihn gekreuzigt und das Kreuz mit der Leiche in seinem Weinberg aufgestellt.«

»Wie furchtbar!«

Sie sah ihn fassungslos an. Es dauerte einen Augenblick, bis ihr klar wurde, was das bedeutete.

»Wie hat Kati es verkraftet?«

»Zuerst war sie geschockt. Hat kaum etwas gesagt. Auf der Rückfahrt hat sie sich einigermaßen gefangen.«

»Und du?«

»Ist nicht mein erster Toter, wie du weißt.«

»Umso schlimmer.«

»Mach dir um mich keine Sorgen. Ich komme zurecht.«

»Wolltest du nach dem, was in Japan passiert ist, nicht die Finger von Mordermittlungen lassen?«

Jo hielt inne.

»Mach ich auch«, behauptete er. »Es geht mir nur darum, der Polizei zu helfen. Wenn er so einen schlechten Ruf hatte, sollten sie darüber Bescheid wissen. Schließlich könnte es etwas mit seiner Ermordung zu tun haben.«

»Soso, du willst Hauptkommissar Wenger bei seinen Ermittlungen unterstützen?«, spottete sie.

»Warum nicht?«

»Weil er sich lieber ein Stück von seinem kleinen Finger abhackt, als sich von dir helfen zu lassen.«

»Ist nicht mein Problem. Es geht schließlich um die Lösung eines Mordfalls! Was ist nun mit Hoffmann?«

Sie seufzte.

»Ich hatte nie persönlich mit ihm zu tun. Mein Vater kannte ihn dagegen recht gut. Als er nach dem Krieg unseren Kolonialwarenladen wieder aufgebaut hat, waren die meisten Waren nur auf dem Schwarzmarkt zu bekommen. Ernst Hoffmann hat zu der Zeit mit einigen Kumpanen einen guten Teil des Schwarzmarkts in der Gegend kontrolliert. Mein Vater hat wohl oder übel Geschäfte mit ihm gemacht. Dabei hatte er öfters das Gefühl, dass Hoffmann ihn übervorteilte. Deswegen wollte er eigentlich nichts mit ihm zu tun haben. Zudem gab es Gerüchte, dass die Jungs neben ihren Schwarzmarktgeschäften noch in andere illegale Machenschaften verwickelt waren.«

»In welche?«

»Keine Ahnung. Es waren, wie gesagt, nur Gerüchte. Nach der Einführung der D-Mark verlor der Schwarzmarkt ohnehin seine Bedeutung.«

»Weißt du, wer die anderen waren?«

»Nein, Vater bekam alles von Hoffmann. Die Jungs hatten ihre Kunden untereinander aufgeteilt. Zwei oder drei Jahre später, es muss Anfang der 50er-Jahre gewesen sein, hat Ernst Hoffmann sich ein Weingut gekauft. Das hat alle in der Gegend überrascht, denn seine Familie hatte im Krieg alles verloren und am Schwarzmarkt konnte er kaum eine so große Summe verdient haben. Jedenfalls wurde viel darüber getratscht. Mal hieß es, er und seine Kumpane hätten einige Goldbarren gefunden, die eine SS-Einheit auf der Flucht vor den Amerikanern verloren hat, ein anderes Mal kursierte das Gerücht, sie hätten in den Wirren der letzten Kriegstage eine Bank in Bad Kreuznach ausgeraubt.«

»Ist die Polizei dem nicht nachgegangen?«

Ute lachte.

»Die hatte zu der Zeit andere Sorgen. Es stand alles unter Oberaufsicht der Alliierten, jedenfalls direkt nach dem Krieg. Den Amis ging es mehr darum, die Polizei und andere Behörden zu entnazifizieren, als Bankräuber zu jagen. Außerdem weiß keiner, ob diese Gerüchte überhaupt stimmen.«

»Irgendwo muss das Geld hergekommen sein.«

»Vermutlich hat er einen Kredit aufgenommen oder hat was von einer Großtante geerbt. Was interessieren dich diese ollen Kamellen überhaupt? Denkst du, sie sind der Grund für seine Ermordung?«

»Nein, natürlich nicht.«

»Möglicherweise hat es etwas mit dem Verschwinden seiner Frau zu tun«, sagte Ute nachdenklich.

Jo sah sie fragend an.

»Das ist der zweite Grund für seinen schlechten Ruf. Seine Frau ist von heute auf morgen von der Bildfläche verschwunden – ohne sich von irgendjemandem zu verabschieden. Das kam vielen merkwürdig vor. Hoffmann hat überall rumerzählt, sie sei durchgebrannt und hätte ihn mit den Kindern und der Arbeit auf dem Hof sitzen lassen.«

»Das haben die Leute ihm geglaubt?«

»Kein Stück. Es hieß, er habe sie im Suff erschlagen und sie anschließend in einem seiner Weinberge verscharrt.«

»Wie lang ist das her?«

»Gut 25 Jahre.«

»Das muss die Polizei doch untersucht haben.«

»Klar. Sie haben aber nichts gefunden. Viele in der Gegend waren der Meinung, sie hätten nicht richtig gesucht. Hoffmann war ein bekannter Winzer – quasi das Aushängeschild für die Region. Zudem hat er sich im Weinbauverband engagiert und war politisch aktiv. Ein Mann mit besten Beziehungen sozusagen. Er galt als aufbrausend und jähzornig. Niemand, mit dem man sich freiwillig anlegt. Jedenfalls nicht, wenn man keine Beweise hat.«

»Zur der Zeit muss er um die 50 gewesen sein. War es seine zweite Frau?«

»Nein. Er war ein ewiger Junggeselle. Deswegen hatte die Hochzeit alle überrascht. Die Frau war 20 Jahre jünger als er und stammte aus Polen. Sie tauchte von einem auf den anderen Tag im Weingut auf und hat als Magd bei ihm gearbeitet. Oder vielmehr als Erntehelferin und Haushaltshilfe, wie man heute sagen würde. Anscheinend sind sie sich rasch nähergekommen. Kurz nach der Heirat kam der erste Sohn, zwei Jahre später der zweite.«

»Hoffmann hat Kinder?«, fragte Jo überrascht.

»Warum nicht?«

»So wie du ihn beschrieben hast, klingt er nicht nach einem Familienmenschen.«

»War er auch nicht. Er hat die Frau und seine Söhne mit harter Hand angefasst.«

»Du meinst, er hat sie geschlagen?«

»Ob es so weit ging, kann ich dir nicht sagen. Es war jedenfalls nicht gut Kirschen essen mit ihm.«

»Wo sind die Söhne jetzt?«

»Soweit ich gehört habe, sollen sie sich vor einigen Jahren mit einem Weingut selbstständig gemacht haben. Sonst kann ich dir über sie nicht viel erzählen.«

»Macht nichts. Ich finde es sowieso unglaublich, wie viel du immer weißt.«

Ute lächelte verschmitzt.

»Eine Freundin von mir wohnt im Gründelbachtal und kennt die Verhältnisse ein wenig. Die weiß, dass mein Vater früher Ärger mit Hoffmann hatte, und hält mich deswegen auf dem Laufenden.«

»Sonst noch was, das ich wissen sollte?«

»Ich glaube, nicht.«

Nachdem Ute gegangen war, saß Jo an seinem Schreibtisch und dachte nach. Das schrecklich entstellte Gesicht von Ernst Hoffmann ging ihm nicht aus dem Kopf. Der Täter durfte auf keinen Fall davonkommen! Hoffmann mochte kein angenehmer Zeitgenosse gewesen sein, aber einen derart grausamen Tod hatte niemand verdient. Eine Kreuzigung – wie kam jemand auf so einen Gedanken? Es musste etwas mit religiösen Wahnvorstellungen zu tun haben. Bei einem Mordfall vor einigen Jahren, bei dem mehrere Jäger heimtückisch von einem Heckenschützen getötet worden waren, hatte Jo sich intensiv mit dem Thema »Serientäter« beschäftigt. Er hatte alles an Fachliteratur gelesen, was er finden konnte. Die Täter und ihre Motive waren sehr unterschiedlich. Eine Gemeinsamkeit gab es allerdings: Psychopathen mordeten fast immer allein. Das passte nicht zu der Tatsache, dass ein Einzelner kaum in der Lage gewesen sein dürfte, das Kreuz mit dem Toten den steilen Hang hinaufzuziehen. Lag Kati richtig mit ihrer Vermutung, dass sie es mit mehreren Tätern zu tun hatten?

Die Information, dass Hoffmann zwei Söhne hatte,

schwirrte in seinem Hinterkopf herum. Warum hatten sie sich einen eigenen Betrieb aufgebaut, wenn sie stattdessen das väterliche Weingut hätten übernehmen können? Es war bestens eingeführt und erfreute sich eines erstklassigen Rufs. Hatten sie sich mit ihrem Vater zerstritten? Falls ja, worüber? Hatten sie herausgefunden, dass ihr Vater vor einem Vierteljahrhundert ihre Mutter ermordet hatte, und wollten sich rächen? Aber warum hätten sie dafür so lange warten sollen? Und warum ihn dafür kreuzigen? Familiäre Streitigkeiten eskalierten häufig aus dem Affekt. Dieses Verbrechen setzte eine genaue Planung und den unbedingten Willen voraus, Hoffmanns Ermordung zu einem Fanal zu machen, zu einer Art Botschaft. Nur, für wen? Je mehr Jo darüber nachdachte, umso verwirrender erschien ihm der Fall. Er öffnete den Kasten mit den Visitenkarten, der auf seinem Schreibtisch stand, und griff zum Hörer.

»Tatjana Meyer«, meldete sich eine weibliche Stimme.

»Jo Weidinger. Haben Sie einen Moment Zeit für mich?«

Sein Name schien seiner Gesprächspartnerin nichts zu sagen. Jedenfalls blieb es still am anderen Ende der Leitung.

»Wir sind uns vor einiger Zeit in Köln begegnet, bei Ihrem Vortrag über Kriminalpsychologie an der Universität«, half er nach.

»Ah, jetzt«, erwiderte Tatjana Meyer und lachte. »Sie müssen entschuldigen. Ich treffe jeden Tag so viele Menschen, dass ich mich nicht an jeden Namen erinnere. Sie sind der junge Mann, der kein Blut sehen kann, stimmt's?«

Jo schluckte. Wenn das alles war, was ihr über ihn im Gedächtnis geblieben war, hatte er einen großartigen Eindruck hinterlassen, dachte er und schnitt eine Grimasse. Die Kriminalpsychologin schien seine Verlegenheit zu spüren.

»Sie müssen sich dafür nicht schämen«, meinte sie. »Ich

finde es charmant. Meine Studenten, gerade die männlichen, überbieten sich darin, mir zu zeigen, wie cool sie selbst bei den grausamsten Bildern bleiben. Dabei ist es nicht gut, wenn man seine Gefühle unterdrückt. Sonst fressen sie sich unnötig tief in die eigene Psyche. Empathie und Einfühlungsvermögen sind in unserem Beruf am wichtigsten. Darauf sollte man stolz sein.«

Jo fand, dass dieses Gespräch in die völlig falsche Richtung lief. Er hatte keine Lust, sich von der Kriminalpsychologin analysieren zu lassen.

»Arbeiten Sie immer noch für diese Regionalzeitung, wie hieß sie noch mal?«

»›Rheinisches Tagblatt‹«, antwortete er automatisch.

»Richtig. Herr Sandner und Sie haben damals ein schönes Interview mit mir veröffentlicht«, sagte sie gönnerhaft. Jo hatte seinem Freund damals so lange in den Ohren gelegen, bis der Journalist ihn zu dem Interview mitgenommen und als Volontär ausgegeben hatte.

»Wir haben darauf sehr positive Resonanz von unseren Lesern bekommen«, erwiderte Jo. »Deswegen wollten wir erneut auf Ihre Expertise zurückgreifen.«

Die Schmeichelei schien der Schweizer Kriminalpsychologin zu gefallen.

»Schießen Sie los, womit haben Sie es diesmal zu tun?«

»Mit einer Kreuzigung.«

»Von dem Fall habe ich noch gar nichts gehört!«

»Der Tote wurde erst heute Morgen entdeckt. Die Polizei hat eine Nachrichtensperre verhängt«, erklärte Jo. »Ist Ihnen mal was Ähnliches untergekommen?«

»Eine Kreuzigung? Nein.«

»Irgendeine spontane Idee dazu?«

»Sie meinen, was den Täter betrifft?«

Für einen Moment blieb die Leitung stumm.

»Sie wissen, dass ich mich zu einzelnen Fällen nicht äußere«, sagte sie. »Zumindest nicht, solange nicht alle Fakten bekannt sind.«

»Uns geht es zum jetzigen Zeitpunkt nicht darum, Sie zu zitieren. Wir wollen ein besseres Verständnis für die möglichen Hintergründe entwickeln. Eventuell können wir zu einem späteren Zeitpunkt ein Interview mit Ihnen veröffentlichen, wenn es mehr Informationen gibt oder der Täter überführt ist.«

»So können wir es machen. Was wissen Sie über den Fall?«

Jo schilderte ihr, was er bisher herausgefunden hatte, wobei er es vermied, seine und Katis Rolle zu erwähnen. Tatjana Meyer hörte ihm ruhig zu und stellte nur wenige Fragen. Als Jo fertig war, schwieg sie für eine Weile. Jo begann sich zu fragen, ob sie überhaupt noch in der Leitung war. Da nahm sie den Gesprächsfaden wieder auf.

»Es ist aus mehreren Gründen ein interessanter Fall. Fangen wir beim Opfer an. Empirisch gesehen, sind alte Menschen einem erhöhten Risiko ausgesetzt, Opfer eines Verbrechens zu werden. Die Täter erwarten bei ihnen weniger Gegenwehr beziehungsweise glauben, sie leichter manipulieren zu können. Dies gilt jedoch in erster Linie für Raubüberfälle, Diebstähle oder Trickbetrügereien. Sexuell motivierte Gewalt richtet sich in der weit überwiegenden Zahl gegen jüngere und fast immer gegen weibliche Opfer. Ein Gewaltverbrechen dieser Art, bei dem gezielt ein älterer Mann ausgesucht wurde, ist ungewöhnlich.«

»Wo sehen Sie bei dem Mord eine sexuelle Komponente?«, fragte Jo überrascht.

»Ist das nicht offensichtlich? Wer jemand anderem eine derartige Tortur wie eine Kreuzigung zumutet, hat eindeutig sadistische Tendenzen. Sadismus ist fast immer sexuell aufgeladen. In diesem Fall dürften der oder die Täter zudem unterdrückte homosexuelle Neigungen haben. Oder eine starke Fixierung auf eine dominante Vaterfigur.«

Bei der letzten Aussage wurde Jo hellhörig.

»Sie denken, die Tat hat einen familiären Hintergrund?«, hakte er nach.

»Geduld, junger Mann, auf die Söhne komme ich noch zu sprechen«, antwortete die Kriminalpsychologin. »Bleiben wir bei der Psychopathologie des oder der Täter. Während die Tatausführung für ein hohes Maß an Gewaltbereitschaft und Sadismus spricht, lehrt uns der Auffindungs- beziehungsweise Tatort etwas anderes: Zumindest einer der Täter muss über eine narzisstische Persönlichkeitsstruktur verfügen. Es muss die Täter vor erhebliche Anstrengungen und logistische Probleme gestellt haben, das Kreuz so weit oben im Weinberg aufzustellen. Sie wollten damit ein Zeichen setzen. Jeder soll sehen, was sie getan haben. Es ist wie ein Kunstwerk, ein Ausdruck und gleichzeitig eine Überhöhung der eigenen Person.«

»Wieso sind Sie so sicher, dass es sich um mehrere Täter handelt?«

»Das habe ich nicht gesagt.«

»Sie sprechen dauernd in der Mehrzahl. Ist nicht ein Einzeltäter viel wahrscheinlicher?«

»Sie haben recht, dass Psychopathen im Regelfall Einzelgänger sind. Zumindest, was ihre Mordhandlungen betrifft. Dennoch kommt es vor, dass sich mörderische Pärchen bilden. Solche Täter haben meist einen ähnlichen Hintergrund: physischer oder psychischer Missbrauch in der Kindheit, emotionale Verwahrlosung, Einsamkeit, Ablehnung, Misserfolg in Schule und Beruf ... Wenn sich zwei solche Außenseiter finden, kann es zu einer engen Verbindung kommen. Meist ist einer der Anführer, der alle wichtigen Entscheidungen trifft, die Opfer aussucht und bestimmt, wie mit ihnen verfahren wird. Der zweite Partner ordnet seine eigenen Wünsche und Vorstellungen dem unter, wirkt aber gleichberechtigt an der Tatausführung mit.«

»Sie schließen einen Einzeltäter also aus?«

»Keineswegs. Es ist umgekehrt. In diesem Fall würde ich nicht ausschließen wollen, dass wir es mit einem mörderischen Duo zu tun haben.«

»Wie müsste ich mir den oder die Täter vorstellen?«

»Sicherlich männlich. Solch grausame Morde gehen fast ausschließlich auf das Konto von männlichen Tätern. Falls es ein Einzeltäter ist, müsste er über außergewöhnliche physische Kräfte verfügen. Er scheint selbstbewusst und furchtlos zu sein. Das schließt einen Jugendlichen oder jungen Mann fast sicher aus. Ich würde schätzen, dass er im Alter zwischen 25 und 40 Jahren ist.«

»Ist es überhaupt möglich, dass jemand allein ein Kreuz und den Leichnam eines Toten einen steilen Hang hinaufschleppt?«

»Unwahrscheinlich, aber nicht unmöglich. Ein derartiger Täter ist schwer gestört. Der Volksmund würde vermutlich von einem Wahnsinnigen sprechen. Wenn Menschen in einem wahnhaften Tunnel sind, können sie unglaubliche körperliche Leistungen erbringen. Ich kenne einen Fall, bei dem ein Insasse einer psychiatrischen Einrichtung eine massive Holztür mit der blanken Faust durchschlagen hat. Er hat sie sich dabei mehrfach gebrochen, was ihn nicht davon abgehalten hat, noch zwei Wärter anzugreifen.«

»Wie bewerten Sie den religiösen Zusammenhang?«

»Ich weiß nicht, ob ich darauf viel geben würde. Religiöser Wahn ist in der heutigen Zeit selten geworden. Traditionelle kirchliche Bindungen lösen sich auf und der Glaube spielt allgemein eine geringere Rolle. So ein Täter müsste in einer sehr bigotten Welt aufgewachsen sein. Solche Milieus finden Sie in unseren Breitengraden kaum noch. Ich würde vermuten, dass die Nutzung des Kreuzes rein praktische Gründe hatte. Der Täter wollte sein Opfer quälen und es anschließend zur Schau stellen.«

»Sind Sie sicher?«

»Ich hoffe, Ihnen ist klar, Herr Weidinger, dass wir uns durchweg im spekulativen Bereich bewegen. Ohne genaue Kenntnis aller Umstände ist es schwierig, eine tiefer gehende Einschätzung zu geben. Soweit das bei so einem Fall überhaupt möglich ist.«

»Verstanden. Wenn Sie die Ermittler beraten würden, welchem Ermittlungsstrang würden Sie Priorität geben?«

»Wenn die Polizei nicht mehr in der Hand hat als das, was Sie mir beschrieben haben, würde ich nichts ausschließen wollen und alle Ermittlungsansätze verfolgen.«

»Und wenn Sie nur einen Schuss frei hätten? Irgendeine Vermutung haben Sie bestimmt!«

Sie lachte wieder.

»So wie Sie mir Ernst Hoffmann beschrieben haben, ist er für mich nicht das klassische Opfer eines psychopathischen Einzeltäters. Dazu passt sein Profil nicht. Er ist alt, männlich und lebt auf dem Land ... Wie sollte er da ins Fadenkreuz eines Psychopathen geraten? Ich tippe auf einen persönlichen Bezug. Der oder die Täter hatten unter ihm zu leiden, sind von ihm gequält oder drangsaliert worden. Das könnten die Söhne sein. Denkbar sind auch andere Personen – zum Beispiel Angestellte oder andere von ihm Abhängige, die seinen Launen ausgeliefert waren und es ihm zurückzahlen wollten.«

Sie hielt inne.

»Wenn ich darauf wetten müsste, würde ich mein Geld auf die Söhne setzen. Sie sind im richtigen Alter, sind zusammen aufgewachsen und haben einen gemeinsamen Erlebnishorizont. Wenn ihr Vater sie geschlagen oder anderweitig missbraucht hat, hätte das ihre Bindung weiter gestärkt. Zu zweit wären sie zweifelsohne in der Lage, so eine Tat zu begehen. Um dem eigenen Vater so etwas anzutun, müssten sie Unfassbares in der Kindheit durchgemacht haben.«

Sie seufzte.

»Das ist das Schlimme an gewalttätigen Familienverhältnissen. Sie erzeugen immer neue Gewalt.«

»Vielen Dank für Ihre Einschätzung«, sagte Jo. »Das ist eine große Hilfe für uns.«

»Sehr gerne. Ich verlasse mich darauf, dass Sie mich nicht zitieren.«

»Ehrenwort!«

»Ich finde es erstaunlich, dass Sie bereits so viel über die Tat wissen. Sagten Sie nicht, es gäbe eine Nachrichtensperre? Wie sind Sie an die Informationen gekommen?«, fragte die Kriminalpsychologin neugierig.

»Wir haben mit dem Zeugen gesprochen, der den Toten gefunden hat.«

»Glückwunsch! Das war bestimmt nicht einfach. Ich nehme an, die Polizei tut alles, um ihn von den Medien abzuschirmen.«

»Ja, aber wir haben unsere Quellen«, gab Jo sich geheimnisvoll.

»Na, dann hoffe ich, dass Sie noch mehr herausbekommen. Halten Sie mich über den Fall auf dem Laufenden. Er interessiert mich persönlich«, bat sie.

»Machen wir«, versprach Jo großzügig.

KAPITEL 4

Kati Müller warf einen prüfenden Blick auf das Weinregal, schaute auf ihre Liste und notierte sich etwas. Sie war so in ihre Arbeit vertieft, dass sie nicht bemerkte, wie jemand die Treppe herunterkam. Als sie sich umdrehte, zuckte sie zusammen.

»Ute! Hast du mich erschreckt.«

»Das nächste Mal hänge ich mir eine Kuhglocke um«, erwiderte die 60-Jährige trocken.

»So weit kommt's noch«, sagte Kati und lachte. »Besser, du probierst es mit Stöckelschuhen statt mit deinen Gummisohlen.«

»Gott bewahre. Bevor ich mir die Füße mit solchen Stilettos ruiniere, mit denen du oft herumläufst, bleibe ich lieber bei der Glocke.«

»Steigert den Absatz, wenn man hochhackige Schuhe trägt«, meinte Kati und grinste. »Ehrlicherweise würde ich sie auch nicht jeden Tag tragen wollen.«

Es entstand eine Pause.

»Wieso verkriechst du dich hier unten?«, wechselte Ute das Thema.

»Wie kommst du darauf? Als Sommelière gehört es zu meinen Aufgaben, den Weinkeller zu prüfen.«

»Hast du das nicht heute Morgen gemacht?«

»Hier ist noch so viel zu tun, um das bunte Sammelsurium an unterschiedlichsten Weinen zu katalogisieren, die Jo zusammengekauft hat. Da muss dringend Ordnung rein. Ich hab in einigen Restaurants gearbeitet, aber so eine Vielfalt hab ich noch nirgends vorgefunden. Versteh mich nicht falsch – die Weine sind alle erstklassig. Manche sind echte Raritäten mit einem eigenen Geschmacksprofil. Aber so kann man keinen Weinkeller zusammenstellen. Eine Weinkarte in einem Spitzenrestaurant braucht eine klare Linie.«

»Es hat nichts damit zu tun, dass du mit Jo gestritten hast?«

»Nein.«

»Komisch. Ich könnte schwören, dass du vor allem hier unten zu finden bist, wenn ihr euch mal wieder gefetzt habt.«

Kati schnitt eine Grimasse.

»Was kann ich dafür, dass er so ein Dickkopf ist? Oft ist er unterhaltsam, witzig und total aufgeschlossen. Man kann sich mit ihm über alles austauschen, er hört zu und nimmt Ratschläge an. Und plötzlich schaltet er auf stur und man kann nicht vernünftig mit ihm reden.«

»Soso. Es liegt also nur an ihm?«

»Klar. Ich bin immer vernünftig«, behauptete Kati.

Ute lachte.

»Ich will, dass er mir zuhört und mich ernst nimmt. Ist das zu viel verlangt?«

»Worum ging es diesmal?«

»Ach, um diesen Mordfall. Ich wollte ihm bei seinen Ermittlungen helfen. Schließlich kenne ich mich in der hiesigen Winzerszene bestens aus. Aber er lehnte rundheraus ab. Er hat mir sogar verboten, mich einzumischen. Als ob ich ein kleines Mädchen wäre! Es reicht völlig, dass mir meine Brüder dauernd gute Ratschläge geben. Das brauche ich nicht noch von Jo. Ich weiß, was ich tue.«

»Ist dir in den Sinn gekommen, dass er dich nicht bevormunden will, sondern darauf achtet, dass dir nichts passiert?«

»Habe ich nicht nötig. Ich kann gut selbst auf mich aufpassen. Er ist mein Chef, nicht mein Leibwächter.«

»Hat er dir erzählt, was in Japan vorgefallen ist?«

»Nicht im Detail. Soweit ich weiß, gab's dort noch einige Morde, bevor Jo den Fall aufgeklärt hat.«

»Eines der Opfer hat Jo bei seinen Ermittlungen geholfen und ist dadurch ins Fadenkreuz des Killers geraten.«

»Das wusste ich nicht«, sagte Kati betroffen. »Um wen handelte es sich?«

»Um eine junge Frau.«

»Kannte Jo sie gut?«

»Weiß ich nicht. Der Vorfall hat ihn stark mitgenommen. Ich glaube, er hat daran immer noch zu knabbern.«

»So was muss furchtbar sein!«

»Auf eigene Faust in einem Mordfall zu ermitteln, ist kein Spiel. Besser, du denkst gründlich nach, bevor du dich in ein derartiges Abenteuer stürzt.«

»Mach ich«, versicherte Kati.

»War es eigentlich das erste Mal, dass du einen Toten gesehen hast?«, wollte Ute wissen.

Die junge Frau nickte.

»Wie fühlst du dich?«

»Ich hoffe, ich träume heute Nacht nicht davon.«

Sie grinste schief.

»Falls du mit jemandem darüber sprechen willst, sag Bescheid.«

»Danke schön, Ute. Du musst dir um mich keine Sorgen machen. Ich bin hart im Nehmen. Wenn du mit vier älteren Brüdern aufwächst, darfst du nicht zimperlich sein.«

Kati blickte gedankenverloren in die Ferne.

»Warum, denkst du, macht Jo es?«

»Was?«

»Mordfälle lösen. Ist ja nicht so, dass er mit dem Restaurant nicht genug um die Ohren hätte.«

»Er hat einen ausgeprägten Gerechtigkeitssinn. Außerdem fällt es ihm schwer loszulassen, wenn er sich an etwas festgebissen hat. Bei seinen bisherigen Fällen war er davon überzeugt, dass die Polizei auf dem Holzweg ist. Aber Hauptkommissar Wenger wollte nicht auf ihn hören. Er hat keinen anderen Ausweg gesehen, als selbst aktiv zu werden, um Schlimmeres zu verhindern.«

»Da steckt mehr dahinter«, mutmaßte Kati.

»In welcher Hinsicht?«

»Ich glaube, ihn treibt was Persönliches an.«

»Er ist jedes Mal praktisch über eine Leiche gestolpert. Ich wüsste nicht, was persönlicher sein könnte.«

Kati schüttelte den Kopf und hielt inne.

»Meinst du, seine Eltern sind ermordet worden?«, fragte sie unvermittelt.

»Wie kommst du auf den Gedanken?«

»Seit ich hier arbeite, ist noch niemand aus seiner Familie aufgetaucht. Seltsam, oder? Wenn ich ein eigenes Restaurant hätte, würden meine Eltern sicher mal vorbeikommen und mich unterstützen. Und meine Brüder erst – die würden dauernd bei mir im Laden herumhängen. Bei Jo kommt nie einer.«

»Bei der Eröffnung des Restaurants waren ein Onkel und eine Tante von ihm da.«

»Seine Eltern nicht?«

»Nein.«

»Siehst du!«, rief Kati triumphierend.

»Du schaust zu viel Fernsehen.«

»Hast du ihn nie darauf angesprochen?«

»Nein. Er redet nicht gern über Privates.«

»Wie erklärst du dir, dass seine Eltern ihn nie besuchen?«

»Vielleicht betreiben sie einen Bauernhof und verreisen deswegen nicht. Oder sie haben sich mit ihm zerstritten.

Wenn sie genauso dickköpfig sind wie du und Jo, wäre das kein Wunder.«

»Ich bin nicht dickköpfig«, widersprach Kati.

Ute lachte.

»So oder so. Du solltest dir darüber nicht den Kopf zerbrechen. Und halt dich aus diesem Mordfall heraus. Das gibt nur Ärger.«

Hauptkommissar Wenger starrte auf die riesige Blutlache.

»Hatte Doktor Walter doch recht«, meinte Wieland, der neben ihm stand.

»Womit?«

»Dass Hoffmann erstochen wurde.«

Wenger nickte. Die beiden befanden sich in der Lagerhalle von Ernst Hoffmanns Weingut.

»Ist alles hier. Hinten liegen einige Metallstangen, die genauso aussehen wie die, die für das Kreuz verwendet wurden. Die Werkstatt ist bestens ausgestattet – einschließlich einer Flex und einem Schweißgerät. Wenn du mich fragst, haben die Täter das Kreuz hier zusammengebaut, haben Hoffmann angebunden und ihn an die Wand gelehnt. Irgendwann hatten sie genug davon, haben ihn in den Brustkorb gestochen und ausbluten lassen«, fasste Wieland seinen Eindruck zusammen.

»Wir wissen nicht, ob wir es mit mehreren Tätern zu tun haben. Wir sollten keine voreiligen Schlüsse ziehen«, wandte Wenger ein.

»Ich bleib dabei. Einer allein kann diese Tat unmöglich bewerkstelligt haben.«

»Was ist das für ein komisches Muster in der Blutlache?«, fragte Wenger, an Konrad Bohrmann gerichtet. Der Leiter der Spurensicherung hatte sich zu ihnen gesellt.

»Ich denke, der breite Streifen in der Mitte stammt von

dem Kreuz. Es sieht aus, als hätten die Täter es gedreht und in Richtung Ausgang gezogen. Man sieht die blutigen Schleifspuren. Das Muster rechts und links sieht danach aus, als habe jemand versucht, Fußspuren zu verwischen. Vermutlich mussten sie in die Blutlache treten, um das Kreuz wegzuziehen. Wir haben einen Besen mit Blut daran gefunden. Den müssen sie dafür benutzt haben.«

»Ist ihnen bestens gelungen«, knurrte Wenger. Er biss sich auf die Lippen. Jetzt ging er selbst von mehreren Tätern aus. Sie durften die Ermittlungen nicht zu früh auf ein Szenario eingrenzen.

»Habt ihr Blutproben genommen?«

»Ja. Sowohl von der Blutlache als auch von den Blutresten am Besen. Beide sind auf dem Weg ins Labor. Die Ergebnisse der gentechnischen Analyse sollten morgen vorliegen.«

»Habt ihr Fingerabdrücke gefunden?«

»Der Besenstiel wurde abgewischt. Ebenso die Griffe der verwendeten Geräte. Die sind sehr gründlich und methodisch vorgegangen. Und sie haben sich Zeit gelassen. Hinten in der Ecke haben wir die Schuhe und die Kleidung des Opfers gefunden. Augenscheinlich sind sie ihm heruntergerissen worden, bevor die Prozedur begann. Jedenfalls befinden sich keine Blutspritzer daran.«

»Es passt alles nicht zusammen. Sie haben ausschließlich Gegenstände von hier benutzt. Das spricht nicht für eine ausgefeilte Planung.«

»Möglicherweise war die Kreuzigung eine spontane Idee«, spekulierte Wieland.

»Kann ich mir nicht vorstellen. Du brichst nicht bei jemandem ein, setzt ihn außer Gefecht, findest zufällig den nötigen Kram und entscheidest, das Opfer zu kreuzigen.«

»Und wenn die Täter wussten, was sie vorfinden?«

»Du meinst, es ist eine Beziehungstat?«

»Oder die Täter haben sich vorher in der Lagerhalle umgesehen.«

»Habt ihr was über die Familienverhältnisse herausgefunden?«, wollte Wenger wissen.

»Fred ist dran. Gemeldet war unter dieser Adresse nur Ernst Hoffmann. Er hat zwei Söhne, die wohnen aber nicht auf dem Hof.«

»Gibt es eine Ehefrau?«

»Nicht, dass wir wüssten.«

»Haben sich deine Leute im Haus umgesehen?«, fragte Wenger, an Bohrmann gerichtet.

»Peter und Robert sind durchgegangen«, antwortete der Leiter der Spurensicherung. »Es gibt keinerlei Kampfspuren oder sonstige Auffälligkeiten. Der Kühlschrank enthält Lebensmittel für eine Person. Spricht nichts dafür, dass jemand anderes auf dem Hof gelebt hat. Das Bett ist ordentlich gemacht. Scheint, als sei der Angriff erfolgt, bevor das Opfer schlafen gegangen ist. Sobald wir in der Lagerhalle und der Werkstatt fertig sind, werden wir das Haus gründlich durchsuchen.«

»Macht das. Irgendwelche Spuren müssen sie hinterlassen haben.«

Wenger schüttelte den Kopf. Was für ein Albtraum! Ein äußerst brutaler Mord und es gab keinerlei verwertbare Spuren. Hoffentlich förderte die Autopsie etwas zutage.

»Fred soll uns die Adresse der Söhne durchgeben«, ordnete der Hauptkommissar an. Wieland nickte.

»Martin und ich fahren hin und informieren sie über den Tod ihres Vaters. Haltet mich auf dem Laufenden, falls ihr was findet, okay?«

»Selbstverständlich«, antwortete Bohrmann.

KAPITEL 5

Jo wartete gespannt auf das Urteil. Wenn er ein neues Gericht kreierte, präsentierte er es zuerst seiner Küchenmannschaft. Während sich Philipp, Karlheinz und Anton meist zurückhielten, sagte Pedro unverblümt, was er davon hielt, und auch Ute und Kati hielten mit ihrer Meinung nicht hinter dem Berg.

»Aussehen tut's nicht schlecht«, lobte Pedro.

»Es riecht gut«, fügte Kati hinzu. Sie nahmen den ersten Bissen.

Jo hatte ein Perlhuhn in Rieslingrahm auf Lauchnudeln mit glasierten Perlzwiebeln zubereitet. Bei dem Gericht hatte er sich von Coq au Vin inspirieren lassen. Das Gericht kam ursprünglich aus dem Burgund. Es gab davon zahlreiche Variationen – fast so viele wie Weinbauregionen. Die Rezepte waren in der Regel nach den zugeordneten Weinen benannt und von deren spezifischen Aromen geprägt. Jo hatte sich entschieden, dieser Tradition zu folgen und eine rheinische Variante des Gerichts zu kreieren, also quasi einen Coq au Riesling. Den Hahn hatte er durch ein Perlhuhn ersetzt. Wenn es feiner zugehen sollte, hatte das Perlhuhn seines Erachtens mehr zu bieten. Es zeichnete sich durch einen ausgesprochen intensiven, aromatischen Geschmack und dunkles, saftiges Fleisch aus.

Das Perlhuhn wurde zuerst für ein bis zwei Tage in Riesling mariniert. So bekamen die Hühnchenteile ein säuerliches Aroma. Danach wurden sie portionsweise auf der Hautseite in geklärter Butter oder Butterschmalz angebraten und gewendet. Sobald sie eine satte, gold-braune Farbe annahmen, wurde das überschüssige Fett abgegossen, erneut Butter zugegeben und die Hühnerteile wurden zusammen mit Schalotten gebraten. Alles wurde mit Mehl bestäubt, die Fleischstücke wurden gewendet und mit Riesling abgelöscht. Dieser wurde eingekocht, anschließend kamen Hühnerbrühe, Thymian, Lorbeer und Knoblauch dazu.Nun musste man das Fleisch noch für rund 45 Minuten bei mittlerer Hitze schmoren las-sen, wobei die Bruststücke nach 25 bis 30 Minuten her-ausgenommen wurden, sonst übergarten sie. Die Soße wurde durch ein Haarsieb in eine Schüssel passiert und etwas Creme double untergerührt. Serviert wurde es auf Lauchnudeln mit in Portwein geschmorten Perlzwiebeln.

»Ausgezeichnet. Das Fleisch ist zart und saftig«, stellte er fest. »Toll, wie du es auf den Punkt hinbekommen hast.«

Die anderen pflichteten dem jungen Spanier bei.

»Das Gericht macht ein cremig-würziges Mundgefühl, die leichte Süße und die zart nussigen Noten des Huhns, des Lauchs und der geschmorten Perlzwiebeln harmonie-ren perfekt miteinander«, schwärmte Kati.

Jo lächelte zufrieden. Kati war ein kritischer Geist. Wenn sie sich zu einer solchen Eloge hinreißen ließ, musste es ihr ausgezeichnet geschmeckt haben.

»Beim Wein kommt nur ein Riesling infrage«, fuhr sie fort. »Der Wein sollte Kraft und Tiefe haben. Ich hab neu-lich einen Riesling aus dem Bopparder Hamm probiert, der hat eine ausgeprägte mineralische Textur mit einer rauchi-gen Würze sowie feinen Pfirsich- und Kräuternoten. Meines Erachtens der ideale Begleiter für das Perlhuhn.«

»Sehr gut! Besorg eine Flasche und wir probieren ihn dazu«, meinte Jo großzügig. Eigentlich hatte er einen ande-ren Riesling im Auge gehabt, den er dazu servieren wollte.

Da er am Vortag mit Kati aneinandergeraten war, wollte er jedoch keinen neuen Streit vom Zaun brechen.

Sie lächelte. Langsam sah Jo ein, dass er sich auf ihre Ratschläge verlassen konnte. Klar, ihm gehörte das Restaurant und er hatte das Sagen in der Küche, aber die Auswahl der passenden Weine fiel eindeutig in ihre Zuständigkeit.

Als Jo am Nachmittag in seinem Büro saß und an der Menüplanung für die nächste Woche arbeitete, klingelte das Telefon. Am Apparat war Klaus Sandner. Der Journalist war stellvertretender Chefredakteur des »Rheinischen Tagblatts« und ein guter Freund von Jo.

»Was gibt's Neues?«, wollte Sandner wissen.

»Nicht viel«, erwiderte Jo zurückhaltend.

»Tatsächlich? Ich hab gehört, dass es bei dir um die Ecke einen Mord gegeben hat.«

»Aha.«

»Sag bloß, dir ist davon nichts zu Ohren gekommen.«

»Warum denkst du immer, dass ich meine Finger im Spiel habe, wenn es ein Verbrechen gibt?«

»Weil du notorisch neugierig bist. Zumindest, wenn es um Mord und Totschlag geht.«

»Und wenn ich beschlossen hätte, mich künftig aus solchen Dingen herauszuhalten?«

»Würde ich mich freuen. Ist ja nicht so, dass du nicht einiges an Lehrgeld bei deinen Ermittlungen bezahlt hättest.«

»Eben.«

»Das hat dich in der Vergangenheit nie abgehalten.«

Jo zögerte.

»Du weißt bestimmt etwas«, drängte Sandner. »Es soll sich um einen äußerst brutalen Mord handeln. Wenger hat eine Nachrichtensperre verhängt, der alte Geheimniskrämer. Keine meiner üblichen Quellen will einen Mucks dazu sagen.«

»Na gut«, gab Jo nach. »Der Tote ist Ernst Hoffmann.«

»Der Winzer?«, fragte Sandner überrascht.

»Genau der.«

»Der Mann muss an die 80 sein.«

»Mord kennt keine Altersgrenze«, bemerkte Jo lakonisch.

»Da hast du wohl recht. Was ist passiert?«

»Hoffmann wurde tot in einem seiner Weinberge gefunden.«

»Wie wurde er umgebracht?«

»Jemand hat ihn gekreuzigt.«

»Du nimmst mich auf den Arm, oder?«, sagte der Journalist ungläubig.

»Bei so was mach ich keine Witze.«

Sandner schwieg betroffen.

»Kein Wunder, dass sie versuchen, es geheim zu halten«, äußerte er. »Ich hab in meinen 20 Berufsjahren schon einiges erlebt, aber so was?«

»Weißt du, wer den Toten gefunden hat?«

»Kati und ich.«

»Ist nicht dein Ernst!«

»Leider doch.«

»Manchmal frage ich mich, ob du einen siebten Sinn dafür hast. Ich würde viel dafür geben, einen Reporter wie dich zu haben, der jedes Mal vor der Polizei am Tatort ist.«

»Ich find's nicht so prickelnd.«

Erst jetzt wurde Sandner bewusst, wie unsensibel er in Jos Ohren klingen musste.

»Entschuldige, da ist mein Reporterblut mit mir durchgegangen«, bekannte er. »Muss schrecklich für euch beide gewesen sein. Wie geht es Kati?«

»Zuerst war sie geschockt, hat sich aber schnell wieder gefangen.«

»Die ist hart im Nehmen«, meinte Sandner anerkennend.

»Ist vermutlich nicht leicht, darüber zu reden. Trotzdem muss ich alles wissen. Wie du dir vorstellen kannst, brennt uns der Fall auf den Nägeln.«

Jo berichtete dem Journalisten, wie sie den Toten gefunden hatten und was er bisher in Erfahrung gebracht hatte. Sandner pfiff durch die Zähne. Als Jo auf das Telefonat mit Tatjana Meyer zu sprechen kam, wurde er hellhörig.

»Du hast dich hoffentlich nicht wieder als Journalist ausgegeben, oder?«

»Nicht direkt.«

»Mensch, Jo, du weißt genau, dass mich das in Teufels Küche bringen kann.«

»Was kann ich dafür, wenn Leute mich fälschlicherweise für einen Reporter halten?«, verteidigte sich Jo. »Soweit ich mich erinnere, hat deine Zeitung die Informationen immer genommen.«

»Stimmt. Wir verdanken dir einige gute Geschichten«, gab Sandner zu. »Aber das macht dich nicht zu einem Mitarbeiter unserer Zeitung!«

»Hab ich auch nicht behauptet. Apropos: Nenn mich bitte nicht als Quelle in deinem Artikel«, bat Jo. »Wenger hat gesagt, dass er gegen mich vorgeht, wenn ich mich in seine Ermittlungen einmische.«.

»Alles leere Drohungen. Er kann dir nicht verbieten, mit der Presse zu sprechen.«

»Ich hatte genug Ärger mit ihm in der Vergangenheit. Ich will ihn nicht provozieren.«

»Keine Sorge, ich werde schreiben, dass wir die Informationen aus gut unterrichteten Kreisen bekommen haben.«

»Ist das nicht irreführend?«

»Ein bisschen. Aber erstens läuft es unter der Rubrik ›Quellenschutz‹ und zweitens bist du ein gut unterrichteter Kreis«, erwiderte Sandner und grinste.

»Weil ich dich grad dran habe. Ich hätte eine Bitte an dich«, erklärte Jo. »Kannst du Informationen über die Familie von Ernst Hoffmann für mich beschaffen, insbesondere über die Söhne?«

»Wolltest du dich nicht aus den Ermittlungen heraushalten?«

»Ich hör mich nur ein wenig um.«

»Du bist unverbesserlich«, seufzte Sandner. »Ich seh, was ich tun kann.«

»Vielen Dank. Ich hätte noch eine zweite Bitte: Denkst du, es wäre möglich, ein Interview mit Doktor Walter zu führen?«

»Dem Rechtsmediziner?«

»Ja.«

»Kann mir nicht vorstellen, dass er sich zu dem Fall äußert.«

»Wir könnten ein generelles Interview zum Thema Rechtsmedizin mit ihm führen.«

»Mit ›wir‹ meinst du dich und mich?«

»Klar, war schließlich meine Idee.«

»Schlag dir das aus dem Kopf. Ich mach mich nicht lächerlich, indem ich ausgerechnet dich mitbringe. Du bist für den gesamten Polizeiapparat ein rotes Tuch.«

»Stimmt nicht. Mit Oberkommissar Wieland komme ich gut aus. Außerdem gehört Doktor Walter nicht zur Polizei.«

»Glaubst du, der weiß nicht, wer du bist? Der beendet das Interview, bevor es begonnen hat, wenn er dich sieht.«

»Unsinn. Er kennt mich gar nicht.«

»Woher weißt du dann seinen Namen?«

»Weil ich den ein paarmal von den Polizisten gehört habe, während sie auf ihn gewartet haben.«

»Bist du sicher, dass er dich nicht erkennt?«

»Absolut.«

»Trotzdem werde ich dich nicht mitnehmen.«

»Aber du fragst bei ihm an, okay?«

»Ja, du Quälgeist.«

Jo lächelte zufrieden.

»Halt mich auf dem Laufenden, ob es klappt. Ich geb dir einige Fragen mit.«

»So weit kommt's noch, dass ich mir von dir die Fragen vorschreiben lasse!«, brummte Sandner.

»Manus manum lavat*«, antwortete Jo salbungsvoll.

»Wenn du jetzt noch mit Latein anfängst, lege ich lieber auf«, sagte Sandner lachend.

Am nächsten Tag tauchte Kati früher im Restaurant auf als gewöhnlich.

»Hast du 'ne Minute für mich?«, fragte sie Jo. Dieser nickte und ging mit ihr in sein Büro.

»Ich hab mich über Ernst Hoffmann und seine Söhne umgehört«, eröffnete sie ihm.

»Hatte ich dir nicht gesagt, du sollst dich da raushalten? Stell dir vor, die haben was mit dem Mord zu tun und kriegen mit, dass du ihnen hinterherschnüffelst!«

»Ich war vorsichtig. Da fällt nichts auf mich zurück.«

»Woher willst du das wissen?«

»Weil ich nur mit einer guten Freundin gesprochen habe und die verrät es niemandem weiter. Natalie hat bei Ernst Hoffmann im Weingut ein Praktikum gemacht.«

---

* Eine Hand wäscht die andere.

»Wann war das?«

»Vor einigen Jahren.«

»Du hast ihr hoffentlich nicht erzählt, dass wir die Leiche gefunden haben.«

»Nein, natürlich nicht.«

Sie machte eine Pause.

»Interessiert dich, was ich herausgefunden habe, oder nicht?«, fragte sie ungeduldig.

»Ja.«

Ein triumphierendes Lächeln huschte über ihr Gesicht.

»Die Söhne heißen Kolja und Andre. Der eine ist 32 Jahre alt, der andere 30. Andre ist der Ältere. Er hat das Sagen bei den beiden.«

»Woher weiß deine Freundin das so genau?«

»Als sie ihr Praktikum gemacht hat, haben sie noch bei ihrem Vater gearbeitet. Allerdings hatten sie kein gutes Verhältnis zu ihm. Der Alte hat sie dauernd gegängelt und bevormundet. Nichts konnten sie ihm recht machen. Dabei haben sie sich richtig Mühe gegeben. Neben ihrem Weinbaustudium haben sie regelmäßig im Weingut geholfen. Jedes Mal, wenn sie mit einem Vorschlag für eine Neuerung kamen, hat der Alte sie abblitzen lassen. Hat sich über sie lustig gemacht, dass sie noch grün hinter den Ohren sind. Speziell Andre hat seinem Vater oft Kontra gegeben, wodurch die Situation eskalierte. Vater und Sohn haben sich gegenseitig so laut angeschrien, dass man es im gesamten Weingut hören konnte.«

»Komisch, dass sie sich so eine Behandlung gefallen ließen.«

»Was hätten sie tun sollen?«

»Sich woanders Arbeit suchen?«

»Die Jungs waren zu dem Zeitpunkt im Studium. Vermutlich waren sie finanziell von ihrem Vater abhängig.«

»Meinst du, dass Hoffmann sie als Kinder geschlagen hat?«

»Das habe ich Natalie auch gefragt. Dazu konnte sie allerdings nichts sagen. Sie hat sich zwar mit ihnen angefreundet, vor allem mit Kolja, aber die Jungs waren sehr zugeköpft, was ihr Familienleben anging. Zwischen den Zeilen kam durch, dass ihr Vater sie in der Kindheit mit harter Hand angefasst hat.«

»Haben sie mal über ihre Mutter gesprochen?«

»Nein, kein Wort. Das hat Natalie gewundert. Sie hat Kolja danach gefragt, aber er hat abgeblockt. Sie hatte den Eindruck, dass es bei den Jungs ein wunder Punkt ist. Deswegen hat sie nicht nachgebohrt.«

»Wie ging's weiter?«

»Eines Morgens kam Natalie ins Weingut und es tobte ein heftiger Streit. Kolja hatte in einem Weinberg mit der Lese beginnen lassen, obwohl der Alte explizit angeordnet hatte, sie sollten damit warten. Hoffmann war außer sich. Er hat Kolja am Kragen gepackt und ihm eine Ohrfeige verpasst. In dem Moment ist Andre aufgetaucht. Er ist dazwischengegangen und hat sich schützend vor seinen Bruder gestellt. Das hat ihren Vater noch wütender gemacht. Er hatte nach einer Dachlatte gegriffen und zum Schlag ausgeholt, als er Natalie bemerkte. Das hatte eine ernüchternde Wirkung auf ihn. Offensichtlich wollte er sich nicht die Blöße vor einer Fremden geben. Die Brüder haben auf dem Absatz kehrtgemacht, ihre Sachen gepackt und das Weingut verlassen. Natalie war schockiert. Der alte Hoffmann bemühte sich, ihr gegenüber die Sache herunterzuspielen. Insgeheim hoffte er wohl, Andre und Kolja würden sich beruhigen und zurückkommen. Als er realisierte, dass sie dauerhaft weg sind, wurde seine Laune noch mieser. Er hat seine Wut an den übrigen Mitarbeitern abreagiert.«

»Das hat deine Freundin mit sich machen lassen?«

»Komischerweise ist der alte Hoffmann mit ihr zivilisiert umgegangen. Dafür hat er seinen Frust umso mehr an den polnischen Hilfsarbeitern abgelassen. Hat sie wegen jeder Kleinigkeit angebrüllt.«

»Kaum zu glauben, dass sich Menschen in der heutigen Zeit so eine Behandlung gefallen lassen«, sagte Jo.

»Wenn man das Geld braucht, bleibt einem nichts anderes übrig. Damals herrschte Flaute auf dem Arbeitsmarkt. Für die Polen war es schwierig, einen Job zu finden. Zu Hause lebt die ganze Familie von dem Geld, das die Männer in Deutschland verdienen. Die permanente Schreierei hat für Natalie das Fass zum Überlaufen gebracht. Sie hat den polnischen Arbeitern angeboten, ihnen bei der Jobsuche zu helfen, wenn sie kündigen wollen. Die haben abgelehnt. Sie hatten vermutlich Angst, dass ihnen die Aufenthaltsgenehmigung entzogen wird, wenn sie arbeitslos sind.«

»Unfassbar.«

»Stimmt. Allerdings haben wir leicht reden. Ich könnte zurück zu meinen Eltern gehen und in unserem Weingut mitarbeiten. Das gibt einem eine gewisse Sicherheit im Leben. Wenn du kein Geld auf der hohen Kante hast und das Wohl und Wehe deiner Familie an deinem Job hängt, überlegst du zweimal, bevor du hinschmeißt.«

»Wie ging es mit den Söhnen weiter?«

»Natalie war nur sporadisch mit ihnen in Kontakt. Sie sind bei Freunden untergekommen. Ein paar Tage später hat sich für sie die Chance ergeben, ein heruntergekommenes Weingut zu pachten.«

»Das ging fix«, meinte Jo überrascht.

»Natalie hat sich auch gewundert. Kolja deutete ihr gegenüber an, dass sein Bruder und er seit längerer Zeit darüber nachgedacht hatten, sich selbstständig zu machen. Wahrscheinlich waren sie bereits im Gespräch mit dem Eigentümer und der Krach mit dem Vater hat den finalen Ausschlag gegeben. Das Paradoxe ist, dass einige ihrer Weinberge ausgerechnet im Gründelbachtal liegen. Sie haben in der unmittelbaren Nähe des Weinguts ihres Vaters aufgelassene Weinberge wieder urbar gemacht.«

»Seltsam. Man würde denken, sie wären dem Alten lieber aus dem Weg gegangen.«

»Sind sie! Soweit Natalie weiß, haben sie seit dem großen Krach kein Wort mehr mit ihm gewechselt. Wenn sie ihm im Tal begegneten, sollen sie wortlos an ihm vorbeigegangen sein.«

Was für eine Geschichte! Jo musste daran denken, was Tatjana Meyer gesagt hatte. Wenn Ernst Hoffmann sich nicht scheute, seine Söhne im Erwachsenenalter zu schlagen, hatte er es in ihrer Kindheit erst recht getan. War das der Schlüssel für seine Ermordung? Hatten die Söhne sich an ihm gerächt für alles, was er ihnen angetan hatte?

»Wir sollten Andre und Kolja auf den Zahn fühlen«, schlug Kati vor. »Ich hab eine Idee, wie. Laut ihrer Internetseite haben sie sich auf Bioweine spezialisiert. Soweit ich gehört habe, experimentieren sie viel herum und haben inzwischen ein oder zwei Weine im Programm, die man durchaus trinken kann. Ich könnte einen Termin zur Weinverkostung mit ihnen vereinbaren und mir ihr Weingut zeigen lassen.«

»Du willst bei zwei Kerlen im Weingut herumschnüffeln, von denen du glaubst, sie hätten ihren Vater gekreuzigt und umgebracht?«, fragte Jo entgeistert.

»Erstens wissen wir das nicht mit Sicherheit und zweitens werden sie keinen Verdacht schöpfen. Die Jungs stehen mit ihrem Weingut am Anfang. Da ist es wichtig, in der Gastronomie Fuß zu fassen. Ich bin Sommelière in einem der besten Restaurants im Mittelrheintal. Sie werden sich überschlagen, um bei uns auf die Weinkarte zu kommen.«

»Viel zu riskant«, entschied er.

»Du kannst als mein ›Beschützer‹ mitkommen«, schlug sie vor.

»Wir werden schön die Finger davon lassen. Außerdem wird sich bestimmt die Polizei die beiden vornehmen. Da können wir ohnehin nichts ausrichten.«

»Na gut. Wenn du nicht willst, lassen wir es«, gab Kati nach und erhob sich. »Ich werd dann mal den Mittagsservice vorbereiten.«

»Tu das«, sagte Jo geistesabwesend. Als sie gegangen war, blieb er noch eine Weile an seinem Schreibtisch sitzen. In einem hatte Kati zweifelsohne recht. Die Brüder waren die Hauptverdächtigen. Sie hatten ein Motiv, kannten die Gegebenheiten und hatten allen Grund, ihren Vater zu hassen. War nur die Frage, wie man ihnen die Tat nachweisen konnte. Wenn sie niemand dabei gesehen hatte, würde es schwer werden. Denn selbst wenn sich in Hoffmanns Weingut Fingerabdrücke oder Genspuren von ihnen fanden, konnten sie darauf verweisen, dass sie lange dort gelebt hatten. Jo grübelte, wie er in dem Fall weiter vorgehen sollte, ohne auf eine Lösung zu kommen. Besser, wenn er sich auf sein Restaurant konzentrierte. Damit hatte er genug um die Ohren!

KAPITEL 6

Am folgenden Tag brachte das »Rheinische Tagblatt« einen großen Artikel über den Mord. Darin wurde nicht nur beschrieben, wie Ernst Hoffmann aufgefunden worden war, sondern auch, was die Polizei bisher herausgefunden hatte.

Klaus Sandner schien eine Quelle im Ermittlerteam gefunden zu haben, die ihm Informationen an die Hand gegeben hatte. Laut dem Zeitungsbericht war Hoffmann nicht in dem Weinberg ermordet worden, in welchem er aufgefunden worden war, sondern auf seinem Weingut. Der oder die Täter hatten das Kreuz mit dem Leichnam erst danach in den Weinberg gebracht und dort aufgestellt. Die Nachricht über die Kreuzigung schlug ein wie eine Bombe. Polizei und Staatsanwaltschaft konnten sich vor Medienanfragen kaum retten, sodass sie sich gezwungen sahen, der Öffentlichkeit in einer kurzfristig einberufenen Pressekonferenz Rede und Antwort zu stehen. Jo sah sich am Abend im Regionalfernsehen eine Aufzeichnung davon an. Der leitende Staatsanwalt und Hauptkommissar Wenger bemühten sich redlich, Befürchtungen, es sei demnächst mit einem weiteren Mord zu rechnen, zu zerstreuen, was ihnen nur leidlich gut gelang. Zumal im Verlauf der Pressekonferenz immer deutlicher wurde, dass die Ermittler völlig im Dunklen tappten. Jo fragte sich, ob die Polizei Andre und Kolja Hoffmann inzwischen vernommen hatte. Die entsprechende Frage eines Journalisten ließ Hauptkommissar Wenger unbeantwortet. Jo schaltete den Fernseher aus. Er ging ins Bett und versuchte zu schlafen, was ihm allerdings nicht gelang. Er konnte das vor Schmerz verzerrte Gesicht von Ernst Hoffmann nicht vergessen. Nachdem er sich fast zwei Stunden unruhig hin- und hergewälzt hatte, schlief er endlich ein.

Hauptkommissar Wenger saß am nächsten Morgen früh an seinem Schreibtisch und las den Pressespiegel. Dabei wurde seine Laune immer schlechter. »Brutaler Mord im Rheintal – Polizei tappt im Dunkeln«, »Bekannter Winzer im Rheintal gekreuzigt – Polizei steht vor einem Rätsel« oder »Grausamer Mord bei Sankt Goar erschüttert Bevölkerung im Rheintal« waren noch die freundlicheren Schlagzeilen. Rauf und runter wurde die Polizei dafür kritisiert, dass sie offenbar keinerlei Anhaltspunkte hatte und dadurch die Verunsicherung in der Bevölkerung noch verstärkte. Am Vortag hatte er sich eine Standpauke des Polizeipräsidenten anhören müssen, weil es nicht gelungen war, die Nachrichtensperre länger als zwei Tage durchzuhalten. Obwohl Wenger Jo Weidinger im Verdacht hatte, Klaus Sandner auf die Geschichte gebracht zu haben, kam er nicht umhin zuzugeben, dass der Journalist über einen Informanten in der eilig einberufenen Sonderkommission verfügen musste. Wenger hatte das Ermittlerteam eindringlich davor gewarnt, weitere Informationen über den Fortgang der Ermittlungen an die Presse durchzustechen. Aber was sollte er machen? Er konnte schließlich nicht allen rund um die Uhr über die Schulter schauen. Ernüchtert legte er den Pressespiegel beiseite und schlug den Bericht des Rechtsmediziners auf, den er am Vortag erhalten hatte. Er hatte ihn überflogen, wollte ihn aber nochmals in Ruhe durchgehen. Letztlich hatte sich bestätigt, was Doktor Walter am Fundort der Leiche vermutet hatte: Ernst Hoffmann war auf seinem Weingut gekreuzigt und getötet worden. Dabei mussten sich die Torturen der Kreuzigung über mehrere

Stunden hingezogen haben. Nur so waren der Zustand des Körpers und die Dehydrierung zu erklären. Schließlich hatten der oder die Täter Hoffmann mit einem Stich ins Herz getötet und ihn ausbluten lassen. Das in der Lagerhalle aufgefundene Blut war eindeutig Ernst Hoffmann zuzuordnen. Die Hoffnung, dass sich darunter Blutspritzer des oder der Angreifer finden könnten, hatte sich zerschlagen. Es gab auch keinerlei Kampfspuren – keine Hautpartikel unter den Fingernägeln oder andere Abwehrverletzungen. Ernst Hoffmann musste von dem Angriff völlig überrascht worden sein oder er hatte seinen Angreifer gekannt und ihm vertraut. Am Hals gab es zwei eng beieinander liegende rote Punkte mit leichten Verbrennungen. Im Autopsiebericht hieß es dazu:

»Mutmaßlich wurde das Opfer mit einem Elektroschocker angegriffen und kampfunfähig gemacht. Die Art der Verletzung und vor allem die Verbrennungen legen den Schluss nahe, dass ein in Deutschland nicht zugelassenes Gerät mit deutlich höherem Wirkungsgrad verwendet wurde. Der Täter dürfte von hinten an das Opfer herangetreten sein und hat den Elektroschocker zum Einsatz gebracht. Das Opfer dürfte dadurch für mehrere Minuten bewegungsunfähig gewesen sein.«

Das hatte den Tätern genügend Zeit verschafft, Ernst Hoffmann zu fesseln. Nach Lage der Dinge mussten die Ermittler davon ausgehen, dass die Täter ihn nicht sofort gekreuzigt hatten. Denn das Kreuz hatten sie erst in der Lagerhalle des Toten gebaut. Jedenfalls wiesen darauf alle Spuren hin, die sie im Weingut gefunden hatten. Sogar die Seilstücke, die dafür verwendet worden waren, Hoffmann am Kreuz festzubinden, stammten aus der Werkstatt. Jedenfalls war ein Seil gleicher Machart dort gefunden worden. Wenger wollte sich nicht ausmalen, welche Ängste der alte

Mann ausgestanden haben musste, während er den Tätern zusah, wie sie das Kreuz zusammenschweißten. Obwohl die Spurenlage diesbezüglich alles andere als eindeutig war, ging Wenger inzwischen von mehreren Tätern aus. Die Polizei hatte sich die Mühe gemacht, mit den übrigen Metallstangen und den in der Werkstatt vorhandenen Geräten ein identisches Kreuz zu rekonstruieren. Wenger hatte dabei zugesehen, wie ein handwerklich begabter Kollege zuerst die Metallstangen mit der Flex auf die nötige Länge zuschnitt und sie anschließend mit dem aufgefundenen Schweißgerät zusammenschweißte. Zu Wengers Erstaunen dauerte der Vorgang nur gut eine halbe Stunde. Das Ergebnis ließ Wenger einen kalten Schauer den Rücken hinunterlaufen – es sah aus wie eine exakte Kopie des Kreuzes, das sie im Weinberg gefunden hatten. Damit konnten sie den zeitlichen Ablauf des Abends weitgehend eingrenzen. Aus verschiedenen Befragungen wussten sie, dass der alte Mann ein geregeltes Leben geführt hatte. Er ging jeden Tag gegen 22 Uhr zu Bett und stand um 5 Uhr morgens auf, frühstückte und machte sich an die Arbeit. Sein Mittagessen nahm er meist zwischen 11 und 12 Uhr zu sich, das Abendessen gegen 17 Uhr. Danach arbeitete er meist noch für eine oder zwei Stunden.

Am Tag des Mordes hatte Hoffmann Bodenarbeiten in einem seiner Weinberge durchgeführt. Dabei hatten ihn zwei polnische Hilfsarbeiter unterstützt. Da ihnen eine der eingesetzten Maschinen Probleme bereitet hatte, waren die drei ins Weingut gefahren, um die Maschine zu zerlegen und sie zu reparieren. Die Polen hatten übereinstimmend ausgesagt, sie seien gegen 20 Uhr fertig gewesen und hätten das Weingut verlassen. Hoffmann war allein in der Lagerhalle zurückgeblieben. Er hatte seine eigene Ordnung, was seine Werkzeuge anging, weswegen er sie am liebsten selbst aufräumte.

Berücksichtigte man, dass Hoffmanns Bett an dem Abend unberührt geblieben war, musste der Angriff mit dem Elektroschocker irgendwann zwischen 20 und 22 Uhr erfolgt sein. Das deckte sich mit den Ergebnissen des Autopsieberichts. Nach Einschätzung des Rechtsmediziners war Ernst Hoffmann zwischen 2 und 4 Uhr morgens getötet worden. Die Kreuzigung selbst musste sich über mehrere Stunden hingezogen haben.

Die Befragung verschiedener Personen aus dem Umfeld des Toten hatte ergeben, dass Hoffmann kein angenehmer Zeitgenosse gewesen war. Er galt als eigensinnig, war sehr von sich und seinen Ansichten überzeugt und ging keinem Konflikt aus dem Weg. Außerdem hieß es, dass er seine Angestellten schlecht behandelt habe. Ein konkreter Tatverdacht hatte sich daraus nicht ergeben – sah man von seinen Söhnen Andre und Kolja ab. Wenger hatte deren Befragung selbst durchgeführt. Die jungen Männer schienen seltsam ungerührt, als sie vom Tod ihres Vaters erfuhren. Auch, dass er auf so grausame Weise getötet worden war, nahmen sie mit einem Schulterzucken zur Kenntnis. Auf entsprechende Nachfragen erklärten sie, dass ihr Verhältnis zum Vater nie innig gewesen sei und sie nach der Auseinandersetzung mit ihm, die zu ihrem Auszug geführt hatte, keinerlei Kontakt gehabt hätten. Insoweit könnten sie nichts zur Aufklärung des Falls beitragen. Obwohl die Brüder getrennt voneinander befragt wurden, waren ihre Einlassungen bis in die Wortwahl hinein identisch. Insbesondere, was den Abend des Mordes anging, klangen die Aussagen einstudiert. Sie behaupteten, sie hätten den Abend in ihrem Weingut verbracht und die Aussaat von sogenannten Begrünungspflanzen vorbereitet, die zwischen die Weinstöcke gepflanzt wurden und speziell im Bioweinbau wichtig waren. Anschließend seien sie früh zu Bett gegangen. Die beiden arbeiteten allein und hatten kein Personal. Zudem lag ihr Weingut abgelegen, sodass es keine Nachbarn gab, die ihre Aussage hätten bezeugen können. Das und die Tatsache, dass sie das Weingut ihres Vaters erben würden, machte sie in den Augen der Ermittler zu den Hauptverdächtigen. Ohne konkrete Beweise, die sie mit dem Mord in Verbindung brachten, blieb der Polizei jedoch nichts anderes übrig, als sie laufen zu lassen.

Am nächsten Morgen meldete sich Klaus Sandner bei Jo.

»Glückwunsch zu eurer Berichterstattung. Schön, dass du jemanden gefunden hast, der dir was über die Ermittlungen der Polizei erzählt hat«, sagte Jo.

»Gott sei Dank! Ohne meinen Kontakt in der Sonderkommission hätten wir die Geschichte nicht bringen können.«

»Wie soll ich denn das verstehen?«, fragte Jo pikiert. »Meinst du, ich denk mir so was aus?«

»Quatsch«, erwiderte Sandner und lachte. »Du bist als Informant über jeden Zweifel erhaben. Bei so einem heiklen Thema wie Mord brauchen wir eine zweite Quelle zur Absicherung. Stell dir vor, wir bringen einen Bericht und am Ende stellt sich heraus, dass wir einer Falschinformation aufgesessen sind.«

»Aha.«

»Unser Verleger war auf jeden Fall begeistert. Nicht über den Mord, aber dass wir die Story exklusiv hatten. Die halbe Republik hat unseren Bericht zitiert. So was ist unheimlich wichtig für das Renommee der Zeitung. Wenn wir Glück haben, bringt's uns neue Abonnenten.«

»Apropos wie großartig ihr seid: Was hat euer bestens sortiertes Archiv über die Hoffmanns ausgespuckt?«

»Nicht viel. Es gibt jede Menge Artikel zu Ernst Hoffmann und seinen Weinen. Aber daran bist du vermutlich nicht interessiert.«

»Nee.«

»Über seine Söhne habe ich nichts gefunden. Die haben es bisher nicht in die Zeitung geschafft. Dafür gab es diverse Artikel über das seinerzeitige Verschwinden ihrer Mutter.«

»Echt? Was steht drin?«

»Im ersten nur, dass es eine Vermisstenanzeige gab. Danach folgten weitere Meldungen. Es gab eine Suchaktion in der Umgebung des Weinguts. Die Polizei hat mit einer Hundertschaft und Spürhunden mehrere Waldstücke durchkämmt. Hoffmann selbst wurde zweimal zitiert – dass er sich Sorgen mache und dass er für jeden Hinweis dankbar wäre. Er hat sogar eine Belohnung ausgesetzt. Die Suche scheint allerdings im Sande verlaufen zu sein.«

»Was hat die Polizei gesagt?«

»Dass sie in alle Richtungen ermitteln. Viel scheint nicht herausgekommen zu sein. Einige Wochen später gab es einen Artikel, dass die Polizei nicht mehr von einem Verbrechen ausgeht und die Ermittlungen eingestellt hat.«

»Einfach so?«, fragte Jo ungläubig.

»So steht es hier.«

»Merkwürdig. Hast du einen deiner Kollegen gefragt, die damals berichtet haben?«

»Du machst mir Spaß! Das ist ewig her. Von den Kollegen ist niemand mehr im Dienst.«

»Habt ihr keine Adressen von ehemaligen Mitarbeitern?«

»Nicht von allen. Wie stellst du dir das vor – dass ich die Kollegen im wohlverdienten Ruhestand störe und nach einem uralten Fall frage, an den sich sowieso keiner mehr erinnert?«

»Einen Versuch wär's wert. Meistens freuen sich die Leute, wenn man sie auf früher anspricht.«

»Mal was von Datenschutz gehört? Unsere Personalabteilung würde mir aufs Dach steigen, wenn ich ihnen damit käme.«

»Du kannst mir die Namen geben und ich spreche sie selbst an. Erspart dir Ärger mit der Personalabteilung.«

»Auf solche Spielchen lasse ich mich nicht ein. Außerdem siehst du an den Meldungen, dass wir damals nicht viel herausbekommen haben. Besser, du versuchst es bei einem der Polizisten, die den Fall bearbeitet haben.«

»Toll, wie soll ich das bitteschön machen? Oder steht in den Berichten der Name des Beamten, der die Untersuchung geleitet hat?«

»Nee, leider nicht. Frag doch deinen Freund Wenger.«

»Sehr witzig.«

»Überlass den Fall der Polizei. Die werden ihn bestimmt aufklären.«

Jo war alles andere als begeistert über Sandners mangelnde Unterstützung. Es wurmte ihn, dass alle seine Versuche, mehr herauszubekommen, im Sande zu verlaufen schienen. Zum Glück hatte Kati einige Informationen beigesteuert. Während er darüber nachdachte, wie er mehr über das mysteriöse Verschwinden von Hoffmanns Frau herausfinden konnte, kam ihm ein Gedanke.

»Wenn du keine weiteren Fragen an mich hast, würde ich mich wieder an die Arbeit machen.«

»Halt! Was ist mit Andre und Kolja Hoffmann?«

»Was soll mit ihnen sein?«

»Wolltest du nicht Nachforschungen über sie anstellen?«

»Nicht, dass ich wüsste. Ich hab gesagt, ich gucke, was wir haben.«

»Wir müssen ihnen auf den Zahn fühlen. Schließlich sind sie die Hauptverdächtigen!«

»Wie kommst du darauf?«

»Wer sollte es sonst gewesen sein?«

»Ist nicht mein Thema. Wir sind keine Mordermittler. Im Gegensatz zu dir überlassen wir das der Polizei. Wenn die was herausgefunden haben, berichten wir darüber.«

»Toller Plan«, brummte Jo wenig begeistert. »Da du mir mit den Hoffmann-Brüdern nicht helfen willst – wie sieht es mit dem Interview mit Doktor Walter aus?«

Der Journalist zögerte.

»Ich hab ihn angesprochen.«

»Und?«

»Er ist bereit, mit uns über die Arbeit eines Rechtsmediziners zu reden. Allerdings hat er mir klar zu verstehen gegeben, dass er nicht über aktuelle Fälle spricht.«

»Großartig. Gibt es einen Termin?«

»Ja.«

»Wann?«

»Warum willst du das wissen?«

»Nur so.«

»Ich werd dich nicht mitnehmen, falls du das denkst.«

»Wieso nicht? Immerhin war es *mein* Vorschlag.«

»Wenn Doktor Walter herausfindet, wer du bist, bin ich bis auf die Knochen blamiert.«

»Wird er nicht. Am besten stellst du mich als Volontär vor.«

»Sorry, diesmal nicht.«

»Finde ich nicht fair. Ich hab euch eine große Exklusivgeschichte verschafft. Ich hätte damit zum »Mainzer Express« gehen können. Die hätten mir dafür Geld gegeben.«

Sandner seufzte.

»Also schön«, gab er nach. »Aber du hältst dich zurück und überlässt mir das Fragen, verstanden?«

»Selbstverständlich.«

Jo lächelte zufrieden. Nachdem sie das Telefonat beendet

hatten, griff er nach seinem Karteikasten und suchte eine Visitenkarte heraus. Nachdenklich hielt er sie in den Händen. Schließlich erhob er sich und ging hinüber in die Küche.

KAPITEL 7

Jo parkte den Wagen und stieg aus. Rechts und links säumten gepflegte Einfamilienhäuser die Straße. Die meisten davon sahen aus, als seien sie Ende der 60er-Jahre gebaut worden. Er hatte seine Nachmittagspause genutzt, um nach Mainz zu fahren. Suchend sah er sich um. Da entdeckte er die richtige Hausnummer. Er spähte über den Zaun in den Garten. Ein älterer Herr stand neben einem Apfelbaum und hielt eine Gartenschere in der Hand. Er schien unschlüssig, welchen der Äste er abschneiden sollte. Jo räusperte sich.

Der Mann drehte sich um und stutzte.

»Herr Weidinger! Was machen Sie denn hier?«, fragte er überrascht.

»Wenn Sie mich hereinbitten, erzähle ich es Ihnen«, erwiderte Jo. Sein Gegenüber zögerte, dann lächelte er.

»Das Gartentürchen ist offen«, sagte er. Jo drückte die Klinke nach unten und trat ein.

Wolfgang Milde, so hieß der Mann, hatte die Gartenschere auf eine Holzbank gelegt. Er zog die Gartenhandschuhe aus und gab Jo zur Begrüßung die Hand.

»Wie geht es Ihnen?«, fragte Jo.

»Sehen Sie ja«, gab Milde zurück. »Seit ich Pensionär bin, stehe ich unter der Fuchtel meiner Frau und muss niedere Gartenarbeiten verrichten.«

Der ehemalige Leiter der Mordkommission in Mainz lachte.

»Wie ist es bei Ihnen? Was macht das Restaurant?«, wollte Milde wissen.

»Läuft bombig«, erklärte Jo und grinste.

»Wir wollten seit Längerem mal bei Ihnen zum Essen vorbeikommen«, sagte Milde. »Man hört nur das Beste über Ihr Lokal. Aber Sie wissen, wie es bei Pensionären ist, man hat mehr zu tun als vorher.«

Jo nickte verständnisvoll, obwohl er die Behauptung des ehemaligen Beamten nicht recht nachvollziehen konnte.

»Nehmen Sie Platz.«

Milde deutete auf die Terrasse, wo sich ein Holztisch und eine Sitzgruppe befanden.

»Wie geht es Ihrem Lehrling?«, fragte Milde, nachdem sie sich gesetzt hatten.

»Bestens. Philipp hat inzwischen ausgelernt und ist ein ambitionierter Jungkoch. Es fehlt noch etwas der Feinschliff, aber es wird.«

»Freut mich zu hören. Ohne Ihre Hilfe hätte er damals eine lange Gefängnisstrafe absitzen müssen.«

»Tja.«

Jo erinnerte sich ungern an die Zeit, die für Philipp eine große Belastung gewesen war.

»Darf ich Ihnen etwas zu trinken anbieten?«, fragte Milde.

»Zu einer Tasse Tee würde ich nicht Nein sagen.«

»Monika, wir haben Besuch!«, rief Milde in Richtung der offenen Terrassentür. Eine schlanke Frau mit kurzen grauen Haaren tauchte aus dem Haus auf. Misstrauisch beäugte sie Jo.

»Keine Angst, Schatz. Herr Weidinger ist kein ehemaliger ›Kunde‹ von mir.«

Milde grinste.

»Meine Frau hat immer Angst, dass ein überführter Mörder bei uns aufkreuzt und sich an mir rächen will.«

»Unsinn«, erwiderte Frau Milde und machte eine abwehrende Handbewegung. »Stellst du mir unseren Gast trotzdem vor?«

»Herr Weidinger hat mir bei der Aufklärung meines letzten Falls geholfen, als sein Lehrling unter Verdacht stand.«

»Ach, Sie sind das«, sagte Frau Milde und lächelte. »Die Angelegenheit hat meinem Mann damals zu schaffen gemacht. Er war nicht von der Schuld Ihres Lehrlings überzeugt. Aber die Staatsanwaltschaft hat starken Druck ausgeübt, dass die Ermittlungen rasch abgeschlossen werden.«

»Herr Weidinger möchte einen Tee, Schatz«, teilte Milde ihr mit.

»Pfefferminz oder Earl Grey?«, fragte sie an Jo gerichtet.

»Earl Grey, bitte.«

»Und du?«, wollte sie von ihrem Mann wissen.

»Ich nehme einen Kaffee.«

»Ist bereits dein dritter heute«, tadelte sie und verschwand im Haus.

»So ist sie, meine Monika«, seufzte Milde, »immer um mein Wohlergehen besorgt.«

Er lächelte.

»Was verschafft mir die Ehre Ihres Besuchs? Sagen Sie nicht, Sie schnüffeln wieder in einem Mordfall herum.«

»Ich fürchte doch«, bekannte Jo.

»Sie können's nicht lassen, was? Worum geht's diesmal? Steht ein anderer Ihrer Mitarbeiter unter Verdacht?«

»Zum Glück nicht! Es geht um die Kreuzigung im Rheintal. Ich nehme an, Sie haben davon gehört?«

»Üble Sache. Die Kollegen in Koblenz sind nicht zu beneiden. Was haben Sie damit zu tun?«

»Ich hab den Toten gefunden.«

»Wie schrecklich. Muss ein furchtbarer Anblick gewesen sein!«

Jo zuckte mit den Schultern und lächelte verlegen. Milde sah ihn prüfend an.

»So sehr ich Ihren Eifer als Hobbyermittler bewundere, Herr Weidinger, in dem Fall muss ich Sie enttäuschen. Ich weiß nicht mehr als das, was in der Zeitung steht.«

»Mir geht's um was anderes. Sie erwähnten in einem unserer Gespräche, dass Sie Ihre Karriere bei der Kriminalpolizei in Koblenz begonnen haben.«

»Stimmt.«

»Darf ich fragen, in welchem Bereich Sie zu der Zeit tätig waren?«

»Anfang der 70er-Jahre gab es noch keine Trennung nach Dezernaten. In der Kriminalabteilung waren wir für alles zuständig.«

»Erinnern Sie sich zufällig an einen Vermisstenfall von damals? Es ging um eine junge Polin. Sie war mit dem Winzer Ernst Hoffmann verheiratet.«

»Sagen Sie bloß, *er* ist umgebracht worden?«, platzte Milde heraus. »In der Zeitung stand, der Ermordete sei ein Ernst H. gewesen. Ich hätte nicht gedacht, dass ich das Opfer kenne. Ich habe mir darüber ehrlicherweise auch keine Gedanken gemacht. Seit ich aus dem aktiven Dienst ausgeschieden bin, versuche ich, mich mit schöneren Dingen als mit Mord und Totschlag zu beschäftigen.«

»Kann ich verstehen.«

Frau Milde tauchte mit einem Tablett auf. Sie stellte eine Tasse Tee vor Jo und reichte ihrem Mann seinen Kaffee. Dazu gab es eine Schale mit Butterkeksen.

»Ist dein letzter heute«, ermahnte sie ihren Mann.

»Schon gut«, brummte dieser.

»Ich lass euch beide besser allein«, sagte sie und verschwand im Haus.

Jo nahm einen Schluck und genehmigte sich einen Keks.

»Was ist nun mit dem Vermisstenfall?«, hakte er nach.

»Dazu darf ich nichts sagen. Fällt unters Dienstgeheimnis«, erklärte Milde bedauernd.

»Das ist ewig her«, wandte Jo ein.

»Dienstgeheimnisse verjähren nicht.«

»Die Polizei hat damals verlautbart, dass sie nicht von einem Verbrechen ausgeht. Damit ist der Fall öffentlich, oder nicht?«

»Sehr spitzfindig, junger Mann«, lachte Milde. »Warum wollen Sie was darüber wissen?«

Jo überlegte, wie viel er dem ehemaligen Hauptkommissar erzählen sollte.

»Hoffmann hat zwei Söhne. Eine Theorie, die ich verfolge, ist, dass sie herausgefunden haben, was ihr Vater ihrer Mutter angetan hat, und sich an ihm gerächt haben.«

»Damit sind Sie auf dem Holzweg.«

»Wieso?«

»Weil da nichts dran ist.«

»Sind Sie sicher?«

»Die Vermisstensache Maria Hoffmann war einer der ersten Fälle, an dem ich in der Kriminalabteilung mitgearbeitet habe. Gott, wie die Zeit vergeht.«

Er machte eine Pause.

»Wir bekamen den ersten Hinweis auf Marias Verschwinden von einer Nachbarin. Am gleichen Tag hat sich Ernst Hoffmann mit einer Vermisstenanzeige an uns gewandt. Meinem Chef kam das komisch vor. Deswegen haben wir uns intensiv umgehört. Dabei kam heraus, dass die Ehe alles andere als glücklich war. Nach der Heirat soll Hoffmann seine Frau weiter wie eine Dienstbotin behandelt haben. Gerüchteweise soll er sie immer wieder geschlagen haben. Liebe spielte zwischen ihnen von Beginn an keine Rolle. Sie wollte versorgt sein, er wollte einen Stammhalter. Nachdem die Söhne geboren waren, eskalierte der Streit. Er war der Meinung, sie würde die Jungen verhätscheln. Dachte wohl, nur eine harte Hand macht aus ihnen richtige Kerle. Irgendwann hat sie es nicht mehr ausgehalten und ist mit ihrem Liebhaber durchgebrannt.«

»Sie hatte einen Geliebten?«, fragte Jo erstaunt.

»So was soll in unglücklichen Ehen vorkommen«, entgegnete Milde trocken.

»Der Mann war Deutschfranzose. Deswegen ist sie mit ihm nach Frankreich gegangen. Wir bekamen einen Hinweis darauf und haben die französischen Kollegen um Amtshilfe gebeten. Sie haben das Pärchen in Straßburg aufgetrieben.«

»Hoffmann könnte eine andere Frau dafür bezahlt haben, dass sie sich als Maria ausgibt.«

Milde lachte.

»Ihre Fantasie möchte ich haben! Ich kann Sie beruhigen. Wir sind extra nach Straßburg gefahren, um persönlich mit der Frau zu sprechen. War meine erste Dienstreise ins Ausland. Ich war der einzige Kollege, der Französisch sprach. Daher hat mein damaliger Chef mich mitgenommen.«

»Davon stand nichts in der Zeitung«, erklärte Jo verblüfft.

»Wir haben die Details geheimgehalten. Die Frau wollte nicht, dass Hoffmann erfährt, wo sie sich aufhält.«

»Wieso hat sie ihre Kinder zurückgelassen?«

»Sie sprach schlecht Deutsch und war verängstigt. Hoffmann hatte ihr eingeredet, dass er einen Diplomaten in der polnischen Botschaft kennt und ihren Aufenthaltsort an die polnischen Behörden gibt, wenn sie Ärger macht. Damit hat er sie kontrolliert. Die Frau war einige Jahre vorher bei einer Auslandsreise geflohen. Sie war Sportlerin und hatte an einem internationalen Wettbewerb in Köln teilgenommen. Sie hatte furchtbare Angst vor dem polnischen Geheimdienst. Während der Ehe kam es immer wieder zum Streit. Mehrfach hat sie ihm angekündigt, dass sie ihn verlässt, wenn er sie nicht besser behandelt. Schien ihm egal zu sein. Alles, was er wollte, war, die Söhne zu behalten. Deswegen nutzte er ihre Furcht aus und drohte ihr, dass er sie finden und den polnischen Behörden übergeben werde, wenn sie die Kinder mitnimmt.«

»Trotzdem. Ich kann nicht glauben, dass eine Mutter ihre Kinder zurücklässt.«

»Kommt vor. Soweit ich weiß, war sie damals wieder schwanger.«

Jo machte ein langes Gesicht. Seine schöne Theorie hatte sich in Luft aufgelöst.

»Jetzt habe ich Ihnen mehr erzählt, als ich sollte. Am besten lassen Sie es auf sich beruhen. Die Kollegen aus Koblenz werden den Mörder finden.«

Irgendwie schienen alle darauf erpicht, ihn von weiteren Nachforschungen abzuhalten, dachte Jo missmutig. Dennoch bedankte er sich höflich für die Auskünfte.

Als Jo am Abend in seine Wohnung ging, war er geschafft. Das »Waidhaus« war ausgebucht gewesen, was für ihn und seine Küchenmannschaft viel Arbeit bedeutete. Am liebsten wäre er schlafen gegangen, aber nach einem hektischen Abend war er dafür zu aufgedreht. Er setzte sich in seinen Lieblingssessel im Wohnzimmer und sah durch das große Panoramafenster hinunter auf den Rhein. Obwohl es dunkel war, konnte er zahlreiche Schiffe ausmachen, die sich langsam um die schroffen Felsen der Loreley herumschlängelten. Trotz Radar und moderner Navigationstechnik war es für die Schiffe immer noch eine gefährliche Stelle, bei der vom Steuermann höchste Konzentration gefordert war. Jo konnte sich nie an dieser herrlichen Aussicht sattsehen. Das Restaurant war in einem ehemaligen Forsthaus untergebracht, das Jo aufwändig und mit viel Liebe hatte restaurieren lassen. Im ersten Stock des Hauses hatte er sich seine Wohnung eingerichtet. Er ließ sich das Gespräch mit Wolfgang Milde durch den Kopf gehen. Obwohl Ernst Hoffmann seine Frau entgegen Jos ursprünglichem Verdacht nicht getötet hatte, blieben seine Söhne die Hauptverdächtigen. Wie konnte er mehr über sie herausfinden? Er grübelte eine Weile hin und her, ohne eine befriedigende Antwort zu finden. Schließlich ging er zu Bett und schlief fast augenblicklich ein.

KAPITEL 8

Am Donnerstag fuhr Jo nach dem Mittagsservice im Restaurant nach Koblenz. Es herrschte reger Verkehr, sodass er fast eine Stunde brauchte, bis er auf den Parkplatz des »Rheinischen Tagblatts« einbog und seinen Wagen abstellte. Der Verlag residierte in einem Industriegebiet außerhalb von Koblenz. Klaus Sandner hatte darauf bestanden, sich vorab im Verlag mit ihm zu treffen, sodass er ihn einnorden und ihm unmissverständlich klarmachen konnte, wie er sich den Ablauf des Gesprächs vorstellte. Jo nickte zu allem ergeben. Anschließend fuhren sie in Richtung Innenstadt. Die Rechtsmedizin war in einem modernen Gebäude in der Nähe des Oberlandesgerichts untergebracht. Doktor Walter empfing sie in einem Besprechungsbüro im ersten Stock. Von dort aus hatte man einen wunderbaren Blick auf den Rhein. Jo war erstaunt, wie modern und freundlich alles eingerichtet war.

»Nett haben Sie es hier«, eröffnete Sandner das Gespräch. »Ich hatte befürchtet, wir müssten in einem Sektionssaal mit Ihnen sprechen.«

»Mit einer geöffneten Leiche im Hintergrund?« Doktor Walter schmunzelte. »Es herrschen oftmals krude Vorstellungen über unseren Beruf. Die Krimis im Fernsehen vermitteln einen völlig falschen Eindruck. Tatsächlich verbringe ich viel Zeit im Büro und schreibe Berichte. Daneben werde ich zu Tatorten gerufen oder begutachte Opfer von körperlicher Gewalt. Bevor wir richtig ins Gespräch einsteigen – wollen Sie mir nicht Ihren Kollegen vorstellen?«

»Mein Name ist Jo«, erklärte dieser und gab dem Rechtsmediziner die Hand.

»Ich hoffe, es stört Sie nicht, dass ich einen Praktikanten mitgebracht habe?«, sagte Sandner.

»Keineswegs«, antwortete der Rechtsmediziner. »Ich finde es großartig, dass Sie jungen Menschen die Gelegenheit geben, in den Beruf des Journalisten hineinzuschnuppern.«

Sein Blick ruhte auf Jo, dem dies sichtlich unangenehm war.

»Ich muss sagen, ich bin beeindruckt. Sie betreiben ein Restaurant, lösen in Ihrer Freizeit Mordfälle und jetzt arbeiten Sie auch noch als Journalist?«

Der Spott in Doktor Walters Stimme war unüberhörbar. Klaus Sandner blickte Jo grimmig an. Dieser wäre am liebsten im Erdboden versunken. Der Journalist räusperte sich.

»Bitte entschuldigen Sie die Scharade. Herr Weidinger ist ein Freund von mir und wollte unbedingt bei dem Gespräch dabei sein.«

Der Rechtsmediziner machte eine wegwerfende Handbewegung, wobei er Jo nicht aus den Augen ließ.

»Hauptkommissar Wenger ist seit Längerem davon überzeugt, dass Sie und Herr Weidinger unter einer Decke stecken. Er bekommt rote Flecken im Gesicht, wenn er darüber spricht.«

Doktor Walter lächelte hintergründig.

»Es ist nicht gerade ein Ruhmesblatt für die Kriminalpolizei, dass ein Amateur in ihren Fällen herummurkst und sie vor ihnen löst. Insoweit kann man den Kollegen Wenger verstehen. Für mich ist in erster Linie wichtig, dass den Toten Gerechtigkeit zuteil wird. Wir tragen die Fakten zusammen und versuchen, sie gerichtsfest aufzuarbeiten. Auch wenn ich Herrn Weidingers Fixierung auf den

Tod nicht recht verstehe, muss man ihm zugestehen, dass er in einigen Mordfällen einen wichtigen Beitrag zur Aufklärung geleistet hat.«

Seine Augen ruhten weiter auf Jo.

»Warum tun Sie das, Herr Weidinger? Wieso sind Sie so verbissen, wenn es darum geht, einen Mörder dingfest zu machen?«

Jo wich seinem Blick aus und sah zu Boden. Es entstand eine unangenehme Pause. »Wir werden dieses Rätsel heute wohl nicht lösen«, meinte der Rechtsmediziner. »Obwohl ich das Engagement und den Wissensdurst von Herrn Weidinger durchaus schätze, werden Sie von mir kein einziges Wort zu einer laufenden Ermittlung hören.«

»Dafür haben wir vollstes Verständnis«, erklärte Sandner kleinlaut. »Ich bin Ihnen dankbar, dass Sie das Gespräch unter diesen Voraussetzungen weiterführen.«

Er warf einen weiteren bösen Blick in Jos Richtung.

»Kein Problem. Wo waren wir stehen geblieben? Ach ja, bei den Aufgaben eines Rechtsmediziners. Die wichtigsten Felder für uns sind die Traumatologie, also die Verletzungsbeurteilung, die Spurenkunde, Verkehrsmedizin, Alkohol- und Drogenbegutachtung sowie die Toxikologie, also die Giftkunde. Wobei Letztere in der Regel von einem Chemiker durchgeführt wird.«

Was folgte, war ein langer Vortrag über die Anfänge der Rechtsmedizin und über die Entwicklung der einzelnen Disziplinen. Jo saß schweigend neben den beiden und folgte dem Gespräch halbherzig. Er konnte sich des Gefühls nicht erwehren, dass Doktor Walter absichtlich in aller Ausführlichkeit davon erzählte, weil er genau wusste, dass Jo daran nicht interessiert war. Schließlich hielt er es nicht mehr aus.

»Woran stirbt jemand, wenn er gekreuzigt wird?«, platzte er dazwischen.

»Schluss damit, Jo!«, rief Sandner in scharfem Ton. »Bitte entschuldigen Sie die Unterbrechung«, sagte er, zu Doktor Walter gewandt.

»Lassen Sie nur. Es ist klar, warum Herr Weidinger hier ist. Wie ich Ihnen sagte, äußere ich mich nicht zu aktuellen Fällen«, erklärte Doktor Walter.

»Lassen wir den Fall außen vor. Es geht mir um allgemeine Fragen«, versprach Jo.

Der Rechtsmediziner zögerte.

»Also schön«, gab er nach. »Was wollen Sie wissen?«

»Wie eine Kreuzigung abläuft und was im Körper passiert.«

»In allen Details?«

Jo nickte.

»Wie Sie wollen«, erwiderte der Rechtsmediziner und grinste.

»Viele glauben, die Römer hätten die Kreuzigung eingeführt, aber das stimmt nicht. Kreuzigen war eine in der Antike weit verbreitete Hinrichtungsart. Erfunden wurde sie von den Phöniziern, einem Seefahrer- und Handelsvolk im Mittelmeerraum. Dort fesselte man Verurteilte jedoch nicht an ein Kreuz, sondern an einen Baum. Die Römer nannten diesen später sinnigerweise *arbor infelix*, also Unglücksbaum. Man überließ die Delinquenten dem Erfrieren oder Verdursten. Daher dauerte der Todeskampf oft Tage.«

Doktor Walter machte eine Pause.

»Durch Handelskontakte der Phönizier gelangte diese Hinrichtungsart ins Zweistromland zu den Assyrern. Dort wurden die Verurteilten festgebunden, aber noch nicht angenagelt. Das kam erst im Makedonischen Großreich in Mode. Dort wurden besondere Richtplätze geschaffen, meist auf einem Berg oder Hügel, und man nutzte eigens dafür vorgesehene Pfähle. Im Römischen Reich wurden vor allem Sklaven auf diese Weise hingerichtet – als Abschreckung, um andere Sklaven von der Flucht oder anderen Vergehen abzuhalten. Auch Aufständische in eroberten Gebieten wurden gekreuzigt. Die Kreuzigung war in erster Linie eine politische Strafe zur Sicherung und Aufrechterhaltung der Pax Romana. Allerdings eine häufig genutzte: In manchen Regionen wurden so viele Kreuze aufgestellt, dass das Holz knapp wurde.«

»Interessant, woher wissen Sie das alles?«, fragte Sandner. Der Rechtsmediziner lachte.

»Ich habe keine sinisteren Anwandlungen, falls Sie das denken. Bis vor Kurzem hatte ich keinen blassen Schimmer davon. Aus aktuellem Anlass habe ich mich kundig gemacht.«

Er machte wieder eine Pause.

»Genug von den geschichtlichen Zusammenhängen. Sie interessieren sich vermutlich vor allem für den physiologischen Teil. Die römische Hinrichtungsprozedur bestand aus vier Teilschritten: Zuerst erfolgte die Geißelung. Dafür verwendeten die Römer eine Peitsche, das Flagrum. Sie verfügte über mehrere Lederriemen oder Kordeln, die oftmals mit Bleikugeln oder Nägeln besetzt waren. Damit wollte man die Delinquenten erniedrigen und ihren Organismus schwächen. Der Körper verspannt sich durch die Schläge, die Haut platzt auf, Blut fließt ... Es war eine grausige Prozedur, die von den Zeitgenossen mit Begeisterung verfolgt wurde.«

Jo schluckte. Er war blass geworden.

»Soll ich fortfahren?«, fragte Doktor Walter, dem Jos Zustand nicht entgangen war.

Jo nickte, wobei er es vermied, ihn anzusehen.

»Der zweite Teil bestand im Tragen des Querbalkens zum Hinrichtungsplatz.«

»Mussten die Verurteilten nicht das vollständige Kreuz tragen?«, fragte Sandner.

»Da hat jemand seine Bibel gelesen«, erwiderte Doktor Walter spöttisch. »Ein Holzkreuz wiegt um die 150 Kilo. Nach dem Auspeitschen und dem damit einhergehenden Blutverlust wäre kaum ein Delinquent in der Lage gewesen, es einen Berg hochzuziehen. Daher trugen sie meist nur den Querbalken.

In der dritten Stufe wurden die Verurteilten an den Querbalken gefesselt oder angenagelt und schließlich im vierten Teil hochgehoben und an einen senkrechten Pfahl gehenkt. Damit begann die Kreuzigung im engeren Sinn. Das Annageln geschah so, dass der Blutverlust möglichst gering gehalten wurde. Anatomischen Tests zufolge wurden die Nägel nicht durch die Handflächen, sondern durch den Handwurzelknochen oder den Raum zwischen Elle und Speiche beziehungsweise durch die Fußwurzel oder das Fersenbein getrieben.«

Jo wurde noch eine Spur blasser. Doktor Walter fuhr ungerührt fort:

»Manchmal gab es auf halber Höhe ein Querholz, auf dem der Gekreuzigte sein Gesäß zeitweise abstützen konnte. Dies entlastete die Arme und erleichterte das Atmen. Die hängende Lage sorgt für Atemnot und Kreislaufprobleme, weswegen die Delinquenten versuchten, sich mit den Beinen abzustützen. Wenn Sie einmal Skitraining gemacht haben, wissen Sie, dass Sie das nicht lange durchhalten können. Danach sacken Sie wieder ab. Das geht in einem steten Rhythmus hin und her und ist für die Betroffenen eine Tortur. Der Tod tritt bei nicht bereits vorher geschwächten Menschen nach zwei bis drei Tagen ein – durch Ersticken, Kreislaufkollaps oder Herzversagen. Dem gehen Qualen wie Durst, Wundbrand und Verkrampfung der Atemmuskulatur voraus. Oftmals bestachen die Angehörigen die Henker, damit sie den Delinquenten die Füße beziehungsweise Unterschenkel brachen. Dadurch konnten sie sich nicht mehr abstützen und der Tod trat deutlich schneller ein.«

»Genug!«, unterbrach Sandner die Ausführungen. »Ich denke, wir haben verstanden, dass es eine furchtbar grausame Art und Weise ist, jemanden zu töten.«

»Die schlimmste, die mir in 25 Dienstjahren untergekommen ist«, pflichtete der Rechtsmediziner ihm bei. »Sie wollten hören, wie so etwas abläuft. Jetzt wissen Sie es.«

»Vielen Dank«, sagte Jo mit belegter Stimme.

»Wenn Sie keine weiteren Fragen haben, würde ich mich wieder an die Arbeit machen«, erwiderte Doktor Walter fröhlich. »Sofern Sie etwas über unser Gespräch veröffentlichen, möchte ich es vorher sehen.«

»Selbstverständlich«, versprach Sandner. Sie verabschiedeten sich. Draußen an der frischen Luft blieb Jo stehen.

»Geht's wieder?«, wollte Sandner wissen.

»Ja.«

»Gut. Dann kann ich dir die Ohren lang ziehen. Es war das allerletzte Mal, dass ich dich zu einem Termin mitgenommen habe«, schimpfte Sandner. »Du hältst dich an nichts, was wir vereinbart haben!«

»Tut mir leid.«

»Ich hätte mich nicht von dir bequatschen lassen sollen«, sagte der Journalist mehr zu sich selbst. »Und was hat es gebracht, außer dass ich vor Doktor Walter wie ein Idiot dastehe?«

»Du kannst es in eure Berichterstattung einfließen lassen.«

»Klar! Und als Nächstes drehe ich einen Horrorfilm, bei dem das Blut nur so spritzt. Was meinst du, wie unsere Leser darauf reagieren würden? Das sind überwiegend gesetzte ältere Herrschaften. Du hättest sehen sollen, wie blass *du* geworden bist.«

Jo machte ein zerknirschtes Gesicht.

»Zumindest wissen wir jetzt, dass Ernst Hoffmann nicht im Weinberg getötet wurde«, sagte er.

»Wieso das?«

»Wenn eine Kreuzigung bis zu drei Tagen dauert, kann es unmöglich dort passiert sein. Da kommen täglich Leute vorbei.«

»Hoffmann war ein alter Mann. Ich würde auf Herzinfarkt tippen.«

Jo schüttelte den Kopf.

»Er sah blass aus. Als hätte er viel Blut verloren.«

»Wenn er vorher ausgepeitscht wurde, könnte es daran liegen.«

»Glaube ich nicht.«

»Wieso? Hast du ihn von hinten gesehen?«

»Nein, ich bin ja kein Leichenfledderer. Außerdem wollte ich keine Spuren verwischen.«

Jo hielt inne.

»Interessant fand ich die Aussage, dass man allein kein Kreuz schleppen kann. Das deutet definitiv auf zwei Täter hin.«

»Für mich ist das alles Spekulation. Warten wir ab, was die Polizei herausfindet.«

Als Jo später in Ruhe darüber nachdachte, was sie von Doktor Walter erfahren hatten, kamen ihm Zweifel an der Schuld von Andre und Kolja Hoffmann. Er konnte sich nicht vorstellen, dass sie ihrem Vater so etwas Grausames angetan hatten – unabhängig davon, wie sehr sie sich mit ihm gestritten hatten.

Das rückte die Frage ins Zentrum, wer es stattdessen gewesen sein könnte, und was das Motiv war. Handelte es sich bei dem Täter doch um einen psychisch gestörten Einzeltäter? Er rief sich die Szene aus dem Weinberg in Erinnerung. Erst jetzt wurde ihm bewusst, dass es sich bei dem Kreuz nicht um ein Holzkreuz gehandelt hatte. Es hatte metallisch geglänzt und war deutlich schmaler gewesen, als man es von einem Holzkreuz erwarten würde. Zudem war Hoffmann nur festgebunden und nicht angenagelt worden. Jo fragte sich, was das zu bedeuten hatte. Es sprach jedenfalls gegen einen religiös motivierten Täter. Denn so jemand würde sicher versuchen, den Tod Jesu so exakt wie möglich nachzustellen, oder nicht? Jo seufzte. Sandner hatte recht: Angesichts der dünnen Faktenlage war alles bloße Spekulation.

KAPITEL 9

Zum Glück hielt die Arbeit im »Waidhaus« Jo in den nächsten Tagen von weiteren Grübeleien ab. Rüdiger Meynert, einer seiner Stammgäste, war 50 geworden. Der Unternehmer war ein großer Fan von Jos kulinarischen Künsten.

Obwohl er in Düsseldorf wohnte, kam er oft mit Geschäftsfreunden zum Essen. Deswegen hatte seine Frau ihm zum Geburtstag einen Abend im »Waidhaus« geschenkt und Jo gebeten, eigens für ihren Mann ein Menü zusammenzustellen. Da der Unternehmer edle Whiskys und alte Portweine liebte, hatte Jo dies in seinem Menüvorschlag berücksichtigt. Als Vorspeise servierten sie Zweierlei von der Wachtel auf frischem Frühlingssalat an Portwein-Trüffelsoße, gefolgt von Pralinés von Ente und Gans mit Ingwer-Mango Chutney. Als Zwischengang servierten sie gebratene Jakobsmuschel auf Meeresfrüchterisotto und Hummerschaum. Als Hauptgang gab es in Single Malt eingelegten Rehrücken mit Whiskysoße, jungen Möhren und hausgemachten Kartoffelchips. Das Dessert bestand aus Tiramisu von frischen Beeren, Limettenjoghurtcreme und Holunderblüteneis mit Minze. Der Unternehmer war so begeistert, dass er es sich nicht nehmen ließ, in die Küche zu kommen und jedem von ihnen die Hand zu schütteln. Dazu gab es von seiner Frau ein üppiges Trinkgeld, was die Küchenmannschaft sehr freute. Meynert war anspruchsvoll, reiste viel und besuchte die besten Restaurants rund um den Globus. Ein Lob von einem Gast wie ihm war für Jo nicht mit Gold aufzuwiegen!

Am Montag hatte das »Waidhaus« Ruhetag, sodass Jo seit Längerem wieder dazu kam, sich auf sein Mountainbike zu schwingen und eine Runde durch die Weinberge zu drehen. Damit wollte er den Kopf freibekommen. Nachdem er sich geduscht und umgezogen hatte, beschloss er, dass es so nicht weitergehen konnte. Er musste etwas unternehmen! Nachdem er sich zum Mittagessen einen Salat zubereitet hatte, suchte er die Adresse des Weinguts der Hoffmann-Brüder heraus und fuhr hinüber ins Gründelbachtal. Einen halben Kilometer vom Weingut entfernt, stellte er den Wagen ab und ging das letzte Stück zu Fuß. Oberhalb des Weinguts fand er hinter einem Heckenkirschenstrauch ein bequemes Versteck, von dem aus er unbemerkt alles beobachten konnte. Jo wusste selbst nicht, was er sich davon erhoffte. Mutmaßlich hatte die Polizei die Söhne von Ernst Hoffmann vernommen und das Weingut durchsucht. Wenn dabei belastendes Material gefunden worden wäre, hätte die Polizei sie sicher in Gewahrsam genommen. Falls sie etwas mit dem Mord an ihrem Vater zu tun hatten, dürften sie kaum so unvorsichtig gewesen sein, die Tat bei sich zu Hause zu begehen. Denn dort würde die Polizei als Erstes nach Spuren suchen. Oder durfte sie das Haus ohne konkreten Tatverdacht nicht durchsuchen? Zumindest konnte er sich einen persönlichen Eindruck von ihnen verschaffen. Er hatte sich die Fotos auf ihrer Internetseite angesehen, aber das war nicht dasselbe. Jo war sich bewusst, dass man ihnen nicht an der Nasenspitze ansehen konnte, ob sie zu einem Mord fähig waren. Aber die Körpersprache vermittelte oftmals gute Hinweise auf die Persönlichkeitsstruktur eines Menschen, vor allem, wenn sich jemand unbeobachtet fühlte. Seine Geduld wurde auf eine harte Probe gestellt. Über eine Stunde tat sich nichts. Schließlich ging die Tür auf und ein Mann verließ das Haus. Jo schätzte ihn auf mindestens 1,90 Meter. Zudem hatte er eine kräftige Statur. Definitiv jemand, der eine schwere Last einen Hang hinaufziehen konnte, schoss ihm durch den Kopf. Keine voreiligen Schlüsse, schalt er sich selbst. Dem Foto auf der Internetseite nach zu urteilen, musste es sich um Andre handeln, den älteren der beiden. In seinem Schatten trat ein zweiter Mann aus dem Haus. Er war einen Kopf kleiner und schmächtig. Dennoch war die Ähnlichkeit unverkennbar. Sie unterhielten sich. Danach verschwand Kolja in der Kelterhalle. Andre ging zur Garage, öffnete das Tor und fuhr mit einem klapprigen Skoda vom Hof. Jo spähte durch sein Fernglas und hielt den Atem an. Kolja hatte die Haustür nur zugezogen und den Schlüssel stecken lassen. Das war seine Chance, das Haus zu durchsuchen! Kurz entschlossen pirschte er sich an das Weingut heran. Als er es fast geschafft hatte, hörte er ein Fahrzeug kommen. Augenblicklich ließ er sich zu Boden fallen und duckte sich ins tiefe Gras. Ein leuchtend roter Kleinwagen fuhr auf den Hof. Jo stutzte. Das Auto kam ihm vertraut vor. Und richtig, aus dem VW Polo stieg eine ihm allzu bekannte Person: Kati. Jo kramte hektisch in seiner Jackentasche nach seinem Smartphone. Bevor er ihre Nummer wählen konnte, war sie in der Kelterhalle verschwunden. Bestimmt würde sie versuchen, dort herumzuschnüffeln. Sie war allein mit einem potenziellen Mörder und er konnte nichts dagegen tun!

»Super, dass Sie spontan Zeit hatten«, sagte Kati zu Kolja Hoffmann. Der junge Winzer kam auf sie zu und schüttelte ihr die Hand. Sein Händedruck war fester, als man es dem schmalen Mann zugetraut hätte.

»Ich bitte Sie, wenn die Sommelière eines so bekannten Restaurants wie dem ›Waidhaus‹ mit dem Gedanken spielt, unsere Weine auf die Karte zu nehmen, räumen wir selbstverständlich einen Termin frei.«

»Ist Ihr Bruder nicht mit dabei?«, fragte Kati.

»Leider musste er weg. Keine Sorge, ich kann Ihnen genauso viel zu unseren Weinen erzählen wie er«, versprach Kolja.

»Daran habe ich nicht die geringsten Zweifel«, erwiderte Kati und lächelte charmant. »Seit wann besteht Ihr Weingut?«

»Wir haben es vor drei Jahren übernommen. Davor hat es

lange leer gestanden. Die dazugehörigen Weinberge waren ziemlich verwildert.«

»Muss viel Arbeit gewesen sein, alles wieder auf Vordermann zu bringen.«

»Absolut.«

»Wieso haben Sie sich auf Bioweine verlegt? Ist das nicht aufwendiger?«

»Wenn man wie wir mit einem neuen Angebot startet, muss man sich vom Wettbewerb abheben. Ist nicht so, dass der Markt auf uns gewartet hätte.«

Er machte eine Pause.

»Inzwischen sind wir mit unserem dritten Jahrgang in der Vermarktung und sehen allmählich die Ergebnisse unserer Aufbauarbeit. Die Nachfrage nach Bioweinen steigt, vor allem in der Gastronomie.«

»Ich dachte, der Hype wäre vorbei.«

»Keineswegs. Bio boomt. Fast ein Viertel der unter 30-jährigen Deutschen kauft regelmäßig Produkte aus ökologischem Anbau. Das gilt auch für Wein. Deswegen haben wir inzwischen unsere Palette erweitert. Neben verschiedenen trockenen und feinherben Rieslingen bieten wir einen halbtrockenen Müller-Thurgau, einen trockenen Weißburgunder, einen trockenen Rosé und zwei Rotweine an. Wenn Sie mögen, können wir mit der Verkostung beginnen.«

»Könnte ich mir vorher die Flyer zu Ihren bisherigen Jahrgängen ansehen?«

»Wieso das? Wollen Sie nicht lieber unsere aktuellen Weine probieren? Von den vorherigen Jahren sind nur noch ein paar Flaschen übrig.«

»Ich würde mir gern die Entwicklung des Sortiments ansehen. Bei einem neuen Weingut wie Ihrem finde ich das besonders wichtig.«

»Den Prospekt von unserem ersten Jahrgang habe ich nicht hier. Da müsste ich drüben im Haus nachsehen.«

»Würden Sie das für mich tun? Es würde mich sehr interessieren.«

Kolja Hoffmann sah die junge Sommelière unschlüssig an.

»Also schön«, gab er widerstrebend nach. »Es dauert einen Moment. Ich muss nachsehen, wo mein Bruder die alten Weinlisten abgelegt hat.«

»Kein Problem. Ich lese mir in der Zwischenzeit Ihr aktuelles Programm durch.«

Er bot ihr einen Stuhl in dem kleinen Büro in der Ecke der Halle an. Sie setzte sich. Kaum hatte er die Tür hinter sich geschlossen, sprang sie auf und begann, sich umzusehen. Sie wusste nicht genau, wonach sie suchen sollte. Irgendeinen Hinweis, der die Brüder mit dem Mord in Verbindung brachte. Wenn sie das Kreuz in dieser Halle gebaut hatten, könnten Spuren zurückgeblieben sein. Sie versuchte, sich zu erinnern, wie das Kreuz ausgesehen hatte. Sie war sich nicht sicher. Jedenfalls brauchten sie dafür eine Säge, Hammer und Nägel. Am anderen Ende der Halle gab es einige hohe Regale, in denen verschiedene Arbeitsmaterialien lagerten. Sie trat darauf zu und begann, sie durchzusehen. Plötzlich stutzte sie. Etwas kam ihr merkwürdig vor. Sie trat noch näher heran. Da erkannte sie, was es war. Ein kalter Schauer lief ihr den Rücken hinunter.

Jo blickte unruhig durch sein Fernglas. Vor einigen Minuten war Kolja Hoffmann aus der Halle gekommen und im Haus verschwunden. Wo war Kati abgeblieben? Wieso hatte Hoffmann sie allein gelassen? Der junge Winzer tauchte wieder auf. Eilig näherte er sich der Halle.

»Was machen Sie da?«, rief eine Stimme in scharfem Ton. Kati fuhr erschrocken herum. Kolja Hoffmann stand im

Eingang. Kati biss sich auf die Lippen. Sie war so vertieft gewesen, dass sie ihn nicht hatte kommen hören.

»Nichts«, stotterte sie. »Ich wollte sehen, was Sie für Gerätschaften haben.«

»Geh da weg!«, befahl Kolja aufgebracht. Ohne es zu merken, war er ins »Du« verfallen. Kati wich einen Schritt zurück, als er mit bedrohlicher Miene auf sie zukam. Hektisch sah sie sich nach einer Fluchtmöglichkeit um. Doch die Halle hatte nur einen Ausgang und der war durch Kolja versperrt! Instinktiv packte sie ihre Handtasche fester an. Kolja war fast bei ihr. Sein Gesicht war wutverzerrt …

Maria Dabrowski bückte sich und legte ein Holzstück in ihren Korb. Trotz der ausdrücklichen Anweisung des Bauern, nicht mehr allein in den Wald zu gehen, war sie durch die Hintertür hinausgeschlüpft und hatte sich auf den Weg gemacht. Viele Menschen hatten Angst allein im Wald. Vor allem, wenn es dunkel wurde. Maria nicht. Sie liebte den Wald. Er hatte eine beruhigende Wirkung auf sie: der Duft nach Tannen und Moos, das Rauschen der Blätter im Wind, das Knacken des Holzes, wenn es kälter wurde. Der Spaziergang war eine willkommene Auszeit von ihrer anstrengenden Arbeit auf dem Hof. Außerdem brauchte sie Feuerholz. Es war ein ausgesprochener Luxus, dass sie ein Öfchen in ihrer Kammer hatte. Die anderen Mägde beneideten sie darum. Was nutzte das Ding, wenn sie es nicht anheizen konnte? Sie beeilte sich, ihren Korb vollzubekommen. Unvermittelt blieb sie stehen. Sie hatte ein Knacken gehört. Sie konnte es nicht genau lokalisieren, meinte aber, dass es von links gekommen war. Maria lauschte angespannt. Es war nichts weiter zu hören. Bestimmt war es ein Tier, das sie aufgeschreckt hatte. Sie hob zwei weitere Holzstücke auf und noch eines. Ihr Korb war fast voll. Sie überlegte, ob sie noch mehr sammeln sollte. Für den kom-

menden Tag stand viel Arbeit an, sodass sie keine Zeit haben würde, in den Wald zu gehen. Sie vernahm erneut ein Knacken. Es hörte sich an, als wäre jemand auf einen Ast getreten. Diesmal kam das Geräusch von der anderen Seite. Und es klang deutlich näher ...

»Hallo, ist da jemand?«, rief sie und sah sich um. Niemand war zu sehen. Maria hatte das untrügliche Gefühl, dass sie beobachtet wurde. Die Situation wurde ihr unheimlich. Sie drehte sich um und wollte zurück zum Hof. Wie angewurzelt blieb sie stehen. Keine zehn Meter von ihr entfernt stand ein Mann. Seine Augen taxierten sie. In seinem Blick lag etwas Kaltes, Abschätziges. Sie wich einen Schritt zurück. Aus den Augenwinkeln heraus nahm sie eine Bewegung wahr. Ein weiterer Mann trat aus dem Schatten eines Baums. Dann noch einer. Gehetzt sah sie zwischen ihnen hin und her. Zwei weitere Gestalten tauchten auf. Insgesamt waren sie zu fünft. Sie sahen Maria schweigend an. Lauernd, als wären sie ein Rudel Wölfe. Schlagartig wurde Maria bewusst, was sie von ihr wollten. Sie ließ ihren Korb fallen und rannte um ihr Leben.

»Was versteckst du in deiner Tasche?«, schrie Kolja und trat auf Kati zu. Sein Gesicht war gerötet und die Ader auf seiner Stirn pochte. Kati wich weiter zurück. Ihre Handtasche hielt sie fest umklammert. Sie stieß mit ihrem Rücken gegen das Regal.

»Du hast was genommen, stimmt's?«

Seine Augen funkelten wütend.

»Blödsinn, ich hab mich nur umgesehen. Ich wusste nicht, dass das verboten ist«, gab sie zurück. Ihr selbstbewusster Ton brachte Kolja Hoffmann für einen Augenblick ins Stocken. Er atmete heftig und starrte sie mit weit aufgerissenen Augen an.

»Ich gehe jetzt«, sagte Kati. »Ich denke nicht, dass wir ins Geschäft kommen«, fügte sie spitz hinzu und versuchte, sich an ihm vorbeizuschlängeln. Er machte einen Schritt zur Seite und blockierte ihren Weg.

»Was soll das?«, fragte sie irritiert. Langsam bekam sie es mit der Angst zu tun.

Er griff nach ihrer Handtasche. Kati versuchte, sie festzuhalten. Es kam zu einem Gerangel.

»Hey, lass sie los!« Die Stimme eines Mannes gellte durch den Raum.

Kolja fuhr herum. Jo stand im Türrahmen und blickte ihn entrüstet an.

»Was ist hier los?«, wollte er wissen.

»Das geht dich gar nichts an«, zischte Kolja feindselig. »Wer hat dir erlaubt reinzukommen? Das ist Privatbesitz.«

»Ich wollte Wein kaufen«, sagte Jo. Kolja sah ihn misstrauisch an.

»Du lügst. Ihr zwei gehört zusammen!«, schrie er, machte einen Satz nach vorn und packte einen Spaten, der an der Wand lehnte.

»Ganz ruhig.« Jo hob abwehrend die Hände und versuchte, die Situation zu entspannen. Ohne Erfolg – der junge Winzer kam auf ihn zu, den Spaten bedrohlich ausgestreckt. An seinem Gesicht konnte Jo ablesen, dass er es ernst meinte. Unwillkürlich wich er einen Schritt zurück. Sein Blick fiel auf ein etwa ein Meter langes Vierkantholz, das neben der Tür lehnte. Hastig griff er danach.

»Wieso spioniert ihr uns aus?«, brüllte Kolja. Seine Augen funkelten hasserfüllt. Er schien jede Kontrolle über sich verloren zu haben. Er war fast bei Jo. Kati war vor Schreck wie gelähmt. Sie schrie auf, als Kolja zum Schlag ausholte.

Maria hatte jegliche Orientierung verloren. Obwohl sie wusste, dass nur das Dorf ihr Schutz bieten konnte, rannte sie weiter. Sie wollte weg, einfach weg! Sie hörte einen Pfiff links von sich und änderte die Richtung. Du musst schneller laufen, hämmerte es in ihr. Sie hörte einen weiteren Pfiff, diesmal von rechts. Sie schlug einen Haken und beschleunigte weiter. Ihre Lungen brannten, sie keuchte atemlos, aber die Furcht trieb sie unerbittlich voran. Die Pfiffe kamen in immer rascherer Folge – rechts, links, hinter ihr … und sie rückten immer näher. Maria wurde bewusst, dass ihre Verfolger sie hetzten wie ein waidwundes Tier. Schweiß rann ihr über die Stirn, Seitenstechen setzte ein, ihr Herz pochte so stark, als würde es gleich zerspringen. Sie konnte fast nicht mehr, aber sie durfte nicht nachlassen. Verzweifelt kämpfte sie um jeden Meter. Seit über einer Minute hatte sie keine Pfiffe mehr gehört. Der Waldrand konnte nicht mehr weit entfernt sein. Dort würde sie bestimmt auf Menschen treffen! Sie sah ihr Ziel vor Augen und holte das Letzte aus sich heraus …

»Kolja, leg den Spaten weg!«

Der Satz war nicht laut gesprochen. Dennoch war er so eindringlich, dass Kati ein kalter Schauer den Rücken hinunterlief. Augenblick ließ Kolja den Spaten sinken.

»Leg ihn weg.«

Widerstrebend folgte Kolja der Anweisung. Jo senkte das Vierkantholz, das er zur Abwehr erhoben hatte. Erleichtert sah er Andre Hoffmann an, der überraschend in der Halle aufgetaucht war.

»Was soll der Blödsinn?«, fragte Andre und warf seinem Bruder einen verärgerten Blick zu.

»Sie hat etwas gestohlen!«, rief Kolja anklagend und deutete auf Kati.

»Stimmt überhaupt nicht«, verwahrte sich diese.

»Was ist es?«, hakte Andre nach.

»Ich hab's nicht genau gesehen«, gab Kolja zu. »Sie hat hektisch was eingesteckt, als ich reingekommen bin. Danach hat sie ihre Handtasche so eigenartig festgehalten. Ich bin sicher, sie versteckt was.«

»Ich hab mir die Lippen nachgezogen«, behauptete Kati und nahm einen Lippenstift aus ihrer Handtasche. »Ich wollte nicht, dass Ihr Bruder das sieht.«

Andre musterte sie durchdringend. Er schien sich unschlüssig, wie er die Situation bewerten sollte.

»Warum sollte Kati bei Ihnen klauen? Das ist absurd«, sprang Jo ihr beiseite.

»Wer sind Sie?«, wollte Andre von ihm wissen.

»Er ist ihr Boss«, warf Kolja ein. »Ich hab sein Bild auf der Website des Restaurants gesehen. Er muss Schmiere gestanden haben, während sie herumgeschnüffelt hat.«

»Unsinn. Frau Müller fragt immer Tausend Sachen, die mich nicht interessieren. Seit wann das Weingut besteht und wieso welche Rebsorte angebaut wird. Mir geht es ausschließlich um den Geschmack und wie die Weine zu meinen Kreationen passen. Deswegen habe ich mich draußen in Ihrem Weinberg umgesehen und das Terroir begutachtet. Als ich in die Halle gekommen bin, sehe ich, wie Ihr Bruder auf meine Mitarbeiterin losgeht.«

»Sagten Sie nicht, Sie kommen allein?«, wollte Andre von Kati wissen.

»Herr Weidinger hat sich kurzfristig entschieden mitzukommen. Ich dachte nicht, dass es ein Problem ist.«

Andre Hoffmann sah nachdenklich zwischen ihnen hin und her.

»Sie müssen es meinem Bruder nachsehen. Uns ist neulich bei der Arbeit im Weinberg etwas gestohlen worden.

Seitdem ist er übervorsichtig. Am besten, du entschuldigst dich bei Frau Müller und Herrn Weidinger, Kolja.«

»Aber …«

Ein scharfer Blick von Andre brachte ihn zum Schweigen. Wie ein bockiges Kind starrte Kolja zu Boden.

»Entschuldigung«, presste er zwischen den geschlossenen Zähnen heraus, wobei er es vermied, Kati oder Jo anzusehen.

»Nachdem wir unser Missverständnis ausgeräumt haben – wollen wir mit der Weinverkostung beginnen?«, schlug Andre vor und lächelte gewinnend.

»Nee, danke!«, entfuhr es Kati. »Wir kaufen unseren Wein lieber woanders.«

»Schade«, bedauerte Andre. »Ist selbstverständlich Ihre Entscheidung. Am besten gehen Sie jetzt.«

Das ließen sich Kati und Jo nicht zweimal sagen und machten sich aus dem Staub.

Vor Maria Dabrowski wurde es heller. Sie schöpfte Hoffnung. Mit letzter Kraft rettete sie sich in die vermeintliche Sicherheit. Doch es war nicht der Waldrand. Nur eine Lichtung! Abrupt bremste sie ab. Vor ihr war einer ihrer Verfolger aufgetaucht. Er war genauso atemlos wie sie. Rechts und links erschienen weitere Männer. Maria fuhr herum, aber auch dort standen zwei von ihnen. Sie war umzingelt! Wie ein in die Enge getriebenes Tier drehte sie sich um die eigene Achse. Langsam kamen die Männer näher. Maria realisierte, dass sie keine Möglichkeit hatte, ihnen zu entkommen. Sie fingerte in ihrer Jackentasche und riss ein Messer heraus. Die Klinge pulsierte in ihrer Hand. Die Männer blieben stehen. Maria drehte sich in alle Richtungen, das Messer nach vorne ausgestreckt.

»Bleibt weg von mir!«, schrie sie ihre Verfolger an. »Ich stech euch alle ab!«

Sie drehte sich wieder um ihre eigene Achse und ließ keinen von ihnen aus den Augen. Die Männer standen still und musterten sie mit ausdruckslosen Mienen. Einer von ihnen machte einen Schritt nach vorn. Offensichtlich war er der Anführer der Gruppe. Maria riss das Messer nach oben.

»Keinen Schritt weiter!«, schrie sie ihn an. Ihre Stimme überschlug sich fast.

»Du wagst es, uns mit einem Messer zu bedrohen? Was glaubst du, wer du bist?«, sagte der Mann in verächtlichem Ton. »Du polnische Hure.«

Er machte einen weiteren Schritt auf sie zu. Was Maria mehr als alles andere ängstigte, war der Ausdruck in seinem Gesicht. Darin lag nicht der Hauch von Furcht. Nur ein kühles Abwägen. Und etwas Menschenverachtendes.

»Gott, ich schwör, ich tu's«, drohte sie ihm mit weit aufgerissenen Augen.

»Nichts wirst du!«, herrschte er sie an und kam weiter auf sie zu.

Marias Hand zitterte. Dennoch war sie fest entschlossen, sich zu wehren. Plötzlich packten sie zwei kräftige Arme von hinten und hielten sie fest. Maria schrie auf und versuchte, sich loszureißen, aber ihr Angreifer hielt sie mit eisernem Griff fest. Mit einem Satz war der Anführer bei ihr und schlug ihr das Messer aus der Hand. Maria bäumte sich auf und versuchte, nach ihm zu treten. Er schlug ihr ins Gesicht. Hart und schnell. Sie spürte, wie ihre Oberlippe aufplatzte. Blut rann über ihr Kinn.

»Halt still, du Miststück«, fuhr der Anführer sie an. Einer der Männer packte ihre Beine, sodass sie sich nicht weiter wehren konnte. Tränen der Wut und der Verzweiflung traten ihr in die Augen. Der Anführer sah sie abschätzig an.

»Hast du geglaubt, du hast gegen uns eine Chance, Polackenmädchen?«, höhnte er. Ein boshaftes Lächeln glitt über *seine Züge. Sie spuckte ihn an. Fassungslos starrte er sie an. Sein Gesicht verzerrte sich vor Wut und Hass. Er schlug wieder zu. Diesmal mit der blanken Faust. Der Schlag traf sie direkt an der Kinnspitze. Maria spürte einen stechenden Schmerz und ihr wurde schwarz vor Augen.*

Andre und Kolja Hoffmann standen sich in der Kelterhalle gegenüber.

»Bist du völlig von Sinnen?«, herrschte Andre seinen Bruder an. »Mit einem Spaten auf die Leute loszugehen! Ist das dein Plan, wie wir mehr Umsatz machen?«

Kolja sah verlegen zu Boden.

»Da lasse ich dich einmal allein und das kommt dabei heraus.«

Andre schüttelte vorwurfsvoll den Kopf.

»Tut mir leid.«

»Warum flippst du wegen so was komplett aus?«

»Du weißt genau, warum. Ich will auf keinen Fall ins Gefängnis. Vater hat mich oft genug eingesperrt. Das will ich nie wieder erleben.«

Andre schwieg betroffen.

»Du musst dich zusammenreißen. Wir dürfen uns keine Fehler erlauben«, beschwor er seinen Bruder.

Kolja nickte.

»Warum hast du sie überhaupt allein gelassen?«

»Sie hat mich ausgetrickst. Hat behauptet, sie will unser erstes Weinprogramm sehen. Das hatte ich nicht hier.«

»Wie lang war sie allein?«

»Weiß nicht, vier oder fünf Minuten.«

»In der Zeit kann sie nicht viel gesehen haben. Du siehst Gespenster, Kolja.«

Dieser schien nicht vollends überzeugt.

»Was machen wir, wenn sie zur Polizei geht?«

»Ist ja nichts passiert. Zum Glück bin ich rechtzeitig zurückgekommen.«

»Die könnten mich wegen Bedrohung anzeigen.«

»Unsinn. Falls doch, behaupten wir, sie wollte was klauen und du hast sie erwischt.«

»Das können wir nicht beweisen.«

»Es steht Aussage gegen Aussage. Da sie zwei sind und wir auch, können sie nichts machen.«

»Meinst du?« Kolja klang etwas beruhigter. »Was, wenn sie etwas entdeckt hat? Du weißt, was im Regal liegt.«

»Sie ist Sommelière und keine Winzerin. Sie hat keine Ahnung, was man für unsere Arbeit benötigt und was nicht.«

»Und falls doch?«

»Dann sorgen wir dafür, dass sie den Mund hält«, sagte Andre mit einem düsteren Gesichtsausdruck. »Wir sollten das Zeug wegräumen, am besten in den Keller. Sonst stolpert noch jemand anderes darüber.«

»Mach ich, Andre«, sagte Kolja schuldbewusst.

KAPITEL 10

Kati und Jo fuhren in ihrem Wagen vom Hof des Weinguts. Kati sah verlegen auf die Straße. Wenn sie eine Standpauke von Jo erwartet hatte, sah sie sich getäuscht. Er blickte aus dem Fenster und schwieg.

»Nun sag es schon«, unterbrach sie die Stille.

»Was?«

»Dass du mich gewarnt hast und es eine Riesendummheit war.«

»Muss ich das?«

»Nein.«

Sie schwiegen wieder.

»Da vorn steht mein Wagen«, sagte Jo und deutete auf den Volvo, der am Straßenrand parkte. Kati hielt an. Sie drehte sich zu Jo.

»Danke.«

»Wofür?«

»Dass du dazwischengegangen bist. Ich weiß nicht, was sonst passiert wäre.«

»Hunde, die bellen, beißen nicht«, antwortete Jo nüchtern.

»Ich fand die Situation bedrohlich. Es hat nicht viel gefehlt und er hätte zugeschlagen.«

»Halb so schlimm«, meinte er lässig.

Es entstand eine Pause.

»Was hast du dort gemacht?«, wollte sie wissen.

»Ich wollte Wein kaufen.«

»Von wegen. Du hast die Jungs beobachtet.«

»Spielt das eine Rolle?«

»Klar. Wenn du dich mit dem Fall beschäftigst, können wir gemeinsam ermitteln.«

»Kannst du vergessen.«

»Warum?«

»Weil es zu gefährlich ist.«

»Du hast auch herumgeschnüffelt.«

»Im Gegensatz zu dir hab mich aber nicht erwischen lassen. Das ist ein gewaltiger Unterschied.«

»Ich konnte ja nicht ahnen, dass der Typ komplett ausrastet.«

»Wie solltest du auch? Sie haben möglicherweise ihren Vater zu Tode gefoltert, aber sonst sind es nette und umgängliche Jungs«, spottete Jo.

»Du hast recht«, gab sie zu. »Jedenfalls wissen wir jetzt, dass wir auf der richtigen Spur sind. Die beiden haben etwas zu verbergen!«

Jo sah sie ungläubig an.

»Du willst immer noch weitermachen? Kolja wäre um ein Haar auf dich losgegangen! Was, meinst du, passiert beim nächsten Mal?«

»Ich lass mich von so einem Typen nicht einschüchtern.«

»Solltest du aber. Was hättest du gemacht, wenn ich nicht gekommen wäre?«

Kati zeigte ein schuldbewusstes Gesicht.

»Außerdem können wir es nach deinem Auftritt sowieso vergessen. Falls sie etwas herumliegen hatten, was sie belasten könnte, werden sie es stante pede verschwinden lassen.«

»Zu spät!«, rief sie und zog ein Plastiktütchen aus ihrer Handtasche. Es enthielt eine rote Flüssigkeit.

»Was ist das?«

»Da stand ein verdächtiger Kanister im Regal. Ich hab ihn aufgeschraubt und reingesehen. Das Zeug roch nach einer Mischung aus verschiedenen Chemikalien.«

»Dir ist bewusst, dass Ernst Hoffmann gekreuzigt und nicht vergiftet wurde?«

»Keine Sorge. Das hab ich nicht vergessen.«

Jo sah Kati ratlos an.

»Andre und Kolja nutzen das Gemisch, um ihren Wein zu panschen«, erklärte sie und lächelte triumphierend.

»Woher weißt du das?«

»Neulich hab ich im Fernsehen eine Dokumentation gesehen. Darin ging's um Weinpanscherei. In Ungarn und Bulgarien haben Winzer das Zeug eingesetzt, um bessere Bewertungen für ihre Weine zu bekommen. Es wurde in ähnlichen Kanistern gelagert wie der bei den Hoffmanns.«

»Solche Kanister sehen alle gleich aus«, wandte Jo ein.

»Der Inhalt aber nicht. Das Zeug hat dieselbe Farbe wie die Chemikalienmischung aus der Dokumentation. Deswegen habe ich was davon abgefüllt.«

»Was soll uns das bringen?«

»Wir lassen es analysieren und schon haben wir einen Beweis.«

Jo schüttelte den Kopf.

»Unerlaubte Chemikalien zu benutzen, ist eine Straftat«, beharrte sie.

»Mag sein. Wir sind aber nicht die Lebensmittelaufsicht.«

»Ach, du kümmerst dich nur um Mord? Wein zu panschen ist ein schweres Verbrechen«, empörte sich Kati. »Außerdem könnten die Taten zusammenhängen. Wenn Ernst Hoffmann mitbekommen hat, dass seine Söhne illegale Mittel verwenden, könnte er ihnen mit der Polizei gedroht haben. Oder er hat sie erpresst, dass sie wieder für ihn arbeiten.«

»Selbst wenn es so gewesen wäre – es gibt einfachere Wege, jemanden umzubringen, als ihn zu kreuzigen.«

»Sicher, aber der Verdacht wäre sofort auf sie gefallen. Wenn die Polizei von einem verrückten Einzeltäter ausgeht, sind sie aus dem Schneider.«

»Scheint mir weit hergeholt. Wie willst du das beweisen?« Sie hielt das kleine Tütchen hoch.

»Wir lassen die Probe analysieren und sobald wir das Ergebnis haben, sind sie dran.«

»Eine solche Analyse kostet mehrere 100 Euro. Willst du so viel Geld dafür ausgeben?«

»Ein guter Freund meines Vaters ist Lebensmittelchemiker. Wenn ich ihn nett bitte, analysiert er es umsonst für uns.«

»Und dann?«

»Melden wir es der Polizei.«

Jo war nicht überzeugt. Andererseits, wenn Kati sich damit beschäftigte, kam sie nicht auf andere dumme Gedanken.

»Mach mal«, brummte er.

Sie lächelte zufrieden.

Hans Gruber scheuchte ein Huhn beiseite, das eifrig am Boden pickte. Es hüpfte einen Meter weiter und gackerte aufgebracht.

»Blödes Vieh«, knurrte der Landwirt. Er trat auf den Hühnerstall zu. Man musste ihn täglich inspizieren und die Wasser- und Futterbehälter reinigen. Hygiene war extrem wichtig. Sonst bestand die Gefahr, dass man sich einen Befall mit der roten Vogelmilbe einhandelte. Im schlimmsten Fall gefährdete das den gesamten Bestand. Die Tiere produzierten erstaunlich viel Mist, der unangenehm roch und so scharf war, dass man ihn erst eine Zeit lang ablagern musste. Er hatte Hühner nie ausstehen können. Eines der Tiere lief ihm vor die Beine. Am liebsten hätte er danach getreten. Er sollte ihnen allen den Hals umdrehen, dachte er grimmig. Bisher hatte er sich dazu nicht durchringen können. Seine Frau Erika hatte Hühner geliebt. Er hielt inne. Drei Monate war sie jetzt tot. Gott, wie rasch die Zeit verging. Er machte sich an die Arbeit. Zuerst entfernte er den Mist mit einer Schaufel und lud ihn in seine Schubkarre. Die Einstreu folgte. Obwohl er die Arbeit hasste, ließ er sich Zeit. War ja nicht so, dass jemand auf ihn warten würde. Als er fertig war, schob er die Schubkarre zum Misthaufen und entsorgte die Ladung. Die Abenddämmerung setzte ein. Er hörte einen dumpfen Schlag hinter sich und fuhr herum. Er kniff die Augen zusammen und spähte in die Richtung, aus der das Geräusch gekommen war. Da war es wieder. Ein lautes Klappern! Er ließ die Schubkarre stehen und folgte dem Geräusch. Als er um die Hausecke bog, klapperte es erneut. Jetzt erkannte der Landwirt die Ursache. Die Tür zur Scheune stand offen und schlug gegen den Rahmen, als ein Windstoß über den Hof fegte. Hans Gruber äugte misstrauisch hinüber. Hatte er vorhin nicht den Riegel an der Tür vorgelegt? Der alte Mann zögerte. Er konnte sich nicht erinnern. In letzter Zeit ging es ihm häufiger so. Mit einem Mal hatte er das Gefühl, dass er nicht allein war. Er trat auf die Tür zu.

»Ist da jemand?«, rief er mit kräftiger Stimme. Es war kein Laut zu vernehmen. Neben dem Eingang lehnte eine Mistgabel. Hans Gruber griff danach und machte einen zögerlichen Schritt in die Scheune hinein. Er brauchte einen Moment, bis sich seine Augen an das Halbdunkel gewöhnt hatten. Vorsichtig begann er, die Scheune zu durchsuchen. Weiter hinten in der Ecke lagerten einige große Strohballen, die ein gutes Versteck boten. Er packte die Mistgabel fester an und trat entschlossen darauf zu. Als er am ersten Strohballen angelangt war, nahm er eine Bewegung wahr. Er riss die Mistgabel nach oben, aber es war zu spät! Bevor er reagieren konnte, sprang eine schwarze Katze mit einem riesigen Satz auf ihn zu und hätte ihn um ein Haar berührt. Kurz vor ihm schlug sie einen Haken und verschwand durch die offene Tür nach draußen.

»Gott, hast du mich erschreckt, Mieze!«, rief er ihr hinterher. Im Gegensatz zu Hühnern mochte er Katzen. Erleichtert stellte er die Mistgabel beiseite und ging zum Ausgang. Er schloss die Scheunentür, legte den Riegel vor und sicherte ihn mit einem Haken. Er rüttelte daran und vergewisserte sich, dass der Haken fest saß. Wieder hatte er das Gefühl, dass er beobachtet wurde. Er blieb stehen und blickte sich um. Niemand war zu sehen. Auch von der schwarzen Katze fehlte jede Spur. Er fragte sich, wohin sie verschwunden war. Gedankenverloren starrte Hans Gruber in die Ferne. Schließlich drehte er sich um und ging hinüber zum Wohnhaus. Kaum war der alte Mann im Gebäude verschwunden, löste sich eine dunkle Gestalt aus dem Schatten eines Baumes. Für einige Sekunden verharrte sie regungslos. Dann näherte sie sich lautlos dem Hof.

KAPITEL 11

Als Jo am nächsten Morgen in die Küche des »Waidhauses« kam, herrschte eine aufgekratzte Stimmung.

»Dobroe utro«, rief Pedro ihm zu und lachte, als er Jos verdutztes Gesicht bemerkte.

»Das heißt guten Morgen auf Russisch«, informierte Philipp ihn.

»Aha.«

»Daran musst du dich gewöhnen. Ute hat einen russischen Freund«, erklärte Pedro süffisant.

Jo war perplex. Ute winkte ab.

»Ist doch wichtig, dass Jo es weiß. Eventuell wanderst du demnächst nach Nowosibirsk aus.«

»Oder es gibt als Nachspeise nur noch russischen Zupfkuchen«, fügte Philipp hinzu und grinste. Ute war im »Waidhaus« für Torten und Kuchen zuständig. Karlheinz und Anton konnten nicht mehr an sich halten und brachen in lautes Gelächter aus. Davon angelockt, tauchte Kati in der Küche auf.

»Was geht denn hier ab?«, fragte sie.

»Würde ich auch gern wissen«, brummte Jo.

»Wir haben einen Restaurator für die Heiligenfiguren in der Sankt Martins Kirche gefunden«, sagte Ute. »Er kommt aus Russland.«

»Stell dir vor, er wohnt sogar bei ihr«, krähte Pedro dazwischen.

»Du bist ein Kindskopf«, tadelte Ute ihn. »Wir wollen die schönen alten Figuren seit Jahren aufarbeiten lassen. Die Gemeinde hat verschiedene Angebote eingeholt, die jedoch alle oberhalb unseres Budgets lagen. Insoweit ist Sergej Kolesnikow ein absoluter Glücksgriff für uns. Er arbeitet für kleines Geld und bekommt im Gegenzug freie Kost und Logis. Essen kann er im Pfarrhaus, aber weil der Pastor gegenwärtig zwei afrikanische Theologiestudenten beherbergt, hat er im Pfarrgemeinderat gefragt, ob jemand ein Zimmer frei hat. Und da ich bei mir genug Platz habe ...«

Ute hatte bis vor ein paar Jahren zusammen mit ihrem Mann eine Pension in Oberwesel betrieben. Nachdem ihr Mann überraschend verstorben war, hatte sie sich entschieden, die Pension zu schließen und bei Jo in der Küche anzufangen.

»Wenn Pedro nicht so eine blühende Fantasie hätte, wäre es nicht der Rede wert«, sagte sie in spitzem Ton.

»Sorry, Ute. Da sich bei dir männertechnisch nie was tut, machen wir uns natürlich Gedanken, wenn mal einer auftaucht.«

»Was für ein Glück, dass du der perfekte Ratgeber in Liebesdingen bist. Wobei, wenn ich es mir recht überlege, wechselst du deine Damenbekanntschaften schneller als andere ihre Hemden.«

»Touché«, erwiderte Pedro und grinste.

»Genug geschwätzt«, ging Jo dazwischen. »Was Ute in ihrer Freizeit macht, ist ihre Sache.«

»Genau!«, pflichtete Ute ihm bei. »Apropos Freizeit. Bist du noch auf der Suche nach einem Schachpartner?«, fragte sie Jo.

»Ja, warum?«

»Sergej hat mich gefragt, ob ich jemanden kenne, der ab und zu eine Partie Schach mit ihm spielen will.«

»Ist er gut?«

»Keine Ahnung. Am besten sprichst du selbst mit ihm.«

Jo zögerte. Seit er sich aus zeitlichen Gründen aus der örtlichen Schachmannschaft zurückgezogen hatte, war er auf der Suche nach einem Spielpartner. Allerdings waren seine Ansprüche hoch. Er war ein erstklassiger Schachspieler und wollte gegen jemanden spielen, der auf ähnlichem Niveau war und ihn entsprechend forderte.

»Also schön«, meinte er, »du kannst ihm meine Nummer geben. Kann er einigermaßen Englisch?«

»Keine Sorge. Sergej spricht Deutsch«, versicherte sie ihm.

Maria Dabrowski spürte, wie ihre Sinne zurückkehrten. Für einen Moment schwebte sie zwischen Ohnmacht und dem Wachzustand. Dann war sie wieder bei sich. Sie stöhnte. Um sie herum war es stockdunkel. Ihr Mund fühlte sich trocken und bitter an. Die schneidende Kälte, die eben noch wie ein weit entfernter Schmerz in ihrem Unterbewusstsein gepocht hatte, zuckte durch jede Faser ihres Körpers. Sie begann, unkontrolliert zu zittern. Ihre Kleidung war zerrissen und ihr Unterleib fühlte sich wie taub an. Die Erinnerung traf sie mit voller Wucht. Das Gefühl der Schande und Demütigung war fast noch schlimmer als die Schmerzen. Sie fuhr sich mit der Zunge über die Lippen und konnte das getrocknete Blut schmecken. Verzweiflung legte sich wie ein bleierner Mantel über sie. Sie durfte sich davon nicht überwältigen lassen. Sie musste dagegen ankämpfen! Wut breitete sich in ihr aus. Wut auf die Männer, die ihr das angetan hatten. Wut auf diesen schrecklichen Krieg, der sie überhaupt erst in diese Lage gebracht hatte. Mühsam versuchte sie, sich zu bewegen. Sie realisierte, dass sie festgebunden war. Ihre Arme waren ausgestreckt, ihre Beine gespreizt. Sie spürte hartes Holz, das gegen ihren Rücken drückte. Sie rüttelte an ihren Fesseln, zog, riss daran … ohne Erfolg. Sie versuchte, sich auf die rechte Hand zu konzentrieren. Wenn sie das

Seil nicht zerreißen konnte, gelang es ihr vielleicht herauszuschlüpfen. Sie ignorierte die Schmerzen, als das Seil tiefer in ihr Handgelenk schnitt. Sie fokussierte all ihre Gedanken und ihre Kraft darauf, die Hand frei zu bekommen. Sie drehte sie, so weit sie konnte, und versuchte, das Seil zu greifen. Sie musste es lockern, nur ein winziges Stück. Sie keuchte vor Anstrengung. Warum gab dieses verdammte Seil nicht nach! Sie kämpfte mit aller Verbissenheit.

»Hilfe! Ich brauche Hilfe!«, rief sie. Keine Reaktion. Sie schrie erneut um Hilfe. Diesmal, so laut sie konnte. Sie legte alle Kraft und Energie in ihre Schreie. Doch sie verhallten ungehört. Sie riss wieder an ihren Fesseln. Tränen rannen ihr über die Wangen. Ihre Verzweiflung wurde immer größer. Wieso hatten sie ihr das angetan?

»Bitte, helft mir doch!«, wimmerte sie. »Bitte, bitte, lieber Gott.« Mit letzter Kraft zerrte sie an ihren Fesseln. Das Seil schnitt so tief in ihre Haut, dass sie zu bluten begann. Aber das spürte sie nicht mehr. Die Kälte und die Müdigkeit krochen in alle ihre Glieder. Schleichend, aber unerbittlich. Maria versuchte, dagegen anzukämpfen. Sie wusste, dass sie nicht einschlafen durfte. Sie musste wach bleiben. Sie musste stark sein – für ihren Schatz, ihren geliebten Schatz Mikolaj. Sie sah ihn deutlich vor sich: Seine wunderschönen Augen, sein liebes Gesicht. Ihre Gedanken begannen zu verschwimmen. Sie spürte ihre Arme und Beine nicht mehr. Die Kälte, die Schmerzen, das Gefühl der Demütigung begannen zu verschwinden. Es fühlte sich an, als würde sie auf einer Wolke schweben. Eine wohlige Wärme umfing sie. Tief in ihrem Inneren sagte eine Stimme, dass sie sich diesem verführerischen Gefühl nicht hingeben durfte ... Sie kämpfte dagegen an ... aber der Sog wurde immer stärker. Bitte, lieber Gott, gib mir Kraft. Sie hielt stand, so lange sie konnte, aber der Sog in diese wohlige Wärme wurde

übermächtig. Sie gab nach und glitt hinüber in einen erlö-
senden Schlaf ...

»Weiß oder Schwarz?« Sergej Kolesnikow sah Jo fragend an.

»Sie können die weißen Figuren haben«, antwortete dieser großzügig.

»Ah, du willst sehen, wie ich eröffne«, erwiderte der
Russe und lachte. »Sehr clever, Jo Weidinger. So findet man
am schnellsten heraus, mit welchem Gegner man es zu tun
hat.«

Der Russe war eine beeindruckende Persönlichkeit.
Obwohl er mit seiner gedrungenen Gestalt, seinen breiten
Schultern, den kräftigen Oberarmen und seinen riesigen
Pranken auf den ersten Blick aussah wie ein Eisenbieger, lag
in seinen Augen einen Mischung aus Intelligenz, Neugier
und hintergründigem Humor. Wie alt mochte er sein? 50?
60? Mit seinen buschigen Augenbrauen und seinem krau-
sen Vollbart, der an verschiedenen Stellen grau zu werden
begann, erinnerte er Jo an ein Rübezahlbild, das er einmal
in einem Kinderbuch gesehen hatte. Es fiel ihm schwer, sich
vorzustellen, wie dieser augenscheinlich so grobschlächtige
Mann an feingliedrigen Restaurierungen arbeitete.

Da Sergej kein Auto besaß, hatten sie sich in Utes ehemaliger Pension verabredet. Der Russe stellte die weißen
Figuren auf seiner Seite des Schachbretts auf.

»Möchtest du einen Tee, bevor wir anfangen?«, fragte
Sergej und deutete auf einen Samowar, der neben ihm auf
einem Tischchen stand. Er war aufwendig verziert und mit
Ornamenten geschmückt.

»Gerne.«

»Ich hab nur Schwarztee.«

»Stört mich nicht.«

»Wie stark willst du ihn?«

Da Kolesnikow ihn konsequent duzte, entschied Jo sich, ihn auch nicht weiter zu siezen.

»Ich trinke ihn so wie du«, antwortete er.

Der Russe nickte anerkennend. Er bemerkte Jos neugierigen Blick.

»Die Leute halten mich für verrückt, dass ich meinen Samowar mit auf Reisen nehme. Er begleitet mich überallhin. Ich war damit sogar in China und in der Mongolei.« Sergej grinste. »Ich trinke meinen Tee am liebsten stark – nicht diese verdünnte Brühe, die ihr mit euren Teebeutelchen herstellt. Deswegen brauche ich meinen eigenen Samowar. «

Als Jo an seiner Tasse nippte, verzog er für den Bruchteil einer Sekunde das Gesicht, was Sergej nicht entging.

»Soll ich den Tee für dich verdünnen?«, bot er an und lächelte verständnisvoll.

»Nicht nötig«, erwiderte Jo. »Ich probiere gern Neues aus.«

»Du hast noch nie russischen Tee getrunken?«, fragte Sergej überrascht.

»Nein, nur türkischen. Der hat ebenfalls ein kräftiges Aroma. Allerdings hatte er keine so rauchige Note wie deiner.«

»Gut erkannt. Wir nennen ihn in Russland Karawanentee. 1638 schenkte ein mongolischer Herrscher unserem Zaren eine Ladung Tee. Das neue Getränk verbreitete sich rasch im Adel und der gehobenen Gesellschaft. 1679 schloss Russland einen Vertrag mit China über regelmäßige Teelieferungen, die mit Karawanen ins Land kamen. Die Transportzeit von China bis nach Sankt Petersburg betrug fast eineinhalb Jahre. Auf der Reise nahm der Tee seinen unverwechselbar rauchigen Geschmack vom Lagerfeuer der Karawanen an. Heute wird der Geschmack nach der Fermentierung zugegeben oder es wird Keemun, Schwarztee aus China, mit etwas rauchigem Lapsang Souchong gemischt.«

Sie begannen zu spielen. Sergej eröffnete mit Bauer e2 auf e4, was Jo mit Bauer von e7 auf e5 beantwortete. Anschließend brachte der Russe seinen Springer ins Spiel, was Jo umgehend konterte, indem er ebenfalls mit seinem Springer nach vorne rückte.

Nebenher unterhielten sie sich angeregt. Jo war normalerweise zurückhaltend, wenn er jemand Neues kennenlernte. Sergej verstand es jedoch geschickt, ihn mit unauffälligen Fragen und munterem Geplauder in ein Gespräch zu ziehen. Der Russe war ein geistreicher Erzähler und brachte Jo mit zahlreichen Anekdoten zum Lachen. Sein Leben war abwechslungsreich verlaufen. Er hatte zuerst Tischler gelernt und dabei festgestellt, dass er über ein besonderes Händchen verfügte, was die Aufarbeitung alter Möbel anging. Daher verlegte er sich auf die Restaurierung antiker Möbelstücke, hauptsächlich aus dem 16. und 17. Jahrhundert. Über einen Bekannten geriet er in Kontakt mit einem Restaurator der berühmten Tretjakow-Galerie in Moskau, die als die beste Sammlung russischer Kunst weltweit galt. Der Restaurator war so von seinen Arbeiten begeistert, dass er ihm einen Ausbildungsplatz in der Restaurationsabteilung des Museums verschaffte. Der Weg hin zu einer Karriere als Restaurator schien vorgezeichnet. Dann kam die Perestroika und mit ihr der Zusammenbruch der Sowjetunion. Die anschließende dramatische Wirtschaftskrise führte zu massenhaften Entlassungen in staatlichen Einrichtungen. Auch die Tretjakow-Galerie blieb davon nicht verschont und Sergej verlor seinen Posten. In den folgenden Jahren schlug er sich mit allen möglichen Gelegenheitsarbeiten durch. Er arbeitete auf dem Bau, fuhr zur See und reparierte Autos. Daneben verdingte er sich als Restaurator für

Privatleute, die ihre Familienschätze zu ihm zur Aufarbeitung brachten. Davon konnte er zwar nicht leben, aber es ermöglichte ihm, seinen geliebten Beruf wenigstens in seiner Freizeit auszuüben.

Bei all dem Geplauder war Jo entgangen, dass Sergej unauffällig eine Angriffsposition auf seinem linken Flügel aufgebaut hatte und ihn damit in die Defensive drängte. Er verlor einen Bauern und einen Springer und stand von da an unter Druck. Gnadenlos rückte der Russe Zug um Zug vor. Beide spielten nun konzentriert. Nur mit Mühe gelang es Jo, ein Remis zu retten.

»Gut gespielt!«, lobte Sergej und reichte ihm die Hand. »Ich dachte, ich hätte dich, aber du hast deinen Kopf aus der Schlinge gezogen.«

In der zweiten Partie spielte Jo mit den weißen Figuren. Diesmal wollte er sich nicht überraschen lassen und entschied sich für ein Königsgambit. Sergej ließ sich von Jos aggressivem Stil nicht aus der Ruhe bringen. Im Lauf der Partie gelang es ihm, Jos Angriff zu blockieren und selbst in die Offensive zu gehen. Dabei übersah er eine Falle, die Jo geschickt getarnt hatte, und verlor einen Läufer. In der Folge lieferten sie sich einen verbissenen Stellungskampf, in dem Jo nach und nach die Oberhand gewann. Doch diesmal war es Sergej, der sich in ein Remis retten konnte.

»Wollen wir noch eine Partie spielen?«, fragte Jo, der Blut geleckt hatte und hoffte, das nächste Match zu gewinnen.

»Ein andermal«, erwiderte Sergej. »Ich fange morgen mit der Restaurierung einer Marienfigur an. Eine herrliche Arbeit aus dem 17. Jahrhundert. Ich habe einen Fachaufsatz über die Zusammensetzung der Farben gefunden, die zu der Zeit in Deutschland verwendet wurden. Den wollte ich heute Abend noch lesen.«

Hans Gruber saß regungslos an seinem Küchentisch und lauschte in die Dunkelheit. Aus dem Flur hörte er das Ticken der alten Standuhr. Sonst war es still. Er beugte sich zur Stehlampe in der Ecke und schaltete sie wieder ein. Er starrte auf seinen leeren Teller und dachte darüber nach, was er tun sollte. Er wusste nicht, warum er so nervös war. Sein Gefühl sagte ihm, dass er nicht allein im Haus war. Deswegen hatte er das Licht gelöscht, um sich besser auf die Geräusche konzentrieren zu können. Unschlüssig sah er hinüber zur Anrichte. Kurz entschlossen stand er auf, trat auf den Messerblock zu und zog ein Messer heraus. Damit bewaffnet, machte er sich auf einen Rundgang. Er überprüfte alle Türen und Fenster, ob sie verschlossen waren. Nirgends fand sich der leiseste Hinweis darauf, dass sich außer ihm jemand im Haus befand. Als er aus dem ersten Stock in den Flur im Erdgeschoss zurückkehrte, hielt er inne. Er trat auf die Kellertür zu, öffnete sie, schaltete das Licht ein und machte sich mit zögerlichen Schritten auf den Weg nach unten. Die Luft roch modrig. Vorsichtig näherte er sich dem Treppenabsatz. Er erstarrte. Das Fenster zum Lichtschacht stand sperrangelweit offen. Es war groß genug, dass ein Mann in den Keller gelangen konnte.

»Ist da wer?«, rief er laut. Seine Stimme hallte von den Wänden wider.

»Ich bin bewaffnet«, drohte er. Angespannt lauschte er in den Raum. Außer seinem angestrengten Atem war nichts zu hören. Er packte den Griff des Messers noch fester an und machte die letzten Schritte nach unten. Unsicher sah er sich um. Bis auf einige Regale, zwei Wasserkästen und eine alte Holzkiste war der Raum leer. Der alte Mann schloss das Kellerfester und verriegelte es. Zurück im Flur, trat er auf das Sideboard zu, auf dem das Telefon stand. Er griff nach seinem Telefonverzeichnis, suchte eine Nummer heraus und wählte.

»Hier ist Hans«, sagte er, nachdem sich eine männliche Stimme gemeldet hatte. Es blieb still in der Leitung.

»Hallo, bist du noch dran?«, fragte Gruber.

»Was soll das?«, zischte der Angerufene verärgert. »Du weißt genau, dass du mich zu Hause nicht anrufen sollst.«

»Es ist dringend.«

»Ist es bei dir immer. Was willst du?«

»Jemand war in meinem Haus.«

»Wie kommst du darauf?«

»Ich war eben im Keller und das Fenster stand offen.«

»Kann es sein, dass du es selbst aufgemacht hast?«

Gruber zögerte. Er dachte an den modrigen Geruch im Keller. Plötzlich war er sich nicht mehr sicher. Warum konnte er sich in letzter Zeit nur so schlecht erinnern?

»Hast du dich im Haus umgesehen?«

»Ja.«

»Und?«

»Da war niemand.«

»Fehlt etwas?«

Der alte Mann dachte nach.

»Nein.«

»Na also. Bestimmt hast du das Fenster selbst geöffnet. Du hast es nur vergessen.«

Der Angerufene lachte erleichtert. Hans Gruber schüttelte unwillig den Kopf.

»Ich werde beobachtet.«

Es blieb wieder still in der Leitung.

»Bitte versteh meine Frage nicht falsch, Hans. Hast du getrunken?«

»Ich trinke nie allein«, erwiderte der alte Mann in beleidigtem Ton.

»Wer sollte dich denn beobachten?«

»Weiß ich nicht.«

»Das bildest du dir ein. Seit deine Frau tot ist, siehst du überall Gespenster. Niemand will dir was Böses.«

»Ich bin mir sicher.«

»Hast du jemanden gesehen?«

»Nein. Aber ich kann die Anwesenheit von jemandem spüren – immer wieder. Es hat angefangen, nachdem Ernst gestorben ist.«

»Daher weht der Wind.«

Der Angerufene lachte. Diesmal allerdings mit einer Spur Nervosität in der Stimme.

»Die Ermordung von Ernst hat nichts mit uns zu tun. Mach dir darüber keine Gedanken.«

»Warum sollte er sonst umgebracht worden sein?«

»Was weiß ich? Es könnten seine Söhne gewesen sein oder einer seiner Arbeiter. So schlecht, wie er sie behandelt hat, würde es mich nicht wundern.«

»Und wenn *sie* dahintersteckt?«

»Wer?«

»Du weißt, wen ich meine.«

»Du bist verrückt. Sie ist inzwischen eine alte Frau. Wie sollte sie so etwas bewerkstelligen?«

»Sie hatte immer Helfer.«

»Ich bin nicht mal sicher, ob sie noch lebt.«

»Sie hat uns Höllenqualen angedroht für das, was wir getan haben.«

»Ja, aber sie hat nicht gesagt, dass sie uns kreuzigen wird.«

»Wir müssen uns treffen«, forderte Gruber.

»Was?«

»Ruf eine Sitzung ein.«

»Du bist verrückt. Du weißt, dass man uns nicht zusammen sehen darf.«

»Ich bestehe darauf. Wir können uns bei mir treffen. Da sieht uns keiner.«

Der Mann in der Leitung zögerte.

»Wenn du die anderen nicht anrufst, mache ich es«, drohte Gruber.

»Also schön«, gab der Angerufene nach. »Die anderen werden nicht begeistert sein.«

»Ist mir egal«, knurrte Gruber. »Warte damit nicht zu lange. Sonst werde ich selbst aktiv.«

»Nur die Ruhe, Hans. Tu nichts Überstürztes.«

Der alte Mann schwieg.

»Ich will nicht der Nächste auf der Liste sein, verstehst du?« In seiner Stimme schwangen Angst und Unsicherheit mit. Der Angerufene biss sich auf die Lippen. Langsam begann er, sich ernsthaft Sorgen zu machen.

»Alles wird gut, Hans«, versuchte er, den alten Mann zu beruhigen.

»Jaja, ruf nur recht bald die Sitzung ein. Wir müssen etwas unternehmen.«

KAPITEL 12

Kati stand in der Tür zu Jos Büro und sah ihn erwartungsvoll an. Mit einer Handbewegung lud er sie ein, sich zu setzen.

»Wir haben sie!«, rief sie.

»Wen?«, fragte Jo begriffsstutzig.

»Andre und Kolja.«

Sie reichte Jo ein Blatt Papier. Er warf einen Blick darauf. Das Dokument wies viele Zahlen und Prozentzeichen auf.

»Das sind die Ergebnisse der Lebensmittelanalyse. Es handelt sich eindeutig um einen Mix aus Chemikalien, der für das Panschen von Wein verwendet wird.«

Kati lächelte stolz.

»Glückwunsch«, erwiderte er. »Sie haben also Chemikalien in ihrem Weingut. Was, wenn sie das Zeug verwenden, um den Boden zu reinigen oder die Holzstäbe in ihren Weinbergen zu imprägnieren?«

»Du machst dich über mich lustig«, stellte sie ernüchtert fest.

»Keineswegs. Ich will dir verdeutlichen, dass Ermittlungsarbeit ein kompliziertes Geschäft ist. Der Besitz von dem Zeug ist nicht illegal und solange sie nicht auf frischer Tat ertappt werden, können sie alles Mögliche behaupten, warum sie diese Chemikalien besitzen. Außerdem ist zweifelhaft, ob die Analyse vor Gericht zulässig wäre. Schließlich hast du die Probe unerlaubt entnommen.«

»Wenn sie das Zeug zum Imprägnieren von Holzstäben verwenden, wie kommt es dann in ihren Wein?«

Diesen Trumpf hatte Kati sich bis zum Schluss aufgehoben. Ihre Augen leuchteten triumphierend.

»Du hast ihren Wein analysieren lassen?«

»Klar.«

»Wie bist du da rangekommen?«

Jo sah sie durchdringend an.

»Sie vertreiben ihren Wein über eine Vinothek in Koblenz. Ich bin hingefahren, hab drei Flaschen gekauft und sie zusammen mit der Probe aus dem Kanister analysieren lassen. Die Konzentration im Wein ist nicht hoch, aber eindeutig nachweisbar – und zwar in allen drei Flaschen. Der Freund meines Vaters ist überzeugt, dass die Menge ausreicht, um den Geschmack der Weine spürbar zu verändern.«

Jo las sich die Analyse gründlich durch. Sie bestätigte alles, was Kati gesagt hatte. Zudem war sie auf dem offiziellen Papier eines Lebensmittelinstituts ausgedruckt und trug Stempel sowie Unterschrift.

»Respekt«, sagte er. »Du hast zwei Weinpanscher überführt.«

»Großartig, oder? Lass uns nach Koblenz fahren und es der Polizei melden.«

»Vergisst du dabei nicht etwas?«

»Was?«

»Den Mittagsservice.«

»Die anderen werden wohl mal ohne uns auskommen.«

»Nichts da. Das Geschäft geht vor.«

»Na schön, fahren wir danach«, erklärte sie bestimmt. Jo legte das Blatt mit der Analyse beiseite und erhob sich. Kati machte keine Anstalten, seinem Beispiel zu folgen.

»Sonst noch was?«, fragte er.

»Willst du keinen Termin vereinbaren?«

»Bei wem?«

»Hauptkommissar Wenger.«

»Kannst du vergessen. Wir müssen es der Lebensmittelaufsicht melden.«

»Du willst nicht zur Polizei gehen?«

»Weißt du, was Hauptkommissar Wenger macht, wenn
ich ihm damit komme? Er schmeißt mich hochkantig raus.
Oder er leitet ein Verfahren gegen mich ein.«

»Unsinn. Wir melden eine Straftat. Ist das nicht unsere
staatsbürgerliche Pflicht?«

»Weinpanschen ist kein Kapitalverbrechen. Warum sollte
sich die Mordkommission dafür interessieren?«

»Weil beides zusammenhängt. Der Alte ist seinen Söhnen auf die Schliche gekommen und sie haben ihn deswegen umgebracht.«

»Schöne Theorie. Nur leider fehlt dir jeglicher Beweis.«

»Kolja ist mit einem Spaten auf dich losgegangen. Erinnerst du dich, wie aufgebracht er war? Der wusste genau,
dass der Kanister in dem Regal lag. Er hatte Angst, dass
ich ihn gefunden habe. Die zwei schrecken vor nichts
zurück!«

»Du kennst Wenger nicht. Der kauft uns die Geschichte
niemals ab.«

»Dann gehen wir zu seinem Kollegen. Wie hieß er noch
mal?«

»Wieland.«

»Er machte auf mich ohnehin einen aufgeschlosseneren
Eindruck.«

Jo dachte nach.

»Also schön«, meinte er. Er setzte sich wieder an seinen Schreibtisch, suchte die Visitenkarte heraus und griff
zum Hörer.

»Wieland«, meldete sich der Beamte.

»Jo Weidinger hier. Wie geht es Ihnen?«

»Gut. Außer, Sie wollen wieder einen Mord melden. Ich

fürchte, Sie haben Ihr Pensum für diesen Monat ausge-schöpft«, antwortete der Oberkommissar launig.

»Wie kommen Sie denn darauf?«, fragte Jo pikiert. »Ich wollte etwas mit Ihnen besprechen.«

»Schießen Sie los.«

»Nicht am Telefon.«

»Machen Sie es nicht so spannend.«

»Darum geht es nicht. Ich muss Ihnen was zeigen. Sind Sie heute Nachmittag im Büro? Ich könnte gegen 15 Uhr bei Ihnen sein.«

»Na gut«, gab Wieland nach.

»Super«, freute sich Kati, nachdem Jo aufgelegt hatte. »Zum Glück hab ich Klamotten zum Wechseln mitgenom-men.« Im Restaurant trug Kati meist ein dunkles Kostüm und einen Sommelier-Pin. Für ihre Freizeit war ihr das Out-fit zu damenhaft.

»Ich glaube nicht, dass es eine gute Idee ist.«

»Was?«

»Dass du mitkommst.«

»Du willst allein nach Koblenz fahren?«

Sie sah ihn verständnislos an.

»Die werden nicht begeistert sein über unsere Nachfor-schungen. Du könntest deswegen Ärger bekommen.«

»Und du nicht?«

»Ich bin's gewohnt.«

»Kommt nicht in die Tüte. *Ich* hab die Sache aufgedeckt. Dazu stehe ich! Außerdem brauchst du mich als Zeugin, dass Kolja mit einem Spaten auf dich losgehen wollte.«

Jo seufzte. Es widerstrebte ihm, zur Polizei zu gehen, wenn sie nicht mehr in der Hand hatten als ein paar Flaschen gepanschten Weins und eine vage Vermutung. Dass Kati in dem Fall mitmischte, machte es nicht einfacher. Nachdem sie die letzten Teller für den Mittagsservice geschickt hatten, tauchte Kati in der Küche auf. Sie hatte sich umgezogen und trug eine Jeans und ein eng geschnittenes Poloshirt.

»Sollen wir los?«, fragte sie Jo.

»Ich geh kurz hoch in meine Wohnung und zieh die Kochsachen aus.«

»Wo wollt ihr denn hin?«, fragte Pedro neugierig, nachdem Jo verschwunden war.

»Zur Polizei.«

»Ich dachte, ihr hättet eure Aussage gemacht.«

»Es hat sich was Neues ergeben.«

»Und was?«

»Sei nicht so neugierig«, tadelte Ute ihn.

»Spielst du neuerdings auch Hobbydetektivin?«, hakte Pedro nach.

Kati grinste vielsagend.

»Ich würde mich da raushalten«, bemerkte Karlheinz.

Alle sahen ihn überrascht an. Der ehemalige Metzger war im »Waidhaus« für die Zubereitung des Fleisches zuständig. Er war ein ruhiger und gemächlicher Arbeiter und hielt sich meist aus den Gesprächen in der Küche heraus.

»Macht euch um Kati keine Sorgen«, ging Ute dazwischen. »Sie weiß, was sie tut.«

»Danke, Ute«, sagte diese und lächelte sie an.

»Sei bloß vorsichtig, dass du nicht festgenommen wirst«, warnte Pedro mit ernster Miene.

»Warum das?«, fragte Kati verblüfft.

»Weil dein Outfit heißer ist, als die Polizei erlaubt.«

»Idiot«, erwiderte sie und lachte.

»Boah, war der schlecht«, kritisierte Philipp ihn, als Kati gegangen war.

»Von wegen. Das war ein Hammerkompliment«, verteidigte Pedro sich.

»Nee, Alter, war voll billig.«

»Du hast keine Ahnung, wie man mit Frauen umgeht«, beschied Pedro den Jungkoch. Dieser lachte lauthals. Während er seit zwei Jahren eine feste Freundin hatte, hangelte sich Pedro von einer Kurzzeitbeziehung zur nächsten.

»Ich sehe, Sie haben Verstärkung mitgebracht«, begrüßte Oberkommissar Wieland Kati und Jo, als er sie am Empfang abholte. Sie folgten dem Beamten zum Aufzug und fuhren in den dritten Stock. Wielands Büro war klein, aber gemütlich. Er bot ihnen einen Kaffee an, was sie dankend ablehnten.

»Bestimmt schmeckt der Kaffee bei Ihnen im Restaurant besser«, mutmaßte Wieland und goss sich eine Tasse ein.

»Wir benutzen eine Siebträgermaschine«, erklärte Kati. »Das macht zwar mehr Aufwand, aber geschmacklich kann ein Kaffeevollautomat da nicht mithalten.«

»Ich wär froh, wenn wir einen Vollautomaten hätten«, bekannte der Oberkommissar, »für mehr als eine olle Filtermaschine hat Vater Staat leider kein Geld.« Er deutete auf die Kaffeemaschine in der Ecke, die einen abgenutzten Eindruck machte.

»Damit können Sie nie einen so vollmundigen Geschmack erreichen wie mit einer Siebträgermaschine«, bedauerte Kati. »Mit der richtigen Kaffeemischung kann man allerdings auch mit einer Filtermaschine passable Ergebnisse erzielen. Ich hab neulich eine Mischung aus 95 Prozent Arabicabohnen aus Guatemala und fünf Prozent Robusta aus Westafrika getestet. Die hatte ein umwerfendes Aroma aus Honigsüße, Karamell und Zartbitterschokolade. Wenn Sie wollen, bringe ich Ihnen eine Probe vorbei.«

»Sie kennen sich gut aus«, lobte Wieland. »Ich dachte, als Sommelière kümmern Sie sich nur um den Wein?«

»Wir sind für alle Getränke im Restaurant zuständig. Von den Spirituosen über den Wein bis hin zu Kaffee und Wasser.«

»Sie beschäftigen sich mit Wasser?«

»Da gibt es enorme Unterschiede. Das Hotel Adlon in Berlin hat 24 verschiedene Sorten auf der Karte.«

»Wahnsinn.«

Jo räusperte sich.

»Sorry«, sagte Wieland und grinste entschuldigend. »Sie wollten mir etwas Wichtiges mitteilen?«

Jo informierte den Oberkommissar, was sie bezüglich des Weins der Hoffmann-Brüder herausgefunden hatten, und reichte ihm das Blatt mit der Analyse. Wieland warf einen Blick darauf.

»Schön und gut«, brummte der Oberkommissar. »Warum erzählen Sie mir das? Weinpanscherei fällt in die Zuständigkeit der Lebensmittelüberwachung. Dafür gibt es eine eigene Behörde.«

»Ernst Hoffmann könnte seinen Söhnen auf die Spur gekommen sein, hat gedroht, sie anzuzeigen, und sie haben ihn deswegen umgebracht«, schaltete Kati sich ins Gespräch ein.

»Möglicherweise war es auch die Mafia oder der Ku-Klux-Klan«, spottete Wieland.

»Sie nehmen mich nicht ernst!«, empörte Kati sich.

Der Oberkommissar seufzte.

»Liebe Frau Müller, sollte sich diese Analyse bestätigen, haben Sie eine wichtige Entdeckung gemacht. Herzlichen Glückwunsch. Die Kollegen der Lebensmittelüberwachung werden sich freuen. Daraus einen Mordvorwurf zu konstruieren, scheint mir an den Haaren herbeigezogen.«

Kati sah zu Jo.

»Wir sollten ihm die Sache mit dem Spaten erzählen«, schlug sie vor.

»Was für ein Spaten?«, fragte Wieland.

Kati berichtete, was im Weingut von Andre und Kolja Hoffmann vorgefallen war.

»Sie haben auf eigene Faust herumgeschnüffelt, obwohl Hauptkommissar Wenger es Ihnen ausdrücklich verboten hat?« Wieland sah Jo vorwurfsvoll an.

»Mir hat er nichts untersagt«, bemerkte Kati schnippisch.

»Clever ausgedacht«, knurrte Wieland. »Schlimm genug, dass Sie selbst die Finger nicht davon lassen können«, sagte er, an Jo gerichtet. »Dass Sie zusätzlich Ihre Mitarbeiterin in Gefahr bringen, finde ich absolut verantwortungslos.«

»Jo hatte damit nichts zu tun. Er wusste nicht, dass ich ihnen einen Besuch abstatte.«

»Es war also reiner Zufall, dass Sie zum gleichen Zeitpunkt da waren?«

Kati biss sich auf die Lippen. Obwohl es der Wahrheit entsprach, hörte es sich nicht glaubwürdig an.

»Was spielt das für eine Rolle? Die beiden sind Betrüger und wir können bezeugen, dass sie gewalttätig sind. Das sollte für eine Durchsuchung reichen.«

»Noch mal – das ist ein Fall für die Lebensmittelüberwachung.«

»Bei Gefahr im Verzug dürfen auch Polizeibeamte eingreifen.«

»Soso. Und wo ist hier Gefahr im Verzug?«

»Der gepanschte Wein ist in Umlauf. Was könnte gefährlicher für die Bevölkerung sein als das?«

»Ob dieser Zusatz gesundheitsschädlich ist, kann ich nicht beurteilen. Ohne Durchsuchungsbeschluss läuft gar nichts.«

»Auch gut. Sie können zusammen mit der Lebensmittelüberwachung das Weingut durchsuchen. Wenn Sie dabei etwas entdecken, was in Zusammenhang mit dem Mord steht, darf es trotzdem verwendet werden. Das nennt man einen Zufallsfund.«

»Vielen Dank für die Nachhilfe in Rechtskunde«, sagte Wieland sarkastisch. »Woher wissen Sie das überhaupt?«

»Eine Freundin von mir hat Jura studiert. Die hab ich gefragt.«

»Sie beide geben ein wunderbares Ermittlerduo ab«, meinte der Oberkommissar. »Zu dumm, dass Sie in der Gastronomie arbeiten.«

Gedankenverloren starrte Wieland auf das Blatt mit der Analyse.

»Was ist nun?«, fragte Kati ungeduldig.

»Ich kenne jemanden in der Kreisverwaltung, der bei der Lebensmittelüberwachung arbeitet«, sagte der Oberkommissar. »Den werde ich über Ihren Verdacht in Kenntnis setzen.«

»Das ist alles? Informieren Sie wenigstens Hauptkommissar Wenger«, forderte Kati.

»Sie sollten froh sein, dass ich ihn außen vorlasse. Er geht an die Decke, wenn er hört, dass Sie sich jetzt zu zweit in unsere Ermittlungen einmischen.«

»Okay, vielen Dank für Ihre Mühe!«, unterbrach Jo den Disput. »Komm, Kati, wir gehen.«

Bevor sie etwas antworten konnte, war Jo aufgestanden und verabschiedete sich von Wieland. Widerstrebend folgte Kati ihm.

Nachdem sie gegangen waren, saß Oberkommissar Wieland noch eine Weile an seinem Schreibtisch und dachte nach. Er griff zum Telefonhörer.

»Ja?«, meldete sich Hauptkommissar Wenger.

»Ich muss was mit dir besprechen«, eröffnete Wieland ihm.

Auf der Rückfahrt starrte Kati wortlos aus dem Fenster. Als sie an Boppard vorbeifuhren, drehte sie sich zu ihm.

»Warum hast du mich nicht unterstützt?«

»Wobei?«

»Wieland zu überzeugen.«

»Ich hatte das Gefühl, du hast alles bestens im Griff.«

»Du weißt genau, dass ich keinerlei Erfahrung mit der Polizei habe.«

»Was hätte ich deiner Meinung nach tun sollen?«

»Ihm schildern, wie bedrohlich die Situation war.«

»Das hätte nichts geändert. Ich hab dir vorher gesagt, dass die Mordkommission sich nicht darum kümmert. Dank dir kann ich mir die nächste Tirade von Wenger anhören.«

»Wieland hat versprochen, er lässt ihn außen vor.«

»Wenger ist sein Vorgesetzter. Selbstverständlich rennt er zu ihm und verklickert ihm alles.«

»Bestens. Vielleicht findet Wenger meine Idee gut.«

»Selbst wenn – die Jungs wären schön dumm, wenn sie nicht längst alle Spuren beseitigt hätten.«

Kati machte ein langes Gesicht.

»Zumindest für die Weinpanscherei können wir sie drankriegen«, beharrte sie.

»Wunderbar. Sie kommen mit einem Mord davon, aber Hauptsache, die Lebensmittelaufsicht verpasst ihnen ein Bußgeld.«

»Was bist du denn so angefressen?«

»Weil uns ab jetzt die Hände gebunden sind. Die Hoffmann-Brüder wissen über uns Bescheid und Hauptkommissar Wenger leitet ein Verfahren ein, wenn wir uns weiter einmischen.«

»Für mich ist es ein Erfolg, dass der gepanschte Wein aus dem Verkehr gezogen wird. Was den Mordfall angeht, hatten wir ohnehin nichts in der Hand.«

»Du hast recht«, pflichtete Jo ihr resigniert bei. »Es war alles für die Katz.«

KAPITEL 13

Kolja Hoffmann stand am Fuße des Weinbergs und sah den Hang hinauf. Es war sozusagen ihr Hausberg, denn der Wingert grenzte direkt an ihr Weingut. Wenn die Weinstöcke weiter so intensiv austrieben, würden sie bald damit beginnen müssen, die Reben auf ein oder zwei Ruten zurückzuschneiden. Kolja verzog das Gesicht. Der Rebenschnitt war eine anstrengende Arbeit. Im Gegensatz zur Lese beschäftigten sie dafür keine Helfer, sodass sie jeden Tag selbst raus mussten. Er hörte ein Fahrzeug kommen. Überrascht sah er sich um. Sie erwarteten niemanden. Das Geräusch wurde lauter. Es hörte sich nach mehreren Autos an. Ein Polizeikombi mit blinkendem Blaulicht kam um die Kurve und fuhr auf den Hof. Gefolgt von zwei Kleinbussen und einem Zivilfahrzeug. Kolja war vor Schreck wie gelähmt. Die Gedanken rasten durch seinen Kopf. Plötzlich rannte er los.

»Halt, stehen bleiben!«, rief ein uniformierter Beamter, der aus dem ersten Fahrzeug sprang, noch ehe es vollständig zum Stillstand gekommen war. Kolja ließ sich dadurch nicht aufhalten und sprintete auf die Arbeitshalle zu. Er riss die Tür auf und schlug sie hinter sich zu. Der Polizeibeamte war ihm dicht auf den Fersen und hatte die Halle fast erreicht, als er hörte, wie die Tür von innen verriegelt wurde.

»Scheiße!«, fluchte er, während er vergeblich daran rüttelte. »Olli, wir brauchen die Ramme«, rief er zu einem der Minibusse hinüber, der hinter ihm angehalten hatte. Mehrere Beamte der Bereitschaftspolizei sprangen aus dem Fahrzeug. Einer davon trug eine schwarze Ramme in den Händen. Mit wenigen Schritten war er bei seinem Kollegen.

»Weg!«, brüllte er. Der zweite Beamte trat zur Seite. Krachend flog die Ramme gegen die Tür – einmal, zweimal … Beim dritten Schlag gab sie nach und flog auf. Die Beamten stürzten in die Halle. Hektisch sahen sie sich um. Von Kolja Hoffmann fehlte jede Spur.

»Keller!«, rief einer der Polizisten und deutete auf eine alte Holztür. Nach dem ersten Schlag mit der Ramme gab sie nach und wurde halb aus den Angeln gerissen. Die Beamten polterten die enge Treppe hinunter. Sie stießen auf einen schmalen Gang, von dem mehrere Räume abgingen. Im dritten davon stand Kolja Hoffmann und schüttete eine rote Flüssigkeit aus einem Kanister in ein angerostetes Waschbecken. Als er die Polizisten erblickte, ließ er den Kanister fallen und griff nach einer Holzlatte, die neben ihm an einem Regal lehnte. Noch bevor er damit ausholen konnte, war der erste Beamte bei ihm. Er wehrte den Hieb mit seinem Schlagstock ab und drückte Kolja gegen die Wand. Im nächsten Augenblick war der Raum mit Polizisten gefüllt. Einer von ihnen packte Koljas Hand und hielt sie fest, während ein anderer ihm die Holzlatte entwand. Kolja versuchte weiter, sich zu wehren und schlug mit der anderen Hand um sich. Die Beamten rangen ihn nieder und die Handschellen klickten. Drei Beamte saßen auf ihm und hielten ihn fest, sodass er sich kaum bewegen konnte.

»Genug gekämpft!«, schnaufte einer der Beamten. Es schien sich bei ihm um den Truppführer zu handeln. »Bist du vernünftig oder sollen wir deine Beine fixieren?«

»Ich krieg keine Luft«, presste Kolja zwischen den Zähnen hervor.

»Lasst ihn los!«, befahl der Truppführer. Widerstrebend erhoben sich seine Kollegen und halfen Kolja auf die Beine. Einer der Polizisten führte ihn aus dem Raum in Richtung der Treppe. Als sie dort ankamen, wurde Kolja langsamer. Der Beamte hinter ihm packte ihn an der Schulter und schob ihn energisch weiter.

»Ihr Dreckschweine, lasst mich los!«, brüllte Kolja, versuchte, die Hand abzuschütteln, und trat mit dem Fuß nach dem Polizisten. Sofort war einer seiner Kollegen bei ihnen und schlug dem jungen Winzer mit dem Gummiknüppel in die Kniekehlen. Kolja knickte ein und landete unsanft auf dem harten Steinboden.

»Aua«, schrie er, »ihr tut mir weh.«

Bevor er sich's versah, hatten sie seine Beine mit Kabelbinder gefesselt. Sie packten ihn und schleiften ihn die Treppe hinauf. Oben angekommen, ließen sie ihn auf dem Boden liegen.

»Probleme?«, fragte ein älterer Mann in Zivil.

»Der junge Mann hat sein Kämpferherz entdeckt«, erklärte einer der uniformierten Beamten und grinste. »Wir mussten ihn zu Boden bringen und fixieren.«

»Ist jemand verletzt?«

»Von uns nicht«, erwiderte der Truppführer. »Der junge Mann könnte ein paar blaue Flecken abbekommen haben.«

»Was hat er da unten gemacht?«

»Er wollte Beweismittel vernichten. Wir haben mehrere Kanister mit der roten Flüssigkeit gefunden, nach der wir suchen sollten. Zwei davon hat er ausgeleert. Die anderen konnten wir sicherstellen.«

Der Beamte in Zivil nickte.

In dem Moment betrat ein großgewachsener Mann die Halle. Fassungslos starrte er auf die Szene, die sich ihm bot.

»Kolja, geht's dir gut?«, fragte er besorgt.

Der junge Mann nickte.

»Sind Sie Andre Hoffmann?«, fragte der Beamte in Zivil.

»Ja.«

»Sie sind vorläufig festgenommen.«

»Weswegen?«

»Das erfahren Sie auf dem Präsidium«, antwortete der Mann in Zivil und gab den Beamten von der Bereitschaftspolizei ein Zeichen. Sie traten auf Andre Hoffmann zu und legten ihm Handschellen an.

»Wir wollen einen Anwalt«, forderte Andre.

»Bekommen Sie«, versprach der Mann ihn Zivil. Sein Name war Thomas Altmann. Er war Hauptkommissar im Betrugsdezernat.

»Du sagst nichts, hast du verstanden?«, rief Andre seinem Bruder zu. Dieser nickte stumm.

»Sie tun sich und Ihrem Bruder damit keinen Gefallen«, schimpfte Altmann.

Auf sein Zeichen hin brachten die Polizisten sie aus der Halle.

Hauptkommissar Altmann sah sich um. Er winkte zwei Männern in Zivil zu, die in der Nähe der Tür gewartet hatten.

»Sie können Ihre Arbeit aufnehmen«, teilte er einem von ihnen mit. Es handelte sich um einen Mitarbeiter der Lebensmittelüberwachung. »Die Kollegen von der Bereitschaftspolizei werden Sie bei der weiteren Durchsuchung unterstützen. Außerdem sollen Proben von den Tanks genommen werden.«

Der Mitarbeiter der Lebensmittelüberwachung nickte und verschwand mit zwei uniformierten Beamten im Keller.

»Nun zu dir, Martin«, sagte Altmann zu dem anderen Mann in Zivil. »Du kannst dich umsehen, aber nur im Rahmen des Durchsuchungsbeschlusses.«

»Geht klar«, grinste Wieland. »Wir leisten lediglich Amtshilfe, Kanister mit einer roten Flüssigkeit zu suchen. Und natürlich Unterlagen, die Hinweise darauf enthalten, dass die Jungs Wein gepanscht haben. Ich fürchte, dafür müssen wir das Haus gründlich durchsuchen.«

»Treib's nicht zu weit. Du weißt, dass die Richter es nicht mögen, wenn man bei den Zufallsfunden überzieht.«

»Kein Thema. Ich halte meine Augen nur nach gepanschtem Wein offen.«

Er grinste wieder.

»Wieso ist Torsten nicht mitgekommen?«, wollte Hauptkommissar Altmann wissen.

»Er hält es für eine Schnapsidee. Ich seh's anders. Wenn wir die Gelegenheit haben, uns umzusehen, sollten wir sie nutzen.«

»Was suchst du überhaupt? Ist der Mord nicht im Weingut vom alten Hoffmann verübt worden?«

»Ja, aber wir haben die Mordwaffe nicht gefunden.«

»Die beiden müssten schön dumm sein, sie ausgerechnet hier zu verstecken.«

»Man weiß nie.«

»Viel Erfolg bei der Suche. Und vergiss nicht, wir haben einen gut bei euch.«

»Von wegen. Ohne meinen Tipp wärt ihr nie auf den gepanschten Wein gestoßen. Ihr müsstet *uns* einen ausgeben.«

Altmann winkte lachend ab.

»Wie hast du eigentlich davon erfahren?«

»Hinweis aus der Bevölkerung«, nuschelte Wieland.

»Anruf für dich«, informierte Kati Jo, der dabei war, die Soße für den Hirschbraten abzuschmecken.

»Wer ist es?«, fragte er unwillig.

»Klaus Sandner.«

»Sag ihm, ich rufe zurück.«

»Okay.«

Einige Minuten später saß Jo in seinem Büro und wählte die Nummer des Journalisten.

»Was gibt's?«, wollte er wissen.

»Big News!«, platzte Sandner heraus. »Die Polizei hat die Hoffmann-Brüder festgenommen.«

»Echt? Wann?«

»Heute morgen.«

»Weswegen?«

»Was ist denn das für eine Frage? Wegen des Mordes natürlich.«

»Bist du sicher?«

»Warum sollten sie sonst verhaftet worden sein?«

Erst jetzt fiel Jo ein, dass er Sandner nicht über den gepanschten Wein informiert hatte. Er erzählte ihm, was er mit Katis Hilfe herausgefunden hatte.

»Hm, das wirft ein anderes Licht auf die Angelegenheit. Wir waren drauf und dran, über die Festnahme auf unserer Internetseite zu berichten. Sollten sie wegen dieser Weinsache festgenommen worden sein, müssen wir vorsichtig sein. Logischerweise denkt jeder, es geht um den Mord. Nicht, dass sie uns am Ende wegen Rufschädigung verklagen!«

»Sorry, wenn ich dir damit eine gute Geschichte kaputt gemacht habe.«

»Quatsch. Ich bin dir dankbar.«

Sandner machte eine Pause.

»Warum hast du Kati in den Fall mit reingezogen? Ist es nicht genug, dass du dich selbst in Gefahr bringst?«

»Ist nicht meine Schuld«, verteidigte sich Jo. »Ich hab ihr mehrfach klar und deutlich gesagt, dass sie die Finger davon lassen soll, aber sie wollte nicht hören.«

»Da siehst du mal, wie es mir mit dir geht«, meinte Sandner und lachte.

»Bitte halt mich auf dem Laufenden, was die Hoffmann-Brüder angeht.«

»Klar. Allerdings muss ich selbst erst mal sehen, dass ich mehr zu den Hintergründen herausbekomme.«

Kaum hatte Jo aufgelegt, stand Kati in der Tür.

»Und?« Sie sah ihn neugierig an.

»Die Polizei hat sie festgenommen.«

»Haben sie doch auf mich gehört!«, rief sie und ballte triumphierend die Faust.

»Nicht notwendigerweise.«

»Wir informieren die Polizei und am nächsten Morgen rücken sie zur Festnahme an? Das kann kein Zufall sein.«

»Vermutlich hast du recht«, gab er zu. »Gute Arbeit, Kati!«

»Danke«, antwortete sie und strahlte übers ganze Gesicht.

»Wollen Sie etwas trinken?«, fragte Hauptkommissar Altmann. Kolja Hoffmann lehnte wortlos ab. Der Kriminalbeamte seufzte. Seit 20 Minuten versuchte er, den jungen Winzer in ein Gespräch zu verwickeln – ohne Erfolg. Kolja Hoffmann hatte die Arme vor dem Körper verschränkt und starrte auf die Tischplatte. Altmann ärgerte sich, dass es ihnen nicht gelungen war, die Brüder getrennt festzunehmen. Anscheinend hatte der Ältere einen immensen Einfluss auf seinen Bruder. Jedenfalls hatte Kolja keinen Mucks mehr gesagt, seit Andre ihm die Anweisung gegeben hatte zu schweigen.

»Wollen Sie nicht reinen Tisch machen? Denken Sie daran, wie viele Menschen Sie in Gefahr bringen, wenn Ihr Wein weiter in Umlauf ist.«

»Unser Wein ist nicht gesundheitsgefährdend«, entfuhr es Kolja. Er funkelte den Hauptkommissar wütend an.

»Woher wollen Sie das wissen? Haben Sie das Zeug klinisch testen lassen?«

Kolja merkte, dass er dem Beamten auf den Leim gegangen war, und biss sich auf die Lippen.

»Wo haben Sie die Chemikalien her? Haben Sie sie selbst zusammengemixt oder beziehen Sie alles vorgefertigt von einem Lieferanten? Wenn Sie uns verraten, von wem, könnte sich das strafmildernd für Sie auswirken.«

Kolja schwieg wieder eisern.

»Warum tun Sie sich nicht einen Gefallen und sagen uns, was wir wissen wollen? Wir haben Proben aus Ihren Tanks und aus verschiedenen Weinflaschen gezogen. Außerdem haben wir ein Dutzend Kanister von dem Zeug gefunden, mit dem Sie und Ihr Bruder den Wein aufgepeppt haben. Sobald die Ergebnisse der Inhaltsanalyse vorliegen, nützt Ihnen Leugnen ohnehin nichts mehr.«

Kolja starrte demonstrativ aus dem Fenster.

»Wie Sie wollen«, sagte Altmann und erhob sich. »Ich gebe Ihnen ein paar Minuten Zeit zum Nachdenken. Wenn Sie dann nicht reden, haben Sie Ihre Chance vertan.«

Auf dem Flur stieß er auf Oberkommissar Wieland.

»Wie sieht's aus?«, fragte dieser.

»Stur wie ein Muli«, antwortete Altmann. »Hoffentlich ist sein Bruder vernünftiger.«

»Habt Ihr ihn noch nicht vernommen?«

»Er will mit einem Pflichtverteidiger sprechen, bevor er mit uns redet. Wir haben die Liste abtelefoniert, aber entweder sind sie nicht erreichbar, im Klientengespräch oder vor Gericht. Es ist zum Haareraufen.«

»Kann ich mein Glück versuchen?«

»Ihr habt bei der Durchsuchung etwas gefunden?«, fragte Altmann überrascht.

»Möglicherweise«, grinste Wieland.

»Ich komm mit«, entschied Altmann. »Robert, kannst du Kolja Hoffmann weiter befragen?«, rief er einem Kollegen durch eine geöffnete Bürotür zu.

Sein Kollege nickte und erhob sich.

Wieland und Altmann gingen zu einem Nachbarbüro. Davor stand ein uniformierter Beamter. Altmann nickte ihm zu und er machte bereitwillig Platz. Sie traten ein. Andre Hoffmann saß mit sorgenvoller Miene an einem Besprechungstisch. Vor ihm stand eine leergetrunkene Kaffeetasse.

»Was machen *Sie* hier?«, fragte er überrascht, als er Oberkommissar Wieland bemerkte.

»Ich hab gehört, dass Sie im Haus sind. Da dachte ich mir, ich guck für einen Höflichkeitsbesuch vorbei«, erwiderte dieser gutgelaunt. Er und Hauptkommissar Altmann setzten sich.

»Gibt es etwas Neues im Mordfall meines Vaters?«, wollte Andre wissen.

»Unter Umständen. «

»Was soll das heißen?« Andre sah Wieland irritiert an.

»Sie bleiben bei Ihrer bisherigen Aussage, dass Sie in der Nacht, in der Ihr Vater ermordet wurde, mit Ihrem Bruder zu Hause waren und die Aussaat von Begrünungspflanzen vorbereitet haben?«

»Ja«, sagte Andre misstrauisch.

»Haben Sie dabei zufällig dieses Seil verwendet?«

Wieland zog ein rund 20 Zentimeter langes Stück aus seiner Tasche und legte es in die Mitte des Tisches.

»Warum sollten wir bei der Pflanzenaussaat ein Seil verwenden?« Andre schien ernsthaft verblüfft.

»Wofür benutzen Sie es sonst?«

»Für alles Mögliche«, antwortete Andre kurz angebunden. »Was sollen diese komischen Fragen?«

»Sie geben zu, dass es Ihr Seil ist?«

Andre sah ratlos zwischen den Kriminalbeamten hin und her.

»Wir haben dieses Seil bei der Durchsuchung Ihres Weinguts gefunden.«

»Und?«

»Es handelt sich um dieselbe Seilart, wie sie bei der Kreuzigung Ihres Vaters verwendet wurde.«

Andre Hoffmann wurde blass.

»Sie wollen uns unterstellen, wir hätten unseren Vater umgebracht?«

»Er hat Sie buchstäblich vom Hof gejagt.«

»Unsinn. Mein Bruder und ich sind auf eigene Veranlassung gegangen.«

»Nachdem Sie sich heftig gestritten hatten und er Ihren Bruder geohrfeigt hat.«

Andre wurde noch eine Spur blasser.

»Woher wissen Sie das?«, fragte er.

»Sie geben es also zu?«

»Warum wir gegangen sind, ist unsere Privatsache. Es hat nichts mit der Ermordung zu tun.«

»Ihr Vater war wütend auf Sie und Ihren Bruder, weil Sie ihn im Stich gelassen haben. Das haben uns mehrere Zeugen bestätigt. Er hat von Ihrer Weinpanscherei erfahren und hat gedroht, Sie auffliegen zu lassen. Deswegen haben Sie ihn umgebracht.«

»Schwachsinn!«, rief Andre wütend. »Wir haben kein Wort mehr mit ihm geredet, seit wir das Weingut verlassen haben.«

»Und wie erklären Sie sich, dass beim Mord an Ihrem Vaters das gleiche Seil verwendet wurde, wie wir es bei Ihnen gefunden haben?«

»Wir haben es im Baumarkt gekauft. Es muss Hunderte von Leuten geben, die eine solche Seilart benutzen.«

»Legen Sie besser ein Geständnis ab. Wir werden jeden Stein in Ihrem Weingut umdrehen. Irgendwo finden wir eine Spur!«, drohte Wieland.

Andre Hoffmann schwieg. Er schien darüber nachzudenken, was Wieland eben gesagt hatte.

»Mein Bruder und ich sind bereit, ein Geständnis abzulegen«, erklärte er überraschend.

Die Beamten sahen ihn ungläubig an.

»Sie wollen den Mord gestehen?«, versicherte Wieland sich.

»Mord? Unsinn. Wir sind bereit zuzugeben, dass wir unseren Wein mit unerlaubten Mitteln aufgebessert haben. Allerdings nur, wenn Sie uns im Gegenzug Strafmilderung zusichern.«

»Das können wir nicht entscheiden. Dafür brauchen wir die Zustimmung der Staatsanwaltschaft«, wandte Hauptkommissar Altmann ein.

»Holen Sie sie ein. Sonst sage ich nichts mehr.«

»Schön, dass Sie bezüglich der Weinpanschereien reinen Tisch machen wollen«, äußerte sich Wieland. »Aber deswegen sind Sie bei der Mordsache nicht vom Haken.«

»Ich denke doch«, entgegnete Andre. Zum ersten Mal an diesem Tag huschte ein Lächeln über sein Gesicht.

»Erleuchten Sie uns«, forderte Wieland ihn auf.

»Erst will ich eine Vereinbarung mit der Staatsanwaltschaft. Anschließend können wir reden«, versprach Andre.

»Ich kümmere mich darum«, erklärte Altmann und erhob sich. Widerstrebend folgte Wieland ihm.

Als Ute nach der Mittagspause im »Waidhaus« eintraf, führte ihr Weg sie zuerst zu Jo ins Büro, der am Schreibtisch arbeitete.

»Die Polizei hat die Söhne von Ernst Hoffmann heute Morgen festgenommen und sie am Nachmittag wieder freigelassen«, teilte sie ihm mit.

»Woher weißt du das?«

»Meine Freundin, die im Gründelbachtal wohnt, hat es mir erzählt.«

»Und woher hat sie es?«

»Die Polizei ist am Morgen in voller Mannschaftsstärke angerückt. So was spricht sich rum.«

»Nein, ich meine, dass sie freigelassen wurden?«

»Sie war in der Nähe des Weinguts spazieren, als die Polizei die Brüder nach Hause gebracht hat.«

Jo schüttelte den Kopf. Wie war das möglich? Er bedankte sich bei Ute und rief Kati herein. Er informierte sie über die jüngste Entwicklung.

»Unfassbar!«, rief sie empört.

»Wahrscheinlich hat die Polizei bei der Hausdurchsuchung nichts gefunden.«

»Selbst wenn die Hoffmanns die Kanister haben verschwinden lassen – in den Weinflaschen ist das Zeug auf jeden Fall nachweisbar. Sie haben bestimmt nicht ihren gesamten Wein weggekippt. Außerdem hat die Polizei unsere Analyse vorliegen. Das können wir unmöglich auf uns sitzen lassen.«

»Was willst du tun?«

»Wir könnten bei Wieland anrufen und nachhaken.«

»Du glaubst doch nicht, dass er uns darüber Auskunft gibt.«

»Einen Versuch wär's wert.«

Kati sah ihn erwartungsvoll mit ihren ausdrucksstarken grünen Augen an.

»Also gut.«

Sie lächelte, kam um den Schreibtisch herum und stellte sich neben ihn.

»Ich will zuhören«, erklärte sie, als sie seinen irritierten Blick bemerkte. Als er den Hörer abnahm und die Nummer wählte, beugte sie sich dicht zu ihm hinunter. Er konnte ihr Parfüm riechen. Es duftete nach Jasmin, Iris und einem Hauch von Vanille. Er versuchte, sich auf das Telefonat zu konzentrieren.

»Herr Weidinger, was verschafft mir diesmal das Vergnügen Ihres Anrufs?«

»Wieso haben Sie die Hoffmanns freigelassen?«, fragte Jo vorwurfsvoll.

»Woher wissen Sie das?«

»Es stimmt also.«

Wieland seufzte.

»Wie oft muss ich Ihnen noch sagen, dass ich nicht mit Ihnen über eine laufende Ermittlung sprechen kann.«

»Wir liefern Ihnen zwei Betrüger auf dem Silbertablett und Sie lassen sie laufen.«

»Ich wüsste nicht, dass wir uns vor Ihnen rechtfertigen müssten«, gab Wieland kühl zurück.

»Hier wird was unter den Teppich gekehrt!«, empörte sich Jo. »Sie lassen uns keine andere Wahl, als an die Öffentlichkeit zu gehen.«

Kati grinste und streckte ihren Daumen nach oben.

»Das werden Sie bleiben lassen!«, blaffte der Oberkommissar ihn an.

»Sie haben die Chance, zwei potenzielle Mörder dingfest zu machen, und lassen Sie laufen.«

»Sie haben nichts mit dem Mord zu tun.«

»Woher wissen Sie das?«

»Weil sie ein Alibi haben. Ich sage Ihnen das nur, damit Sie Vernunft annehmen. Die Brüder haben zugegeben, dass sie ihrem Wein verschiedene Chemikalien beigemischt haben, damit er runder schmeckt. Das Zeug haben sie in Polen abgeholt. Auf der Rückfahrt sind sie kurz hinter der Grenze geblitzt worden – genau zu der Zeit, als ihr Vater ermordet wurde.«

»Daran gibt es keinerlei Zweifel?«

»Wir haben uns die Fotos der Verkehrsüberwachungskamera selbst angesehen. Kolja und Andre waren zur Tatzeit Hunderte Kilometer entfernt.«

Kati machte eine aufgeregte Handbewegung und deutete auf eine Weinflasche, die auf dem Sideboard stand.

Jo nickte.

»Was ist mit der Weinpanscherei? Dafür müssen sie auf jeden Fall belangt werden!«

»Die Lebensmittelüberwachung führt weitere Tests durch. Sollte sich herausstellen, dass die zugemischten Chemikalien ungefährlich sind, kommen sie mit einem blauen Auge davon. Jedenfalls, was die strafrechtliche Seite angeht. Zivilrechtlich sieht's anders aus. Alle Flaschen, die sich noch im Umlauf befinden, müssen eingezogen und vernichtet werden. Es kommen erhebliche Regressforderungen auf die Jungs zu. Das Weingut läuft ohnehin nicht gut. Würde mich nicht wundern, wenn sie danach pleite sind.«

»Vielen Dank für die Information.«

»Ich hab es Ihnen nur erzählt, damit Sie und Ihre Freundin die Finger von dem Fall lassen. Hauptkommissar Wenger hat getobt, als er von Ihrer Aktion gehört hat. Beim nächsten Mal geht er hundertprozentig gegen Sie vor. Lassen Sie es lieber nicht darauf ankommen.«

»Was machen wir jetzt?«, fragte Kati voller Tatendrang, nachdem Jo aufgelegt hatte.

»Nichts«, antwortete er knapp.

»Du willst nicht weiterermitteln?«

»Mit den Hoffmanns sind uns unsere Hauptverdächtigen abhandengekommen. Ich wüsste nicht, wo wir alternativ ansetzen könnten.«

»Und wenn alles ein abgekartetes Spiel ist? Sie könnten absichtlich in die Radarfalle gefahren sein und haben jemand anderen mit dem Mord beauftragt.«

»Du guckst zu viel Fernsehen. Wie sollten zwei Jungwinzer aus der Provinz einen professionellen Killer finden? Außerdem dürfte niemand so blöd sein, sich ein Alibi auszudenken, das nur funktioniert, wenn man eine andere Straftat zugibt …«

Kati musste einsehen, dass Jo recht hatte. Es ergab keinen Sinn. Immerhin war durch ihre Mithilfe ein Fall von Weinpanscherei aufgedeckt worden. Darauf war sie stolz. Dennoch wurmte es sie, dass sie in der Mordsache nicht weiterkamen. Die Detektivarbeit machte ihr Spaß. Klar, es war nicht ungefährlich. Aber das machte den Reiz aus. Außerdem fand sie es schön, außerhalb des Restaurants mit Jo zusammenzuarbeiten. Der Gedanke hing für einen Moment in ihrem Kopf fest. Schnell schob sie ihn beiseite. Besser, wenn sie sich auf ihre Arbeit im Restaurant konzentrierte. Damit hatte sie genug um die Ohren.

KAPITEL 14

Heinrich Brückner zog seine Jacke enger zusammen, als ein kühler Windstoß durch die Bäume rauschte. Seit fast fünf Minuten stand er regungslos auf der Waldlichtung und starrte die Tote an, die vor ihm auf dem Boden lag. Ihre hellen blauen Augen waren leer und ohne jeden Ausdruck. Ihre Gesichtszüge waren erschlafft und zeigten keine Spur mehr von den Qualen, die sie durchlitten haben musste.

»Ist der Amtsarzt informiert?«, wollte er von dem uniformierten Beamten wissen, der diensteifrig neben ihm stand.

»Jawoll, Herr Kriminalkommissar«, antwortete dieser zackig. »Wir haben ihn umgehend alarmiert, nachdem wir Ihrer Dienststelle Meldung erstattet haben.«

»Hat er gesagt, wann er kommt?«

»Er muss Gefangene untersuchen, die sich krankgemeldet haben. Danach wollte er sich ins Auto setzen und herkommen. Einer meiner Leute ist in der Dienststelle geblieben, um ihm den Weg zu zeigen.«

Brückner nickte. Er konnte sich immer noch nicht vom Anblick der Toten losreißen.

»Wissen wir, wer sie ist?«

»Ihr Name ist Maria Dabrowski. Sie hat als Magd auf dem Sauer-Hof gearbeitet.«

»Wo ist das?«

»In Damscheid. Keine drei Kilometer von hier.«

»Stammt sie aus der Gegend?«

Hauptwachtmeister Schmitz von der Schutzpolizei in Oberwesel verneinte.

»Sie ist eine Ostarbeiterin«, fügte er erklärend hinzu.

Obwohl er sich dafür schämte, spürte Brückner ein Gefühl der Erleichterung. Eine junge Frau, die vergewaltigt und ermordet worden war, sorgte erfahrungsgemäß für erhebliche Unruhe in der Bevölkerung, besonders auf dem Land. Bei einer Ostarbeiterin würde sich die Aufregung in Grenzen halten. Das gab ihm mehr Zeit für eine gründliche Untersuchung.

»Kannten Sie sie persönlich?«, wollte Brückner von Hauptwachtmeister Schmitz wissen.

»Nein. In den letzten zwei Jahren hat die Zahl der Fremdarbeiter deutlich zugenommen. Vor allem aus dem Osten. Wir versuchen, einen Überblick zu behalten und sehen uns die Listen der Neuankömmlinge an, aber es ist unmöglich, alle im Auge zu behalten. Da müssen wir uns auf die Bauernschaft verlassen.«

»Wer hat sie gefunden?«

»Die beiden.«

Der Hauptwachtmeister deutete auf zwei Männer, die einige Meter entfernt am Waldrand standen.

»Der ältere heißt Johann Seidl, der andere Willy Jung. Sie sind beide Knechte auf dem Schlegel-Hof.«

»Liegt der Hof auch in Damscheid?«

»Ja, es ist das große Anwesen in der Nähe der Kirche. Bestimmt sind Sie daran vorbeigefahren.«

Brückner nickte, obwohl er sich nicht daran erinnerte.

»Das Waldstück, in dem wir uns befinden, gehört zum Schlegel-Hof«, erläuterte Schmitz.

»Wer hat die Tote identifiziert?«

»Er.«

Der Hauptwachtmeister zeigte auf Johann Seidl. Er war groß und dürr. Die Situation schien ihm unangenehm zu sein. Jedenfalls trat er nervös von einem Bein auf das andere. Im

Gegensatz zu seinem Kompagnon: Dessen Gesicht zeigte keinerlei Regung. Teilnahmslos und mit leerem Blick sah er in die Ferne. Er war deutlich jünger, untersetzt und kräftig. Brückner schätzte ihn auf Mitte 30.

»Wieso ist er nicht eingezogen worden?«, fragte der Kriminalkommissar verwundert und deutete auf Willy Jung.

Schmitz zögerte.

»Er ist nicht der Hellste im Kopf«, sagte er, wobei er es vermied, in Richtung der beiden zu sehen. »Besser, wenn Sie Ihre Fragen an den anderen richten.«

»Haben Sie die Männer befragt?«

»Nur das Nötigste. Ich wollte den Ermittlungen der Kriminalpolizei nicht vorgreifen.«

»Wie lange müssen wir hier noch herumstehen?«, fragte Seidl, als Brückner auf ihn zutrat.

»Haben Sie es eilig?«

»Wir müssen zwei Bäume fällen und klein machen. Wenn wir es bis heute Abend nicht geschafft haben, bekommen wir Ärger.«

»Keine Sorge«, beruhigte Brückner ihn. »Es dauert nicht lang.«

Seidl nickte unwillig. Brückner fiel auf, dass er es vermied, in Richtung der Toten zu sehen.

»Sie haben sie gefunden?«

»Ja.«

»Um welche Uhrzeit war das?«

»Gegen halb neun.«

»Warum sind Sie zum Baumfällen ausgerechnet hierhergekommen?«

»Weil der Bauer es angeordnet hat. Er markiert die Bäume und sagt uns, wie viele wir fällen sollen.«

»Er war heute früh mit dabei?«, fragte Brückner.

»Nein, er hat die Bäume vor einer Woche gekennzeichnet.«

»Seitdem waren Sie nicht mehr hier?«

»Doch, vor drei Tagen. Da haben wir andere Waldarbeiten erledigt.«

»Gestern nicht?«

»Nein, da mussten wir auf dem Hof helfen.«

»Waren Sie auch dabei?«, wandte sich Brückner an Willy Jung. Der Kriminalkommissar sah ihn durchdringend an. Das Gesicht des jungen Mannes blieb völlig ausdruckslos.

»Ja«, erwiderte er einsilbig.

»Ist Ihnen heute Morgen jemand entgegengekommen?«

»Nein«, erwiderte Seidl.

»Und vor drei Tagen?«

»Auch nicht.«

»Ist Ihnen sonst was aufgefallen?«

»Er hat unser Holz genommen.«

»Wer?«

»Der Kerl, der ihr das angetan hat.«

Seidl deutete mit dem Kopf in Richtung der Toten.

»Woher wissen Sie das?«

»Weil er es für das Kreuz verwendet hat.«

»Sind Sie sicher?«

»Ja. Ich hab nachgesehen. Es fehlen zwei dünne Stämme von jeweils zwei Metern Länge.«

»Wo lagerten diese Stämme?«

»50 Meter von hier.«

»Ich will nach Hause«, sagte Willy Jung zusammenhanglos.

»Erst müssen wir noch was arbeiten, Willy«, erwiderte Seidl und klopfte ihm beruhigend auf die Schulter.

»Man sieht es ihm nicht an, aber der Anblick ist Willy aufs Gemüt geschlagen«, erläuterte Seidl.

»Sie ist nackig. Das schickt sich nicht«, erklärte Willy mit monotoner Stimme.

Die anderen Männer schwiegen betroffen.

»Hauptwachtmeister Schmitz sagte, Sie hätten die Tote identifiziert?«, nahm Brückner das Gespräch wieder auf.

»Ja«, antwortete Seidl.

»Kannten Sie sie gut?«

»Nur vom Sehen. Sie hat bei den Dorffesten Süßigkeiten verkauft.«

»Und Sie?«, fragte Brückner, an Willy Jung gerichtet. Dieser schüttelte den Kopf.

»Ein paarmal ist sie uns im Wald begegnet. Hat immer gelächelt und freundlich gegrüßt«, fügte Seidl hinzu.

»Wann war das?«

»Immer mal wieder.«

»War sie allein?«

»Ja.«

»Hat Sie das nicht gewundert?«

Der ältere Knecht zuckte mit den Schultern.

»Das muss der Bauer entscheiden, ob er eine Magd allein in den Wald schickt«, meinte er.

»Was hat sie dort gemacht?«

»Pilze gesammelt und Feuerholz.«

»Und Sie haben nie mit ihr geredet?«

»Ein, zwei Worte. Mehr nicht«, behauptete Seidl, wobei er es vermied, dem Kriminalkommissar in die Augen zu sehen.

»Ich halte mich an die Gesetze und meide den Kontakt mit Ostarbeitern«, erklärte er trotzig.

»Daran habe ich keine Zweifel«, erwiderte Brückner und lächelte feinsinnig.

»Man sollte eine Decke über sie legen«, sagte Seidl unvermittelt.

»Was?«

»Sie sollte nicht so daliegen, dass sie jeder sehen kann. Das *ist nicht recht. Sie war ein anständiges Mädel – katholisch dazu.«*

»Woher wissen Sie das, wenn Sie nie mit ihr gesprochen haben?«

Die Frage von Brückner kam wie aus der Pistole geschossen.

»Weil sie jeden Sonntag in die Kirche ging. Außerdem sind alle Polen katholisch, oder?«

Obwohl Brückner Zweifel daran hatte, dass Seidl die junge Frau nur so flüchtig gekannt hatte, wie er behauptete, ließ er es damit bewenden.

»Sie sagten, das Kreuz wurde mit zwei Pfählen von hier angefertigt?«

»Ich hab gleich gesehen, dass es unser Holz ist. Wir haben's ja selbst geschlagen.«

»Wie lang, denken Sie, hat es gedauert?«

»Zwei Pfähle herüberzuziehen geht fix. Danach hat er das Holz eingekerbt.«

»Woher wissen Sie das?«

»Sie liegt völlig gerade drauf. Daher müssen die Pfähle ineinander verschränkt sein.«

»Wie lang braucht man dafür?«

»Wenn einer eine Axt hat und damit umgehen kann, sicher nur einige Minuten.«

»Haben Sie etwas angefasst oder verändert?«

»Um Gottes willen, nein.« *Seidl schien ernsthaft schockiert.*

»Wenn Sie nicht nach dem Puls gefühlt haben, woher wussten Sie, dass sie tot ist?«

»Haben Sie ihre Augen gesehen? So schaut kein lebendiger Mensch.«

»Ist Ihnen sonst etwas aufgefallen?«

Die Männer verneinten.

»Können wir gehen?«, *fragte Seidl.*

Brückner nickte. Erleichtert verschwanden die Männer von der Lichtung.

Der Kriminalkommissar ging zurück zur Toten. Sein Bein schmerzte, als er es anwinkelte und sich auf den Boden kniete. Die verdammte Kriegsverletzung, dachte er und schnitt eine Grimasse. Im ersten Weltkrieg war eine Granate dicht neben ihm explodiert. Mehrere Granatsplitter hatten sein Bein durchschlagen. Im Feldlazarett hatten sie ihn mehr schlecht als recht zusammengeflickt. Seitdem war die Beweglichkeit des Beines deutlich eingeschränkt. Mühevoll beugte er sich nach unten und spähte in die Lücke zwischen dem Boden und dem Körper von Maria Dabrowski.

Seidl hatte recht. Die zwei Holzstangen wiesen eine Auskerbung auf, sodass sie ineinandergriffen. In der Mitte waren sie mit einem Seil zusammengebunden und formten ein Andreaskreuz. Im Gegensatz zur Vermutung des Knechts ging Brückner davon aus, dass sie es mit mindestens zwei Tätern zu tun hatten. Schließlich musste einer auf die junge Frau aufgepasst haben, während der andere das Kreuz zusammenzimmerte. Nachdem sie Maria Dabrowski festgebunden hatten, konnten sie sich ohne Mühe an ihr vergehen. Brückner spürte Wut in sich aufsteigen, drängte sie jedoch zurück. Er musste einen kühlen Kopf bewahren.

Der Amtsarzt traf ein. Sein Name war Ferdinand Eichler. Brückner kannte ihn dem Namen nach, war ihm bisher allerdings noch nicht persönlich begegnet.

Der Amtsarzt gab ihm zur Begrüßung die Hand.

»Blaue Augen, blonde Haare ... man könnte fast meinen, sie wäre eine Volksdeutsche«, sagte Doktor Eichler. »Ist gesichert, dass es sich um eine Ostarbeiterin handelt?«

»Ja.«

Der Amtsarzt bückte sich zu der Toten hinunter und schob die zerrissene Kleidung und Unterwäsche beiseite, sodass ihr

Körper freilag. Er inspizierte die Leiche gründlich von allen Seiten. Besonders viel Zeit nahm er sich für den Unterleib und ihre Beine, die mit Hämatomen und Hautabschürfungen übersät waren. Nach einigen Minuten richtete sich Doktor Eichler auf.

»Sie wurde zweifelsohne vergewaltigt. Vermutlich von mehreren Männern.«

»Sind Sie sicher?«

»Soweit man es unter den gegebenen Umständen sein kann. Wenn ihr ein einzelner Mann das angetan hätte, müsste er eine wilde Bestie sein. Ich hatte neulich einen Fall, bei dem eine Frau nacheinander von drei Männern missbraucht wurde. Ihr Körper wies ähnliche Spuren auf, wie wir sie hier sehen. Insoweit würde ich auf mehr als einen Täter tippen.«

»Woran ist sie gestorben?«

»Sie ist erfroren.«

»Tatsächlich? So kalt war es gar nicht«, wandte der Kriminalkommissar ein.

»Ein weitverbreiteter Irrtum«, belehrte Doktor Eichler ihn. »Die meisten Menschen glauben, man kann nur bei Minusgraden erfrieren. Das stimmt nicht. Wenn man sich nicht bewegt und der Körper, wie in diesem Fall, quasi nackt ist, kühlt er rasch aus. Sehen Sie sich ihre Finger an: Sie sind blau gefroren. Das ist ein typisches Symptom fürs Erfrieren. Der Körper verringert als Erstes die Durchblutung der nicht lebensnotwendigen Teile. Kühlt er weiter aus, nimmt der Blutfluss stark ab. Da das Gehirn nicht mehr ausreichend versorgt wird, verlieren die meisten Opfer das Bewusstsein. In der letzten Phase stellen die inneren Organe ihren Dienst ein. Üblicherweise tritt der Tod durch Kammerflimmern ein.«

»Wollen Sie nicht erst eine Autopsie durchführen, bevor Sie eine endgültige Einschätzung treffen?«, hakte Brückner nach.

»Ist nicht erforderlich. Es gibt keine ernsthaften äußeren Verletzungen. Die Seile haben an Armen und Beinen tief in die Gelenke geschnitten. Das spricht dafür, dass sie versuchte, sich zu befreien. Sie hat also noch gelebt, als die Männer von ihr abgelassen hatten.«

»Eine Autopsie bringt oft neue Erkenntnisse«, beharrte der Kriminalkommissar.

Doktor Eichler seufzte.

»Wir mussten letzte Woche zwei weitere Ärzte an die Front abstellen«, sagte er. »Wissen Sie, was mein Chef mir sagt, wenn ich unsere verbliebenen Ressourcen für die Sektion an einer Ostarbeiterin verschwende?«

»Machen Sie wenigstens eine gründliche äußerliche Untersuchung«, bat der Kriminalkommissar. »Und lassen Sie das Sperma untersuchen. Vielleicht bestätigt die Blutgruppenbestimmung Ihre Vermutung, dass wir es mit mehr als einem Täter zu tun haben.«

»Na gut«, gab Doktor Eichler nach. »Aber erwarten Sie keinen ausführlichen Bericht von mir.«

»Stichpunkte würde mir reichen.«

»Bekommen Sie«, versprach der Amtsarzt und machte sich auf den Weg.

Brückner starrte gedankenverloren auf den geschundenen Körper von Maria Dabrowski. Dann straffte er die Schultern.

»Lassen Sie den Leichnam in die Gerichtsmedizin bringen«, wies er den Hauptwachtmeister an.

»Wird gemacht, Herr Kriminalkommissar«, rief Schmitz und schlug die Hacken zusammen.

KAPITEL 15

»Denkst du über den Mord nach?«

Jo zuckte erschrocken zusammen. Er war so in Gedanken vertieft gewesen, dass er Ute nicht hatte kommen hören.

»Wolltest du nicht die Fischbestellung fertig machen?«

Schuldbewusst blickte Jo auf das Bestellformular, das unberührt vor ihm auf dem Schreibtisch lag. Eigentlich hatte er es vor einer halben Stunde ausfüllen wollen, aber er hatte an den Mord gedacht und seitdem darüber nachgegrübelt.

»Ich will dir keine Gardinenpredigt halten«, erklärte sie und lächelte nachsichtig. »Kati hat mir gesagt, dass ihr in dem Fall nicht weitergekommen seid.«

»Die Söhne haben ein hieb- und stichfestes Alibi. Sonst ist uns niemand eingefallen, der es gewesen sein könnte.«

»Ich hab was für dich.«

»Schieß los.«

»Ernst Hoffmann hat nicht nur seine Söhne, sondern auch seine Arbeiter schlecht behandelt.«

»Davon hab ich gehört. Speziell nachdem seine Söhne das Weingut verlassen hatten, soll er viel herumgebrüllt haben.«

»Dabei ist es nicht geblieben.«

»Du meinst, er ist handgreiflich geworden?«

Ute nickte.

»Woher weißt du das?«

»Ich hab meine Quellen«, erwiderte sie und lächelte geheimnisvoll.

»Sag schon.«

»Ein Bekannter aus dem Pfarrgemeinderat hat es mir erzählt. Er ist seit einigen Jahren pensioniert. Im Herbst verdient er sich bei der Weinlese etwas dazu. Unter anderem hat er bei Ernst Hoffmann gearbeitet. Die deutschen Erntehelfer hat er ordentlich behandelt, aber mit den Polen ist er umgesprungen, als wären sie seine Leibeigenen.«

Jo dachte nach. Das Ganze schien ihm nicht schlüssig. Wenn ein Erntehelfer unzufrieden damit war, wie er behandelt wurde, warum kündigte er nicht? »Wie heißt dein Bekannter?«

»Maximilian Graf. Aber alle nennen ihn Max.«

»Wäre er bereit, mit mir zu reden?«

»Ja.«

»Weiß er, warum ich mich dafür interessiere?«

»So oft, wie dein Name bei anderen Mordfällen in der Zeitung gestanden hat, wissen inzwischen alle, dass du eine Art Hobbyermittler bist.«

»Sonst rätst du mir immer, ich soll die Finger davon lassen. Wieso ist es diesmal anders?«

»Die Hälfte der Zeit stehst du gedankenverloren in der Küche und grübelst. So kann es nicht weitergehen.«

»Danke, Ute. Du bist ein Schatz.«

Die Aussicht, dass es mit dem Fall weiterging, beflügelte Jo. Voller Tatendrang stürzte er sich auf die Arbeit im Restaurant. Seit einiger Zeit tüftelte er an einer neuen Variante für seine Rouladen. Bisher hatten sie ihre Rouladen traditionell zubereitet, also gefüllt mit Speck, aromatisiertem Wurzelgemüse und Gewürzgurke. Sie waren ein Klassiker auf der Karte des »Waidhauses« und erfreuten sich großer Beliebtheit. Es reizte Jo, das Gericht weiterzuentwickeln und ihm eine neue Note zu geben. Herausgekommen war eine Roulade vom Entrecôte mit Champignon-Steinpilz-Füllung im

Kalbsrahm an sahnigem Selleriepüree und gebratenen Kräuterseitlingen. Normalerweise verwendete man Rouladenfleisch-Scheiben aus der Keule oder der Ober- beziehungsweise Unterschale. Durch das lange Schmoren wurde es wunderbar weich, aber da dieses langfaserige Fleisch sehr mager war, bestand die Gefahr, dass es zu trocken wurde. Daher bevorzugte er ein schön marmoriertes Entrecôte-Stück. Das ergab zwar kleinere Scheiben, dafür blieb das Fleisch schön saftig und musste nur eine halbe Stunde gegart werden. Ursprünglich hatte er sie mit Steinpilzen gefüllt, aber dadurch war das Pilzaroma zu kräftig geworden und hatte den feinen Geschmack des Fleisches überlagert. Deswegen hatte er sich für eine Mischung aus Champignons und Steinpilzen entschieden. Speziell an der Zusammensetzung der Kräutermischung hatte er lange gefeilt. Die Masse musste pikant, also eher leicht überwürzt sein, durfte aber keinesfalls zu wässrig werden. Insgesamt verwendete er mehr als zehn verschiedene Kräuter, unter anderem Thymian, Petersilie, Dill und Estragon. Dazu kamen gewürfelte Zwiebeln, eine feingehackte Knoblauchzehe und etwas Tomatenmark. Vor dem Servieren wurden die Rouladen in rund zwei Zentimeter dicke Scheiben geschnitten und auf dem Selleriepüree und den angebratenen Kräuterseitlingen angerichtet. Als Nachspeise gab es dazu ein halbflüssiges Schokoküchlein mit aromatisiertem Gewürzkirschkompott und Ziegenjoghurteis.

»Schmeckt genial«, schwärmte Pedro, nachdem er gekostet hatte. »Zart und saftig. Die Pilzmischung mit den Kräutern finde ich göttlich.«

Kati, die ebenfalls zum Probieren in die Küche gekommen war, schloss sich dieser Einschätzung an. Sie hatte bereits in einigen Sterne-Restaurants gespeist, konnte sich aber nicht erinnern, je eine so leckere Roulade gegessen zu haben. Dabei mochte sie Rouladen gar nicht – sie waren ihr zu hausbacken. Was Jo aus einem im Prinzip einfachen Gericht an geschmacklicher Vielfalt herauszauberte, war unglaublich. Das machte ihrer Meinung nach den wahren Könner aus. Viele Sterne-Restaurants arbeiteten mit neuen und exotischen Zutaten in teilweise abenteuerlichen Zusammenstellungen. Oder sie setzten auf neue Trends wie Molekularküche und anderen Hokuspokus. Kati hielt davon nicht viel. Jos Ansatz, in erster Linie mit heimischen Produkten zu kochen und die Klassiker der deutschen Küche neu und aufregend zu interpretieren, fand sie viel spannender. Jeder der Gäste kannte diese Gerichte und hatte eine Meinung dazu. Wenn man es schaffte, sie dennoch zu überraschen und geschmacklich zu begeistern, hatte man einen Stern verdient, wenn nicht sogar zwei. Und an diesem Punkt war Jo ihrer Meinung nach angelangt. Sie fragte sich seit einiger Zeit, wieso es bisher nicht dafür gereicht hatte. Das »Waidhaus« hatte einen exzellenten Ruf, der weit über das Mittelrheintal hinausreichte. Viele Gäste kamen aus Wiesbaden, Mainz oder Frankfurt herüber. Es war unmöglich, dass dies den Testern der großen Gourmetführer verborgen geblieben war. Insoweit konnte es für das Fehlen einer Auszeichnung nur einen Grund geben: Der Weinkeller war nicht auf Sterne-Niveau. Das musste sich schleunigst ändern, dachte sie.

»Was für einen Wein würdest du dazu empfehlen?«, fragte Jo. Kati sah ihn überrascht an. Normalerweise hatte er konkrete Vorstellungen, was einen passenden Weinbegleiter anging, wenn er ein neues Gericht kreierte. Meist musste sie erst einen Kampf über drei Runden mit ihm ausfechten, bevor er sich auf ihre Empfehlung einließ.

»Vor zwei Wochen hab ich einen Frühburgunder aus Ingelheim probiert«, sagte sie. »Der würde meines Erachtens ideal dazu passen. Ich hab ein paar Flaschen davon mitgenommen. Wenn du willst, kann ich eine aufmachen.«

Als Jo kurz später ein Glas davon in der Hand hielt, schnupperte er daran.

Der Frühburgunder verströmte einen Duft nach roten Beeren und Kirschen. Er nahm einen Schluck davon und nickte anerkennend. Der Wein verfügte über eine feine Fruchtnote, nicht zu viel Säure und feinkörnige Tannine. Damit passte er hervorragend zu den rahmigen Komponenten der Soße und des Selleriepürees, unterstrich aber gleichzeitig den edlen Fleischgeschmack. Er war angenehm vollmundig und dicht am Gaumen, sodass die Röstaromen der Roulade viel Spielraum hatten, sich zu entfalten.

»Sehr gut«, lobte Jo.

Kati lächelte zufrieden. Es war ein hartes Stück Arbeit, Jo davon zu überzeugen, ihr bei der Weinauswahl freie Hand zu lassen. Aus ihrer Sicht war der zusammengewürfelte Weinkeller ein echtes Problem. Daher arbeitete sie seit einer Weile an einer neuen Weinkarte. Wenn Jo sie absegnete, hatten sie endlich eine vernünftige Basis, damit es mit einem Stern klappte.

»Schmeckt ausgezeichnet, Ute«, meinte Max Graf und genehmigte sich ein weiteres Stück von der Apfeltorte, die vor ihm auf dem Tisch stand.

»Das Rezept stammt von meiner Großmutter«, erklärte diese und lächelte.

»Backen Sie auch?«, fragte der ältere Herr, an Jo gerichtet.

»Dafür ist bei uns im Restaurant Gott sei Dank Ute zuständig«, erwiderte Jo, »die kann das zehnmal besser als ich.«

»Stimmt es, dass Köche nicht backen können?«, fragte Graf neugierig. »Jedenfalls hört man das immer.«

Jo grinste.

»Einen Blechkuchen würde ich wohl hinbekommen«, antwortete er. »Aber die Torten überlasse ich lieber Ute.«

»Warum ist das so?«

»Wir sind Köche und keine Konditoren. Das ist ein anderer Beruf. Sie gehen ja auch nicht zum Hausarzt, um sich einen Zahn ziehen zu lassen.«

Graf lachte. Sie plauderten ein wenig über dieses und jenes, bevor Jo auf Ernst Hoffmann zu sprechen kam.

»Schrecklich. Wie ich gehört habe, soll er furchtbar entstellt gewesen sein«, sagte Graf und schüttelte sich bei dem Gedanken.

»Meine Frau und ich waren geschockt, als wir es in der Zeitung gelesen haben. Ein Mord bei uns um die Ecke, und noch dazu so brutal!«

»Ute sagte mir, Sie haben bei Ernst Hoffmann am Weingut geholfen?«

»Ja. Allerdings nur bei der Lese.«

»Wann war das?«

»Letztes Jahr.«

»Er soll seine Arbeiter schlecht behandelt haben.«

»Mir gegenüber hat er sich korrekt verhalten. Aber die Polen ...«

Der ältere Herr schüttelte den Kopf.

»Wenn einer von ihnen einen Fehler gemacht oder nicht sofort reagiert hat, wenn der Alte eine Anweisung gegeben hat, konnte er ausfällig werden. Hat sie beschimpft als faules Pack und elende Nichtsnutze.«

»Wieso hat überhaupt jemand für ihn gearbeitet?«

»Wegen des Geldes. Er hat deutlich mehr als die meisten anderen Weingüter bezahlt.«

»Trotzdem, so kann man Leute nicht behandeln.«

»Hab ich ihm auch gesagt. Aber er meinte, die Polen brauchen ab und zu einen Tritt in den Hintern, sonst arbeiten sie nicht richtig.«

»Das haben Sie akzeptiert?«

»Was hätte ich tun sollen? Ich war schließlich nur eine Aushilfskraft«, rechtfertigte sich der ältere Herr.

»Ist Hoffmann handgreiflich geworden?«

»Normalerweise nicht. Aber ich erinnere mich an einen Tag, an dem die Situation eskalierte. Einem der Polen ist die Kate umgefallen und eine Ladung Trauben ist den Hang hinuntergepurzelt. Hoffmann kam wie von der Tarantel gestochen an und hat den armen Kerl übel beschimpft. Als er sich nicht sofort gebückt hat, um die Trauben aufzusammeln, hat Hoffmann ihm mit der flachen Hand auf den Hinterkopf geschlagen.«

Er machte eine dramatische Pause.

»Der Pole war völlig verdutzt und hat sich nicht gerührt. Da hat Hoffmann ein zweites Mal zugeschlagen. Das war zu viel für den Mann. Er ist herumgefahren und hat Hoffmann am Kragen gepackt. Es war ein kräftiger Kerl. In seinen Augen stand der blanke Hass. Ich dachte, er bricht dem Alten das Genick. Bevor ich etwas unternehmen konnte, waren zwei andere Polen zur Stelle und haben ihn von Hoffmann weggezogen. Der Mann konnte sich kaum beruhigen. Er hat gedroht, dass Hoffmann dafür bezahlen wird. Das hat den Alten noch wütender gemacht. Ich glaube, er realisierte gar nicht, in welcher Gefahr er sich befand. Er hat so laut zurückgebrüllt, dass ich dachte, er bekommt einen Herzinfarkt. Hat geschrien, der Pole soll sein Zeug packen und von seinem Grund verschwinden, sonst ruft er die Polizei. Ich hab versucht, ihn zu beruhigen, aber er war außer sich.«

»Was passierte dann?«

»Der Pole wurde plötzlich still, hat Hoffmann einen hasserfüllten Blick zugeworfen und sich aus dem Staub gemacht. Die anderen Erntehelfer haben sich wieder an die Arbeit gemacht. Ich wollte in so einem Umfeld nicht weiterarbeiten und habe Hoffmann das ins Gesicht gesagt.«

»Wie hat er reagiert?«

»Wütend. Er drohte, dass er dafür sorgt, dass mich niemand mehr als Erntehelfer beschäftigt, wenn ich gehe. Das war mir aber wurscht.«

»Wie heißt der Pole, den Hoffmann geschlagen hat?«

»Pjotr Wojcek.«

»Wissen Sie, wo er wohnt?«

»Keine Ahnung. Die Polen sind immer vor mir gekommen. Jemand hat mir erzählt, die meisten von ihnen würden auf einem Parkplatz in der Nähe von Ingelheim in ihren Autos hausen. Ich weiß nicht, ob das stimmt.«

»Können Sie mir den Mann beschreiben?«

»Ich hab was Besseres«, erklärte Graf und zog sein Smartphone aus der Tasche. Er wischte darauf herum und zeigte Jo ein Foto.

»Das ist er«, sagte er. Auf dem Bild war ein Mann Mitte 30 zu sehen. Er blickte ernst, fast düster, in die Kamera. Er war groß, hatte eine stämmige Figur und kräftige Oberarme. Definitiv niemand, mit dem man sich freiwillig anlegen würde, dachte Jo. Er ertappte sich dabei, wie er sich vorstellte, dass der Mann ein Kreuz den Hang hinaufzog. Die Figur dafür hatte er jedenfalls.

»Glauben Sie, Wojcek hat etwas mit der Ermordung von Hoffmann zu tun?«, fragte Graf mit verschwörerischem Unterton in der Stimme.

»Was denken Sie?«, spielte Jo den Ball zurück.

Der ältere Herr überlegte.

»Ich glaube, nicht«, meinte er schließlich. »Natürlich war es absolut inakzeptabel, wie der alte Hoffmann mit ihm umgesprungen ist. Aber deswegen bringt man niemanden um, oder?«

Graf nahm einen Schluck aus seiner Kaffeetasse.

»Wieso machen Sie das eigentlich?«, wollte er wissen.

»Was?«

»Die Polizei bei ihren Ermittlungen unterstützen.«

»Ist das nicht unser aller Bürgerpflicht?«, gab Jo zurück.

»Ich will mit so was nichts zu tun haben«, bekannte Graf freimütig. »Aber ich finde es großartig, wenn jemand wie Sie etwas gegen die zunehmende Kriminalität unternimmt.«

Jo lächelte. Es kam selten vor, dass jemand seinem Hobby etwas Positives abgewinnen konnte.

Jo nahm einen Schluck Tee aus der Thermoskanne, die er mitgebracht hatte, und schraubte den Verschluss zu. Er griff nach seinem Fernglas und spähte in Richtung eines Parkplatzes, der mehrere Hundert Meter von ihm entfernt war. Er lag direkt neben der Autobahn, wenn auch unterhalb einer Böschung. Jo fragte sich, wieso sich die Männer ausgerechnet diese Stelle ausgesucht hatten. Es musste bessere und vor allem ruhigere Ecken geben, an denen sie ihre alten VW-Busse parken konnten. Wenn er dauerhaft in einem Auto übernachten müsste, hätte er sich wenigstens ein schönes Plätzchen in der Natur gesucht. Aber wahrscheinlich stellte er es sich zu einfach vor. Wildes Campen war in Deutschland verboten und vermutlich fand sich immer ein Spaziergänger, der einen anzeigte, wenn man seinen Bus unerlaubt ins Grüne stellte. Umso erstaunlicher war es, dass sich niemand daran zu stören schien, dass die Polen auf dem Parkplatz neben der Autobahn hausten. Zumal sie einige angerostete Metallfässer aufgestellt hatten, in denen sie Feuer machten, um sich zu wärmen und zu kochen. Soweit er sehen konnte, hatten sie Gitter angefertigt, die sie bei Bedarf über die Öffnung der Tonnen legten und auf die sie Kochtöpfe stellten oder darauf grillten. Es musste hart sein, sein Leben auf diese Weise zu fristen.

Jo hatte seinen freien Tag genutzt, um am Morgen eine längere Tour mit seinem Rennrad durch die rheinhessische Schweiz zu unternehmen. Mittags hatte er sich mit Pedro getroffen und sie waren gemeinsam in einem Sterne-Restaurant in der Nähe von Oppenheim essen gegangen. Gelegentlich machten sie das, um zu sehen, was die Konkurrenz zu bieten hatte. Pedro war bei Weitem nicht so kreativ in der Küche wie Jo, verfügte aber über einen hervorragenden Geschmackssinn und ein feines Gespür dafür, was bei ihren Gästen ankam. Mit etwas mehr Fleiß und Ehrgeiz konnte er es zweifelsohne zu einem Spitzenkoch bringen. Sie aßen ein Viergangmenü. Als Vorspeise nahmen sie eine gegrillte Seerenke mit gebackenem Kürbis und Fischrogen, gefolgt von kross gebratenen Brotravioli mit Ricotta in einem fruchtigen Tomatensugo. Als Hauptgang bekamen sie Kalbfilets aus dem Ofen mit Wirsing, Petersilienwurzelcreme und einer Kalbsjus serviert. Besonders gut schmeckte Jo der Nachtisch: Geflämmter Paradiesapfel mit Vanillecreme gefüllt an Apfelsorbet und Mandelcreme. Die Küche hatte sich viel Mühe gegeben und das Menü schmeckte ihnen ausgezeichnet, wobei beide der Meinung waren, dass sie im »Waidhaus« mindestens genauso gut kochten.

Am Spätnachmittag war Jo mit dem Auto in Richtung Ingelheim gefahren und hatte sich in der Nähe des Parkplatzes auf die Lauer gelegt. Nach und nach waren immer mehr Männer von der Arbeit zurückgekehrt, hatten sich in ihren Kleinbussen umgezogen und sich anschließend mit Klappstühlen in einem Kreis um die Feuertonnen gesetzt. Jo zählte acht Männer. Pjotr Wojcek war nicht darunter. Wieder einmal fragte er sich, warum er sich das antat. Wojcek konnte inzwischen längst in Rheinhessen oder der Pfalz seiner Arbeit nachgehen. Oder er war nach Polen zurückgekehrt. Jo beschloss, noch eine halbe Stunde abzuwarten, ehe er sich auf den Heimweg machte. Als er 20 Minuten später alles eingepackt hatte, bog ein alter, angerosteter Kleinbus auf den Parkplatz ein und hielt an. Ein großer, stämmiger Mann stieg aus. Er trug einen abgewetzten Blaumann. Jo erhaschte einen Blick auf seine Gesichtszüge. Sein ernster Ausdruck und sein düsterer Blick waren unverkennbar: Es handelte sich um Pjotr Wojcek. Der Pole begrüßte die anderen Männer per Handschlag. Danach holte er einen Klappstuhl aus seinem Kleinbus und gesellte sich zu ihnen. Einer seiner Kollegen öffnete eine Kühlbox und reichte ihm eine Flasche Bier. Er nahm einen kräftigen Schluck. Während die anderen munter zu plaudern schienen, sagte Wojcek kaum etwas und starrte meistens auf das Feuer in der Mitte.

Nach einer Weile war das Grillfleisch fertig. Ebenso die Beilage, die in zwei großen Töpfen gekocht worden war. Das Essen wurde auf Pappteller verteilt. Nachdem er seinen Teller leer gegessen hatte, stand Wojcek auf und sagte etwas. Anschließend ging er zu seinem Kleinbus, öffnete die Seitentür und verschwand darin. Als er wieder ausstieg, trug er eine schwarze Stoffhose und ein weißes Hemd. Er setzte sich hinters Steuer. Jo sprang auf und eilte zu seinem Wagen, den er ein Stück von seinem Beobachtungsposten entfernt abgestellt hatte. Er startete den Motor und rauschte in Richtung des Parkplatzes. Er kam gerade noch rechtzeitig. Wojcek war auf die Bundesstraße eingebogen und fuhr in Richtung Bingen. Jo hängte sich an den blauen Kleinbus und folgte ihm in einigen Wagenlängen Abstand. In Bingerbrück bog Wojcek nach rechts in Richtung Stadt ab.

Jo saß in der letzten Reihe auf einer Holzbank und langweilte sich. Wojcek hatte seinen Kleinbus auf einem großen Parkplatz an der Fußgängerzone geparkt und war von dort aus schnurstracks zur Sankt Martin Basilika marschiert. Der Pole kniete in einer der vorderen Reihen, war in sich versunken und schien zu beten. Jo blickte auf die Uhr. Fast eine Stunde waren sie mittlerweile hier. Er fragte sich, wofür ein einzelner Mensch so viel göttlichen Beistand benötigte. Außerdem mussten Wojceks Knie brennen wie Feuer. Jo war kein regelmäßiger Kirchgänger. Dafür ließ ihm das »Waidhaus« keine Zeit. Schließlich musste er fast immer arbeiten, wenn die Gottesdienste stattfanden. Als Kind war er oft in der Kirche gewesen. Schon damals hatte er das Knien auf den harten Holzbänkchen als unangenehm empfunden. Wie der stämmige Mann das so lange aushielt, ohne seine Position zu verändern, war ihm ein Rätsel. Versetzte er sich durch das intensive Gebet in eine Art Trance, sodass er die Schmerzen nicht spürte? Oder bestrafte er sich dadurch selbst für seine Sünden? Durch die farbigen Kirchenfenster sah er, dass es draußen zu dämmern begann. Gerade als Jo beschlossen hatte, seine Ermittlungsarbeit für den heutigen Tag einzustellen, richtete Wojcek sich auf. Er verbeugte sich vor dem Altar, bekreuzigte sich und drehte sich um. Jo zog ein Gebetbuch aus der Ablage und tat so, als würde er darin lesen. Wojcek schien in sich gekehrt und ging achtlos an ihm vorbei. Jo wartete einige Sekunden, bevor er dem Polen folgte. Dieser kehrte zum Parkplatz zurück und stieg in seinen Kleinbus. Jo hatte seinen Volvo drei Reihen dahinter abgestellt und beeilte sich, zu seinem Wagen zu kommen. Unglücklicherweise parkte neben ihm ein älteres Ehepaar aus. Der Mann brauchte eine gefühlte Ewigkeit, bis er aus der Parklücke gefahren war. Danach ging es im Schritttempo in Richtung Ausfahrt. Wojcek hatte einen guten Vorsprung. Als Jo bei der nächsten Ampel ankam, zeigte sie Rot. Er fluchte. Wenn er den Polen jetzt verlor, war alles vergebens gewesen! Als die Ampel auf Grün schaltete, fuhr er mit quietschenden Reifen los, wurde aber von einigen Autos vor sich eingebremst. Da ihm laufend Fahrzeuge entgegenkamen, war es unmöglich zu überholen. Als er an der Abzweigung zur B9 ankam, war von Wojceks Kleinbus nichts zu sehen.

Vermutlich war der Pole zurück nach Hause gefahren, dachte er. Soweit man einen heruntergekommenen Parkplatz an der Autobahn ein Zuhause nennen konnte. Wohin sollte er um diese Zeit sonst wollen? Die Versuchung, nach rechts in Richtung »Waidhaus« abzubiegen, war groß. Etwas nagte allerdings an ihm. Die Inbrunst und Intensität, mit der Wojcek gebetet hatte, hatten Jo stutzig gemacht. Was, wenn der Mörder von Ernst Hoffmann doch von religiösen Wahnvorstellungen getrieben war? War es normal, dass man über eine Stunde in einer Kirche verbrachte und Gott um Hilfe anflehte? Die Ampel wurde grün und der Fahrer hinter ihm hupte. Jo seufzte. Er bog nach links ab in Richtung Ingelheim.

Jo spähte aus seinem Versteck hinüber auf den Parkplatz. Zum Glück hatte sein Fernglas eine Restlichtverstärkung, sodass er in der einsetzenden Dunkelheit noch etwas erkennen konnte. Hektisch ließ er seinen Blick hin und her gleiten. Die Männer saßen immer noch um die Tonnen mit den Feuerstellen herum. Die lodernden Flammen, die immer wieder herausschlugen, tauchten die Szenerie in ein schemenhaftes Licht. Jo biss sich auf die Lippen. Von Pjotr Wojcek und seinem eingedellten Kleinbus war weit und breit nichts zu sehen. Wohin war der Pole verschwunden? Und warum war er so spät im Rheintal unterwegs?

KAPITEL 16

Hans Gruber saß am Küchentisch und starrte auf seinen Teller. Er fühlte sich unwohl. Seit Tagen schlief er schlecht. Oft lag er nachts stundenlang wach und lauschte in die Dunkelheit. Das Gefühl, dass er beobachtet wurde, war inzwischen sein ständiger Begleiter. Tagsüber, wenn die Sonne schien und er seiner Arbeit nachging, erschienen ihm seine Ängste lächerlich.

Aber abends, wenn die Dämmerung einsetzte, wurde das Gefühl übermächtig. Er versuchte sich einzureden, dass es Einbildung war – vergeblich. Gruber ballte die Fäuste. Er stand auf, ging in den Flur und griff zum Telefon. Er wählte eine Nummer. Das Freizeichen war zu hören. Eine Stimme meldete sich.

»Hier ist Hans.«

»Was willst du?«

»Was ist mit dem Treffen, das du mir versprochen hast?«

»Ich arbeite daran.«

»Was ist dabei so schwierig? Drei Anrufe und es ist erledigt.«

»Wir müssen vorsichtig sein.«

»Unsinn!«, rief Gruber verärgert. »Du willst nicht.«

»Wir haben vereinbart, dass wir uns nur treffen, wenn es nicht anders geht.«

»Ich will eine Sitzung noch diese Woche«, erklärte Gruber kategorisch.

»Reiß dich zusammen, Hans«, zischte sein Gesprächspartner.

»Wir müssen die Sache aus der Welt schaffen. Sonst gehe ich zur Polizei.«

»Bist du verrückt geworden? Du gehst auf keinen Fall zur Polizei, hörst du!«

»Es liegt bei dir. Wenn du nichts unternimmst, lässt du mir keine andere Wahl.«

Bevor sein Gegenüber etwas erwidern konnte, legte er auf. Der alte Mann ging zurück in die Küche und machte den Abwasch. Danach setzte er sich ins Wohnzimmer und nahm ein Buch zur Hand. Nachdem er eine halbe Stunde gelesen hatte, spürte er, dass er müde wurde. Er legte das Buch beiseite und sah auf die Uhr. Es war 21.30 Uhr. Zeit, schlafen zu gehen! In dem Moment hörte er ein Geräusch. Es hörte sich wie ein Klappern an und kam von draußen. Er erstarrte. Angespannt lauschte er in Richtung Hof. Da war es wieder! Diesmal noch lauter. Gruber spürte, wie Wut in ihm aufstieg. So konnte es nicht weitergehen. Er ließ sich von niemandem einschüchtern! Mit entschlossenen Schritten ging er hinüber in sein Arbeitszimmer. Er öffnete die Schublade seines Schreibtisches, nahm einen Schlüssel heraus und steckte ihn ins Schloss eines schmalen stählernen Schrankes.

Das Metall glitzerte im Licht der Schreibtischlampe. Er nahm ein Gewehr und mehrere Patronen heraus. Mit zitternden Händen schob er die Patronen ins Magazin und lud das Gewehr durch. An der Haustür hielt er inne. Er atmete durch, schaltete das Hoflicht ein und trat hinaus. Er blickte hinüber zur Scheune. Die Tür stand weit offen. Gruber zuckte zusammen, als ein Windstoß über den Hof fegte und die Scheunentür klappernd gegen den Rahmen schlug. Diesmal war er sich absolut sicher, dass er den Riegel vorgelegt hatte. Er drückte den Sicherungshebel an seinem Gewehr nach unten und trat auf die Scheunentür zu.

»Ihr habt euch mit dem Falschen angelegt!«, rief er mit lauter Stimme. »Zeigt euch, ihr feigen Hunde!«

Nichts tat sich. Er hatte das Gewehr im Anschlag und den Finger am Abzug. Der alte Mann war fast an der Scheune angelangt.

»Das ist eure letzte Chance!«

Es blieb still. Mit einem Satz war er bei der Tür und schlug sie zu. Er stellte vorsichtig die Waffe ab und beugte sich zum Riegel hinunter. Er war darin so vertieft, dass er die dunkle Gestalt hinter sich nicht bemerkte. Aus den Augenwinkeln nahm er eine Bewegung wahr. Er griff nach seinem Gewehr, aber es war zu spät. Er hörte ein eigenartiges Klackern und nahm ein bläuliches Licht war. Sekundenlang jagte ein stechender Schmerz durch seinen Körper. Seine Muskeln krampften sich zusammen, er verlor die Kontrolle und stürzte benommen zu Boden. Mit zuckenden Gliedmaßen blieb er liegen. Der Angreifer öffnete die Tür, packte ihn an den Beinen und schleifte ihn ins Innere der Scheune.

»Bina, wo bleibst du?«, rief Ruth Cernik ihrer Hündin zu, die einige Meter hinter ihr aufgeregt am Wegrand schnüffelte. »Komm zu Frauchen«, befahl sie. Gehorsam kam die Cockerspaniel-Dame angelaufen. »So ist es brav«, lobte sie und streichelte sie. Ruth Cernik liebte es, morgens in den Weinbergen spazieren zu gehen und sich die frische Morgenluft um die Nase wehen zu lassen. Sie arbeitete als Steuerberaterin in einer Kanzlei in Boppard. Um 10 Uhr hatte sie einen Termin bei einem wichtigen Klienten und ging in Gedanken durch, was sie an Unterlagen von ihm benötigte. Die junge Frau war so in ihre Gesprächsvorbereitung vertieft, dass sie das große Holzkreuz erst bemerkte, als Bina es laut anbellte. Fassungslos starrte sie darauf. Mit zitternden Händen zog sie ihr Mobiltelefon aus der Tasche und wählte den Notruf.

Hauptkommissar Wenger und Oberkommissar Wieland trafen fast zeitgleich am Fundort der Leiche ein. Während Wenger bereits an seinem Schreibtisch im Polizeipräsidium gesessen hatte, war Wieland noch auf dem Weg ins Büro gewesen.

»Wissen wir, um wen es sich handelt?«, fragte Wenger Oberkommissar Hilgert, den für die Gegend zuständigen Bezirksbeamten.

»Nein. Bisher liegt uns auch keine Vermisstenanzeige vor.«

»Gibt es Reifenspuren von dem Fahrzeug, mit dem der Tote hierhertransportiert wurde?«, schaltete Wieland sich ein.

Hilgert verneinte.

»Meinst du, wir haben es mit denselben Tätern zu tun?«, fragte Wieland Hauptkommissar Wenger.

»Woher soll ich das wissen?«, knurrte dieser. »Wo bleibt die verdammte Spurensicherung?«

Kurz darauf rückte Bohrmann mit seiner Mannschaft an. Sie machten sich umgehend an die Arbeit. Als Doktor Walter eine halbe Stunde später eintraf, hatte die Spurensicherung ihre Arbeit bereits abgeschlossen.

»Wie sieht's aus?«, wollte der Rechtsmediziner wissen.

»Schlecht«, antwortete Wenger mit bitterer Miene. »Es gibt keinerlei Spuren geschweige denn Zeugen, die etwas gesehen hätten. Umso wichtiger ist Ihre Einschätzung. Wir müssen wissen, ob wir es mit denselben Mördern zu tun haben.«

»Sie gehen von einem Nachahmungstäter aus?«, fragte Doktor Walter ungläubig.

»Hoffentlich nicht«, entgegnete Wieland. »Es gibt allerdings auffällige Unterschiede zum Mord an Ernst Hoff-mann.«

»Die wären?«

»Letztes Mal war das Kreuz aus Metall. Diesmal wurde Holz verwendet. Hoffmann ist erstochen und ausgeblutet worden. Dafür sehe ich hier keinerlei Anzeichen. Außer-dem wurde das Gesicht malträtiert.«

Der Rechtsmediziner trat auf den Toten zu. Er sah sich eingehend die Wunden im Gesicht an und warf einen Blick in den geöffneten Mund. Danach inspizierte er den restli-chen Körper. Ungeduldig warteten Wenger und Wieland auf seine Einschätzung.

Doktor Walter machte einen Schritt zurück, zog die Handschuhe aus und wandte sich den Kriminalbeamten zu.

»Ich denke, wir haben es mit demselben beziehungs-weise denselben Tätern zu tun. Am Hals finden sich die gleichen punktförmigen Verletzungen wie bei Ernst Hoff-mann. Augenscheinlich ist der Abstand zwischen den bei-den Punkten identisch. Das legt den Schluss nahe, dass der-selbe Elektroschocker benutzt wurde, um das Opfer außer Gefecht zu setzen. Das würde auch die Gesichtsverletzun-gen erklären. Der Mann lag vermutlich bäuchlings auf der Erde, als er über einen Beton- oder Steinboden geschleift wurde. Durch die Lähmung des Körpers war er nicht in der Lage, den Kopf zu heben oder sich anderweitig zu schüt-zen. Jedenfalls wurde bei der Prozedur die Nase gebrochen und ist angeschwollen. Dabei muss er einiges Blut verloren haben. Davon finden sich am Leichnam keine Spuren. Er wurde also gereinigt, bevor er hierher verfrachtet wurde. Ebenfalls eine Parallele zum Mord an Hoffmann.«

»Wie ist er zu Tode gekommen?«, wollte Wenger wissen.

»Durch die angeschwollene Nase muss der Mann Schwierigkeiten gehabt haben, Luft zu bekommen. Dazu kam der Blutverlust. Es dürfte ihm die Kraft gefehlt haben, sich länger abzustützen und seinen Oberkörper anzuheben. Die hängende Haltung am Kreuz und der daraus resultierende Druck auf den Brustkorb hat die Sauerstoffversorgung weiter eingeschränkt. Dem äußeren Anschein nach würde ich vermuten, dass er erstickt ist. Dafür sprechen die Einblutungen in den Augenlidern und der Mundschleimhaut sowie das aufgedunsene und bläulich-rot verfärbte Gesicht.«

»Alter?«

»Mitte bis Ende 70, würde ich schätzen.«

»Todeszeitpunkt?«

»Schwer zu sagen. Er ist auf jeden Fall mehrere Stunden tot. Nach der Autopsie kann ich es enger eingrenzen.«

»Wir brauchen die Ergebnisse so rasch wie möglich.«

»Kriegen Sie.«

Nachdem der Rechtsmediziner sich verabschiedet hatte, besprachen Wenger und Wieland das weitere Vorgehen.

»Siehst du die Häuser da unten?«

»Ja.«

»Stell ein Team zusammen, das von Tür zu Tür geht und die Bewohner fragt, ob sie etwas gesehen oder gehört haben.«

»Meinst du nicht, die hätten sich gemeldet? Letzte Nacht war Neumond. Kann mir nicht vorstellen, dass man bei Dunkelheit sehen kann, was hier oben vor sich geht.«

»Das weiß ich auch!«, fuhr Wenger seinen Stellvertreter verärgert an. »Aber wir können uns in dem Fall keine Nachlässigkeiten leisten. Nach Lage der Dinge haben wir es mit einem oder mehreren geistesgestörten Serienmördern zu tun. Dieser Tätertyp hört so lange nicht damit auf, bis wir ihn fassen.«

Wieland nickte.

»Außerdem will ich, dass eine Hundertschaft der Bereitschaftspolizei den Weinberg absucht. Sie sollen jeden verdammten Stein umdrehen. Irgendwelche Spuren muss es
geben! Sie sollen eine Hundestaffel mitbringen.«

Wenger winkte Oberkommissar Hilgert zu sich.

»Wissen Sie, wem der Weinberg gehört?«

»Einem Winzer in Oberwesel.«

»Stellen Sie fest, ob er den Toten kennt. Wir müssen wissen, warum er ausgerechnet hier zur Schau gestellt worden ist.«

Hilgert nickte und verschwand in Richtung eines Poli-
zeifahrzeugs.

Oberkommissar Wieland starrte den Toten an.

»Wir sollten das Gewicht des Kreuzes nachwiegen las-
sen. Wenn es schwerer als das Metallkreuz ist, könnte es der
Grund gewesen sein, dass sie es diesmal direkt neben dem
Weg aufgestellt haben.«

»Gut, mach das«, antwortete Wenger. »Wir sollten außerdem alle Polizeidienststellen in der Gegend informieren.
Ich will jede Vermisstenmeldung sofort auf meinem Tisch
haben.«

»Ich kümmere mich darum«, versprach Wieland und griff
zum Mobiltelefon.

Jo erfuhr drei Stunden später von dem Mord. Sein Magen
krampfte sich zusammen, als Klaus Sandner es ihm am Telefon mitteilte.

»Bist du noch dran?«, fragte der Journalist, nachdem es
an Jos Ende still blieb.

»Ja«, antwortete er mit belegter Stimme. »Wann wurde
der Tote gefunden?«

»Heute Morgen.«

»Wer ist es?«

»Weiß die Polizei noch nicht.«

»Wo wurde er gefunden?«

»In den Weinbergen bei dir um die Ecke.«

»Und es war wieder eine Kreuzigung?«

»Ja.«

Jo musste an Pjotr Wojcek denken, den düsteren Ausdruck in seinen Augen und wie inbrünstig er gebetet hatte.
Ein kalter Schauer lief ihm den Rücken hinunter. Wenn er
ihn nur nicht aus den Augen verloren hätte!

»Hast du in der Zwischenzeit etwas Neues in dem Fall
herausgefunden?«, fragte Sandner.

Jo verneinte.

»Ruf mich an, wenn du was hörst. Jedes Detail ist wichtig.
Für uns ist das eine Riesengeschichte. Ein geistesgestörter
Serientäter, der wahllos Opfer ans Kreuz schlägt – kannst
du dir vorstellen, wie das die Leute umtreibt?«

Jo schwankte, ob er Sandner von Pjotr Wojcek erzählen
sollte. Außer einer vagen Vermutung hatte er gegen den
Polen nichts in der Hand. Was, wenn er mit seinem Verdacht falsch lag?

»Möglicherweise hat der Täter ein persönliches Motiv«,
sagte er.

»Wie kommst du darauf?«

»Sie haben den Toten wieder in einem Weinberg gefunden. Das könnte eine Verbindung sein.«

»Nicht unbedingt. Wenn du im Rheintal eine Leiche zur
Schau stellen willst, musst du es in einem der Seitentäler tun,
sonst ist das Risiko zu groß, dass du entdeckt wirst. Ich will
nicht unhöflich sein, aber ich muss weitermachen.«

Nach dem Telefonat saß Jo regungslos an seinem Schreibtisch. Warum war Wojcek nach dem Aufenthalt in der Kirche nicht zurück zu seinem Schlafplatz gefahren? Auch
wenn er wusste, dass es Tausend Erklärungen dafür geben

konnte, warum der Pole ins Mittelrheintal gefahren war, ließ ihn der Gedanke daran, dass Wojcek ein Mörder sein könnte, nicht zur Ruhe kommen.

»Ein Gast will dich sprechen«, teilte Kati ihm mit. Sie hatte den Kopf zu ihm ins Büro gesteckt und musterte ihn aufmerksam.

»Wer ist es?«, fragte er geistesabwesend.

»Rüdiger Meynert.«

»Ich komme.«

»Schlechte Neuigkeiten?«, wollte sie wissen.

»Wie kommst du darauf?«

»Du siehst aus, als hättest du ein Gespenst gesehen.«

»Es ist nichts«, sagte er kurz angebunden. Er atmete tief durch, setzte ein Lächeln auf und betrat den Gastraum.

»Was gibt's?« Wenger sah seinen Stellvertreter an.

»Wir haben den Namen des Opfers. Er heißt Hans Gruber und ist Landwirt. Er hat seinen Hof oberhalb von Oberwesel.«

»Wie seid ihr auf ihn gekommen?«

»Eine Frau wollte bei Gruber frische Eier einkaufen. Als sie auf dem Hof eingetroffen ist, stand die Scheunentür offen und daneben lehnte ein Gewehr. Von Gruber fehlte jede Spur. Sie hat es mit der Angst zu tun bekommen und hat die Kollegen alarmiert. Die Meldung ist bei Hilgert gelandet.«

»Ihr seid sicher, dass es sich bei ihm um den Toten handelt?«

»Absolut. Ich hab sein Passfoto überprüft.«

»Ich informiere den Polizeipräsidenten«, sagte Wenger und griff zum Hörer. »Ist die Spurensicherung alarmiert?«

»Sie sind unterwegs.«

»Gut. Schnapp dir ein paar Leute und fahr mit raus. Ich komme nach.«

»Geht klar«, erwiderte Wieland und machte sich auf den Weg.

»Seid ihr fertig?«, wollte Wenger von Bohrmann wissen. Der Leiter der Spurensicherung nickte.

»Wir haben Fingerabdrücke genommen und werden sie mit denen des Toten abgleichen. Außerdem haben wir alles eingesammelt, woran sich Täter-DNA befinden könnte.«

»Was ist mit den Blutspuren?«

»Wir haben diverse Proben gezogen und nehmen sie mit ins Labor. Die zerrissene Kleidung und die Schuhe, die wir in der Scheune gefunden haben, lassen wir ebenfalls analysieren. Vielleicht finden sich daran Spuren der Angreifer.«

»Was ist mit dem Gewehr?«

»Es war durchgeladen und entsichert. Ich hab es mir angesehen und daran gerochen. Meines Erachtens ist damit seit Längerem nicht geschossen worden. Wir gehen davon aus, dass es dem Opfer gehörte. Drinnen im Haus haben wir einen geöffneten Waffenschrank entdeckt.«

»Fehlt etwas?«

»Augenscheinlich nur das Gewehr, das wir sichergestellt haben.«

»Hatte der Mann einen Waffenschein?«

»Das überprüfen wir noch«, antwortete Wieland. »Sieht so aus, als sei er Jäger gewesen.«

»Warum müssen die Leute immer selbst den Helden spielen, statt uns anzurufen?«, seufzte Bohrmann.

»Was wissen wir bisher über ihn?«, wollte Wenger wissen. Wieland zog sein Notizbuch heraus.

»Hans Gruber, Landwirt, 79 Jahre alt, verwitwet, keine Kinder. Seine Frau ist vor drei Monaten verstorben. Er lebte allein auf dem Hof.«

»Sonstige Angehörige?«

»Sind wir dran. Robert und Peter befragen die Nachbarschaft. Das nächstgelegene Anwesen ist einige Hundert Meter entfernt. Es ist fraglich, ob die Nachbarn viel mitbekommen haben, was auf dem Hof vorgegangen ist.«

»Soll ich euch durch die Scheune führen?«, fragte Bohrmann.

»Mach mal«, brummte Wieland.

»Am Eingang haben wir nur minimal Blutspuren gefunden. Die dürften entstanden sein, als das Opfer zu Boden gestürzt ist. Ich denke, er hatte sein Gewehr abgestellt und wollte die Tür abschließen, als er von hinten angegriffen wurde. Vermutlich wurde er anschließend mit dem Gesicht nach unten über die Steinschwelle gezogen.«

»Autsch«, sagte Wieland. Wenger warf ihm einen scharfen Blick zu.

»Danach hat er heftig geblutet. Die Nase dürfte also, wie vermutet, dabei gebrochen sein. Die breite Blutspur deutet darauf hin, dass er bis hierher geschleift wurde.«

Bohrmann war stehen geblieben.

»Hier haben wir aufgeschnittene Kabelbinder gefunden.«

»Sie haben ihn also zunächst gefesselt und liegen lassen?«

Bohrmann nickte.

»Jemand muss ihm etwas gegen die Nase gehalten haben, um die Blutung zu stillen. Jedenfalls findet sich an der Stelle kaum Blut.«

»Sie wollten vermeiden, dass er ihnen vor der Kreuzigung verblutet«, meinte Wieland. »Absolut nachvollziehbar. Stell dir vor, du gibst dir so viel Mühe mit den Vorbereitungen und dann stirbt das Opfer, bevor du richtig loslegen kannst.«

»Du bist ein Zyniker«, sagte Wenger missbilligend.

»Da drüben haben sie das Kreuz zusammengezimmert«, erläuterte Bohrmann und ging ein paar Schritte weiter. Auf dem Boden lagen Späne und eine elektrische Motorsäge. Sie hing an einem Verlängerungskabel und war eingesteckt. An der Wand lehnten mehrere ähnliche Balken, wie sie für das Holzkreuz verwendet worden waren.

»Die Motorsäge und das Verlängerungskabel stammen höchstwahrscheinlich von hier. Ebenso wie das Holz.«

»Sie haben also Material und Werkzeug verwendet, die sie auf dem Hof vorgefunden haben«, schlussfolgerte Wenger.

»Davon gehen wir aus«, bestätigte Bohrmann.

»Seltsam«, meinte Wieland. »Man verlässt sich doch nicht darauf, dass man die nötigen Materialien vor Ort findet, wenn man etwas so Bizarres wie eine Kreuzigung plant.«

»Sie müssen sich vorher in der Scheune umgesehen haben«, mutmaßte Wenger. »Gibt es Einbruchsspuren?«

»Nein. Aber die Tür war nur mit einem Haken gesichert. Es gibt kein Vorhängeschloss. Jedenfalls haben wir keines gefunden.«

»Die Leute auf dem Land haben Gottvertrauen«, bekundete Wieland trocken.

»Ich muss euch noch was zeigen.«

»Du bist mit deiner Gruseltour noch nicht am Ende?« Wieland schüttelte den Kopf.

Sie folgten dem Leiter der Spurensicherung in den hinteren Teil der Scheune. Trotz der Lampen, welche die Kollegen von der Spurensicherung für ihre Arbeit aufgestellt hatten, war es dort vergleichsweise dunkel. Wenger und Wieland blieben wie angewurzelt stehen.

»Das ist ein Scherz, oder? Das habt ihr aufgehängt, um uns auf den Arm zu nehmen.« Wieland sah den Leiter der Spurensicherung ungläubig an.

»Wir würden nie einen Tatort manipulieren«, erklärte Bohrmann in beleidigtem Ton.

Die Kriminalbeamten starrten fassungslos nach oben. Von einem der Querbalken hing eine Galgenschnur herab.

»Tja, entweder wollte er sich umbringen und ist von den Tätern überrascht worden oder sie haben ihm die Wahl gelassen zwischen Kreuzigung und Erhängen.«

»Hör mit dem Blödsinn auf, Martin«, fuhr Wenger seinen Stellvertreter an.

»Was ist deine Erklärung?«, gab dieser patzig zurück.

»Keine Ahnung. Das sollen sich die Profiler ansehen. Am besten setzen wir zwei Teams darauf an.«

Wenger machte auf dem Absatz kehrt und verschwand nach draußen.

»Ich bin knapp 30 Jahre dabei«, sagte Bohrmann. »Aber so ein bizarrer Fall ist mir noch nicht untergekommen. Die Kerle, die das gemacht haben, müssen völlig durchgeknallt sein.«

Wieland sah den Leiter der Spurensicherung an. Bohrmann war normalerweise staubtrocken bis in die Haarspitzen. Eine solche Aussage aus seinem Mund kam einem emotionalen Ausbruch gleich.

»Ich zeig dir noch die Spuren am Pick-up des Toten. Deutet alles darauf hin, dass der Leichnam damit zum Fundort transportiert worden ist.«

»Warum, denkst du, haben sie den Wagen diesmal zurückgebracht?«

Bohrmann zuckte mit den Schultern.

»Wir analysieren Spuren. Schlussfolgerungen zu ziehen, ist eure Aufgabe.«

KAPITEL 17

»Wo bleibt mein Shiraz?«

Jo sah Philipp fragend an.

»Hab ihn nicht gefunden«, nuschelte der Jungkoch. »Ich hab stattdessen den mitgebracht.«

Er stellte eine Flasche Rotwein aus dem Burgund auf die Anrichte. Jo warf einen Blick darauf.

»Damit kann ich nichts anfangen. Der Pinot Noir ist zu trocken für die Soße. Ich brauche eine Spur mehr Extraktsüße. Hast du Kati gefragt?«

»Sie war im Gespräch mit einem Gast.«

»Das kann dauern«, rief Pedro und grinste. »Wenn sie mal mit dem Terroir und der richtigen Hangneigung anfängt, findet sie meist kein Ende. Letztes Mal hat sie einen Geschäftsmann fast eine Viertelstunde bequatscht. Danach hat er einen Barolo genommen.«

»Ich seh selbst nach«, brummte Jo. »Ihr solltet euch besser mit dem Weinkeller vertraut machen. Sonst seid ihr aufgeschmissen, wenn Kati und ich mal nicht da sind.«

Jo hatte konkrete Vorstellungen, welchen Wein er benötigte. Er bereitete einen geschmorten Ochsenschwanz mit buntem Frühlingsgemüse in Rotweinsoße vor. Dafür war seiner Meinung nach am besten ein Shiraz aus dem Eden Valley in Australien geeignet. Jo hatte ihn vor Jahren durch Zufall entdeckt. Der Wein verfügte über ein Aroma aus Beerenfrucht, süßen Gewürznuancen, Anklängen von Herzkirschen, Pflaume und einem Hauch von Minzöl. Einige Minuten später kehrte er zurück – ohne Weinflasche.

»Na, im eigenen Weinkeller verlaufen?«, stichelte Pedro.

»Sie hat alles umgeräumt«, sagte Jo verärgert. »Ich verstehe diese Frau nicht. Alles, was sie tun muss, ist, rechtzeitig ordern und die Bestände auffüllen. Stattdessen führt sie ein neues Lagersystem ein, bei dem keiner was findet!«

Die anderen warfen sich gegenseitig Blicke zu.

»Gib mir den Pinot Noir rüber«, knurrte er.

»Kommt sofort, Boss«, antwortete Philipp prompt.

»Ich hab Neuigkeiten«, sagte Ute. Jo blickte von seinem Schreibtisch hoch, an dem er gearbeitet hatte.

»Es gibt einen zweiten Toten.«

»Ich weiß.«

Ute schien enttäuscht, dass sie nicht die Erste war, die ihm die Nachricht überbrachte.

»Sandner hat's mir erzählt«, erklärte er. »Üble Sache.«

»Hat er dir gesagt, um wen es sich handelt?«

»Das wusste die Polizei noch nicht.«

»Jetzt anscheinend schon.«

»Wer ist es?«

»Hans Gruber.«

»Kenn ich nicht.«

»Er hat einen landwirtschaftlichen Betrieb, oben bei Dellhofen.«

»Wie hast du es erfahren?«

»Seine Leiche wurde in einem Weinberg von Markus Lippert gefunden. Die Polizei hat ihm ein Foto gezeigt und er hat ihn erkannt. Seine Mutter ist eine gute Freundin von mir. Die hat's mir erzählt.«

»War der Tote auch Winzer?«

»Nein. Er hat Getreide und Kartoffeln angebaut, glaube ich. Außerdem hat seine Frau Hühner gehalten. Daher kenne ich sie. Ich hab gelegentlich Eier bei ihr gekauft.«

»Muss schrecklich für sie sein.«

»Sie ist vor drei Monaten gestorben.«

Jo hielt inne.

»Weißt du, ob er Saisonkräfte beschäftigt hat?«

»Kann ich mir nicht vorstellen. Es ist ein kleiner Hof. Wieso interessiert dich das?«

»Nur so.«

Kaum war Ute verschwunden, tauchte Kati auf. Sie hatte einen Schnellhefter in der Hand. Er überlegte, ob er ihr von dem zweiten Mord erzählen sollte, entschied sich jedoch dagegen. Sie würde früh genug davon erfahren.

»Pedro meinte, du willst was mit mir besprechen«, sagte sie.

»Kann mich nicht erinnern, dass ich ihn gebeten hätte, für mich den Postillion zu spielen«, brummte Jo. »Aber da du schon mal hier bist – setz dich.«

Er legte den Bestellschein beiseite, den er eben ausgefüllt hatte.

»Ich wollte mit dem Shiraz aus dem Eden Valley kochen und hab ihn nicht gefunden.«

»Kein Wunder. Ich hab ihn von der Karte genommen«, antwortete sie nonchalant.

»Du hast *was*?«

Jo sah sie ungläubig an.

»Er war ausgetrunken.«

»Ach nee? So was lässt sich vermeiden, indem man rechtzeitig nachbestellt.«

»Klar. Wenn man den Wein weiter anbieten will. Ich finde, er passt nicht in unser Sortiment.«

Jo war perplex.

»Der Shiraz ist ein guter Wein, keine Frage. Aber meines Erachtens ist er zu teuer. Außerdem ist er zum Kochen zu schade.«

»Das lass mal meine Sorge sein.«

»Ich habe einen Cabernet Sauvignon aus der Pfalz entdeckt, der ein identisches Geschmacksprofil aufweist, aber nur ein Drittel davon kostet. Das Weingut liegt bei Laumersheim. Die Trauben werden von Hand gelesen, voll durchgegoren und in alten Holzfässern gelagert.«

»Der schmeckt niemals genauso«, widersprach er.

»Woher willst du das wissen? Hast du ihn probiert?«

»Muss ich nicht. Ich weiß, was ich für einen Wein für meine Soße will. Wenn das Geschmacksprofil nicht einhundertprozentig passt, gibt es kein perfektes Ergebnis.«

»Deswegen hab ich den Cabernet Sauvignon besorgt. Der hat ein nahezu identisches Geschmacksprofil.«

»Ich hab keine Lust, darüber zu diskutieren. Du bestellst den Australier nach, und damit basta!«, sagte er. »Da wir gerade beim Weinkeller sind. Warum hast du ihn umorganisiert? Man findet gar nichts mehr.«

»Es ist ein simples System.«

»Aha.«

»Ich hab die Weine nach Ländern und Regionen sortiert. Deutschland, Frankreich, Italien und der Rest der Welt.«

»Wieso nicht nach Geschmack? Das gibt ein völliges Durcheinander.«

»Weil du in der Vergangenheit Weine von überallher wahllos zusammengekauft hast. Aber keine Sorge, das kriegen wir in den Griff«, erklärte sie und reichte ihm den Schnellhefter.

»Was ist das?«

»Unsere neue Weinkarte. Wir konzentrieren uns ab sofort auf deutsche Weine.«

Jo überflog das Dokument.

»Da stehen auch ausländische Weine drauf«, stellte er fest.

»Nur die großen Franzosen und Italiener. An denen kommt man nicht vorbei. Sonst sind es ausschließlich deutsche Weine.«

»Weißt du, wie lange ich gebraucht habe, für jedes meiner Gerichte einen passenden Wein zu finden?«, fragte er.

»Ewig. Deswegen war es doppelt schwierig für mich, für jeden kalifornischen, australischen oder neuseeländischen Wein, den wir auf der Karte haben, einen adäquaten Ersatz zu finden. Aber ich hab's geschafft«, erklärte sie stolz.

Jo hatte die Weinkarte zu Ende gelesen.

»Das geht auf keinen Fall«, sagte er.

»Warum nicht? Sobald einer der Exoten ausgetrunken ist, nehmen wir ihn von der Karte. Spätestens in einem halben bis einem Dreivierteljahr sind wir sie los und haben einen klar strukturierten Weinkeller.«

»Den haben wir jetzt schon. Unsere exzellente Auswahl an internationalen Weinen ist eine der Stärken des ›Waidhauses‹.«

»Das sehe ich anders. Als du mich eingestellt hast, haben wir vereinbart, dass ich den Weinkeller eigenverantwortlich führen kann.«

»Damit hab ich Bestellungen, die Organisation von Verkostungen und den Verwaltungskram gemeint – nicht, dass du alles über den Haufen wirfst, was ich über Jahre aufgebaut habe.«

»Sorry, Jo, so funktioniert das nicht. Du bist der Experte für die Küche. Ich kümmere mich um den Wein. So ist die Aufgabenverteilung. Ich kann nachvollziehen, dass es bei deinen Kreationen auf jede Geschmacksnuance ankommt. Sag mir, was du willst, und ich besorge dir den passenden Begleiter dafür. Es gibt in Deutschland viele ehrgeizige junge Winzer, die tolle Weine erzeugen – und das zu moderaten Preisen. Dadurch senken wir die Kosten für die Lagerhaltung und können unseren Gästen dennoch erstklassige Weine bieten. Außerdem passen deutsche Weine wesentlich besser zur regionalen Ausrichtung deiner Küche.«

»Vielen Dank für den Vorschlag, aber wir behalten die bisherige Karte bei«, entschied er.

»Guck dir meinen Vorschlag erst mal in Ruhe an. Wir machen ja keinen radikalen Schnitt, sondern die Gäste können sich Stück für Stück daran gewöhnen.«

»Genug, Kati. Es ist *mein* Restaurant und *ich* bestimme, was auf die Karte kommt.«

»Ich hab mir damit so viel Mühe gegeben.«

»Hättest du dir sparen können, wenn du mich vorher gefragt hättest.«

Sie sah ihn fassungslos an.

»Mach doch, was du willst!«, fauchte sie und sprang auf. »So bekommen wir nie einen Stern!«

Wütend rauschte sie aus seinem Büro.

»Der Guide Michelin zeichnet die Küche aus, nicht den Weinkeller!«, rief er ihr hinterher. Sie machte eine wegwerfende Handbewegung und schlug die Tür hinter sich zu.

Die nächsten Tage gingen sich Kati und Jo aus dem Weg. Trotzdem spürten alle im »Waidhaus« die Spannung zwischen ihnen. Am Donnerstag nutzte Jo seine Nachmittagspause, um mit Sergej Kolesnikow Schach zu spielen. Er verlor die erste Partie sang- und klanglos.

»Du bist nicht bei der Sache«, stellte der Russe fest. Jo schnitt eine Grimasse. Der Streit mit Kati ging ihm nicht aus dem Kopf. Außerdem grübelte er darüber nach, welche Verbindung zwischen Ernst Hoffmann und Hans Gruber bestanden haben mochte. Hatte Pjotr Wojcek bei Gruber angeheuert, nachdem er von Hoffmann davongejagt worden war? Aber warum hätte er den Landwirt ermorden sollen? War er von Gruber ebenfalls schlecht behandelt worden?

»Willst du weiterspielen oder vertagen wir uns auf ein anderes Mal?«

Statt einer Antwort brachte Jo die schwarzen Figuren in Stellung. Sergej grinste und eröffnete die Partie mit seinem Königsbauern. Obwohl Jo sich mehr Mühe gab, geriet er wieder ins Hintertreffen.

»Du machst es mir zu leicht«, tadelte der Russe.

»Tut mir leid«, entschuldigte Jo sich. »Besser, wir machen Schluss. Irgendwie hab ich heute den Kopf zu voll.«

Sergej nickte und schenkte ihm eine weitere Tasse Tee ein. Sie gerieten ins Plaudern. Der Russe war ein guter Zuhörer und ehe Jo es sich versah, hatte er Sergej über seinen Streit mit Kati erzählt.

»Du bist wie die Sowjetunion.«

Jo sah ihn verständnislos an.

»In der Sowjetunion wollte das Politbüro alles kontrollieren, hinunter bis in die letzte Kolchose. Sie haben Fünfjahrespläne aufgestellt, die auf dem Papier wunderbar aussahen. Nur haben sie in der Praxis nicht funktioniert.«

»Ich bin doch kein Diktator«, verwahrte Jo sich. Der Russe lachte.

»So hab ich es nicht gemeint. Es hat nicht funktioniert, weil man Menschen so nicht motivieren kann. Sie wollen Eigenverantwortung und das Gefühl, dass ihr Beitrag geschätzt wird. Warum sich anstrengen, wenn eine zentrale Instanz alles vorgibt und bestimmt?«

»Ich hab Jahre gebraucht, die richtigen Weine zu finden. Das werf ich nicht über den Haufen, nur weil sie mit einer verrückten Idee ankommt.«

»Was ist verkehrt daran, als deutsches Restaurant auf deutsche Weine zu setzen?«

»Nichts, aber für mich ist wichtiger, wie ein Wein schmeckt, und nicht, wo er herkommt.«

»Hast du geprüft, ob ihre Weinvorschläge zu deinen Gerichten passen?«

»Nein«, gab er widerwillig zu.

»Du solltest froh sein, dass du eine so engagierte Mitarbeiterin hast«, meinte Sergej.

»An deiner Stelle würde ich ihr eine Chance geben. Aber das musst du natürlich selbst entscheiden.«

Nachdenklich starrte Jo auf das Schachbrett. Hatte er überreagiert? Aus seiner Sicht lag die Schuld vor allem bei Kati. Warum redete sie nicht mit ihm darüber, dass sie die Weinkarte neu ausrichten wollte, sondern stellte ihn vor vollendete Tatsachen? Widerstrebend beschloss er, sich ihren Vorschlag in Ruhe anzusehen.

»Vielen Dank«, sagte er zu Sergej. Dieser winkte ab und lächelte.

»Wie geht es mit deiner Mordermittlung voran?«, fragte der Russe.

Jo, der gerade an seinem Tee genippt hatte, hätte sich um ein Haar verschluckt. Er stellte die Tasse ab und sah Sergej entgeistert an.

»Woher weißt du davon? Hat Ute es dir erzählt?«, fragte er, nachdem er sich gefangen hatte.

»Nein«, erwiderte Sergej. »Ich habe in der Zeitung davon gelesen. Ute sagte mir, dass du für den örtlichen Schachverein gespielt hast. Ich wollte mir deine Ergebnisse ansehen. Als ich deinen Namen im Internet in die Suchmaschine eingegeben habe, wurde ein gutes Dutzend Artikel angezeigt, in denen stand, dass du mehrere Mordfälle gelöst hast.«

»Das heißt nicht, dass ich in jeden Fall meine Nase stecke.«

»Ein Mann wird quasi vor deiner Haustür gekreuzigt und du interessierst dich nicht dafür?«

Jo zögerte. Es überraschte ihn, dass Sergej ihn darauf ansprach. Die meisten Menschen fanden seine Ermittlungsarbeit seltsam und vermieden es, mit ihm darüber zu reden.

»Vielleicht«, antwortete er vorsichtig.

Sergej lachte.

»Du musst mir nichts erzählen, wenn du nicht willst. Ich finde es allerdings spannend.

Wie kommt ein junger Mensch wie du dazu, sich mit so schrecklichen Dingen zu beschäftigen? Hast du nicht genug mit deinem Restaurant zu tun?«

»Ich bin da zufällig reingeschlittert. Mein Lehrling stand vor einigen Jahren unter Mordverdacht und niemand wollte an seine Unschuld glauben. Da blieb mir nichts anderes übrig, als auf eigene Faust zu ermitteln. Bei den anderen Fällen war die Polizei auf dem Holzweg, wollte aber nicht auf mich hören. Deshalb musste ich selbst etwas tun. Man darf einen Mörder nicht damit davonkommen lassen.«

»Da hast du recht. Gerechtigkeit ist wichtig. Nicht viele würden ihre Freizeit dafür opfern. Vor allem, wenn sie so spärlich bemessen ist wie deine.«

Jo überlegte, ob er Sergej in seine bisherigen Ermittlungen einweihen sollte. Manchmal half es, die Dinge durch eine neue Brille zu betrachten. Und an wen sollte der Russe die Informationen weitergeben? Etwas zögerlich, aber mit zunehmendem Elan, gab er Sergej einen Überblick darüber, was er bisher herausgefunden hatte. Der Russe hörte aufmerksam zu, stellte hin und wieder eine Frage, hielt sich ansonsten jedoch mit Kommentaren zurück. Als Jo am Ende angelangt war, fühlte er sich erleichtert.

»Was denkst du?«, fragte er.

»Ein seltsamer Fall«, erwiderte Sergej. »Ich habe allerdings Zweifel, ob dieser Wojcek etwas damit zu tun hat.«

»Wieso?«

»Er scheint ein gläubiger Mensch zu sein. Sonst würde er nicht eine Stunde beten.«

»Es sind zahllose Verbrechen im Namen Gottes verübt worden. Er könnte religiöse Wahnvorstellungen haben.«

»In der Bibel heißt es: Die Rache ist mein; ich will vergelten, spricht der Herr. Als religiöser Mensch wüsste er das.«

»Und wohin ist er in dieser Nacht verschwunden?«

»Ich weiß es nicht. Hast du ihn gefragt?«

Jo lachte.

»Leider bin ich nicht die Polizei, die Leute zum Verhör einbestellen kann.«

»Ist nicht nötig. Gib mir eine Flasche Wodka und ich bekomme alles aus ihm heraus.«

»Wie willst du das anstellen?«, fragte Jo neugierig.

»Ich setze mich mit ans Feuer, lasse die Wodkaflasche kreisen und frage, wo man am besten Arbeit findet.«

»Warum sollten sie darauf eingehen?«

»Weil arme Menschen sich gegenseitig helfen. Wenn du selbst einmal Tagelöhner gewesen wärst, wüsstest du das.«

Jo sah schuldbewusst zu Boden.

»Ich habe eine Weile mein Geld als Erntehelfer verdient und kenne das Milieu. Außerdem habe ich zwei Jahre in Polen als Restaurator gearbeitet und spreche Polnisch.«

»Vom Thema Arbeit zur Frage, ob jemand einen Mord begangen hat, ist es ein weiter Weg«, gab Jo zu bedenken.

»Das lass meine Sorge sein. Und die vom Genossen Wodka.«

»Wieso willst du mir helfen?«

»Wie du sagtest: Man darf einen Mörder nicht davonkommen lassen.«

Jo war überrascht, freute sich aber darüber. Irgendwie hatte er bereits beim ersten Treffen gespürt, dass Sergej und er auf einer Wellenlänge lagen. Er bedankte sich.

»Kein Problem«, sagte Sergej und lächelte. Sie verabredeten sich für den folgenden Tag. Jo versprach, Sergej abzuholen und gemeinsam mit ihm nach Ingelheim zu fahren.

»Wieso hast du dir vorher meine Schachergebnisse angesehen?«, fragte Jo, als er an der Tür war.

»Man sollte immer vorbereitet sein«, meinte Sergej. »Wie sagt Sun Tsu so schön: ›Wenn du deinen Feind kennst und dich selbst, brauchst du das Ergebnis von 100 Schlachten nicht zu fürchten.‹«

»Wer ist Sun Tsu?«

»Ein chinesischer General, der um 500 vor Christus lebte. Von ihm stammt das Buch ›Die Kunst des Krieges‹.«

»Das merke ich mir«, sagte Jo und grinste.

»Eines noch.«

»Ja?«

»Bring besser zwei Flaschen Wodka mit.«

KAPITEL 18

Kaum war Jo zurück im »Waidhaus«, klingelte das Telefon im Flur. Es war Klaus Sandner.

»Hast du was Neues für mich?«, fragte der Journalist.

»Ich weiß, wer der Tote ist«, antwortete Jo. »Sein Name ist Hans Gruber, ein Landwirt. Er hat seinen Hof oberhalb von Oberwesel.«

»Woher weißt du es?«

»Spielt das eine Rolle?«

»Ich muss wissen, wie belastbar die Information ist. Die Chefredaktion weigert sich, die Geschichte zu veröffentlichen, solange wir keine zweite Quelle haben. Wenger hat wieder eine Nachrichtensperre verhängt.«

Jo zögerte. Er wollte Ute nicht in die Sache mit hineinziehen.

»Warum versuchst du dein Glück nicht bei Markus Lippert?«, schlug er vor.

»Wer ist das?«

»Der Winzer, in dessen Weinberg Hans Gruber gefunden wurde. Die Polizei hat ihm ein Bild des Toten gezeigt.«

»Wie findest du so etwas nur immer heraus? Du solltest meinen Kollegen Nachhilfe in Sachen Recherche geben.«

»Gott bewahre! Ich glaub nicht, dass die das nötig haben. Außerdem war es reines Glück. Apropos Recherche – ich hätte eine Bitte an dich.«

»Ja?«

»Ich bräuchte ein Dossier über Hans Gruber.«

»Kriegst du«, versprach Sandner.

Jo blickte nachdenklich auf das Telefon. Wenger würde an die Decke gehen, wenn er Sandners Artikel las. Zum Glück wusste er nicht, dass Jo seine Finger im Spiel hatte. Kati kam von ihrer Nachmittagspause zurück und versuchte, sich unauffällig an ihm vorbeizuschlängeln.

»Hast du 'ne Minute für mich?«, fragte er.

»Ich muss den Service vorbereiten«, wehrte sie ab.

»Es dauert nicht lang.«

»Okay. Du bist der Boss.«

Sie folgte ihm in sein Büro.

»Ich wollte mich bei dir entschuldigen.«

Sie sah ihn überrascht an.

»Kann sein, dass ich überreagiert habe, als du mir die neue Karte vorgelegt hast.«

»Das kannst du laut sagen.«

»Du hättest mich damit nicht überfallen sollen«, verteidigte er sich. »Bevor du so was anfängst, wäre es schön, wenn du mit mir darüber sprechen würdest.«

»Es sollte eine Überraschung sein. Außerdem hatte ich die Befürchtung, dass du Nein sagst.«

»Ehrlicherweise verstehe ich nicht, warum es dir so wichtig ist, dass wir nur deutsche, französische und italienische Weine auf der Karte haben.«

»Du kochst seit Jahren auf absolutem Spitzenniveau, hast aber keinen Stern. Fragst du dich nicht, woran es liegt?«

»Da wird viel gekungelt.«

Sie schüttelte den Kopf.

»Seit ich hier bin, habe ich den Service auf Topniveau gebracht. Jeder weiß, was die Tagesempfehlungen sind, welche Zutaten verarbeitet werden und wo sie herkommen. Die Mitarbeiter im Service können das inzwischen im Schlaf herunterrattern. Außerdem bekommen die Gäste von mir eine individuelle Weinberatung auf Sterne-Level. Alles, was noch fehlt, ist der dazu passende Weinkeller. Die Tester achten nicht nur darauf, wie das Essen ist, sondern auch darauf, ob die Weinkarte eine klare Linie hat. Wenn sie aussieht wie Kraut und Rüben, hat man keine Chance.«

»Na gut. Machen wir einen Test. Meine Weine gegen deine. Der Geschmack entscheidet, was auf die Karte kommt.«

»Kein Problem. Sag mir, welche Gerichte du zubereiten willst, und ich besorge den entsprechenden Wein.«

»Hier ist die Liste.«

Er reichte ihr die Menükarte für die kommende Woche, die er am Morgen fertiggestellt hatte.

»Wunderbar. Ich nehme an, du hast kein Problem, wenn wir den Test als Blindverkostung durchführen?«

»Überhaupt nicht.«

Kati strahlte. Sie schien sich ihrer Sache sicher zu sein. Hochmut kommt vor dem Fall, dachte Jo und lächelte feinsinnig.

Am nächsten Morgen brachte das »Rheinische Tagblatt« seinen Bericht über die zweite Kreuzigung. Die Mordserie war der Zeitung eine Titelgeschichte wert. Zusätzlich gab es eine Doppelseite dazu. Sie war mit einer Karte illustriert, auf der die Fundorte der Leichen und die Wohnorte der Ermordeten markiert waren. Zudem gab es eine Übersicht, was in der jeweiligen Mordnacht zu welchem Zeitpunkt passiert sein musste. Das »Rheinische Tagblatt« rief seine Leser auf, alle verdächtigen Beobachtungen der Polizei zu melden. Der neuerliche Mord sorgte für große Aufregung im Mittelrheintal und war Tagesgespräch im »Waidhaus«.

»Unfassbar, dass da draußen ein Irrer rumrennt und Leute kreuzigt. Stell dir vor, ich bin der Nächste!«, rief Pedro.

»Bisher bringt er nur alte Männer um«, wandte Kati ein. »Da hast du noch ein paar Jährchen hin.«

»Echt?«

»Beide waren um die 80.«

Jo stutzte. Kati hatte recht. Ob das Alter etwas zu bedeuten hatte?

»Vielleicht sitzt der Mörder gerade bei uns im Restaurant und lässt sich das Menü schmecken«, meinte Pedro.

»Von denen sieht mir keiner so aus, als könnte er ein Kreuz den Hang hinaufschleppen«, zweifelte Kati.

»Es könnten die zwei am Fenster sein«, spann der junge Spanier den Gedanken fort.

»Die zwei Hänflinge? Die würden es vermutlich nicht einmal zusammen schaffen.«

»Hey, nur weil jemand kein Riese ist, heißt das nicht, dass er nichts bewegen kann.«

»Mit etwas Glück wächst du noch«, spottete Kati.

»Sicherheitshalber nehm ich ab sofort überall mein Messer mit hin«, wischte Pedro ihre spitze Bemerkung beiseite.

»Pass bloß auf, dass du damit nicht hinfällst und dich selber umbringst.«

»Ihr solltet euch darüber nicht lustig machen. Immerhin sind zwei Menschen grausam ermordet worden«, unterbrach Jo die Diskussion. »Außerdem solltet ihr euch bei den Vorbereitungen ranhalten. Ich gehe heute früher.«

»Wann?

»Gegen 19.30 Uhr.«

»Was hast du denn vor?«, fragte Pedro.

»Ist was Privates.«

»Es hat aber nichts mit den Morden zu tun, oder?«, hakte Kati nach. Sie sah Jo neugierig an.

»Hast du nicht deine Hänflinge im Restaurant, um die du dich kümmern kannst?«, antwortete er, ohne auf ihre Frage einzugehen.

»Eigentlich nicht«, erwiderte sie.

»Wenn du nichts zu tun hast, kannst du in der Küche helfen und Kartoffeln schälen.«

»Nee, danke«, rief sie und machte sich davon.

»Siehst du ihn?«, fragte Sergej und genehmigte sich einen
Schluck aus der Thermoskanne, die Jo für ihn mitgebracht
hatte.

»Nein«, antwortete er, während er weiter durch sein Fernglas spähte. Er sah auf die Uhr. Es war fast 20.30 Uhr. Er
hatte Sergej bei Ute abgeholt und war mit ihm nach Ingelheim gefahren. Sie hatten einen Beobachtungsposten einige
100 Meter vom Parkplatz der polnischen Erntehelfer entfernt bezogen. Die Männer saßen um die Feuerstellen herum
und aßen. Von Pjotr Wojcek war nichts zu sehen.

»Ich frage mich, wo er bleibt«, sagte Jo.

»Vielleicht macht er Überstunden.«

»Es dämmert. Um die Zeit arbeitet keiner mehr
draußen.«

»Wieso bist du so versessen darauf, dass er der Mörder ist?«

»Wojcek hat angekündigt, dass Hoffmann dafür bezahlen wird, was er ihm angetan hat.«

»Worte, die jemand im Zorn von sich gibt, sollte man
nicht überbewerten.«

»Er hat für die fragliche Zeit kein Alibi. Außerdem ist er
groß und kräftig. Wenn einer ein Kreuz einen Hang hoch-
ziehen kann, dann er.«

»Und weswegen hat er deiner Meinung nach den zweiten Mann ermordet?«

»Er war Landwirt. Wojcek könnte bei ihm angeheuert
haben und hatte Ärger mit ihm.«

»Wenn jeder, der in der Arbeit schlecht behandelt wird,
seinen Chef umbringen würde, wären die Friedhöfe voll.«

»Du hast Wojcek nicht in die Augen gesehen. Echt düster. Ich sag dir, mit dem stimmt was nicht.«

»Du kannst Menschen ansehen, ob sie schuldig sind?«, fragte Sergej spöttisch.

»Wenn du mir nicht glaubst, wieso hilfst du mir?«

»Sollte er die Morde begangen haben, muss er bestraft werden. Aber wenn er unschuldig ist, sollte er nicht verfolgt werden.«

Sergej nahm einen weiteren Schluck Tee.

»Ich hab selbst gesessen«, bekannte er. »Deswegen liegt mir daran, anderen dieses Schicksal zu ersparen.«

Jo ließ das Fernglas sinken und sah ihn verblüfft an. Der Russe wirkte völlig gelassen.

»Weswegen warst du im Gefängnis?«

»Verstoß gegen Paragraf 58 des sowjetischen Strafgesetzbuchs.«

»Sagt mir nichts.«

»Konterrevolutionäre Aktivitäten«, grinste Sergej. »Dafür haben sie mich zu drei Jahren Straflager verdonnert.«

»Was hast du angestellt?«

»Gar nichts«, antwortete der Russe mit unschuldigem Augenaufschlag.

»Irgendetwas müssen sie dir vorgeworfen haben.«

»Wir haben damals in einem Städtchen östlich von Moskau gewohnt. Auf dem Zentralplatz stand eine Lenin-Statue aus Bronze. Sie war etwas verwittert. Eines Abends hat ihr jemand einen roten Bart und rote Haare verpasst. Die Miliz hat einen Freund von mir und mich in der Nähe der Statue mit einem Farbeimer und einem Pinsel erwischt. Wir haben ihnen erzählt, wir hätten beides gefunden und wollten den hinterhältigen Anschlag auf Väterchen Lenin gerade melden. Dummerweise haben sie uns nicht geglaubt.«

Sergej schien in Gedanken verloren.

»Wladimir Iljitsch sah so traurig und erschöpft aus. Die rote Farbe hat ihn lebendiger gemacht«, sagte er und lächelte verschmitzt. »Leider verstand die Miliz keinen Spaß.«

»Wie konntet ihr ohne Zeugen verurteilt werden?«

»Sie haben uns mit aufs Revier genommen und verprügelt. Das war damals in der Sowjetunion so üblich. Aus mir haben sie nichts herausbekommen, aber mein Freund hat ihnen gesagt, was sie hören wollten.«

»Straflager hört sich schlimm an.«

»Kannst du laut sagen. Gegen ein sowjetisches Straflager ist der Strafvollzug bei euch im Westen ein Kindergeburtstag.«

»Wie alt warst du damals?«

»16.«

»Und sie haben dich dennoch in ein Lager gesteckt?«

»In der Sowjetunion war man diesbezüglich nicht zimperlich.«

»Muss schrecklich gewesen sein.«

»Ich hab's überlebt. Mein Freund hatte nicht so viel Glück. Er ist bei einem Arbeitsunfall ums Leben gekommen.«

»Das tut mir leid«, sagte Jo betroffen.

»Ist über 40 Jahre her. Ich denke nur noch selten daran.«

Er stupste Jo in die Seite und deutete in Richtung Parkplatz.

»Da kommt jemand.«

In der Tat bog ein verbeulter Kleinbus auf den Parkplatz ein. Jo blickte durchs Fernglas hinüber und sah, wie ein großer, breitschultriger Mann ausstieg.

»Das ist er«, rief er aufgeregt und reichte Sergej das Fernglas. Dieser spähte hindurch.

»Kräftiger Kerl. Mit dem sollte man sich nicht anlegen.«

»Du musst das nicht machen, wenn es dir zu gefährlich ist.«

Sergej lachte.

»So weit kommt's noch, dass ein Russe Angst vor einer Handvoll Polen hat. Gib mir den Wodka.«

Jo drehte sich nach hinten und nahm zwei Flaschen vom Rücksitz.

»Guter Stoff«, bemerkte Sergej anerkennend. Er zog eine braune Papiertüte aus der Tasche und verstaute die Flaschen darin. Dann öffnete er die Tür und machte sich auf den Weg.

Gebannt verfolgte Jo, wie Sergej den Parkplatz betrat. Alle Augen richteten sich auf ihn. Er sagte etwas, stieß jedoch auf verhaltene Reaktionen. Soweit Jo es aus der Entfernung beurteilen konnte, machten die Polen einen reservierten, fast misstrauischen Eindruck. Sergej ließ sich davon nicht beirren und plauderte munter drauflos. Er lachte viel und unterstrich seine Worte mit großen Gesten. Nach und nach tauten die Männer auf. Schließlich zog er eine der Wodkaflaschen aus der Papiertüte. Damit brach er endgültig das Eis. Jemand holte einen Klappstuhl für ihn und reichte Plastikbecher herum. Sergej stellte seinen Stuhl so, dass er neben Pjotr Wojcek zu sitzen kam. Er schenkte den Männern großzügig ein. Rasch entspann sich ein intensives Gespräch, an dem sich alle beteiligten. Nur Pjotr Wojcek hielt sich auffällig zurück und starrte meist wortlos ins Feuer. Die Stimmung wurde heiterer und gelöster. Immer wieder wurde das Gespräch durch Gelächter unterbrochen. Sergej schien genau den richtigen Ton zu treffen und klopfte den neben ihm sitzenden Männern, einschließlich Pjotr Wojcek, mehrfach jovial auf die Schulter oder den Arm. Sobald ein Becher leer war, schenkte er unauffällig nach. Zügig war die erste Flasche leer und die zweite wurde geöffnet. Nach einer guten Stunde waren einige der Männer sichtlich angetrunken. Nach und nach zogen sie sich in ihre Fahrzeuge zum Schlafen zurück. Schließlich blieben Pjotr Wojcek und Sergej übrig. Der Pole war weiter schweigsam. Nachdem Sergej seinen Becher noch zweimal gefüllt hatte, wurde er redseliger. Die beiden schienen nun einen guten Draht zueinander gefunden zu haben. Eine halbe Stunde später war Wojcek so angetrunken, dass Sergej ihm helfen musste, den Weg zu seinem Fahrzeug zu finden. Kurze Zeit später war Sergej zurück und ließ sich auf den Beifahrersitz des Volvos fallen.

»Alles gut?«, fragte Jo.

»Ja, wieso?«

»Es sah so aus, als hättet ihr gut gebechert.«

Sergej machte eine wegwerfende Handbewegung.

»Der Tag, an dem ein Pole einen Russen unter den Tisch trinkt, muss erst noch geboren werden.«

»Wie hast du es hinbekommen, dass du am Ende mit Wojcek allein warst?«

»Ich habe den anderen mehr eingeschenkt. Außerdem hatten einige von ihnen bereits vorher getrunken.«

»Clever«, lobte Jo.

»Du bist nicht der Einzige, der sich auf die Detektivarbeit versteht«, sagte Sergej und grinste.

»Was hast du herausbekommen?«

»Wojcek verbirgt tatsächlich ein dunkles Geheimnis.«

Jo spürte, wie sein Pulsschlag sich beschleunigte.

»Hast du noch Tee?«, fragte Sergej.

Jo sah ihn irritiert an. Es machte dem Russen erkennbar Spaß, ihn auf die Folter zu spannen.

»Jetzt rück schon damit raus.«

»Na schön. Wojcek betrügt seine Frau.«

»Und?«

»Das ist alles.«

»Was ist mit den Morden?«

»Damit hat er nichts zu tun.«

»Woher willst du das wissen?«

»An dem Abend, als du ihn aus den Augen verloren hast, ist er zu seiner Geliebten gefahren. Er trifft sie jeden Montag- und Mittwochabend, wenn ihr Mann beim Fußballspielen ist.«

»Das glaube ich nicht.«

»Wieso sollte er mich belügen?«

»Weil er von sich ablenken will.«

»Dafür müsste er wissen, dass wir ihm nachspionieren.«

»Er könnte mich bemerkt haben.«

Sergej schüttelte den Kopf.

»Er hat seine Geliebte bei Aushilfsarbeiten an ihrem Haus kennengelernt. Sie hat ihn nach allen Regeln der Kunst verführt. Er weiß, dass es falsch ist, aber er fährt trotzdem immer wieder zu ihr. Am liebsten würde er nach Polen zu seiner Familie zurückkehren, aber er braucht das Geld.«

»Wieso sollte er so etwas Intimes ausgerechnet dir erzählen?«

»Mit einem Fremden zu reden ist manchmal leichter. Außerdem muss er sein Geheimnis vor den anderen verbergen. Sie kommen alle aus demselben Ort und kennen seine Frau. Zwei davon sind sogar mit ihr verwandt.«

Jo sah ihn skeptisch an.

»Ich weiß, dass du lieber etwas anderes hören würdest, aber Pjotr ist nicht der Mann, den du suchst. Ich habe im Straflager mit Mördern, Totschlägern und anderen verkommenen Menschen zu tun gehabt. In so einer Situation entwickelst du einen siebten Sinn dafür, wem du trauen kannst und vor wem du dich in Acht nehmen musst. Ich habe ihm in die Augen gesehen. Dieser Mann hat es nicht in sich, einen anderen Menschen zu töten.«

Jo dachte nach. Wenn Sergej richtiglag, war ihm der letzte Verdächtige in der Mordserie abhandengekommen. Er seufzte und startete den Wagen.

KAPITEL 19

Kriminalkommissar Brückner stellte den Wagen ab und stieg aus.

»Schöner Hof«, stellte er fest.

Hauptwachtmeister Schmitz nickte.

»Der Sauer-Hof ist einer der größten in der Gegend. Liefert ordentlich seine Quoten ab.«

Brückner hatte ihn mit zum Sauer-Hof genommen, da der Hauptwachtmeister die Verhältnisse vor Ort kannte. Aus der Scheune kamen zwei dürre blonde Mädchen gelaufen und blieben wie angewurzelt stehen, als sie die Polizeibeamten bemerkten.

»Wo ist euer Vater?«, rief Schmitz ihnen zu. Die Mädchen schwiegen erschrocken. Der Hauptwachtmeister machte einen Schritt auf sie zu.

»Im Haus«, sagte die Ältere, machte auf dem Absatz kehrt und lief davon. Ihre jüngere Schwester folgte ihr auf dem Fuße.

Ein breitschultriger, etwa 50-jähriger Mann trat hinaus auf den Hof. Er stutzte, als er die Uniform sah.

»Wir müssen mit dir reden, Kurt«, verkündete Schmitz in offiziellem Ton. »Das ist Kriminalkommissar Brückner von der Kriminalpolizei in Koblenz.«

»Hetzt du jetzt die Kriminaler auf mich, Eugen?«, erwiderte der Angesprochene verärgert. »Ich hab dir gesagt, dass uns eine Sau gestohlen worden ist. Wir machen auf unserem Hof keine Schwarzschlachtungen und horten keine Lebensmittel. Wir liefern jeden Monat unseren vorgesehenen Anteil ab.«

»Darum geht es nicht. Kriminalkommissar Brückner ist von der Mordkommission.«

Für den Bruchteil einer Sekunde blitzte Furcht in Sauers Augen auf. Im nächsten Augenblick hatte der Landwirt sich jedoch wieder im Griff.

»Sie haben es noch nicht gehört?«, schaltete sich Brückner ins Gespräch ein.

»Was?«

»Eine Ihrer Mägde ist ermordet worden.«

»Welche?«

»Maria Dabrowski.«

»Ach, die.« Erleichterung zeichnete sich in Sauers Gesicht ab. Der Tod der Ostarbeiterin schien ihm nicht besonders nahezugehen.

»Seit wann war sie bei Ihnen auf dem Hof?«

»Seit Frühjahr.«

»Aus welcher Ecke Polens stammt sie?«

»Keine Ahnung. Ich halte mich an die Vorgaben, den Kontakt mit den Ostarbeitern auf das Nötigste zu beschränken.

Alles, was ich weiß, ist, dass sie sich freiwillig zum Arbeits-
dienst im Reich gemeldet hat.«

Brückner sah ihn erstaunt an.

»Der Hunger treibt einige aus dem Osten ins Reich«,
schob der Bauer zur Erklärung nach.

»Haben Sie nicht gemerkt, dass sie über Nacht außer Haus
war?«

»Nein. Sie hat ihre Kammer unterm Dach. Sie kommt oft
erst nach Einbruch der Dunkelheit zurück.«

»Wieso das?«

»Sie ging öfter nach der Arbeit in den Wald, um Holz und
Pilze zu sammeln.«

»Das haben Sie erlaubt?«

»Ich hab ihr mehrfach gesagt, sie soll sich nicht allein im
Wald herumtreiben. Sie wollte nicht hören.«

»Du bist für deine Ostarbeiter verantwortlich, Kurt«,
mahnte ihn Schmitz.

»Ich hab sieben auf meinem Hof. Wie soll ich die alle über-
wachen?«, grollte Sauer. »Als ob ich nicht genug damit zu
tun hätte, die Vorgaben des Reichsnährstands zu erfüllen. Du
kannst gern welche von deinen Schutzpolizisten für meinen
Hof abstellen. Maria hat ihre Arbeit ordentlich und gewissen-
haft gemacht. Es gab keinen Grund, sie im Haus einzusperren.«

Genauso rasch, wie sein Zorn gekommen war, schien er
verraucht zu sein.

»Wie ist sie gestorben?«, wollte er wissen.

»Sie wurde vergewaltigt. «

Sauers Miene versteinerte sich.

»Dieser elende Hundesohn!«, entfuhr es dem Bauern. Die
Polizeibeamten sahen ihn erstaunt an.

»Was meinen Sie?«, fragte Brückner.

»Ich weiß, wer es war: Jaroslav Yurchenko, einer der
Ukrainer.«

»Wie kommen Sie darauf?«

»Er hat Maria neulich im Wald nachgestellt und ist handgreiflich geworden.«

»Wieso hast du das nicht gemeldet?«, fragte Hauptwachtmeister Schmitz in strengem Ton.

»Wenn ein Knecht sich an einer Magd vergreift, regle ich das selbst. Ich dulde auf meinem Hof keine Unschicklichkeiten. Auch nicht unter den Ostarbeitern.«

»Eine versuchte Vergewaltigung ist ein ernstes Vergehen«, wandte Schmitz ein.

»Er wollte sie küssen und hat ihr an die Wäsche gefasst, das war alles«, behauptete Sauer. Dass der Ukrainer um ein Haar mit dem Messer auf ihn losgegangen wäre, unterschlug er lieber.

»Es ist über jeden Verstoß Meldung zu erstatten, speziell bei einem Ostarbeiter«, beharrte Schmitz.

»Und was wäre als Nächstes passiert? Ihr hättet ihn in ein KZ gesteckt und ich wäre einen weiteren Knecht los gewesen. Dabei fehlen mir hinten und vorne Arbeitskräfte.«

»Wo ist dieser Yurchenko jetzt?«, unterbrach Brückner den hitzigen Wortwechsel.

»Er repariert einen Zaun auf einer meiner Weiden.«

»Wo?«

»Hinten am Ausgang des Dorfs. Die letzte Weide am Waldrand.«

»Ist er allein?«

»Ja.«

»Wissen Sie, wo das ist?«, fragte Brückner den Hauptwachtmeister. Schmitz nickte.

»Dann los«, befahl Brückner und begab sich zum Wagen. Diensteifrig rückte Schmitz sein Pistolenholster zurecht und folgte dem Kriminalkommissar.

Sie bogen hinter der Ortsmitte ab und fuhren in Rich-

*tung Waldrand. Rechts und links zogen sich kahle, abge-
ernte Felder entlang.*

»Da vorne ist es.«

*Schmitz deutete auf eine große Weidefläche. Es hatte die
letzten Wochen viel geregnet und die Wiese sah matschbraun
aus. Sie war von einem Weidezaun umgeben. An der vorderen Ecke, unmittelbar neben der Straße, stand ein Mann und
hantierte an einem der Holzpfosten. Er hielt einen Hammer
in der Hand. Als er das Auto kommen hörte, drehte er sich
um. Die Beamten hielten an und stiegen aus. Der hagere
Mann machte unwillkürlich einen Schritt zurück, als er die
Uniform von Schmitz entdeckte.*

*»Sind Sie Jaroslav Yurchenko?«, rief Brückner ihm zu.
Der hagere Mann starrte sie mit ausdrucksloser Miene an.
Unvermittelt ließ er den Hammer fallen, sprang über den
Zaun und floh quer über die Weide.*

*»Halt, stehen bleiben!«, schrie Schmitz und stürzte dem
Ukrainer hinterher. Brückner setzte sich ebenfalls in Bewegung. Er hatte Mühe, über den Zaun zu klettern, und verlor wertvolle Zeit. Wie von selbst setzten sich seine Beine
in Bewegung. Er versuchte, an den beiden dranzubleiben, doch der Abstand zu den vor ihm laufenden Männern
wurde immer größer. Er keuchte und sein Bein schmerzte.
Die verdammte Kriegsverletzung. In dem Moment hörte er
ein Geräusch. Es kam aus südlicher Richtung. Das Brummen
war unverkennbar: ein Flugzeug. Brückner fuhr herum und
starrte zum Himmel. Das Motorengeräusch wurde lauter.
Da sah er den Flieger. Es war eine amerikanische P-47 Thunderbolt. Der Jagdbomber flog in gut 300 Metern Höhe und
kam genau in ihre Richtung.*

*»Schmitz, Deckung, Tiefflieger!«, schrie er. Aus den
Augenwinkeln sah er, dass der Hauptwachtmeister rund
80 Meter voraus war. Er hatte den flüchtenden Ukrainer*

fast eingeholt und rannte unbeirrt weiter. Brückner fluchte. Hörte der Hauptwachtmeister die Maschine nicht? Er schlug einen Haken in Richtung Straßengraben und biss die Zähne zusammen. Sein Bein brannte wie Feuer, aber er hetzte unbeirrt weiter. Sein Herz schlug ihm bis zum Hals. Das Flugzeug kam immer näher und er hatte kaum mehr Puste. Der Motor der Thunderbolt heulte auf, als das Jagdflugzeug zum Tiefflug ansetzte. Nur noch ein paar Meter, hämmerte es in seinem Kopf. Er musste es schaffen!

Der Bericht des »Rheinischen Tagblatts« über den zweiten Mord schlug hohe Wellen. Ein Serienmörder, der seine Opfer kreuzigte, war für die Medien ein gefundenes Fressen. Die Zeitungen überschlugen sich in der Berichterstattung und fast alle Nachrichtensendungen im Fernsehen brachten Beiträge darüber. Eine Heerschar von Journalisten fiel in Oberwesel ein und sorgte für zusätzliche Aufregung in dem beschaulichen Städtchen. Mehrere Übertragungswagen von Fernsehstationen parkten kreuz und quer am Straßenrand und verstopften die engen Straßen. Die Reporter hielten jedem ein Mikrofon vor die Nase, der nicht schnell genug um eine Hausecke verschwand. Der Druck der Öffentlichkeit wurde so groß, dass die Staatsanwaltschaft sich gezwungen sah, die Nachrichtensperre zu durchbrechen und eine Pressekonferenz anzusetzen. Sie war genauso unergiebig wie die vorhergehende. Nach wie vor schien die Polizei im Dunkeln zu tappen und mehr als ein allgemeiner Aufruf, Ruhe zu bewahren und verdächtige Beobachtungen zu melden, kam dabei nicht heraus.

»Die Welt wird immer verrückter«, seufzte Ute. »Heute Morgen wollten sich zwei Fernsehcrews bei mir einmieten, weil sie dachten, meine Pension wäre geöffnet. Als ich ihnen sagte, sie müssten sich woanders umsehen, wollten sie stattdessen von mir wissen, was ich von der Mordserie halte und ob ich Angst hätte, das nächste Opfer zu werden. Kannst du dir so etwas vorstellen?«

»Unfassbar«, pflichtete Jo ihr bei.

Er ging mit ihr hinaus auf die Terrasse. Die Sonne schien und wärmte ihm den Rücken. Zahlreiche Schiffe waren unterwegs und zogen unbeirrt ihre Bahn. Er verharrte für einen Augenblick und ließ das Panorama auf sich wirken. Es kam ihm surreal vor, dass ihr beschauliches Mittelrheintal zum Schauplatz einer derart brutalen Mordserie geworden war.

»Wie war dein Ausflug mit Sergej?«, wollte Ute wissen.

»Er hat dir davon erzählt?«

»Nicht im Detail. Er hat mir gesagt, dass ihr mit diesem polnischen Erntehelfer reden wollt.«

»Sergej hat mit ihm gesprochen. Ich hab aus der Ferne zugesehen.«

»Und?«

»Sergej ist überzeugt, dass er kein Mörder ist. Aber ich bin nicht sicher.«

»Warum?«

»Nur so ein Bauchgefühl.«

»Wenn ich abends aus dem Restaurant nach Hause komme, ist Sergej meist noch wach. Ab und zu trinken wir ein Glas Wein zusammen und unterhalten uns. Er ist ein großartiger Geschichtenerzähler. Es ist beeindruckend, wo er überall gewesen ist und was er in seinem Leben alles gemacht hat.«

Sie ließ ihren Blick über das Rheintal gleiten.

»Hat er dir erzählt, dass er ein paar Jahre in einem sowjetischen Straflager verbracht hat?«

»Ja.«

»Hat er dir auch berichtet, was für eine Hölle das gewesen ist?«

»Er hat so was angedeutet.«

»Es gab nicht genug zu essen, die hygienischen Verhältnisse waren unbeschreiblich und die Insassen haben sich
gegenseitig bespitzelt. Täglich kamen Menschen um oder
waren so geschwächt, dass sie während der Arbeit zusam-
mengebrochen sind.«

Sie hielt inne.

»Wir können uns nicht vorstellen, was er durchgemacht
hat.«

»Wieso erzählst du mir das?«

»Ein Mensch, der so viel erlebt hat, sieht mehr und tiefer
als die meisten. Wenn Sergej den Mann für unschuldig hält,
würde ich mich blind auf sein Urteil verlassen.«

Hauptkommissar Wenger saß an seinem Schreibtisch und
starrte aus dem Fenster. Er war eben von einem Gespräch
beim Polizeipräsidenten zurückgekehrt, bei dem er diesen
über den letzten Stand der Ermittlungen unterrichtet hatte.
Die Sonderkommission war deutlich aufgestockt worden
und ermittelte in alle Richtungen. Zahlreiche Freunde,
Bekannte und geschäftliche Kontakte der Ermordeten
waren befragt worden. Bislang gab es keine Hinweise darauf, dass Ernst Hoffmann und Hans Gruber sich gekannt
oder gar in engerer Verbindung gestanden hatten. Die Männer hätten nicht unterschiedlicher sein können. Hoffmann
war herrschsüchtig, extrovertiert und stark von sich eingenommen. Er hatte das Licht der Öffentlichkeit gesucht
und war in Vereinen und Verbänden aktiv gewesen. Hans
Gruber führte dagegen ein unauffälliges, zurückgezogenes
Leben. Er hatte wenige Freunde und vermied es, öffentlich in Erscheinung zu treten. Das Verhältnis zu seiner
Frau schien innig gewesen zu sein. Nach ihrem Tod vor
einigen Monaten hatte er sich noch mehr zurückgezogen

und seine wenigen Sozialkontakte auf ein Minimum redu-
ziert. Die einzige Gemeinsamkeit der zwei Männer war ihr
hohes Alter und die Tatsache, dass beide in der Landwirtschaft gearbeitet hatten. Diesem Aspekt maßen die Ermittler allerdings keine große Bedeutung bei. Während Hoffmann ein großes, erfolgreiches Weingut betrieb und einige
Mitarbeiter beschäftigte, bewirtschaftete Hans Gruber seinen Hof allein. Vor einigen Jahren war sein Betrieb in eine
Schieflage geraten, die Gruber nur mittels mehrerer Kre-
dite überstanden hatte. Danach schien er sich wirtschaft-
lich erholt zu haben, jedenfalls hatte er alle Verbindlich-
keiten zurückbezahlt.

Die Wohnhäuser der Verstorbenen waren gründlich
durchsucht worden. Alle Gegenstände und sonstigen Spuren, mit denen der oder die Täter in Verbindung gekommen
sein könnten, waren zur kriminaltechnischen Untersuchung
eingeschickt worden. Das Kriminallabor des Landeskriminalamts arbeitete mit Hochdruck daran.

In der Umgebung des Weinguts von Ernst Hoffmann
und des Hofs von Hans Gruber sowie der Leichenfund-
orte gingen Mitarbeiter der Sonderkommission von Haus
zu Haus und befragten die Bewohner. Jeder Hundebesit-
zer, jeder Reiter oder Spaziergänger konnte eine Beobach-
tung gemacht haben. Wie in solch einem spektakulären
Fall nicht ungewöhnlich, meinten sich viele der Befragten
an verdächtige Personen erinnern zu können. Mal hieß es,
drei osteuropäisch aussehende Männer hätten sich nach
Hoffmanns Weingut erkundigt, ein anderes Mal berichtete ein Zeuge, dass er am Tag vor Grubers Ermordung
eine schwarze Limousine mit dunkel getönten Scheiben an
der Stelle geparkt gesehen habe, an der am folgenden Tag
dessen Leiche entdeckt worden war. Die Polizeibeamten
gingen jeder Spur gewissenhaft nach, ohne dass sich dar-

aus bisher ein konkreter Hinweis auf den oder die Täter ergeben hätte. Was die Beamten stutzig machte, war, dass mehreren Zeugen ein stämmiger, breitschultriger Mann aufgefallen war. Er war sowohl in der Nähe von Hoffmanns Weingut als auch bei Grubers Hof gesehen worden. Er schien sich auffällig für die Vorgänge dort zu interessieren. Sobald er einen Wanderer oder Spaziergänger entdeckte, drehte er sich in die entgegengesetzte Richtung und verschwand außer Sichtweite. Laut den Zeugenaussagen trug er eine dunkle Kapuzenjacke und eine schwarze Hose. Aufgrund seines seltsamen Verhaltens konnte keiner der Befragten eine exakte Beschreibung von ihm geben. Je nachdem, wen man fragte, war er zwischen 1,70 und 1,85 Meter groß, 35 bis 55 Jahre alt und untersetzt. Die Haarfarbe variierte von Dunkel bis Grau meliert. Die Ermittler setzten alles daran, mehr über den ominösen Mann in Erfahrung zu bringen. Sie werteten die Verkehrsüberwachungskameras in der gesamten Gegend aus. Dabei gerieten drei Männer ins Fadenkreuz der Ermittlungen, deren Bild halbwegs den Beschreibungen entsprach. Unglücklicherweise konnte jeder von ihnen für mindestens einen der Morde ein Alibi vorweisen, sodass auch dieser Ermittlungsstrang ins Leere lief.

Die Autopsie an Grubers Leichnam hatte die erste Einschätzung von Doktor Walter bestätigt: der alte Mann war erstickt. Der Rechtsmediziner ging davon aus, dass der Todeskampf sich über mehrere Stunden hingezogen hatte. Der Tod war mutmaßlich in der Zeit zwischen Mitternacht und 2 Uhr morgens eingetreten, was dem oder den Tätern ausreichend Zeit gegeben hatte, das Kreuz mit dem Leichnam in den nur wenige Kilometer entfernten Weinberg zu bringen und aufzustellen. Die Frage, ob beide Taten auf ein und denselben Täter beziehungsweise dieselbe Tätergruppe zurückzuführen waren, konnte nicht abschließend beantwortet werden. Dass Hoffmann erstochen wurde, Gruber aber nicht, war eine signifikante Abweichung. Dies konnte laut dem Bericht des Rechtsmediziners jedoch der Tatsache geschuldet sein, dass Gruber während der Kreuzigungstortur verstorben war, während Hoffmann offensichtlich über eine stärkere Physis verfügt hatte.

Die Messung des Elektrodenabstands des verwendeten Elektroschockers hatte ergeben, dass ein identisches Gerät verwendet worden sein musste, was für die Ermittler der stärkste Hinweis darauf war, dass sie es mit einem Serientäter zu tun hatten. Dass am zweiten Tatort eine Galgenschnur gefunden worden war und am ersten nicht, stellte die Ermittler weiter vor ein Rätsel – ebenso wie die Frage, was dieses theatralische Symbol zu bedeuten hatte.

Es klopfte und Oberkommissar Wieland trat ein.

»Der Bericht des Kriminallabors ist gekommen. Wir haben eine Übereinstimmung!«, rief er triumphierend. »Im Wagen von Hoffmann und in der Scheune von Gruber sind DNA-Spuren von ein und derselben Person gefunden worden.«

»Haben wir sie in der Datenbank?«, fragte Wenger hoffnungsvoll.

»Leider nicht.«

Der Hauptkommissar fluchte. Wäre auch zu schön gewesen. Trotzdem war es ein wichtiger Teilerfolg. Sollte in Zukunft ein Verdächtiger ins Fadenkreuz der Ermittlungen geraten, konnten sie damit eine Tatbeteiligung mit Sicherheit bestätigen oder ausschließen.

»Sonst noch was?«

»Der Bericht der Fallanalytiker ist eingetroffen.«

Darauf hatte Wenger dringend gewartet. Die Ermittlungen steckten in einer Sackgasse. Daher erhoffte er sich von den Fallanalytikern, wie die Profiler in Deutschland hießen, neue Ansätze.

Wegen der bizarren Begleitumstände hatte er darauf bestanden, zwei Teams auf den Fall anzusetzen. Das war ungewöhnlich, aber aufgrund des hohen öffentlichen Drucks, der auf der Polizei lastete, hatte der Präsident des Landeskriminalamts zugestimmt.

»Hast du ihn gelesen?«

»Ja.«

»Wie ist dein Eindruck?«

»Am besten machst du dir selbst ein Bild«, empfahl Wieland und reichte ihm das rund 30 Seiten starke Dokument. Nachdem der Oberkommissar verschwunden war, schlug Wenger den Bericht auf und begann zu lesen. Je weiter er vorankam, umso länger wurde sein Gesicht. Die Fallanalytiker tappten genauso im Dunkeln wie der Rest des Ermittlerteams. Die erste Gruppe mutmaßte, dass der Täter sexuell motiviert sein könnte. Dafür sprach die stark sadistische Komponente einer Kreuzigung. Sie nahm an, dass der Täter aus einem religiös geprägten Elternhaus kam und als Kind missbraucht worden war, durch ein Familienmitglied oder eine andere Autoritätsperson wie einen Erzieher, Lehrer oder Geistlichen. Dass beide Mordopfer an die 80 Jahre alt waren, werteten die Profiler als einen Hinweis, dass der Missbrauch von einem älteren Mann begangen worden sein könnte, möglicherweise vom eigenen Großvater. Warum der Täter sich ausgerechnet Gruber und Hoffmann als Opfer ausgesucht hatte, konnten sie nicht erklären. Die beiden wiesen äußerlich keine Ähnlichkeiten auf. Der Bericht warf die Frage auf, ob die Männer in früheren Jahren Mitglied eines Pädophilenrings gewesen waren. Solche Taten wirkten lange Jahre nach und es war vorstellbar, dass ein Opfer erst nach Jahrzehnten Rache nahm. Wenger runzelte die

Stirn. Die Theorie schien ihm arg an den Haaren herbeigezogen. Es gab nicht den geringsten Hinweis auf pädophile Neigungen. Weder bei Hoffmann noch bei Gruber war entsprechendes Bildmaterial gefunden worden. Zudem konnte er sich nicht vorstellen, dass Männer in diesem Alter noch derartige Neigungen auslebten.

Die zweite Gruppe verfolgte die Theorie eines psychopathischen Täters mit religiösen Allmachtsfantasien. Dies hielt Wenger für noch abwegiger. Er überflog die Passage daher nur. Weder die eine Gruppe noch die andere lieferte eine Erklärung für die Galgenschnur. An einer Stelle wurde vage die Vermutung geäußert, es könne ein generelles Symbol dafür sein, dass der Mörder sich als Henker verstand. An anderer Stelle hieß es, der Täter lege es damit darauf an, die Ermittler zu verwirren und von seiner eigentlichen Motivlage abzulenken. In ihrem Fazit betonten beide Teams, dass sie noch nie mit einem vergleichbaren Fall konfrontiert gewesen seien und die dargelegten Theorien somit ein hohes Maß an Spekulation enthielten. Wenger schüttelte den Kopf. Der Polizeipräsident und er hatten große Hoffnungen in die Arbeit der Fallanalytiker gesetzt. Doktor Doldinger würde nicht begeistert sein. Was für ein Albtraum, dachte er und legte den Bericht frustriert zur Seite.

Der Tag der Weinprobe rückte näher und die Spannung im »Waidhaus« stieg. Die Reibereien zwischen Kati und Jo waren den übrigen Mitarbeitern nicht verborgen geblieben. Ebenso wenig wie der Umstand, dass jeder von ihnen sich für den größeren Weinexperten hielt. Von Pedro angestachelt, hatten die Mitarbeiter untereinander Wetten abgeschlossen, wer am Ende die Oberhand behalten würde. Die Servicemannschaft setzte geschlossen auf ihre Chefin Kati, während die Küchenmannschaft davon überzeugt war, dass Jo seine Weinvorschläge problemlos herausschmecken konnte. Lediglich Ute verhielt sich neutral und lehnte es ab, sich an der Wette zu beteiligen. Alle waren extra früher gekommen. Den Showdown zwischen Kati und Jo wollte sich keiner entgehen lassen.

»Ich habe die Flaschen an der Unterseite mit einem Aufkleber versehen und die Etiketten abgelöst«, informierte Kati die Runde. »Jo bekommt zu jedem Gang zwei Gläser serviert – eines mit seinem bevorzugten Wein, das andere mit meinem Alternativvorschlag. Er muss notieren, welchen Wein er besser findet. Am Ende gibt es die Auflösung.«

»Du willst nicht mitmachen?«, fragte Jo überrascht.

»Ich kenne die Weine ja, sonst würde ich sie nicht vorschlagen.«

»Heißt nicht, dass du in der Kombination mit dem Essen meine Weine nicht besser findest.«

Kati zögerte.

»Jo hat recht!«, rief Pedro. »Ihr müsst beide die Weine blind verkosten und euer Votum abgeben.«

Die restliche Mannschaft johlte und klatschte Beifall.

»Na gut«, sagte Kati knapp. »Wer serviert an?«

»Da alle parteiisch sind, werde ich das übernehmen«, erklärte Ute. Jo hatte für die Weinprobe eine Vorspeise, zwei Hauptgerichte und eine Nachspeise ausgesucht. Jo und Kati setzten sich im Restaurant an einen Zweiertisch. Es war fast wie ein romantisches Dinner – hätte nicht die Mannschaft des »Waidhauses« um sie herumgestanden. Kati strich sich die kastanienbraunen Haare aus der Stirn und fuhr sich mit der Zunge über die Lippen. Er sah ihr in die Augen. Sie hielt seinem Blick stand und lächelte selbstbewusst. Ihre smaragdgrünen Augen leuchteten erwartungsvoll.

»Wo bleibt der erste Gang?«, fragte er Pedro.

»Kommt sofort.«

Der junge Spanier verschwand in der Küche und kehrte mit zwei wunderbar angerichteten Tellern zurück, die er formvollendet anservierte. Es handelte sich um Wildterrine mit Pistazien und schwarzen Walnüssen an Feldsalat mit Preiselbeerdressing und hausgemachten Dinkelbrioche. Dazu stellte Ute für jeden von ihnen zwei Gläser Weißwein auf den Tisch. Jo ließ das Ensemble auf sich wirken. Er griff zum ersten Glas, roch daran und nahm einen Schluck. Die Terrine zeichnete sich durch kraftvolle und würzige Aromen aus, die hervorragend zu den süß-säuerlichen Komponenten und dem herben Einschlag des Feldsalats und der generösen Fülle der mit viel Butter in der Pfanne getoasteten Brioche passte. Dafür war ein kraftvoller, intensiver Wein gefragt mit einer nicht zu dominanten Fruchtigkeit und etwas Säure. Jo hatte für die Vorspeise einen Cuvée aus Hawkes Bay in Neuseeland ausgesucht, auf den er vor zwei Jahren bei einer internationalen Weinmesse in Mainz gestoßen war. Er war sich sicher, dass er den Wein problemlos würde herausschmecken können, aber als er das zweite Glas probierte, war er überrascht, wie eng die Weine geschmacklich beieinanderlagen. Er sah zu Kati hinüber. Sie hatte ebenfalls aus beiden Gläsern getrunken und nahm den ersten Bissen der Terrine. Es war eine eigenartige Situation. Im Wechsel mit den verschiedenen Komponenten testete er immer wieder beide Weine. Kati tat es ihm gleich. Jo kam sich vor wie der Juror einer Kochsendung. Nachdem er die Hälfte der Vorspeise gegessen hatte, kristallisierte sich für ihn mehr und mehr der passende Wein heraus. Er hatte ein betörendes Aroma von Quitte, Honig und würziger Birne mit einem zartherben Nachhall von gerösteten Nüssen. Seine kraftvolle und vitale Fruchtigkeit umspielte perfekt die kräftigen Noten der Wildterrine mit all ihren Beigaben. Jo schob den Teller beiseite und notierte seinen Gewinner. Es folgten als Hauptgänge Zandergeschnetzeltes auf Rösti und Sesamcremesoße begleitet von leichten Weißweinen sowie Variationen von Wildschwein mit Kartoffelröschen und dunkler Pfeffersoße, zu der natürlich nur ein kräftiger Rotwein passte. Als Nachspeise hatte Jo Quark-Mousse-Crêpes mit Apfelsorbet und Karamelläpfeln ausgesucht, zu denen sie zwei Weißweine mit Aromen von karamellisierter Babyananas, Weinbergspfirsich und einer pikanten Zitrusnote serviert bekamen. Je weiter der Test voranschritt, umso unsicherer wurde Jo. Zwar unterschieden sich die folgenden Weinpärchen deutlicher voneinander als das erste Duo, aber in Kombination mit den unterschiedlichen Geschmackselementen der verschiedenen Gänge ergab sich ein komplexes Puzzlespiel, bei dem es fast unmöglich war, einen klaren Favoriten auszuwählen. Es erfüllte ihn mit Genugtuung, dass es Kati genauso zu gehen schien. Ihre anfängliche Siegessicherheit war zunehmendem Stirnrunzeln gewichen und er hatte den Eindruck, dass sie bezüglich der Frage, welcher Vorschlag von ihr und welcher von Jo stammte, ähnlich ratlos war wie er selbst. Jo machte die letzte Notiz und legte den Stift weg. Kati war ebenfalls fertig. Ute sammelte die Karteikarten ein und warf einen Blick darauf. Alle warteten gespannt auf das Ergebnis.

»Lustig, dass ihr euch so oft über den richtigen Wein streitet«, bemerkte sie, »denn in der Blindverkostung habt ihr euch exakt für dieselben Weine entschieden.«

Kati und Jo sahen sich verdattert an.

»Wer hat gewonnen?«, fragte Pedro.

Ute lächelte.

»Drei zu eins für Kati!«, verkündete sie.

»Oh nein!«, rief Pedro und warf die Arme melodramatisch nach oben. »Was für ein Desaster für die Küche!«

Jo erhob sich und verschwand wortlos in sein Büro. Kati und Ute warfen sich einen vielsagenden Blick zu, während die übrigen Mitarbeiter noch lauthals über den überraschenden Ausgang diskutierten.

Kati klopfte an die halb offene Tür.

»Darf ich reinkommen?«

Er nickte.

»Bist du mir böse?«, fragte sie mit treuherzigem Blick.

»Warum sollte ich?«

»Ich wollte dich nicht vor den anderen vorführen.«

»Hast du nicht. Es ging ausschließlich um den Geschmack.«

Beide schwiegen.

»Und was heißt das jetzt?«, wollte sie wissen.

»Du kannst die Karte umschreiben. Aber ich will bei jedem Wein, den wir auslaufen lassen, deinen Alternativvorschlag erst probieren, bevor wir ihn auf die Karte nehmen.«

»Geht klar. Ich suche gern nach weiteren Alternativen. Beim Rotwein fanden wir ja beide deinen Vorschlag besser. Du kannst dich darauf verlassen, dass ich so lange teste, bis wir den optimalen Begleiter für jedes Gericht haben.«

»Okay.«

Kati lächelte stolz. Endlich hatte sie ihn von ihrer Linie überzeugt!

»Hast du die Berichte über den zweiten Mord gelesen?«, wechselte sie das Thema.

»Ja.«

»Die meisten Kamerateams sind inzwischen abgezogen. Ich wette, man kann sich den Fundort der Leiche ungestört ansehen.«

»Soso.«

»Bist du dort gewesen?«

»Nein.«

»Dann können wir zusammen hinfahren.«

»Wie kommst du darauf, dass ich mich weiter für den Fall interessiere?«

»Etwa nicht?«

Jo fühlte sich durchschaut.

»Was soll das bringen?«, fragte er skeptisch.

»Es gibt oberhalb der Stelle, wo das Kreuz aufgestellt wurde, einen Aussichtspunkt, von dem aus man alles überblicken kann. Vielleicht bekommt man ein Gefühl dafür, was in dem Täter vorgegangen ist und warum er diese Stelle ausgesucht hat. Außerdem hab ich gelesen, dass die Täter manchmal an den Ort des Geschehens zurückkehren.«

»Klar. Der Täter ist bestimmt genau zu dem Zeitpunkt da, wenn du dich auf die Lauer legst.«

»Könnte doch sein. Wie wir musste er warten, bis die Aufmerksamkeit zurückgeht und die Polizei kein Auge mehr darauf hat.«

»Wie kommst du überhaupt darauf, dass es ein Einzeltäter ist? Bisher hast du behauptet, es wären mehrere Täter.«

»Ich hab mir ein Buch über Serienmörder gekauft. Da steht drin, dass sie fast immer Einzelgänger sind.«

»Und wie hat er deiner Meinung nach das Kreuz allein den Hang hochbekommen?«

»Der Wille kann Berge versetzen. Insbesondere, wenn jemand durchgeknallt ist. Das zweite Kreuz stand übrigens direkt am Wegrand. Das wäre für einen Einzelnen definitiv machbar.«

»Woher weißt du das?«

»Es war auf einer Karte in der Zeitung markiert.«

Jo überlegte. Er hatte nicht vorgehabt, Kati in seine weiteren Ermittlungen mit einzubeziehen. Da sie jedoch nicht gewillt schien, sich aus dem Fall herauszuhalten, war es besser, wenn er ein Auge auf sie hatte.

»Wann wolltest du es dir ansehen?«

»Warum nicht heute nach dem Mittagsservice?«

KAPITEL 20

Auf der Fahrt zum Weinberg redete Kati ununterbrochen. Sie bombardierte Jo mit Namen von Weingütern und Winzern, die sie besucht hatte, ratterte Toplagen herunter, die für bestimmte Geschmacksprofile besonders gut geeignet waren, und warf mit Weinnamen um sich.

»Ich hab nie verstanden, wieso immer alle Exoten auf der Karte haben wollen. Weine aus Deutschland sind viel besser als ihr Ruf. Und erst die Preise! Was du für eine Flasche guten Bordeaux bezahlen musst, ist Wahnsinn. In Baden kriegst du fantastische Rotweine, die einen Bruchteil davon kosten.«

»Ich weiß, Kati.«

Sie hielt inne und sah ihn an.

»Rede ich zu viel?«

»Ein bisschen.«

»Tut mir leid«, sagte sie und lächelte entschuldigend. »Es ist das erste Mal, dass ich eine Weinkarte nach meinen eigenen Vorstellungen zusammenstellen darf.«

Jo musste ebenfalls lächeln. Ihre Begeisterung war ansteckend. Vielleicht hätte er ihr früher die Gelegenheit geben sollen, die Karte umzugestalten, dachte er schuldbewusst.

»Da vorne können wir parken«, teilte sie ihm mit und deutete auf eine Ausbuchtung neben dem schmalen Weinbergsträßchen. Jo hielt an.

»Ich seh gar nichts«, wandte er ein.

»Wenn ich die Karte richtig gelesen habe, wurde das Kreuz mit dem Leichnam eine Ebene weiter unten aufgestellt. Von hier oben haben wir einen besseren Überblick.«

Sie stiegen aus und gingen zu einer Sitzbank, die einige Meter weiter am Wegrand stand.

Der Hang fiel steil ab. Sie spähten nach unten.

»Sieh mal, Absperrband!«, sagte sie und deutete nach links. Das rot-weiße Band flatterte im Wind. Es umfasste einen rund 15 Quadratmeter großen Abschnitt. In der Mitte hatte jemand Erde ausgehoben. Genug, um ein Kreuz im Boden zu verankern. Jo lief ein kalter Schauer den Rücken hinunter. Er fragte sich, warum die Polizei das Loch nicht aufgefüllt hatte.

»Das sehen wir uns an«, entschied Kati und marschierte forsch voran.

Plötzlich blieb sie stehen und packte Jo am Arm.

»Da ist jemand!«, flüsterte sie erschrocken.

Tatsächlich – halb verdeckt durch Weinstöcke, stand eine dunkel gekleidete Gestalt schräg gegenüber der Stelle, an der sich das Kreuz befunden haben musste. Der Mann hatte eine stämmige Figur und breite Schultern. Seine Hände steckten in den Taschen und er hatte die Kapuze seines Sweaters tief ins Gesicht gezogen.

»Sieh dir an, wie kräftig der Kerl ist. Ich wette, der zieht problemlos allein ein Kreuz den Hang hinauf.«

Ehe Jo sie aufhalten konnte, machte Kati sich auf den Weg nach unten. Der kräftige Mann schien etwas gehört zu haben. Für den Bruchteil einer Sekunde sah Jo ein blasses Gesicht unter der Kapuze hervorspitzen, als er in ihre Richtung blickte. Augenblicklich drehte er sich weg und setzte sich in Bewegung.

»Er haut ab!«, schrie Kati und sprintete los.

»Kati, nicht!«, rief Jo ihr hinterher. Aber die junge Frau hörte nicht auf ihn. Das Jagdfieber hatte sie gepackt und ließ sie jede Gefahr vergessen …

Kriminalkommissar Brückner rannte um sein Leben. Das Motorengeräusch des amerikanischen Jagdbombers dröhnte in seinen Ohren. Nur noch zehn Meter … fünf … er hatte es fast geschafft. Da setzte das Rattern des schweren Maschinengewehrs der Thunderbolt ein. In einem verzweifelten Versuch, sich zu retten, sprang Brückner ab und landete unsanft im Straßengraben. Er hörte, wie die 12,7-mm-Geschosse im Boden einschlugen. Ein Hagel aus Dreck und Erde ging auf ihn nieder. Die Jagdmaschine rauschte über ihn hinweg. Atemlos starrte Brückner ihr hinterher. Adrenalin pumpte durch seinen Körper. Alles um ihn herum schien wie in Zeitlupe abzulaufen. Er sah, wie Hauptwachtmeister Schmitz und Jaroslav Yurchenko sich zu Boden warfen. Das Maschinengewehr gab eine weitere Salve ab. Matsch und Grasbüschel stoben auf, als die Kugeln die Weide durchpflügten. Um Haaresbreite rauschten die Geschosse an den auf dem Boden liegenden Männern vorbei. Der Pilot der Thunderbolt riss den Steuerknüppel nach oben und rauschte über die Baumwipfel hinweg. Die Maschine gewann rasch an Höhe und entfernte sich in nördliche Richtung.

Schmitz sprang auf und stürzte sich auf den Ukrainer. Es
kam zu einem Handgemenge. Obwohl er vor Aufregung zit-
terte, rappelte sich Brückner auf und rannte auf die kämp-
fenden Männer zu. Er sah, wie Yurchenko einen Hieb abgab.
Schmitz duckte sich, konnte dem Schlag aber nicht mehr aus-
weichen und wurde am Kopf getroffen. Gleichzeitig schlug
er dem Ukrainer mit der linken Faust in die Magengrube.
Dieser versuchte, die Wucht des Schlages abzufedern, und
knickte ein. Schmitz nutzte die Atempause und riss die Pis-
tole aus dem Holster. Der Ukrainer erstarrte. Die Pistole war
genau auf seinen Kopf gerichtet. Die Hand von Schmitz zit-
terte vor Aufregung. Sein Finger am Abzug krümmte sich.
Brückner hatte die beiden Männer fast erreicht.
    »Schmitz, nicht!«, schrie er, so laut er konnte. Yurchenko
wich zurück. In seinen Augen stand Todesangst. Brückner
holte das Letzte aus sich heraus.
    Krachend löste sich ein Schuss ...

Kati hetzte den Hang hinunter. Er war an der Stelle sehr steil.
Sie geriet ins Straucheln und fing sich in letzter Sekunde ab.
Durch die Streben der Weinstöcke erhaschte sie einen Blick
nach unten. Der dunkel gekleidete Mann hatte seine Schritte
beschleunigt und rannte den unter ihnen liegenden Weg entlang. Unerwartet bog er nach rechts in den Weinberg ab und
war aus ihrem Blickfeld verschwunden. Sie musste ihn kriegen, hämmerte es in ihrem Kopf. Sie überquerte den Weg
und stürzte sich den nächsten Weinberg hinunter.
    Jo rannte gut 20 Meter hinter ihr und versuchte aufzu-
schließen. Als er die Zwischenebene erreichte, schlug er
einen Haken und rannte den Weinbergsweg entlang. 30
Meter weiter vorne bog er in den Weinberg ab. Weiter drüben sah er Kati zwischen den Weinstöcken laufen. Der breitschultrige Mann war auf der tiefergelegenen Ebene ange-

langt. Jo hörte einen Elektrostarter. Im nächsten Moment brummte ein schweres Motorrad den engen Weinbergweg entlang. Keine zehn Meter vor Jo raste es an ihm vorbei. Als er unten ankam, war das Motorrad um die nächste Kurve verschwunden. Er fluchte. Kati tauchte neben ihm auf. Sie war völlig außer Atem.

»Hast du sein Nummernschild gesehen?«, japste sie.

»Nein.«

»Aber ich!«, rief sie triumphierend.

Jaroslav Yurchenko hatte in einem verzweifelten Versuch, sich zu schützen, die Arme nach oben gerissen. Ungläubig starrte er Schmitz an. Im letzten Augenblick hatte der Hauptwachtmeister die Pistole weggedreht und an Yurchenkos Kopf vorbeigeschossen. Er holte mit der Waffe aus und schlug dem Ukrainer ins Gesicht. Bevor er erneut ausholen konnte, war Brückner bei ihm und fiel ihm in den Arm.

»Genug, Schmitz!«, brüllte er den Hauptwachtmeister an. »Reißen Sie sich am Riemen, Mann!«

»Er hat mich geschlagen«, stammelte der Hauptwachtmeister fassungslos. Aus einer kleinen Wunde unterhalb des Auges rann ihm Blut über die Wange. Kriminalkommissar Brückner reichte ihm ein Stofftaschentuch.

»Ist frisch gewaschen«, sagte er.

Schmitz nahm es und hielt es an seine Wunde. Jaroslav Yurchenko sah deutlich schlimmer aus. Er hatte versucht, sich wegzuducken, aber der Lauf der Pistole hatte ihn dennoch getroffen. Seine Ober- und Unterlippe waren aufgeplatzt, Blut rann ihm übers Kinn.

»Sie haben mir einen Zahn ausgeschlagen«, jammerte er.

»Du kannst froh sein, dass du noch lebst, du elender Hund«, zischte Schmitz. Kriminalkommissar Brückner zog Handschellen aus der Tasche und legte sie Yurchenko an.

»*Im Auto habe ich Verbandszeug*«, sagte er, wobei offen blieb, an wen seine Ansage gerichtet war, jedenfalls nickten beide Männer stumm.

»*Wir nehmen ihn erst mal mit auf die Wache*«, entschied Brückner. »*Dann sehen wir weiter.*«

»Es war ein Bingener Kennzeichen!«, erklärte Kati atemlos.

»Hast du die Zahlen gesehen?«

»Eine Sieben war dabei.«

»Und weiter?«

»Die anderen hab ich nicht mitbekommen. Es ging alles so schnell.«

»Mist.«

Kati zog ihr Mobiltelefon aus der Tasche und drückte ein paar Tasten.

»Wen rufst du an?«

»Oberkommissar Wieland.«

»Woher hast du die Nummer?«, fragte er verblüfft.

»Als wir bei ihm im Büro waren, hab ich seine Visitenkarte mitgenommen und die Nummer eingespeichert.«

Sie stellte den Lautsprecher an. Ein Freizeichen war zu hören.

»Leg auf«, raunte er. Kati sah ihn verständnislos an. Wieland meldete sich.

»Hier ist Kati Müller. Wir brauchen Ihre Hilfe!«

»Wie bitte?«

»Wir haben den Täter gesehen«, rief sie aufgeregt. Bevor Wieland etwas erwidern konnte, schilderte Kati ihm, was vorgefallen war. Die Worte sprudelten nur so aus ihr heraus. Als sie zu Ende war, blieb es am anderen Ende still.

»Hallo, sind Sie noch dran?«, fragte sie unsicher.

»Ja«, antwortete Wieland unwirsch.

»Sehr gut. Legen Sie los!«

»Was soll ich Ihrer Meinung nach tun?«

»Eine Ringfahndung auslösen!«

Der Oberkommissar lachte.

»Sie haben einen Mann gesehen, den Sie nicht genau beschreiben können, der ein Motorrad gefahren hat, dessen Marke Sie nicht kennen und das ein Kennzeichen hatte, dessen Zahlen Sie nicht wissen. Hab ich es richtig zusammengefasst?«

Kati schwieg betreten.

»Mal davon abgesehen, dass Ihr Verdächtiger nichts anderes gemacht hat als Sie – er hat seine Sensationsgier befriedigt. So was haben wir heutzutage dauernd.«

»Warum ist er abgehauen, wenn er nichts mit dem Mord zu tun hat?«, hielt sie ihm entgegen.

»Wie würden Sie reagieren, wenn zwei wildgewordene Hobbyermittler auf Sie zugestürzt kommen?«

»Das wusste er doch gar nicht.«

»Eben. Vermutlich hat er Sie und Ihren Kompagnon für das Mörderduo gehalten und ist deswegen abgehauen. Wahrscheinlich ist er parallel mit den Kollegen von der Streifenpolizei am Telefon, damit wir *Sie* verhaften.«

»Sie nehmen mich nicht ernst!«, empörte Kati sich.

Wieland seufzte.

»Herr Weidinger?«

»Ja«, antwortete Jo.

»Wir befinden uns mitten in einer Mordermittlung. Ich habe nicht die Zeit, mich permanent mit Ihren Hirngespinsten zu beschäftigen.«

»Verstanden.«

»Betrachten Sie es als formelle Verwarnung. Wenn Sie und Frau Müller weiterhin herumschnüffeln, werden wir Sie anzeigen.«

Wieland legte auf. Fassungslos starrte Kati Jo an.

»Wieso hast du nichts gesagt?«, fragte sie vorwurfsvoll.

»Weil es nichts bringt.«

»Wenn Wieland eine Fahndung ausgelöst hätte, statt uns eine Standpauke zu halten, hätten sie ihn kriegen können.«

»Die nächste Polizeistation ist in Boppard. Bis die hier sind, ist der Kerl längst über alle Berge. So wie der an mir vorbeiraste, ist er inzwischen auf halbem Weg nach Mainz.«

»Toll. Wir lassen einen Mörder einfach abhauen.«

»Wenn dir nicht die vollständige Nummer einfällt, war's das«, erwiderte Jo nüchtern. Statt einer Antwort drehte Kati sich um und stapfte wütend zurück zum Auto.

Der breitschultrige Mann rollte langsam mit seinem Motorrad in die Tiefgarage eines Mehrfamilienhauses. Er parkte die Maschine neben einem dunklen Golf und stellte den Motor ab. Anschließend zog er die Motorradhandschuhe aus und nahm den Helm ab. Das schemenhafte Licht ließ seine Gesichtszüge noch düsterer erscheinen. Über eine schmale Treppe gelangte er in den Flur des Hauses. Dort traf er auf einen älteren Herrn, der gerade die Post aus dem Briefkasten holte.

»Hallo, Friedrich«, grüßte der ihn freundlich. »Hast du wieder einen Ausflug mit deinem Motorrad gemacht?«

Der breitschultrige Mann nickte wortlos, wobei er es vermied, dem älteren Herrn in die Augen zu sehen.

»Du bist in letzter Zeit viel unterwegs«, stellte der ältere Herr fest. »Wo fährst du immer hin?«

»Nur in der Gegend rum«, antwortete der Angesprochene einsilbig. Unauffällig drückte er sich an dem älteren Herrn vorbei.

»Ich hätte eine Bitte«, rief dieser ihm hinterher, als Friedrich schon fast auf dem Treppenabsatz im ersten Stock war.

»Ich hab zwei Kästen Wasser gekauft. Sie sind noch im Auto. Könntest du mir nachher helfen, sie in meine Wohnung zu bringen? Du weißt ja, mein Kreuz.«

Der ältere Herr lächelte entschuldigend.

»Mach ich«, brummte der breitschultrige Mann. Als er die Tür seiner Wohnung hinter sich geschlossen hatte, lehnte er sich dagegen und atmete durch. Ihm stand nicht der Sinn nach reden. Er wollte allein sein. Es war ihm unverständlich, wie sie ihn hatten entdecken können. Wie immer war er vorsichtig gewesen. Er hatte das Motorrad eine Ebene tiefer geparkt und sich gründlich umgesehen, bevor er zu der Stelle gegangen war, an der das Kreuz gestanden hatte. Ein Schauer lief ihm über den Rücken, als er sich vorstellte, wie es gewirkt haben musste, als die ersten Sonnenstrahlen darauf fielen und es in ein gleißendes Licht tauchten. Ein flammendes Mahnmal Gottes, dass die Schuldigen bestraft wurden. Männer wie Hans Gruber, die den Tod mehr als verdient hatten! Mein ist die Rache, spricht der Herr. Er lächelte. Der Herr würde sie alle bestrafen, einen nach dem anderen! Ernst Hoffmann und Hans Gruber hatten bezahlt, blieben noch drei übrig. Er dachte daran, welche Qualen die Männer durchlitten hatten. Unsägliche Schmerzen, als das Leben Stück für Stück aus ihren Körpern wich. Der Gedanke daran erfüllte ihn mit Genugtuung. Indem sie die Passion Christi durchlebten, ermöglichte Gott ihnen, für ihre Schuld zu büßen und auf den rechten Weg zurückzukehren. Ohne Schmerzen keine Erlösung, davon war er überzeugt. Insoweit war es ein Akt der Gnade, sie zu kreuzigen. Was konnte einen Menschen näher zu Christus bringen, als seine Leiden nachzuempfinden?

Er riss sich von dem Gedanken los. Er durfte sich diesen Gefühlen nicht hingeben. Keine Nachlässigkeiten, hämmerte es in seinem Kopf. Du darfst dir keine Nachlässigkeiten erlauben! Die Frage, wer die zwei waren, die ihn um ein Haar gesehen hätten, ließ ihn nicht los. Ein Mann und eine Frau. Beide fix auf den Beinen. Wer hatte sie geschickt und warum hatten sie ihn verfolgt? Wussten sie von seiner göttlichen Mission, auf die der Herr ihn geschickt hatte? Oder waren sie von der Polizei? Der Gedanke beunruhigte ihn. Er bekreuzigte sich und begab sich in einen abgedunkelten Raum, der neben der Eingangstür lag. Er zündete Kerzen an und kniete sich auf den Boden vor dem Hausaltar, der sich im hinteren Teil des Zimmers befand. In der Mitte davon war ein silbernes Kreuz aufgestellt. Es glitzerte matt im flackernden Licht und warf Schattenmuster an die Wände. Er begann zu beten. Inbrünstig und mit tiefer Ehrfurcht. Die Perlen des Rosenkranzes glitten durch seine Finger, während er die Gebete in einem stoischen Singsang vor sich hin murmelte. Nach einer Weile spürte er, wie seine Knie zu schmerzen begannen, aber er beachtete sie nicht. Mehr und mehr geriet er in einen trancehaften Zustand. Er verlor jegliches Gefühl für die Zeit und konzentrierte sich ausschließlich auf die Gebete. Nachdem er zwei komplette Rosenkränze absolviert hatte, hielt er inne. Er schloss die Augen. Die Dunkelheit, die ihn oft nach unten zog und vor der er sich so fürchtete, breitete sich in ihm aus. Er versuchte, sie zurückzudrängen. Er flehte Gott an, ihm beizustehen, aber der Sog wurde immer stärker. Schweiß stand auf seiner Stirn. Es fühlte sich an, als habe er Fieber. Mit fahrigen Bewegungen riss er sich den Sweater und das Unterhemd vom Körper. Mit nacktem Oberkörper verharrte er regungslos vor dem Altar. Sein Rücken war von zahllosen Narben und Striemen gezeichnet. Er beugte sich nach vorn und öffnete eine Schublade.

Er nahm einen Gegenstand heraus.

Das Leder fühlte sich kalt und hart an. Er wog die Peitsche in der Hand. Nachdenklich blickte er auf das Kreuz. Ein klatschendes Geräusch durchschnitt die Stille, als das Leder auf seine nackte Haut traf. Er schlug wieder zu. Diesmal fester. Er atmete scharf ein, gab sonst jedoch keinen Laut von sich. Wieder klatschte das Leder auf seinen Rücken. Er biss die Zähne zusammen. Immer heftiger prasselten die Schläge nieder. Er geriet in einen Rausch und schlug wie besessen auf sich ein. So lange, bis die Haut aufplatzte und das Blut seinen Rücken hinunterlief …

KAPITEL 21

Am folgenden Tag kam Klaus Sandner ins »Waidhaus« zu Besuch. Jo lud ihn zum Mittagessen ein. Obwohl der Journalist sonst immer unter Zeitdruck stand, wenn er vorbeikam, nahm er die Einladung diesmal an und aß ein dreigängiges Menü. Nachdem sie mit der Arbeit in der Küche fertig waren, setzte sich Jo zu ihm an den Tisch. Sie plauderten über dieses und jenes, ehe Jo das Gespräch auf die Mordermittlung lenkte.

»Ich hab Unterlagen mitgebracht«, teilte Sandner ihm mit. Jo sah, wie Kati in der Nähe ihres Tisches zugange war und die Tischdecken einsammelte.

»Lass uns in mein Büro gehen«, schlug er vor.

Kati sah ihnen hinterher. Sie war neugierig, was sie zu besprechen hatten, wagte aber nicht, ihnen zu folgen. Als sich Jo und Sandner gesetzt hatten, reichte der Journalist ihm Dossiers zu den Toten über den Tisch. Jo überflog die Dokumente.

»Da steht nicht viel drin«, meinte er enttäuscht.

»Was hast du erwartet? «

»Hinweise, dass sie sich kannten. Ein Motiv, warum jemand sie aufs Korn genommen hat. Irgendetwas Brauchbares.«

»Wenn's so leicht wäre, hätte die Polizei den Täter längst überführt.«

Jo vertiefte sich in das Dossier über Hans Gruber.

»Da steht, dass er wirtschaftliche Schwierigkeiten hatte.«

»Ja. Allerdings hat er sich zügig berappelt.«

»Bei wem hatte er die Schulden?«

»Soweit ich weiß, bei verschiedenen Banken.«

»Wie hat er sie zurückbezahlt?«

»So tief sind wir nicht eingestiegen. In der Landwirtschaft geht's immer auf und ab. Ein oder zwei schlechte Ernten und man ist in Schwierigkeiten. Genauso kann eine gute Ernte vieles ausgleichen.«

»Hatte er Mitarbeiter?«

»Nein.«

»Bist du sicher?«

»Wir haben mit Nachbarn von ihm gesprochen. Außer seiner Frau haben sie nie jemanden gesehen. Seit ihrem Tod wohnte er allein.«

Jo konnte seine Enttäuschung nicht verbergen. Damit

musste er Pjotr Wojcek endgültig von der Liste streichen. Als einziger Verdächtiger blieb der geheimnisvolle Mann übrig, den sie im Weinberg gesehen hatten. Er war unschlüssig, ob er Sandner davon erzählen sollte. Andererseits – wenn ihm jemand bei der Suche nach dem Unbekannten helfen konnte, war es Sandner. Der Journalist hörte sich Jos Bericht aufmerksam an.

»Komische Sache«, sagte er. »Wundert mich, dass die Polizei eure Aussage nicht aufgenommen hat.«

»Kannst du uns bei der Suche helfen?«

»Wie stellst du dir das vor?«

»Habt ihr keinen Draht zur Zulassungsstelle?«

»So was wäre illegal. Außerdem braucht man mindestens zwei Zahlen und die Buchstabenkombination. Hast du eine Ahnung, wie viele Motorräder mit Bingener Kennzeichen rumfahren?«

»Nein.«

»Sicherlich Hunderte. Wenn man keine genaueren Informationen hat, ist es aussichtslos.«

Jo machte ein langes Gesicht.

»Was hört man von der Polizei?«, wechselte er das Thema.

»Nicht viel. Wir fragen alle zwei Tage nach, bekommen aber immer die gleiche Antwort: Es wird in alle Richtungen ermittelt.«

»Es gibt keine heiße Spur?«

»Anscheinend nicht. Zumindest sind sie sich sicher, dass sie es in beiden Fällen mit demselben Täter zu tun haben. Jedenfalls wurden identische DNA-Spuren gefunden.«

»Das hätte ich ihnen auch sagen können«, brummte Jo. »Es gibt doch nicht zwei solche Irre, die andere kreuzigen.«

Nachdem Sandner gegangen war, tauchte Kati auf.

»Wieland hat angerufen«, informierte sie ihn.

»Was wollte er?«

»Er braucht unsere Aussage. Wir sollen ins Polizeipräsidium kommen.«

»Erst tut er so, als wäre es kompletter Unsinn, und jetzt sollen wir deswegen zum Rapport antanzen!«, machte Jo seinem Unmut Luft.

»Ich find's gut. Zeigt, dass wir mit unserer Vermutung richtiglagen. Meinst du, sie haben einen Verdächtigen, den wir identifizieren müssen?«

»Das hätte er dir bestimmt gesagt.«

Sie fuhren gemeinsam nach Koblenz. Zu ihrer Enttäuschung wurden sie nicht von Wieland in Empfang genommen, sondern von einem anderen Kriminalbeamten, den Jo nicht kannte. Er stellte eine Reihe von Fragen und tippte die Antworten in den Computer. Anschließend sollten sie sich ihre Aussage durchlesen und mussten unterschreiben. Sowohl Kati als auch Jo machten verschiedene Versuche, dem Beamten etwas über den Stand der Ermittlungen zu entlocken, bissen aber auf Granit.

»Wie gehen wir weiter vor?«, fragte Kati, als sie wieder im Wagen saßen.

»Keine Ahnung.«

»Wir müssen unbedingt den Mann aus dem Weinberg finden.«

»Wie willst du das anstellen? Wir haben nichts in der Hand. Nicht mal sein Gesicht haben wir genau gesehen.«

»Er muss eine Verbindung zu den Toten haben. Wir könnten bei den Nachbarn rumfragen.«

»Meinst du, das hat die Polizei nicht gemacht?«

»Doppelt genäht hält besser.«

»Wenn du Spaß daran hast, kannst du gern von Haustür zu Haustür gehen. Ich werde meine Zeit dafür nicht verschwenden.«

»Was sollen wir sonst tun?«

»Nichts.«

Kati schüttelte den Kopf. Sie weigerte sich einzusehen, dass ihr Einsatz als Hobbydetektivin zu Ende war.

Bei der Polizei liefen die Ermittlungen dagegen auf Hochtouren. Nachdem Oberkommissar Wieland Katis Mutmaßung zunächst als ein Produkt ihrer Fantasie abgetan hatte, waren ihm bei näherer Überlegung Bedenken gekommen. Ihre Beschreibung des Unbekannten deckte sich mit Aussagen anderer Zeugen, die einen breitschultrigen Mann in der Nähe von Hoffmanns und Grubers Anwesen gesehen haben wollten. Hauptkommissar Wenger bekam einen Wutanfall, als er hörte, dass Kati und Jo immer noch in dem Fall aktiv waren, beruhigte sich jedoch schnell. Die Tatsache, dass der Mann ein Motorrad mit einem Bingener Kennzeichen benutzt hatte, eröffnete einen neuen Ermittlungsstrang. Im Landkreis Mainz-Bingen waren zwar Tausende Motorräder zugelassen, das Bingener Kennzeichen war allerdings erst seit 2012 wieder im Umlauf, was die Zahl deutlich eingrenzte. Aus Jos und Katis Beschreibung schlussfolgerten die Beamten, dass der Gesuchte ein Straßenmotorrad mit stärkerer Motorisierung fuhr, was die Anzahl weiter einschränkte. Dennoch mussten Hunderte von Fahrzeughaltern überprüft werden. Wenger und Wieland waren sich bewusst, dass es ein Schuss ins Blaue war. Mangels anderer erfolgversprechender Ansätze blieb ihnen jedoch keine Wahl. Trotz intensivster Nachforschungen war es ihnen bisher nicht gelungen, eine Verbindung zwischen den Ermordeten zu finden. Auch die Mutmaßung, der Täter könnte als Kind missbraucht worden sein, ließ sich nicht erhärten. Jedenfalls gab es nicht den Hauch eines Beweises, dass Hoffmann oder Gruber in derartige Verbrechen verwickelt waren.

In einem graugestrichenen älteren Haus in der Nähe von Nastätten saßen sich zwei Männer schweigend gegenüber. Sie hätten nicht unterschiedlicher sein können. Während der eine auffallend korpulent war und den genussvollen Seiten des Lebens zugeneigt schien, war der andere so hager, dass seine Nase ihm deutlich aus dem Gesicht sprang. Auf dem Wohnzimmertisch vor ihnen standen drei Gläser. Zwei davon waren mit Wasser gefüllt, das dritte war leer. Eine Wanduhr, die in dunkles Holz gefasst war, tickte vernehmlich vor sich hin.

»Wo bleibt er denn?«, fragte der hagere Mann ungeduldig.

»Er wird kommen«, erwiderte sein Gegenüber.

»Kennt er den Weg?«

»Ich hab ihm alles ausführlich beschrieben«, beruhigte der korpulente Mann ihn.

»Warum ist er dann nicht hier?« Die Stimme des zweiten Mannes klang schrill.

Sie hörten ein Auto auf den Hof fahren.

»Das muss er sein«, sagte der korpulente Mann erleichtert und erhob sich.

Als er zurückkehrte, betrat hinter ihm ein schlanker, elegant gekleideter Mann den Raum. Er hatte einen modischen Kurzhaarschnitt, der seine graumelierten Haare gut zur Geltung brachte, und trug einen maßgeschneiderten Anzug, der ihn noch distinguierter erscheinen ließ. Obwohl er fast so alt wie die anderen war, wirkte er deutlich jünger. Ohne auf eine Einladung zu warten, setzte er sich.

»Möchtest du etwas trinken, Rolf?«, fragte der korpulente Mann in unterwürfigem Ton. Er hieß Gerd Ehlers.

»Nein danke. Ich bleibe nicht lang«, winkte der Angesprochene ab.

»Du wirst dir die Zeit nehmen müssen«, schnarrte der hagere Mann. Sein Name war Helmut Stehr. »Ich telefoniere dir seit drei Wochen hinterher.«

»Im Gegensatz zu euch habe ich zu tun«, entgegnete der elegant gekleidete Mann herablassend.

»Jaja«, brummte Stehr. »Ich lese alle naselang in der Zeitung von dir: Doktor Rolf Heitmann hier, Doktor Rolf Heitmann da. Damit kannst du mich nicht beeindrucken. Ich kannte dich schon, als du noch in verdreckten Hosen im Matsch gespielt hast.«

»Wir sind als kleine Steppkes alle gern herumgetobt, was?«, rief Ehlers und lachte jovial. »Gott, waren das Zeiten!«

»Wollen wir Kindheitserlebnisse austauschen oder habt ihr ein ernsthaftes Anliegen?«, erwiderte Heitmann kühl.

»Du weißt genau, weswegen wir hier sind«, knurrte Stehr. »Hans hat dich mehrfach angesprochen.«

»Woher weißt du das?«

Heitmann warf Stehr einen durchdringenden Blick zu.

»Er hat uns alle angerufen, Rolf«, bemerkte Ehlers.

»Dieser alte Narr«, zischte Heitmann verächtlich.

»Hans hatte Angst. Statt auf seine Forderung einzugehen, hast du ihn hingehalten. Jetzt ist er tot«, sagte Stehr vorwurfsvoll.

»Willst du mir unterstellen, ich hätte etwas mit seiner Ermordung zu tun?« Heitmanns Augen funkelten wütend.

»Natürlich nicht«, versicherte Ehlers. »Helmut und ich machen uns nur Sorgen.

Erst die Sache mit Ernst und dann Hans. Hast du in der Zeitung gelesen, wie grausam sie ermordet wurden?«

Der korpulente Mann schauderte.

»Seid ihr alle verrückt geworden? Die Sache ist bald 30 Jahre her. Warum hätte sie so lang warten sollen?«

»Weil sie erst jetzt jemanden gefunden hat, der ihren Willen ausführt.«

Heitmann starrte sie fassungslos an.

»In ihrem Alter? Wer weiß, ob sie überhaupt noch klar bei Verstand ist.«

»Sie ist eine zähe alte Hexe«, brummte Stehr.

»Erinnerst du dich nicht, wie sie das Kreuz an ihrem Hals angefasst und uns verflucht hat?« Ehlers sah die beiden anderen Männer an. In seinen Augen stand Furcht. »Wir hätten das Projekt nie so nennen dürfen – ›Residenz am Heiligen Kreuz‹. Das war ihr ein Stachel im Fleisch.«

»Du und deine schlauen Pläne. Ich hab immer gewusst, dass wir irgendwann dafür bezahlen müssen.« Stehr schüttelte bedeutungsschwanger den Kopf.

»Wo wärt ihr ohne mich und meine Ideen?«, rief Heitmann wütend. »Hast du vergessen, Gerd, wo das Geld für dein schmuckes Anwesen und den schönen Garten herkommt, den deine Frau so liebt? Mit deiner Arbeit in der Kirchenverwaltung hättest du es dir jedenfalls nicht leisten können.«

Ehlers schluckte.

»Und du? Dein Laden ist gänzlich aus der Zeit gefallen. Wenn ich dir nicht immer wieder Geld geben würde, wärst du längst pleite!«, sagte er, an Stehr gerichtet.

»Mag sein«, gab dieser zu. »Trotzdem müssen wir etwas tun. Gerd und ich haben beschlossen, dass wir alles zurückgeben.«

»Das würde euch so passen!« Heitmann lachte böse. »Ihr habt nichts investiert und all die Jahre nur euren Anteil vom Gewinn kassiert. Jetzt soll *ich* die Zeche bezahlen? Das könnt ihr euch abschminken.«

»Irgendetwas müssen wir unternehmen«, beharrte Stehr. »Hast du einen Alternativvorschlag?«

»Ich werde mit ihr sprechen.«

Die beiden anderen sahen Heitmann verblüfft an.

»Du weißt, wo sie ist?«

»Ich habe Erkundigungen eingezogen. Sie wohnt in einem Pflegeheim in Koblenz.«

»Also gut. Warte aber nicht zu lange, Rolf. Ich will nicht der Nächste sein und Gerd auch nicht«, sagte Stehr.

»Ihr seid mir rechte Hasenfüße. Habt Angst vor einer alten Frau!«

»Du solltest sie nicht unterschätzen«, warnte Ehlers. »Hast du keine Angst, dass du selbst am Kreuz endest?«

Heitmann hielt inne.

»Wenn es euch beruhigt, werde ich sie morgen aufsuchen«, gab er nach und erhob sich.

»Bis dahin bleibt ihr am besten in Deckung. Man weiß ja nie.« Diesen kleinen Giftpfeil konnte Heitmann sich nicht verkneifen. Nachdem er gegangen war, blieben die beiden anderen noch sitzen.

»Wenn einer es regeln kann, ist es Rolf«, sagte Ehlers hoffnungsvoll.

»Das hat Hans auch gedacht«, erwiderte Stehr düster.

Jo nutzte seinen freien Tag, um in Mainz einkaufen zu gehen. Er benötigte zwei neue Hemden und eine Jeans. Er durchstöberte einige Geschäfte, probierte Verschiedenes an und wurde schließlich fündig. Mittags ging er in einem angesagten neuen Restaurant zum Essen, war von der Küche jedoch nur mäßig begeistert. Zurück im »Waidhaus«, zog er sich um und schwang sich aufs Fahrrad. Er machte eine Tour durch den Hunsrück und rollte erst gegen 17 Uhr wieder auf den Hof des »Waidhauses«. Nach dem Abendessen setzte er sich mit einem Buch auf die Terrasse. Es fiel ihm schwer, sich auf den Inhalt zu konzentrieren. Immer wieder schweiften seine Gedanken zu dem Mordfall ab. Er zerbrach sich den Kopf darüber, wie er weiter vorgehen sollte. Während Kati felsenfest davon überzeugt zu sein schien, dass der Mann auf dem Motorrad Hoffmann und Gruber ermordet hatte, war Jo sich nicht so sicher. Zweifelsohne war sein Verhalten seltsam gewesen. Andererseits – wenn er ein Gaffer war und sie beide für Polizeibeamte gehalten hatte, war er vielleicht nur geflüchtet, um keinen Ärger zu bekommen. Jo hatte in einem Buch über Kriminalpsychologie gelesen, dass Mörder sich gelegentlich unter die Schaulustigen am Tatort mischten und die Polizei bei ihrer Arbeit beobachteten. Ein derartiges Verhalten konnte Jo bis zu einem gewissen Grad nachvollziehen. Warum sollte ein Täter jedoch erst Tage später an den Schauplatz des Verbrechens zurückkehren, wenn alle Spuren beseitigt waren? Was gab es dort für ihn zu sehen? Oder fühlte er in dem Moment noch einmal den Nervenkitzel, den er bei der Tatausführung gespürt hatte? Der Mann hatte kräftig ausgesehen und war für sein Körpergewicht fix auf den Beinen gewesen. Das sprach dafür, dass er gut in Form war. Reichte seine Körperkraft aus, um ein schweres Kreuz einen steilen Hang hinaufzuziehen? Er erinnerte sich daran, was die Kriminalpsychologin Tatjana Meyer gesagt hatte: In einem wahnhaften Zustand konnten Menschen unglaubliche körperliche Leistungen vollbringen. Er hatte nur einen kurzen Blick auf das Gesicht des Mannes erhascht. Wie alt mochte er sein? 35? 40? Welche Haarfarbe hatte er?

Das Einzige, was er mit Sicherheit sagen konnte, war, dass der Mann auffällig blass gewesen war. Wenn er von religiösen Wahnvorstellungen geplagt wurde, mussten diese sehr ausgeprägt sein. Wie konnte er so jemanden finden? Sollte er sich reihum in die Gottesdienste in Bingen setzen und darauf hoffen, dass ihm ein blasser, breitschultriger Mann auffiel, der inbrünstig betete? Oder sollte er die Pfarrer danach fragen, ob ihnen unter den Gläubigen jemand aufgefallen war, der dieser Beschreibung entsprach? Je mehr er darüber nachdachte, umso absurder erschien ihm der Gedanke. Der Landkreis Mainz-Bingen hatte 200.000 Einwohner. Wie sollte er unter all diesen Menschen einen einzelnen Wahnsinnigen finden?

KAPITEL 22

Kriminalkommissar Brückner atmete durch. Dann klopfte er.

»Herein!«, rief eine männliche Stimme. Der Kriminalkommissar trat ein und blieb an der Tür stehen. Nach einer Minute sah der Mann hinter dem Schreibtisch hoch und musterte Brückner über den Rand seiner Brille.

»Wollen Sie ewig da stehen bleiben?«

Mit einer knappen Handbewegung lud er ihn ein, sich zu setzen. Brückner folgte der Aufforderung. Sein Gegenüber war in eine Akte vertieft. Die Minuten verrannen. Brückner hasste es, wenn der Kriminaldirektor ihn warten ließ. Das machte er mit all seinen Besuchern. Allein um ihnen zu zeigen, wer in der Dienststelle das Sagen hatte. Im Gegensatz zu Brückner trug er Uniform.

Kriminaldirektor Stelzner beendete seine Lektüre und schob die Akte zur Seite.

»Doktor Eichler hat mich informiert, dass Sie eine Autopsie für die tote Ostarbeiterin angeordnet haben.«

»In der Tat.«

»Wieso?«

»Es gab offene Fragen.«

»Nicht laut Doktor Eichler. Er hatte Ihnen am Tatort gesagt, was Sache ist.«

»Ich brauchte Gewissheit. Schließlich geht es um Mord.«

»Wissen Sie, wie knapp die Ressourcen der Gerichtsmedizin sind? Wir können sie nicht für eine Ostarbeiterin verschwenden.«

»Sie war ein Mensch und verdient entsprechende Aufmerksamkeit.«

»Ein Untermensch. Gewöhnen Sie sich daran, Brückner.«

Der Kriminalkommissar ließ sich nicht anmerken, was er vom Einwand seines Vorgesetzten hielt.

»Ich verstehe nicht, wieso Sie die Akte nicht längst geschlossen haben«, fuhr Stelzner fort.

»Wir ermitteln noch.«

»Ich dachte, Sie haben den Mörder.«

»Er bestreitet die Tat.«

Stelzner lachte.

»Der Mann wollte fliehen und hat bei seiner Festnahme einen Wachtmeister verletzt. Außerdem hat er die Polin vorher belästigt.«

»Ich bin nicht sicher, dass er es war.«

»Sie haben eine tote Polin und einen verdächtigen Ukrainer. Klarer kann ein Fall nicht sein.«

»Die Autopsie hat ergeben, dass sie von mehreren Männern vergewaltigt wurde.«

Der Kriminaldirektor hielt inne.

»Wir haben es mit einer Bande zu tun?«

»Davon müssen wir ausgehen.«

»Der Ukrainer hatte also Komplizen.«

»Wie gesagt, er bestreitet die Tat.«

Stelzner wischte den Einwand mit einer Handbewegung beiseite.

»Wenn Sie wollen, gebe ich Ihnen einen Verhörspezialisten der Gestapo an die Hand. Eine halbe Stunde mit ihm und der Ukrainer sagt uns, was wir wissen wollen.«

»Nicht nötig. Alles, was ich brauche, ist ein weiterer Kriminalbeamter, der mich bei dem Fall unterstützt.«

»Ist nicht drin. Die Wehrkraftzersetzung nimmt allerorten zu. Ich brauche dafür jeden verfügbaren Mann.«

»Was, wenn wir den Falschen haben und es kommt zu einer weiteren Vergewaltigung? Stellen Sie sich vor, es trifft beim nächsten Mal ein deutsches Mädel. Nichts sorgt in der Zivilbevölkerung für größere Unruhe.«

Brückner hielt inne.

»Soweit ich weiß, hat der Führer Ruhe an der Heimatfront befohlen«, schob er hinterher.

Stelzner warf dem Kriminalkommissar einen durchdringenden Blick zu.

Dieser machte ein harmloses Gesicht.

»Überspannen Sie den Bogen nicht, Brückner. Ich hab immer schützend die Hand über Sie gehalten. Sie wissen, dass es an höherer Stelle Bedenken hinsichtlich Ihrer Linientreue gibt.«

»Dafür bin ich Ihnen überaus dankbar, Herr Kriminaldirektor«, antwortete Brückner, ohne eine Miene zu verziehen.

Stelzner überlegte.

»Ich kann Ihnen einen Kriminalassistentenanwärter geben«, bot er an. »Sein Name ist Paul Hansen. Ist noch *etwas grün hinter den Ohren, aber ein pfiffiger Bursche. Mutig dazu. Wurde vor zwei Monaten verletzt, als er einen Kameraden aus der Schusslinie gezogen hat. Er ist so weit wieder hergestellt und hat sich zum Dienst gemeldet. In zwei Wochen muss er zurück an die Front. So lang können Sie ihn haben.«*

Einen Kriminalassistentenanwärter? Was sollte er mit einem Neuling in einem Mordfall anfangen? Er brauchte einen gestandenen Ermittler, dachte Brückner verärgert.

»Sonst noch was?« Stelzner sah ihn fragend an, während er nach einer weiteren Akte griff.

»Nein, Herr Kriminaldirektor«, erwiderte Brückner und erhob sich.

Susanne Brühl trat hinaus in den Garten und verharrte für einen Augenblick. Sie spürte die wärmende Sonne auf der Haut und sog die frische Luft ein. Im Frühjahr, wenn alles blühte, war der Garten besonders schön. Sie war begeistert, wie liebevoll der Gärtner die Blumenbeete bepflanzt hatte. Die junge Altenpflegerin trat auf eine alte Frau zu, die zusammengesunken in einem Rollstuhl im hinteren Teil des Gartens saß. Sie war in Schwarz gekleidet und betrachtete gedankenverloren die Bäume um sich herum.

»Besuch für Sie, Schwester Clementia!«, rief Susanne Brühl fröhlich. Die alte Frau warf ihr einen überraschten Blick zu. Obwohl sie gebrechlich wirkte, sah sie die junge Frau mit wachen Augen an.

»Ich erwarte niemanden, mein Kind«, antwortete sie.

»Es ist ein älterer Herr. Sehr elegant gekleidet«, informierte die Altenpflegerin sie. »Er hat Blumen dabei«, fügte sie augenzwinkernd hinzu. Sie blickte auf die Visitenkarte, die sie in der Hand hielt. »Sein Name ist Rolf Heitmann.«

Die alte Frau richtete sich auf.

»Schicken Sie ihn weg. Ich will ihn nicht sehen!«, befahl sie und machte eine energische Handbewegung. Die junge Altenpflegerin sah sie verdutzt an. So aufgebracht kannte sie Schwester Clementia gar nicht.

»Immer noch die alte Kratzbürste«, lachte Rolf Heitmann und trat auf die Frauen zu. Wie angekündigt, hielt er einen Blumenstrauß in der Hand.

»Begrüßt man so einen alten Freund?«

»Wir sind keine Freunde«, entgegnete Schwester Clementia. »Das ist lange vorbei.«

Es entstand eine Pause. Susanne Brühl blickte ratlos zwischen ihnen hin und her.

»Ich muss etwas mit Ihnen besprechen, Schwester Clementia«, durchbrach Heitmann das Schweigen. »Wieso bringen Sie den Blumenstrauß nicht in ihr Zimmer«, schlug er vor und lächelte Susanne Brühl gewinnend an. Die junge Altenpflegerin war unschlüssig.

»Soll ich bleiben, Schwester Clementia?«, fragte sie.

Die alte Frau schien sich gefangen zu haben.

»Gehen Sie, mein Kind.«

»Sicher?«

Die alte Frau nickte. Nachdem Susanne Brühl im Haupthaus des Altenwohnheims verschwunden war, drehte sich Schwester Clementia zu Rolf Heitmann.

»Wenn Sie sich das Pflegeheim unter den Nagel reißen wollen, sind Sie bei mir an der falschen Adresse. Ich bin nur eine Insassin.«

»Wie oft muss ich es Ihnen noch erklären«, seufzte Heitmann. »Ich hatte nichts mit dem Verkauf des Kinderheims zu tun. Es war eine Entscheidung der Kirchenverwaltung.«

»Sie haben uns betrogen und sich auf Kosten der Kinder bereichert. Sie sollten sich schämen.«

»Das Heim war defizitär. Es musste eine Lösung gefunden werden. Es ist nicht meine Schuld, dass die Verwaltung auf einen windigen Finanzberater hereingefallen ist.«

»Den *Sie* empfohlen haben.«

»Ich habe mehrere Anbieter vorgeschlagen – nach bestem Wissen und Gewissen. Die Verwaltung hat sich aus eigenen Stücken für ihn entschieden. Es ist nicht meine Schuld, dass das Heim verkauft werden musste.«

Heitmann lächelte süffisant.

»Sie haben jeden Schritt minutiös geplant. Es ist alles Ihr Werk«, bezichtigte Schwester Clementia ihn.

Das Lächeln in Heitmanns Gesicht verschwand.

»Lassen wir das. Ich bin nicht gekommen, um alte Kämpfe mit Ihnen auszufechten.«

»Weswegen sind Sie sonst hier?«

»Um unseren Streit beizulegen.«

Sie lachte verächtlich.

»Es ist mein Ernst«, betonte er.

Sie sah ihn durchdringend an.

»Woher der plötzliche Sinneswandel nach all den Jahren?«, fragte sie argwöhnisch.

»Man wird älter. Man denkt nach, was man in seinem Leben getan hat. Auch wenn ich keine Schuld daran trage, will ich eine Wiedergutmachung leisten.«

»Was Sie und Ihre Kumpane angerichtet haben, lässt sich nicht wiedergutmachen. Nicht durch Geld und nicht durch schöne Worte.«

»Meiner Erfahrung nach ist Geld immer willkommen. Was halten Sie von einer Spende für eines der Kinderhäuser, in denen Sie tätig waren?«

»Für wen halten Sie mich?«, rief die alte Frau empört. »Ich betreibe keinen Ablasshandel. Wenn Sie Ihr Gewissen erleichtern wollen, gehen Sie zu einem Priester.«

»Ich meine es ernst. Nennen Sie mir ein Haus, das es

besonders nötig hat, und ich stelle einen Scheck aus. Davon können Ihre Mitschwestern Spielsachen kaufen oder neue Kleidung. Wollen Sie das Geld den Kindern vorenthalten, nur weil es von mir kommt?«

Schwester Clementia machte eine abwehrende Handbewegung.

»Sie können spenden, so viel Sie wollen, es ändert nichts daran, was Sie getan haben.«

Für einen Moment schwiegen beide.

»Sie sind nicht gekommen, um mich über Ihre neu entdeckte Mildtätigkeit in Kenntnis zu setzen«, stellte sie fest. »Weshalb sind Sie hier?«

Heitmann zögerte.

»Sie haben uns damals Höllenqualen angedroht, erinnern Sie sich?«

»Als wäre es gestern gewesen«, antwortete sie und lachte.

»Nehmen Sie Ihren Fluch zurück.«

»Es war kein Fluch. Nur ein Versprechen, was Sie und Ihre Spießgesellen im Jenseits erwartet.«

»Wie auch immer. Nehmen Sie es zurück.«

»Sie kommen nach all den Jahren zu mir und wollen Absolution? Wenn ich nicht wüsste, dass Sie etwas im Schilde führen, würde ich denken, Sie haben den Verstand verloren.«

Heitmann fühlte sich erkennbar unwohl in seiner Haut.

»Es geht nicht um mich, sondern um die anderen Männer, die Sie damals beschuldigt haben, mit mir unter einer Decke zu stecken. Der eine oder andere von ihnen glaubt, Sie hätten es wörtlich gemeint.«

»Ihre Kumpane haben Angst vor mir?«

Schwester Clementia lachte amüsiert.

»Ich bin eine alte Frau und sitze in einem Rollstuhl. Was könnte ich tun, außer für Gerechtigkeit zu beten?«

»Lassen Sie die Spielereien«, sagte er verärgert. »Sie wissen genau, was mit Ernst Hoffmann und Hans Gruber passiert ist.«

Sie sah ihn verständnislos an.

»Erzählen Sie mir nicht, Sie hätten nichts von den Kreuzigungen gehört!«

»Das waren die beiden?«, fragte sie überrascht. »Ich habe darüber in der Zeitung gelesen. Ich wäre nie auf den Gedanken gekommen, dass sie es sind. In den Berichten kürzen sie die Nachnamen ja immer ab.«

Gedankenverloren blickte sie in die Ferne.

»Seltsam, wie das Leben spielt«, sinnierte sie. »Gott hat einen Weg gefunden, sie zu Lebzeiten zu bestrafen.«

»Sie haben damit nichts zu tun?«

»Wie sollte ich?«

»Ihre Zöglinge waren Ihnen sklavisch ergeben. Wer weiß, wozu der eine oder andere von ihnen fähig ist.«

Schwester Clementia richtete sich noch weiter auf.

»Ich habe mein Leben Gott und dem Dienst an anderen Menschen gewidmet«, rief sie, vor Empörung zitternd. »Jedes meiner Kinder habe ich zu einem gottesfürchtigen, anständigen Menschen erzogen. Ihre Unterstellung ist infam!«

»Schwören Sie, dass Sie niemanden dazu angestiftet haben«, forderte er.

Die alte Frau ließ sich in den Rollstuhl zurückfallen. Ihr Zorn schien verraucht zu sein.

»Sie sind irrsinnig. Gehen Sie, ich bin müde«, forderte sie mit leiser Stimme. Heitmann wollte etwas sagen, besann sich aber eines Besseren. Grußlos verließ er den Garten.

Kaum war er verschwunden, trat ein breitschultriger, kräftiger Mann zwischen den Bäumen hervor. Lautlos näherte er sich dem Rollstuhl. Die alte Frau fuhr erschrocken zusammen, als er sie mit der Hand an der Schulter berührte.

»Gott, hast du mich erschreckt!«, rief sie aus. »Was tust du hier, Friedrich?«

»Ich wollte Sie besuchen, Schwester Oberin.«

»Das ist nett von dir.« Sie tätschelte ihm die Hand. »Du musst mich nicht Schwester Oberin nennen. Das ist lange vorbei.«

»Für mich bleiben Sie immer Schwester Oberin«, erwiderte der Angesprochene.

Ein Lächeln huschte über ihr Gesicht.

»Du bist ein braver Junge.«

»Ja, Schwester Oberin.«

»Hast du gehört, was er gesagt hat?«

»Jedes Wort.«

»Dass er es wagt hierherzukommen!«, entrüstete sie sich. »Und mir zu unterstellen, ich hätte etwas mit der Ermordung dieser Männer zu tun!«

Sie schüttelte den Kopf.

»Als ob ich mir anmaßen würde, über Menschen zu richten. Es gab Zeiten, da war ich sehr wütend. Ich denke, ich habe diese Männer sogar gehasst. Ich! Eine Frau Gottes …«

Sie machte eine Pause.

»Hass ist nicht gut, Friedrich. Er vergiftet die Seele.«

»Ich weiß«, antwortete der breitschultrige Mann.

Sie musterte ihn aufmerksam.

»Wie kommst du zurecht?«

Er zuckte mit den Schultern.

»Gehst du regelmäßig zur Therapie?«

Er nickte.

»Das ist gut, Friedrich. Wunden in der Seele brauchen lange, bis sie heilen. Nimmst du deine Medikamente?«

»Ja, Schwester Oberin.«

»Du musst dich dafür nicht schämen.«

Sie verfiel in Schweigen.

»Es vergeht kaum ein Tag, an dem ich nicht daran denke«, sagte sie mit tonloser Stimme. »All diese unsäglichen Dinge, die sie euch angetan haben – dir und den anderen.«

»Es war nicht Ihre Schuld, Schwester Oberin.«

»Ich hätte euch nicht eurem Schicksal überlassen dürfen«, beharrte sie. »Es gab Gerüchte, musst du wissen. Ich habe ihnen keinen Glauben geschenkt. Es war jenseits meiner Vorstellungskraft. Schließlich war es ein kirchliches Heim. Gott hat euch ihnen anvertraut. Wie konnten sie diese schrecklichen Dinge tun, noch dazu als Priester?«

Eine Träne rann ihr über das Gesicht. Ihr Schmerz und ihre Verzweiflung schnitten Friedrich tief ins Herz. Der breitschultrige Mann beugte sich zu Schwester Clementia hinunter und umarmte sie. Überrascht von seinem unerwarteten Gefühlsausbruch, klopfte Schwester Clementia ihm beruhigend auf die Schulter.

»Von allen Kindern hast du am meisten unter dem Verlust des Heims gelitten.«

Friedrich nickte stumm.

»Du hast Rolf Heitmann gehasst, stimmt's?«

»Ohne ihn hätten wir im Heim bleiben dürfen und all die schrecklichen Dinge wären nie passiert.«

»Er ist ein selbstsüchtiger Mann. Nur auf seinen eigenen Vorteil bedacht. Ich hätte es früher erkennen müssen!«

Sie hielt inne.

»Diese Kreuzigungen, von denen er gesprochen hat – weißt du davon?«

»Ich habe darüber in der Zeitung gelesen.«

»Mehr nicht? Du hast die beiden nicht gesehen oder mit ihnen gesprochen?«

Friedrich zögerte – für den Bruchteil einer Sekunde. Kaum merklich straffte er die Schultern.

»Nein«, erwiderte er, wobei er es vermied, Schwester Clementia in die Augen zu sehen.

»Es steht uns als Menschen nicht zu, jemanden zu bestrafen, Friedrich. Dieses Recht hat der Herrgott allein.«

»Ja, Schwester Oberin.«

»Merkwürdig, dass es ausgerechnet zwei von ihnen getroffen hat«, sagte sie nachdenklich. »Ich hoffe, keiner der anderen Jungs hat etwas damit zu tun.«

»Ich würde meine Hand für jeden von ihnen ins Feuer legen«, beruhigte Friedrich sie.

»Du hast recht. Sie würden nie so weit gehen. Schließlich wäre es eine Todsünde!«

Ein Windstoß raschelte durch die Blätter der umstehenden Bäume. Schwester Clementia fröstelte.

»Bring mich in mein Zimmer«, bat sie. »Ich will mich hinlegen.«

»Wo stehen wir?«, fragte Hauptkommissar Wenger Oberkommissar Wieland, der sich auf dem Stuhl vor seinem Schreibtisch niedergelassen hatte.

»Mit den ersten 100 Motorradfahrern sind wir durch«, teilte Wieland ihm mit.

»Es ist wie die Suche nach der Nadel im Heuhaufen. Bei so einer vagen Beschreibung könnte es fast jeder sein. Unfassbar, wie viele Leute heutzutage dick sind.«

»Irgendwelche Auffälligkeiten?«

»Bei fünf Befragten hatten wir ein ungutes Gefühl. Sie würden vom Alter her passen. Drei davon haben zumindest für einen der Morde ein Alibi. Der vierte behauptet, er wäre zur Zeit des ersten Mordes auf Mallorca in Urlaub gewesen. Das überprüfen wir noch.«

»Und der fünfte?«

»Der hat sich besonders verdächtig verhalten. Als Peter

ihm seinen Ausweis zeigte, hat er ihm die Tür vor der Nase zugeschlagen. Hat ihn durch die Tür angebrüllt, dass er nichts mit der Polizei zu tun haben will.«

»Wie heißt er?«

»Friedrich Menz. Wir haben ihn überprüft. Er hatte eine schwierige Kindheit. Die Mutter war alkoholabhängig, der Vater ist unbekannt. Mit drei Jahren kam er in ein kirchliches Kinderheim.«

»In welches?«

»Ins Kinderhaus ›Zum Heiligen Kreuz‹ in Bingen. Dort hat er sich gut eingelebt. Jedenfalls schrieb er gute Noten in der Schule und wird in den Akten als aufgewecktes und fröhliches Kind beschrieben. Das Heim hatte einen erstklassigen Ruf und wurde von einem Schwesternorden betrieben. Es musste vor knapp 30 Jahren geschlossen werden.«

»Weswegen?«

»Es gab finanzielle Schwierigkeiten. Die Kinder wurden auf zwei andere kirchliche Heime verteilt. Menz kam ins Sankt Jacobus Stift in Mainz.«

Wenger stutzte.

»Ist das nicht das Heim, bei dem es Missbrauchsvorwürfe gab?«

Wieland nickte.

»Wie alt war Menz damals?«

»Zehn.«

»Wurde er missbraucht?«

»Dazu findet sich nichts in den Akten. In dem Heim haben sich die Betreuer an vielen Jungen vergriffen. Mehrere von ihnen haben sich zusammengeschlossen und Anzeige erstattet. Unglücklicherweise waren alle Taten verjährt. Die meisten der beschuldigten Priester und anderen Betreuer waren entweder verstorben oder lange im Ruhestand. Auffällig ist, dass Menz sich veränderte, nachdem er ins Sankt Jacobus Stift kam. Die Noten wurden schlechter und er wurde als verschlossen, unnahbar und widerspenstig beschrieben. Mit zwölf ist er zum ersten Mal abgehauen. Es folgten weitere Ausbruchsversuche. Dazu kamen psychische Probleme, Alkoholexzesse und kleinere Diebstähle.«

»Gibt es eine Verbindung zu Hoffmann oder Gruber?«

»Bisher nicht.«

»Denkst du, sie hatten etwas mit dem Missbrauch in diesem Heim zu tun?«

»Kann ich mir nicht vorstellen. Ich hab mit dem Kollegen gesprochen, der damals die Anzeigen der Opfer bearbeitet hat. Nach allem, was darüber bekannt ist, ging der Missbrauch ausschließlich von den Betreuern aus. Es gibt keinerlei Hinweise auf Verbindungen zu einem pädophilen Netzwerk oder dass Männer von außerhalb der Einrichtung beteiligt gewesen wären.«

Wenger überlegte.

»Ich hab die Akte einem der Fallanalytiker gezeigt«, fuhr Wieland fort. »Er hält es für wahrscheinlich, dass Menz eines der Opfer ist. Seine Schwierigkeiten begannen abrupt, nachdem er in die neue Einrichtung kam, und deutlich vor der Pubertät. Das spricht dafür, dass etwas vorgefallen ist, was ihn aus der Bahn geworfen hat.«

»Könnte er der Täter sein?«

»Hält der Profiler für durchaus möglich. Ein sexueller Missbrauch hinterlässt gravierende Spuren in der Psyche eines Kindes. Fast alle Opfer leiden darunter ein Leben lang und haben mehr oder minder starke psychische Probleme.«

»Wieso die Kreuzigungen?«

»Wenn der Vergewaltiger ein Priester war, kann es zu völlig unterschiedlichen Reaktionen kommen. Manche Opfer treten aus der Kirche aus und wahren größtmögliche Distanz dazu. Andere stürzen sich erst recht in den Glauben und versuchen, darin Erlösung zu finden. Religiöse Wahn-vorstellungen sind durchaus denkbar. Möglicherweise lässt er sie am Kreuz leiden, um ihnen Absolution zuteil werden zu lassen.«

»Sagtest du nicht, es gibt keine Verbindung zu Hoffmann oder Gruber?«

»Sie könnten den Mörder an seine Peiniger im Kinderheim erinnern. Wenn er sich nicht an sie herantraut, könnte er stattdessen Männer kreuzigen, die ihnen physisch oder von der Persönlichkeit ähneln. Das würde erklären, warum beide Mordopfer an die 80 waren.«

»Hört sich für mich nach einem Schuss ins Blaue an.«

»Es ist keine exakte Wissenschaft. Dass Menz dem Kollegen die Nase vor der Tür zugeschlagen hat, könnte auch damit zusammenhängen, dass die Verfahren gegen die mutmaßlichen Täter eingestellt wurden und er die Polizei dafür verantwortlich macht. Oder er verdrängt den Missbrauch und will deswegen nicht mit uns reden. Es gibt viele mögliche Gründe für sein Verhalten. Ohne tiefer gehende Informationen oder eine psychiatrische Begutachtung bleibt es reine Spekulation. Sollen wir ihn trotzdem überwachen?«

»Auf der dünnen Basis? Stell dir vor, es kommt heraus, dass wir ein Missbrauchsopfer beschatten lassen, während die Täter frei und unbehelligt herumlaufen dürfen.«

»Dann wüsste ich nicht, was wir sonst tun könnten.«

»Wir müssen tiefer graben! Setz ein Team auf Menz an. Wo hat er gearbeitet? Welchen Hobbys geht er nach? Wo hat er gewohnt? Dreh jeden Stein um. Wenn er Hoffmann und Gruber umgebracht hat, weil sie seinen Vergewaltigern ähnlich sehen, muss er ihnen irgendwo begegnet sein. Und besorg mir Fotos von allen Betreuern, die damals im Sankt Jacobus Stift gearbeitet haben. Falls einer nur im Entferntesten aussieht wie Hoffmann oder Gruber, will ich es wissen.«

KAPITEL 23

Kati kam in die Küche gerauscht und blieb am Tresen stehen.

»Wo bleiben meine Desserts?«, fragte sie.

»Fast fertig!«, rief Philipp von hinten.

»Bestens, dann sind wir durch«, freute sie sich.

»Warum? Hast du noch was vor?«, fragte Pedro neugierig.

»Ich nicht, aber Jo«, antwortete Kati und grinste.

»Wär mir neu«, brummte dieser.

»Frau Eberhard möchte mit dir sprechen.«

»Wer ist das?«

»Die Frau vom Lions Club, von der ich dir erzählt habe. Sie will mit ihren Damen demnächst ein Abendessen im ›Waidhaus‹ organisieren.«

»Kannst *du* das nicht regeln?«, zeigte Jo sich wenig begeistert.

»Sie hat ausdrücklich nach dir gefragt und will das Menü mit dem Chef besprechen. Ich glaube, du gefällst ihr. Du erinnerst sie an ihren verstorbenen Mann.«

»Ich kenn die Frau überhaupt nicht«, meinte Jo irritiert.

»Sie hat dein Foto im Internet gesehen.«

»Jo hat eine Verehrerin!«, rief Pedro und grinste. »Wie sieht sie aus?«

»Sehr flott. Außerdem ist sie eine gute Partie. Jedenfalls trägt sie jede Menge teurer Klunker«, erläuterte Kati.

»Großartig! Mit der verkuppeln wir dich«, sagte Pedro, an Jo gerichtet.

»Es gibt nur einen Nachteil«, gab Kati zu bedenken.

»Und der wäre?«

»Sie ist deutlich über 70.«

»Schadet nichts, solang sie Geld hat«, wischte Pedro den Einwand beiseite.

»Du Quatschkopf«, brummte Jo.

»Du solltest froh sein, dass du so einen Schlag bei Frauen hast. Stell dir vor, es läuft mal nicht im Restaurant. Da bist du froh, wenn du eine Frau hast, die was zuschießen kann.«

»Das wäre kein Problem«, verkündete Jo, »in dem Fall streiche ich dein Gehalt.«

»Die paar Kröten machen den Braten nicht fett«, gab der junge Spanier zurück.

Jo schüttelte den Kopf und lächelte nachsichtig. Anschließend griff er nach einem schmutzigen Teller und räumte ihn in die Spülmaschine. Kati sah ihm mit wachsender Ungeduld zu.

»Kommst du?«, drängte sie. »Die Frau ist wichtig. Wenn wir einen guten Eindruck bei ihr machen, empfiehlt sie uns bestimmt weiter.«

»Ich muss meinen Platz erst aufräumen.«

»Kann ich übernehmen«, bot Pedro großzügig an. »Wir wollen deinem zukünftigen Lebensglück schließlich nicht im Weg stehen.«

»Idiot«, erwiderte Jo und gab sich geschlagen.

Als er die Gaststube betrat, zwinkerte Kati ihm aufmunternd zu und deutete auf eine ältere Dame, die an einem der Zweiertische am Fenster saß. Sie war elegant gekleidet und machte einen distinguierten Eindruck.

»Herr Weidinger, freut mich, dass Sie Zeit für mich haben«, flötete sie und lächelte ihn an. »Sie sind ein wahrer Künstler am Herd! Ihr Perlhuhn an Rieslingschaum war ein absolutes Gedicht! Mein verstorbener Mann hätte es geliebt.«

Jo bedankte sich höflich und ehe er es sich versah, hatte Frau Eberhard ihn in ein Gespräch verwickelt. Wobei dieses relativ einseitig verlief. Die alte Dame redete, Jo hörte zu. Dabei sprang sie wahllos zwischen den unterschiedlichsten Themen hin und her. Zaghaft versuchte Jo, sie in Richtung des geplanten Menüs zu lenken, allerdings ohne Erfolg. Sie erzählte ihm ausführlich von den verschiedensten Restaurants, die sie und ihr Mann besucht hatten und welche Leckereien ihnen dort serviert worden waren. Die beiden schienen viele Reisen unternommen zu haben und das Gespräch zog sich in die Länge. Kati, die mehrfach an ihrem Tisch vorbeikam, grinste ihn jedes Mal süffisant an. Es schien ihr großes Vergnügen zu bereiten, ihn so leiden zu sehen. Schließlich schaffte er es, mit Frau Eberhard die Speisenfolge für das Menü festzuzurren. Damit nicht genug, wollte sie als nächstes die Weine mit ihm durchgehen.

»Dafür ist Frau Müller zuständig«, versuchte Jo sich loszueisen. »Am besten besprechen Sie die Weinfolge mit ihr.«

»Sie kennen Ihren Weinkeller sicherlich genauso gut«, wischte sie seinen Einwand beiseite. »Eigentlich wollte ich zum Hauptgang einen Wein von Ernst Hoffmann reichen lassen. Nach dem, was ihm zugestoßen ist, weiß ich nicht, ob das angemessen ist. Was meinen Sie?«

»Wir führen keine Hoffmann-Weine auf der Karte«, erklärte Jo.

»Schade. Mein Mann hielt ihn für den besten Winzer in der Gegend. Hat fast ausschließlich Rieslinge von ihm getrunken. Nun ja, ich verstehe ehrlicherweise nicht viel davon«, bekannte sie. »Schlimm, was ihm und seinem Freund passiert ist, nicht? Wer macht so etwas Schreckliches?«

Jo stutzte.

»Ernst Hoffmann und Hans Gruber waren befreundet?«, fragte er.

»Ja.«

»Woher wissen Sie das?«

»Ich bin mit ihnen zur Schule gegangen. Sie waren drei Klassen über mir, aber wir haben alle in einem Raum gesessen. Das war nach dem Krieg so. Es gab viel zu wenig Lehrer, weil so viele gefallen sind«, plauderte sie ansatzlos weiter. »Ernst Hoffmann und Hans Gruber haben jede freie Minute zusammen verbracht. Sie waren Mitglieder in einer Art Gang, wie man heute sagen würde. Sie nannten sich selbst die »Bahnhof-Bande«, weil sie sich dort immer getroffen haben. Uns Mädchen hat das imponiert. Speziell Ernst Hoffmann hatte es mir angetan. Er war ein fescher junger Mann. Und er fuhr ein Moped. Das war damals eine Seltenheit. Angeblich haben er und seine Freunde Schwarzmarktgeschäfte gemacht. Das war streng verboten, hat die Jungs in unseren Augen jedoch umso interessanter gemacht.«

»Wer waren die anderen in der Gang?«

»Der dritte im Bunde hieß Helmut Stehr. Er ging ebenfalls mit uns zur Schule. Mit ihm hatte ich nicht viel zu tun, da er sehr zurückhaltend war. Es gehörten noch zwei andere zur Bande, die kannte ich nur vom Sehen. Die gingen aufs Gymnasium.«

Jo lief ein Schauer den Rücken hinunter. Es fiel ihm schwer, sich weiter auf den Plausch mit der alten Dame zu konzentrieren. Er schlug ihr drei Weine als Menübegleiter vor und verabschiedete sich zügig.

Auf dem Flur fing Kati ihn ab.

»Was war los?«

»Nichts. Wieso?«

»Zwischendurch hast du ausgesehen, als hättest du ein Gespenst gesehen. Worüber habt ihr geredet?«

»Sie hat alte Kriegsgeschichten erzählt. Das hat mich an was erinnert«, erwiderte er vage. »Seid ihr mit dem Service durch?«

»Tisch zwölf hat noch nicht bezahlt. Und Frau Eberhard muss ich hinauskomplimentieren. Ansonsten sind wir fertig.«

»Okay, bis später.«

Bevor sie eine weitere Frage stellen konnte, stürmte er die Treppe hinauf. Neugierig sah sie ihm hinterher. Was war nur in ihn gefahren?

Oben in seiner Wohnung zog er sich um und setzte sich an seinen Computer. Er rief das elektronische Telefonverzeichnis auf und suchte nach dem Namen Helmut Stehr.

Er fand zehn Einträge, die sich über Deutschland verteilten. Lediglich einer davon lebte im Mittelrheintal. Laut Eintrag handelte es sich um einen Uhrmacher in Bingen. Seine Recherche nach weiteren Informationen blieb erfolglos. Das sprach dafür, dass der Mann älter und der Laden klein war. Wer konnte es sich in der heutigen Zeit sonst leisten, keine Internetseite zu haben? Er überlegte, wie er weiter vorgehen sollte. Einfach mit der Tür ins Haus fallen und den Mann damit konfrontieren, dass er mit den Toten befreundet gewesen war? Was, wenn er nicht der Helmut Stehr war, von dem Frau Eberhard gesprochen hatte? Und selbst wenn er es war – wie sollte er sein Interesse an dem Fall begründen? Er brauchte definitiv einen Vorwand. Ein Gedanke schoss ihm durch den Kopf. Er schluckte. Es musste einen anderen Weg geben! Nachdem er mehrere Minuten stumm vor dem Bildschirm gesessen hatte, erhob er sich. Mit zögerlichen Schritten ging er ins Schlafzimmer. Vor dem Bild neben dem Bett blieb er stehen. Gedankenverloren starrte er darauf. Schließlich gab er sich einen Ruck und nahm es von der Wand. Dahinter kam ein in die Wand eingelassener Safe zum Vorschein. Er gab die Nummernkombination ein und öffnete ihn. In den oberen Fächern waren verschiedene Unterlagen gestapelt. Im mittleren Fach lagen ein Bündel Geldscheine und ein halbes Dutzend Goldmünzen. Im untersten Fach befand sich ein schwarzes, in Samt eingeschlagenes Kästchen. Er nahm es heraus und verschloss den Safe.

Jo saß in einem Café in Bingen. Es lag in einer Seitengasse der Fußgängerzone und bot ihm einen freien Blick auf den Uhrmacherladen gegenüber. Durch die Schaufensterscheibe konnte er einen Mann ausmachen. Er saß hinter dem Tresen und arbeitete an etwas. Mehrfach wechselte er das Werkzeug. Jo beobachtete ihn seit gut 20 Minuten. Während dieser Zeit hatte kein einziger Kunde den Laden betreten. Auch das Telefon hatte nicht geklingelt. Er winkte die Bedienung herbei und bezahlte. Als er den Uhrmacherladen betrat, kündigte ihn ein altmodischer Summer an. Der alte Mann sah zu ihm auf. Er war ungewöhnlich hager.

»Sie wünschen?«, fragte er.

»Ich bin auf der Suche nach Helmut Stehr«, antwortete Jo.

»Sie haben ihn gefunden«, erwiderte der hagere Mann trocken. Er legte das Uhrmacherwerkzeug beiseite, das er in der Hand hielt.

»Ich habe gehört, dass Sie sich gut mit alten Taschenuhren auskennen«, behauptete Jo.

»Wer hat Ihnen das gesagt?« Stehr musterte ihn misstrauisch.

»Ein Bekannter«, blieb Jo vage. Er zog das schwarze Samtkästchen heraus.

»Ich möchte mich von meiner Uhr trennen und wollte fragen, ob Sie mir einen Preis dafür nennen können.«

Er öffnete den Deckel und reichte das Kästchen über den Tresen. Neugierig spähte Stehr auf den Inhalt.

»Eine Patek Philippe«, sagte der alte Uhrmacher anerkennend. Seine anfängliche Reserviertheit war verschwunden. »Woher haben Sie sie?«

»Ist ein Erbstück.«

»Darf ich?«, fragte Stehr. Jo nickte. Vorsichtig nahm der Uhrmacher die Taschenuhr aus dem Kästchen.

»Ein schönes Stück. 1890er-Jahre, würde ich schätzen.«

»Mein Urgroßvater hat sie 1897 von seinem Vater als Geschenk zum Abschluss seines Apothekerstudiums bekommen«, erläuterte Jo.

Stehr öffnete den Deckel.

»Wunderschöne Gravur. Ihr Urgroßvater muss sehr stolz gewesen sein.«

Er nahm eine Lupe zur Hand und inspizierte die Uhr.

»Sie ist in außergewöhnlich gutem Zustand«, lobte Stehr. »Funktioniert sie noch?«

»Ja. Allerdings habe ich sie länger nicht aufgezogen.«

»Sollten Sie! Solch ein Stück ist zu schade für die Kommode. Es muss benutzt werden.«

»Was, denken Sie, bekomme ich dafür?«, wollte Jo wissen.

»Ich kann Sie Ihnen leider nicht abkaufen«, bedauerte Stehr und legte sie zurück in das Samtkästchen. »Ich habe keine Kunden, die sich solch eine teure Uhr leisten können. Wenn es zügig gehen muss, würde ich Ihnen empfehlen, zu einem auf alte Uhren spezialisierten Pfandleiher zu gehen. Das hätte den Vorteil für Sie, dass Sie die Uhr später wieder auslösen können. Ansonsten sollten Sie darüber nachdenken, sie versteigern zu lassen. Das bringt mutmaßlich den höchsten Preis. Alte Taschenuhren sind begehrt, vor allem, wenn sie in einem so guten Zustand sind. Mit etwas Glück bringt sie Ihnen mehrere 1.000 Euro ein.

Wenn ich Ihnen einen Ratschlag geben darf: Behalten Sie sie lieber. Ein Erbstück, das so lange in der Familie ist, sollte man nicht weggeben.«

»Vermutlich haben Sie recht«, stimmte Jo zu. »Mein Großvater hätte sie kurz nach dem Krieg beinahe verkauft. Er brauchte dringend Medikamente, um die Apotheke wieder zu eröffnen. Die gab's damals nur auf dem Schwarzmarkt.«

Er machte eine Pause.

»Sie waren damals auch auf dem Schwarzmarkt aktiv, stimmt's?«

Helmut Stehr erstarrte.

»Sie und die anderen von der Bahnhof-Bande, wie waren noch mal ihre Namen?«

Der Uhrmacher war schlagartig blass geworden.

»Wer sind Sie?«, stammelte er.

»Ich untersuche die Morde an Ernst Hoffmann und Hans Gruber.«

»Sind Sie von der Polizei?« Die Frage kam wie aus der Pistole geschossen.

Jo zögerte.

»Nein.«

»Hat sie Sie geschickt?«, fragte Stehr lauernd.

»Wer?« Jo sah ihn verständnislos an.

»Clementia.«

»Ich weiß nicht, wer das ist.«

Stehrs Gesichtszüge verhärteten sich.

»Verlassen Sie meinen Laden!«, forderte er.

»Sagen Sie mir die Namen der anderen und bin ich weg.«

»Raus! Sofort!«, schrie Stehr ihn an. Seine Stimme überschlug sich fast. »Ich hole die Polizei, wenn Sie mich nicht in Ruhe lassen.«

Die heftige Reaktion des alten Mannes überraschte Jo. Wortlos nahm er das Samtkästchen und verließ den Laden. Sowie er aus dem Sichtfeld des Uhrmachergeschäfts herausgetreten war, blieb er stehen und überlegte. Eine Gruppe älterer Herrschaften kam die Gasse herauf. Vorneweg marschierte eine Reiseleiterin, die an ihrem nach oben gestreckten Regenschirm zu erkennen war. Als die Gruppe munter plaudernd an ihm vorbeigezogen war, hängte er sich kurzerhand dahinter und schlüpfte unbemerkt in das Café, in dem er vorher gesessen hatte. Die Bedienung sah ihn überrascht an, sagte aber nichts. Jo bestellte einen Kaffee und setzte sich in den hinteren Teil, sodass er durch eine Säule halb verdeckt wurde. Er spähte hinüber zu dem Uhrmacherladen. Stehr saß regungslos hinter dem Tresen. Er schien wie paralysiert und war immer noch blass im Gesicht. Jo wunderte sich, dass seine Frage nach der »Bahnhof-Bande« den alten Mann so aus der Ruhe gebracht hatte. Es konnte unmöglich damit zu tun haben, dass ihre Schwarzmarktaktivitäten illegal gewesen waren. Jede damit verbundene Straftat musste seit Jahrzehnten verjährt sein. Außerdem war es nichts Ehrenrühriges. Um zu überleben, hatten damals viele Menschen Schwarzmarktgeschäfte gemacht. Hinter seiner Reaktion musste etwas anderes stecken. Und wer war diese Clementia?

Helmut Stehr erwachte aus seiner Starre. Ruckartig erhob er sich und war mit zwei Schritten bei einer Kommode, auf der ein altmodisches Telefon stand. Er nahm den Hörer ab und wählte. Das Telefonat dauerte nicht sehr lang. Dennoch redete Stehr sich sichtlich in Rage und gestikulierte heftig. Nachdem er aufgelegt hatte, wählte er erneut. Das zweite Telefonat war noch kürzer. Anschließend kehrte er zurück zum Tresen und räumte sein Uhrmacherwerkzeug in eine Schublade. Er nahm eine dunkelgrüne Windjacke von einem Kleiderständer im hinteren Teil des Ladens und zog sie sich über. Er drehte das Schild an der Tür um, sodass es »geschlossen« zeigte, und trat hinaus. Aufmerksam blickte er die Gasse hinauf und hinunter. Dann schloss er den Laden ab. Nachdem er sich erneut vergewissert hatte, dass er nicht beobachtet wurde, drehte er sich um und ging in Richtung Fußgängerzone. Jo hatte zwischenzeitig bezahlt und wartete ein paar Sekunden, bevor er die Verfolgung aufnahm. Sobald Stehr um die Ecke verschwunden war, beschleunigte Jo seine Schritte. Zum Glück war die Fußgängerzone zu dieser Tageszeit sehr belebt, sodass Jo genügend Deckung fand und Stehr unauffällig folgen konnte. Seine Sorge, der alte Mann könnte ihn entdecken, erwies sich als unbegründet. Stehr drehte sich kein einziges Mal um. Zu Jos Überraschung marschierte er geradewegs zu dem großen Parkplatz am Rand der Innenstadt, auf dem Jo sein Auto geparkt hatte. Dort stieg Stehr in einen alten VW Passat. Jo überquerte ein Stück weiter hinten die Straße und beeilte sich, zu seinem Wagen zu kommen. Als Stehr vom Parkplatz fuhr, hängte Jo sich an ihn ran. Es ging hoch zur B9 und weiter ins Mittelrheintal. In Rheindiebach wechselte Stehr auf die L27. Jo ließ sich zurückfallen. Hinter Manubach zog sich auf beiden Seiten der Straße ein Waldgebiet entlang. Nach einigen Kilometern bog der Passat in einen Waldweg ab. Jo wagte es nicht, Stehr dorthin zu folgen, und fuhr langsam daran vorbei. Zu seiner Überraschung sah er zwischen den Bäumen eine Jagdhütte. Der Passat parkte davor. 200 Meter weiter folgte ein weiterer Waldweg. Jo bog ab und parkte den Wagen. Er nahm sein Fernglas aus dem Handschuhfach und stieg aus. Sorgsam darauf bedacht, auf keine Äste zu treten, schlug er sich quer durch den Wald. Vorsichtig pirschte er sich von hinten an die Jagdhütte heran. Hinter einer Buche fand er ein Versteck, von dem aus er sie beobachten konnte. Auf der Rückseite gab es zwei Fenster. Die grünen Metallschlagläden waren geschlossen und mit Vorhängeschlössern gesichert. Helmut Stehr bog um die Ecke. Er trat auf das erste Fenster zu, öffnete das Vorhängeschloss und klappte die Schlagläden auf. Das zweite Fenster folgte. Stehr steckte den Schlüssel ein und verschwand um die Hausecke. Kurze Zeit später wurden die Fenster gekippt. Die nächste halbe Stunde blieb es ruhig. Jo begann sich zu fragen, ob noch etwas passieren würde oder ob Stehr nur zum Lüften herauskommen war. Er hörte einen Wagen kommen. Die Sicht auf den Parkplatz war durch tiefhängende Äste halb verdeckt. Jo spähte durch sein Fernglas. Soweit er sehen konnte, parkte der Neuankömmling einen silbernen Van. Ein korpulenter Mann stieg aus und ging auf die Jagdhütte zu. Unglücklicherweise konnte Jo sein Gesicht nicht erkennen. Es half nichts, er musste näher heran. Im Schutz der Bäume, die fast bis an die Jagdhütte heranreichten, schlich er sich bis zur rückseitigen Hauswand. Er presste sich flach dagegen und schob sich Stück für Stück an eines der gekippten Fenster heran. Plötzlich hörte er Stimmen aus dem Inneren.

»Kommt er?«, fragte eine männliche Stimme. Sie musste zu dem Mann gehören, der eben angekommen war.

»Gesagt hat er es«, antwortete der Angesprochene. Sein schnarrender Tonfall ließ sich eindeutig Helmut Stehr zuordnen. »Willst du was trinken?«

»Nee.«

»Außer Wasser hab ich eh nichts.«

Die Männer verfielen in Schweigen. Ein Motorengeräusch durchschnitt die Stille und kam rasch näher.

»Das wird er sein«, sagte Stehr.

Kurze Zeit später betrat ein dritter Mann den Raum.

»Was sollen diese ständigen Notfalltreffen?«, herrschte der Neuankömmling die anderen an, ohne sich mit einer Begrüßung aufzuhalten. »Ich hab Besseres zu tun, als dauernd Händchen bei euch zu halten.«

»Wenn du was von uns willst, sollen wir auch immer springen«, gab Stehr patzig zurück.

»Was gibt es so Dringendes?«, erwiderte sein Gegenüber, ohne auf den Vorwurf einzugehen.

»Heute war ein junger Mann in meinem Laden. Er hat sich nach euch erkundigt. Also nicht direkt«, fügte er schnell hinzu.

»Was soll das heißen?«, fragte der Mann, der als Letzter gekommen war.

»Er wollte wissen, wer außer Ernst, Hans und mir noch zur ›Bahnhof-Bande‹ gehörte.«

»Woher weiß er von uns?«

»Keine Ahnung.«

»Was hast du ihm gesagt?«

»Nichts. Ich hab ihn rausgeworfen.«

»Wie sah er aus?«

»Jung, Mitte bis Ende 20. Er hatte blonde Haare und eine sportliche Figur.«

»Hast du ihn vorher schon einmal gesehen?«

»Nicht dass ich wüsste.«

»Vielleicht war es ein Privatdetektiv«, mutmaßte der dritte Mann.

»Unsinn. Wer sollte einen Schnüffler auf uns ansetzen?«

»Clementia hat es damals getan.«

»Es war kein Detektiv. Nur ein Bekannter von ihr, der sich für einen gehalten hat.«

»Schlimm genug, wenn man bedenkt, was er alles über uns herausgefunden hat.«

»Er konnte uns nichts nachweisen. Das ist alles, was zählt. Was ich aufsetze, ist hieb- und stichfest«, brüstete sich der Mann, der als Letzter eingetroffen war.

»Hast du mit ihr gesprochen?«, ging Stehr dazwischen.

»Ja.«

»Was hat sie gesagt?«

»Nichts. Hat nur ihre alten Vorwürfe wiederholt.«

»Was ist mit den Kreuzigungen?«

»Sie hat behauptet, nichts davon zu wissen.«

»Das hast du ihr geglaubt?«

»Sie ist eine alte Frau und sitzt im Rollstuhl. Sie ist nicht mal in der Lage, allein ins Bett zu gehen, geschweige denn, ein Mordkomplott zu organisieren.«

»Sie hatte immer eine unheimliche Macht über ihre Jungs.«

»Früher mal. Heute nicht mehr.«

»Und wenn trotzdem einer von ihnen dahintersteckt?«

»Hilft uns die Erkenntnis herzlich wenig. Es könnte jeder von ihnen sein.«

»Wir müssen ein Zeichen des guten Willens setzen. Wir sollten alles zurückgeben«, schlug Stehr vor.

»Seid ihr irre?«, zischte der Angesprochene. »Wisst ihr, wie viel von meinem Geld ich dafür investiert habe? Außerdem habe ich Clementia eine Spende angeboten. Sie wollte davon nichts wissen.«

»Wir müssen etwas tun«, beharrte Stehr. »Ich will nicht der Nächste auf der Liste sein, der am Kreuz landet.«

»Ich auch nicht«, pflichtete der dritte Mann ihm bei.

»Ihr habt nicht die geringste Ahnung, wer hinter den Morden steckt. Womöglich hat es Ernst und Hans rein zufällig getroffen.«

»Das glaubst du doch selbst nicht!«, empörte Stehr sich. »Wir haben sie damals betrogen und bekommen jetzt die Quittung dafür.«

»Sie ist nicht die Einzige, wie du weißt«, erklärte sein Gegenüber kühl. »Wollt ihr jeden entschädigen, den wir über den Tisch gezogen haben? Dann überweist mir alles zurück, was ihr im Lauf der Jahre für eure Dienste von mir bekommen habt.«

Es herrschte betretenes Schweigen.

Der Mann lachte verächtlich.

»Dachte ich mir. Wenn's um euer eigenes Geld geht, ist es vorbei mit eurer Großzügigkeit.«

»Du weißt genau, dass das unmöglich ist«, murrte Stehr.

»Wir könnten zur Polizei gehen«, schlug der dritte Mann vor. »Wir erzählen ihnen, dass wir uns bedroht fühlen und Polizeischutz wollen.«

»Offiziell gibt es keine Verbindung zwischen uns. Wir müssten den Betrug offenlegen.«

»Kein Problem. Ist alles verjährt.«

»Habt ihr eine Vorstellung davon, was passiert, wenn ich öffentlich als Betrüger entlarvt werde? Ich kann meinen Laden zusperren!«

»Du hast genug Geld gescheffelt«, knurrte Stehr.

»Als ob's mir darum ginge«, blaffte der Angesprochene zurück. »Ich habe mir eine angesehene gesellschaftliche Stellung erarbeitet. Die setze ich nicht aufs Spiel, weil ihr euch in die Hose macht. Kneift die Arschbacken zusammen. Wir haben Schlimmeres zusammen durchgestanden.«

»Und wie sollen wir uns schützen?«, fragte Stehr.

»Selbst ist der Mann«, erwiderte sein Gegenüber. »Ihr seid beide Jäger. Legt euch eine Kanone in Griffweite. Wenn ihr einen Fremden auf eurem Grundstück seht, der ein Kreuz hinter sich herzieht, knallt ihn ab.«

»Du nimmst uns nicht ernst«, protestierte der dritte Mann.

»Ich hab genug Zeit für eure Neurosen geopfert«, gab der Angesprochene zurück. »Ich muss jetzt weiter.«

Jo lugte um die Ecke, als der Mann die Jagdhütte verließ, sah ihn aber nur von hinten. Er war schlank, hatte grau melierte Haare und trug einen eleganten Anzug. Jo zog sich in den Schutz des Waldes zurück. Sobald er sich außer Hörweite wähnte, sprintete er zurück zu seinem Auto. Er startete den Wagen und fuhr los. Als er sich der Einfahrt zur Jagdhütte näherte, bog ein silberner Minivan mit Emser

Kennzeichen in die Straße ein. Vom Fahrzeug des Mannes, der als Erster die Jagdhütte verlassen hatte, war nichts zu sehen. Jo fluchte. Er konnte zwar nur einen von ihnen verfolgen, aber mithilfe des Nummernschildes wäre es zumindest möglich gewesen, den anderen zu identifizieren. In sicherem Abstand folgte er dem Van.

Jo griff zum Mobiltelefon. Er informierte Pedro, dass er sich verspäten würde, und bat ihn, die Vorbereitungen fürs Abendessen zu koordinieren. Bei der Burg Pfalzgrafenstein setzte der silberne Van mit der Fähre über den Rhein nach Kaub. Jo bekam zwei Fahrzeuge dahinter einen Platz. Zu seiner Enttäuschung stieg der Fahrer nicht aus. Da Stehr den anderen Männern eine Beschreibung von Jo gegeben hatte, wagte er es nicht, auszusteigen und an dem Van vorbeizuschlendern, um einen Blick auf den Fahrer zu erhaschen. Auf der anderen Rheinseite bog der Van auf die L339 ab. Der beginnende Feierabendverkehr bot Jo ausreichend Deckung, um nicht aufzufallen. Andererseits musste er sich konzentrieren, um den Van nicht zu verlieren. Sie erreichten Nastätten. Es ging durch die Stadt hindurch. Etwas außerhalb bog der Van in eine Auffahrt vor einem grau gestrichenen älteren Haus ein. Dahinter lag ein schön gestalteter Garten. Jo fuhr an dem Grundstück vorbei und hielt einige 100 Meter weiter am Straßenrand an. Er stieg aus, überquerte die Straße und marschierte zurück in Richtung des Grundstücks. Der Van parkte vor der Haustür. Vom Fahrer war weit und breit nichts zu sehen. Im Vorbeigehen warf Jo unauffällig einen Blick auf den Briefkasten. Darauf stand in schön geschwungener Schrift: ›Heidrun und Gerd Ehlers‹.

Es war fast 19 Uhr, als Jo im »Waidhaus« eintraf.

»Wolltest du nicht spätestens um 17.30 Uhr hier sein?«,

fragte Pedro, während er einen Teller anrichtete. Der Vorwurf in seiner Stimme war unüberhörbar.

»Hat leider länger gedauert«, antwortete Jo.

»Wo warst du überhaupt?«, hakte der junge Spanier nach.

»Musste was erledigen.«

»Hoffentlich kommt das nicht öfter vor. Wir sind alle am Rotieren.«

»Als ob du nie zu spät kommen würdest«, gab Jo zurück.

»Nicht, wenn wir ausgebucht sind.«

»Ich hab's verstanden, okay?«, rief Jo verärgert. »Ich arbeite jeden Tag 14 bis 15 Stunden. Ich steh in der Küche, kümmere mich um die Menüplanung, hab das Bestellwesen an der Backe und halte die Gäste bei Laune. Da wird es wohl mal möglich sein, dass ich eine Stunde später komme!«

Es herrschte atemlose Stille in der Küche. Alle Augen waren auf ihn gerichtet. Einen derart emotionalen Ausbruch von Jo hatten sie lange nicht mehr erlebt.

»Wollen wir den restlichen Abend über meine Arbeitsmoral diskutieren oder versuchen, den Rückstand aufzuholen?«, fragte er in die Runde. Wortlos nahmen alle wieder ihre Arbeit auf.

Kati, die am Tresen darauf gewartet hatte, dass Pedro den Teller fertig anrichtete, sah Jo nachdenklich an.

»Ist was?«, fragte er sie.

»Nein«, erwiderte sie und griff nach dem Teller.

KAPITEL 24

»Was machst du so früh hier?«, fragte Jo überrascht, als er Kati am nächsten Morgen im Büro antraf.

»Der Monatsabschluss steht an.«

Neben der Leitung des Restaurants und der Verantwortung für den Weinkeller hatte Kati zusätzlich die Buchhaltung des »Waidhauses« übernommen, was für Jo eine große Erleichterung bedeutete.

»Deswegen muss du nicht so früh kommen.«

»Ist mir lieber, als es am Nachmittag zu erledigen. Morgens hat man mehr Ruhe und ist konzentrierter.«

Jo setzte sich ihr gegenüber, griff nach der Menüplanung für die kommende Woche und begann, die Bestellzettel für seine Lieferanten auszufüllen. Nachdem sie eine Weile schweigend nebeneinanderher gearbeitet hatten, spürte Jo, dass Kati ihn ansah.

»Was ist?«, wollte er wissen.

»Was war gestern mit dir los?«

»Nichts.«

»Du hast Pedro ziemlich angepflaumt.«

»War nicht meine Absicht. Zumal er recht hatte. Als Chef sollte ich nicht zu spät kommen. Insbesondere nicht, wenn wir bis zum letzten Platz ausgebucht sind. Ich hab mich über mich selbst geärgert. Das hätte ich nicht an ihm auslassen dürfen. Ich werde mich nachher bei ihm entschuldigen.«

»Darüber wird er sich freuen. Aber das ist nicht alles. Etwas beschäftigt dich«, stellte sie fest.

»Ich weiß nicht, was du meinst.«

»Den Abend über hast du völlig abwesend gewirkt. Irgendetwas ist vorgefallen.«

Jo hielt inne. Tatsächlich ging ihm das geheimnisvolle Treffen der drei Männer im Wald nicht aus dem Kopf. Unschlüssig sah er sie an.

»Manchmal hilft es, über etwas zu sprechen«, ermunterte Kati ihn. Er entschloss sich, ihr alles zu erzählen. Sie hörte zu, ohne ihn zu unterbrechen.

»Damit müssen wir unbedingt zur Polizei gehen«, rief sie aufgeregt, nachdem er seinen Bericht beendet hatte.

»Dann kann ich gleich eine Selbstanzeige machen.«

»Wieso?«

»Wegen Hausfriedensbruchs.«

»Wenn es keinen Zaun gibt, würde ich mir darüber keine Gedanken machen. Du bist im Wald spazieren gegangen und hast zufällig ein Gespräch mitangehört.«

»Das wird mir Hauptkommissar Wenger bestimmt abkaufen.«

»Trotzdem – das kannst du der Polizei nicht vorenthalten.«

»Was wissen wir denn? Praktisch nichts«, meinte er selbstkritisch.

»Dass Hoffmann, Gruber und die drei Männer aus dem Jagdhaus sich gekannt haben und gemeinsam in Betrugsmachenschaften verwickelt sind, ist eine wichtige Information. Dabei könnte es sich um das Mordmotiv handeln!«

»Und um welchen Betrug geht es?«

»Das soll die Polizei herausfinden. Du hast die Namen von zweien der drei Männer. Sie müssen sie nur verhören. Vielleicht packt einer von ihnen aus.«

»Oder sie leugnen alles. In dem Fall steht meine Aussage gegen ihre und sie sind zu dritt.«

»Schön. Suchen wir diese Clementia und fragen sie.«

»Meinst du, daran hab ich nicht gedacht? Es gibt in ganz Deutschland niemanden mit dem Namen. Jedenfalls steht sie nicht im Telefonbuch und im Internet hab ich auch nichts gefunden. Sieht man von einer Ordensschwester in Bingen ab. Die ist allerdings vor einigen Jahren verstorben.«

»Komischer Name. Hört sich für mich italienisch an. Vielleicht ist sie bei der Mafia«, spekulierte Kati mit verschwörerischer Miene.

»Deine Fantasie möchte ich haben. Glaubst du, die Mafia lässt sich von einer Handvoll alter Männer über den Tisch ziehen und engagiert dann einen Privatdetektiv, um das Geld zurückzubekommen? Die haben andere Möglichkeiten.«

»Was, wenn es ein Spitzname ist? Sie könnte die Chefin einer konkurrierenden Betrügerbande sein.«

»Sie ist das Opfer, schon vergessen?«

»Es soll vorkommen, dass Verbrecher sich gegenseitig betrügen. Immerhin scheint sie Jungs zu haben, die für sie arbeiten.«

»Irgendwie ergibt es alles keinen Sinn.«

»Deshalb müssen wir zur Polizei gehen.«

»Hast du nicht zugehört?«, sagte Jo verärgert. »Ich belaste mich nicht selbst. Vor allem, wenn wir so wenig in der Hand haben. Was soll die Polizei damit anfangen?«

»Könntest du es mit deinem Gewissen vereinbaren, wenn einer der drei Männer ermordet wird?«

»Ist nicht mein Problem«, wehrte Jo ab. »Wenn sie etwas angestellt haben, können sie sich selbst stellen. Außerdem sind sie sich nicht sicher, ob die Morde überhaupt im Zusammenhang mit diesen ominösen Betrügereien stehen.«

»So wie du es geschildert hast, ist es nicht auszuschließen. Wir müssen es auf jeden Fall melden«, beharrte Kati. »Du könntest mit verstellter Stimme bei der Notrufzentrale anrufen.«

»Meines Wissens werden solche Anrufe aufgezeichnet. Wenger oder Wieland könnten meine Stimme wiedererkennen, wenn sie ihn vorgespielt bekommen. Das ist mir zu gefährlich.«

»Und wenn ich anrufe?«

»Gleiches Problem: Du hast mehrfach mit dem Oberkommissar gesprochen.«

»Ich könnte einen meiner Brüder fragen.«

»Du willst deine Familie in die Sache mit reinziehen? Meinst du, deine Eltern sind begeistert, wenn sie hören, dass du in einer Mordsache herumschnüffelst?«

»Nicht wirklich.«

Kati dachte nach.

»Wir könnten ein anonymes Schreiben an Wenger schicken.«

»Was willst du da reinschreiben?«

»Alles, was du in der Jagdhütte gehört hast.«

»Weißt du, wie gaga sich das anhört? Hallo, liebe Polizei, ich bin ein Spaziergänger, der zufällig drei Männer im Wald belauscht hat, die einen nicht näher benannten Betrug begangen haben, an einer Clementia, die es laut Internet nicht gibt, und als Krönung steht alles im Zusammenhang mit den Kreuzigungen.«

»So ausführlich muss es nicht sein. Wir schreiben, dass Hoffmann, Gruber und Stehr zusammen zur Schule gegangen sind und gemeinsam mit Gerd Ehlers Schwarzmarktgeschäfte gemacht haben. Und dass sie bis heute heimlich in Verbindung stehen und Betrügereien begangen haben.«

»Wieso sollte die Polizei solch vagen Hinweisen nachgehen?«

»Wenn sie bisher keine Verbindung zwischen den Toten gefunden haben, wären sie schön dumm, wenn sie diese Spur nicht überprüfen würden.«

Jo dachte nach. Er hatte wenig Hoffnung, dass Wenger einem so kruden Hinweis große Bedeutung beimessen würde, zumal wenn er anonym erfolgte. Andererseits war es besser als nichts. Seufzend griff er nach einem Blatt und legte es in den Drucker.

»Was tust du da?«, fragte Kati.

»Den Brief schreiben.«

»Mit deinen Fingerabdrücken drauf?«

»Ich glaub nicht, dass ich in der Verbrecherdatei gespeichert bin.«

»Wenn die Polizei der Sache nachgeht und feststellt, dass Hoffmann und Gruber zusammen zur Schule gegangen sind, sehen sie sich das Schreiben bestimmt genauer an. Willst du, dass deine Fingerabdrücke in einer Mordsache auftauchen?«

»Guter Punkt.«

Jo holte Gummihandschuhe aus der Küche und machte sich an die Arbeit. Als sie fertig waren, schob er das frankierte Kuvert in eine Plastikhülle, um es später in den Briefkasten zu werfen. Dabei durfte er nicht vergessen, Handschuhe mitzunehmen.

»Übrigens ist mir was eingefallen, wie wir weiterermitteln könnten«, sagte Kati. »Wir sollten Helmut Stehr und Gerd Ehlers überwachen. Möglicherweise treffen sie sich noch einmal mit dem dritten Mann. Er scheint der Drahtzieher zu sein. Wenn wir seinen Namen an die Polizei geben könnten, wäre es ein wichtiger Schritt nach vorn.«

»Wie stellst du dir das vor? Du hast gesehen, was passiert, wenn ich mal 'ne Stunde zu spät komme. Wie soll ich zwei Männer rund um die Uhr überwachen?«

»Am Montag ist das ›Waidhaus‹ geschlossen. Ich könnte Stehr übernehmen und du guckst nach Ehlers.«

»Das wäre Zeitverschwendung. Es könnte Wochen dauern, bis die drei sich wieder treffen.«

»Ich hab zusätzlich den Dienstag frei. Und du könntest dir auch einen zweiten freien Tag nehmen. Du bist jede Woche sechs Tage im Restaurant. Das ist auf Dauer nicht gesund.«

»Das lass mal meine Sorge sein.«

»Wir könnten für die Zeit einen Aushilfskoch einstellen. Das ›Waidhaus‹ wirft genug ab.«

»So was will ich nicht. Man bekommt nur mit festen Leuten die richtige Qualität.«

»Pedro und ich würden sicherstellen, dass alles wie gewohnt läuft.«

»Das kommt nicht infrage«, erklärte er harsch.

»Ich meine es nur gut mit dir«, erwiderte sie in beleidigtem Ton.

»Mach dir um mich keine Gedanken. Ich komm zurecht.«

Am Nachmittag fuhr Jo hinunter nach Oberwesel und warf den Brief ein. Dabei versicherte er sich, dass er nicht beobachtet wurde, ehe er die Gummihandschuhe überstreifte und das Anschreiben aus der Plastikhülle zog. Er kam sich vor wie ein Geheimagent auf einer Mission. Die Situation war so absurd, dass er über sich selbst lachen musste. Dennoch fühlte er sich erleichtert. Jetzt lag es in der Hand der Polizei, sich um die drei Männer zu kümmern.

Die nächsten Tage verliefen ereignislos – sah man davon ab, dass sie im Restaurant viel zu tun hatten.

Am Montag schlief Jo aus und frühstückte anschließend gemütlich auf der Terrasse. Es war angenehm warm und er entschied sich, mit dem Rad eine Runde im Hunsrück zu drehen. Unterwegs machte er in einem bezaubernden Landgasthof halt und aß zu Mittag. Als er am frühen Nachmittag wieder im »Waidhaus« eintraf, fühlte er sich entspannt und zufrieden. Er holte die Sonnenliege aus dem Schuppen und machte es sich gemütlich. Gegen 16 Uhr klingelte sein Mobiltelefon. Er blickte aufs Display. Es zeigte Katis Nummer an. Er hob ab.

»Er ist hier!«, rief sie aufgeregt.

»Wer?«

»Der Mann, den wir im Weinberg gesehen haben.«

Jo spürte, wie sein Herz schneller schlug. Tausend Gedanken rasten durch seinen Kopf.

»Hast du die Tür verriegelt?«, fragte er. »Du musst die Polizei rufen. Ist jemand von deinen Nachbarn zu Hause?«

Am anderen Ende blieb es still.

»Kati?«

»Wie kommst du darauf, dass er bei mir zu Hause ist?«, fragte sie verblüfft.

»Wie sollte er dich sonst gefunden haben?«

»Er hat mich nicht gefunden, sondern ich ihn.«

Jo war verwirrt.

»Wo bist du?«, wollte er wissen.

»In der Nähe von Nastätten.«

Jo dämmerte, worum es ging.

»Du observierst das Haus von Ehlers?«

»Klar.«

»Hatten wir nicht entschieden, die Sache der Polizei zu überlassen?«, fragte er verärgert.

»Du vielleicht. Ich nicht.«

Obwohl Jo ihr am liebsten eine Standpauke gehalten hätte, riss er sich am Riemen.

»Wo genau bist du?«

»Auf dem Hügel oberhalb des Hauses.«

»Was ist mit dem Mann aus dem Weinberg?«

»Er ist eben gekommen. Hat sein Motorrad außer Sichtweite abgestellt.«

»Bist du sicher, dass es derselbe Mann ist?«

»Das Motorrad sieht genauso aus. Die Farbe des Helms ist gleich. Die Figur des Mannes passt. Das kann kein Zufall sein.«

»Was macht er?«

»Er hat einen Bogen ums Haus von Ehlers geschlagen und sich von hinten herangepirscht. Rund 200 Meter vom Haus entfernt hat er einen Beobachtungsposten bezogen.«

»Hat er dich gesehen?«

»Nein. Ich hab mich hinter einem Gebüsch versteckt.«

»Okay. Bleib in Deckung und rühr dich nicht.«

»Verstanden.«

Er blickte auf die Uhr.

»Ich werde sofort losfahren.«

»Soll ich in der Zwischenzeit die Polizei rufen?«

»Nein. Ich will mir erst selbst ein Bild machen. Wo genau finde ich dich?«

Sie beschrieb ihm ihre exakte Position.

»Wenn sich etwas an der Lage ändert, rufst du mich an, verstanden?«

»Jawoll, Chefinspektor.«

»Kati, das ist kein Spaß!«

»Ja, schon gut.«

Jo war während des Gesprächs zurück ins Haus gelaufen und hatte seinen Autoschlüssel geholt. Mit quietschenden Reifen fuhr er vom Hof. Er hatte Glück und ergatterte als Letzter einen Platz auf der abfahrbereiten Fähre. Dennoch brauchte er fast eine Dreiviertelstunde, bis er seinen Wagen hinter Katis Polo abstellte. Über einen Trampelpfad ging es einen kleinen Hügel hinauf. Je mehr er sich der Hügelspitze näherte, umso vorsichtiger bewegte er sich. In geduckter Haltung schlich er auf eine Dornenhecke zu, die ihm die Sicht auf den Abhang versperrte. Suchend sah er sich um. Er bemerkte eine Bewegung. Rechts von ihm kauerte Kati hinter einem Lorbeerkirschstrauch und winkte ihm zu. Sie trug eine olivfarbene Hose und ein dazu passendes Oberteil. Als er neben ihr in Deckung ging, ließ er seinen Blick über das Tal unter ihnen gleiten. Rund 300 Meter von ihnen entfernt lag das graugestrichene Haus von Gerd Ehlers. Von hier aus sah der Garten noch grö-ßer aus als von der Straße.

»Wie ist die Lage?«, flüsterte er.

»Unverändert«, antwortete sie.

»Wo ist er?«

Sie deutete mit der Hand auf eine Mulde.

»Ich sehe niemanden«, sagte Jo.

»Er hat sich flach auf den Boden gelegt.«

Kati reichte ihm ein olivgrünes Fernglas.

»Du bist bestens ausgerüstet«, lobte er.

»Ist nur geliehen. Einer meiner Brüder ist Jäger.«

Jo blickte zur Mulde hinüber. Da sah er ihn. Ein blasses Gesicht, umrahmt von dunklen Haaren. Wie alt mochte er sein – 35? Jo versuchte, sich den kräftigen Mann aus dem Weinberg in Erinnerung zu rufen.

»Was denkst du?«, fragte Kati.

»Ich bin nicht sicher«, erwiderte Jo. »Ich müsste ihn im Stehen sehen.«

»Er hat ungefähr dieselbe Größe und bewegt sich wie der Mann, den wir verfolgt haben.«

»Wo ist sein Motorrad?«

»Da vorn an der Straße.«

Jo spähte angespannt durch das Fernglas.

»Zu dumm, dass wir das Nummernschild nicht sehen können«, äußerte er bedauernd. Obwohl er in den Weinber-gen nur einen kurzen Blick auf das Motorrad erhascht hatte, war er sich sicher, dass es sich zumindest um den gleichen Typ handelte. Farbe und Größe stimmten jedenfalls überein. Jo schwenkte den Feldstecher zurück zu dem Mann in der Mulde. Er hatte sich nicht bewegt. Sein Blick war starr auf die Rückfront des Hauses gerichtet.

»Er sieht unheimlich aus, findest du nicht?«, meinte Kati. Es lag unbestreitbar etwas Düsteres in seinem Gesichtsausdruck.

»Wie lange ist er jetzt hier?«

Kati sah auf die Uhr.

»Gut eine Stunde.«

»Und er hat sich nicht von der Stelle bewegt?«

Sie schüttelte den Kopf.

»Wann bist du eingetroffen?«

»Etwas früher – gegen 8 Uhr«, antwortete Kati und grinste.

Er warf ihr einen ungläubigen Blick zu.

»Wenn ich gewusst hätte, wie langweilig Detektivarbeit ist, hätte ich mir was zum Lesen mitgenommen«, bekannte sie.

»Hast du was gegessen?«, fragte er.

»Ich bin bestens versorgt.«

Sie deutete auf einen olivefarbenen Rucksack, der neben ihr auf dem Boden lag.

»Willst du was? Ich hab noch ein belegtes Brötchen, zwei Schokoriegel und einen Apfel.«

Jo lehnte dankend ab.

»Hat sich sonst etwas getan?«, wollte er wissen.

»Nicht viel. Die Frau von Ehlers ist vormittags zum Einkaufen gefahren. Danach hat sie eine Stunde im Garten gearbeitet.«

»Und er?«

»Außer, dass er gegen 10 Uhr die Post reingeholt hat, hab ich von ihm nichts gesehen. Wahrscheinlich verschanzt er sich im Haus. Kein Wunder. Wenn ich wüsste, dass ein verrückter Killer hinter mir her ist, würde ich auch in Deckung bleiben.«

»Nutzt dir auf Dauer nicht viel. Irgendwann musst du raus. Außerdem könnte er in der Nacht kommen, wenn du schläfst.«

»Denkst du, Ehlers ist bewaffnet?«

»Wenn er Jäger ist, hat er definitiv Waffen im Haus. Soweit ich weiß, muss er die in einem Waffenschrank einsperren.«

»Kann ja keiner kontrollieren, ob er eine Pistole im Haus mit sich herumschleppt.«

»Außer die Aufsicht kommt.«

Kati lachte.

»Kannst du vergessen. Mein Bruder hat seit drei Jahren einen Jagdschein. Da ist noch niemand wegen einer Kontrolle vorbeigekommen. Er musste lediglich die Rechnung über den Kauf seines Waffenschranks an die Kreisverwaltung schicken.«

»Wieso hast du dich auf die Lauer gelegt?«

»War doch gut, dass ich es gemacht habe.«

»Das ist nicht der Punkt. Du hast Riesenglück gehabt, dass der Typ ausgerechnet heute aufgekreuzt ist.«

»Meine Oma sagt immer, das Glück ist mit den Tüchtigen.«

»Hat sie auch einen Spruch auf Lager, dass man sich nicht unnötig in Gefahr begeben soll?«

»Was machst du dir darüber einen Kopf? Er hat mich nicht gesehen und jetzt bist du zu meinem Schutz hier.«

»Für dich ist das alles ein Spaß, oder?«

»Keineswegs. Soll ich die Polizei rufen?«

»Was willst du denen sagen?«

»Dass wir den Mörder gefunden haben.«

»Vielleicht ist er nur jemand, der genauso neugierig ist wie du.«

»Ernsthaft? Wie sollte er auf Gerd Ehlers gestoßen sein? Oder hast du ihn im Wald hinter der Jagdhütte gesehen?«

»Nein«, gab Jo widerwillig zu. »Trotzdem sollten wir zuerst herausfinden, wer er ist.«

»Wie willst du das anstellen?«

»Wir hängen uns an ihn dran.«

»Und wenn er uns entkommt?«

»Einer von uns kann runter zum Motorrad gehen und das Nummernschild aufschreiben.«

»Ich weiß nicht. Was, wenn er heute Nacht etwas unternimmt? Wir können ihn nicht rund um die Uhr überwachen. Außerdem habe ich keinen Sportwagen. Wenn er mit dem Motorrad Gas gibt, ist er weg.«

Diesem Argument konnte Jo wenig entgegensetzen. Andererseits war die Vorstellung, das alles Hauptkommissar Wenger erklären zu müssen, alles andere als prickelnd. Während Jo über das weitere Vorgehen nachdachte, spürte er, wie Kati sich neben ihm versteifte. Sie presste das Fernglas gegen die Augen und starrte angespannt nach unten.

»Er ist aufgestanden«, sagte sie atemlos. »Ich glaube, er will zum Haus!«

Sie riss ihr Mobiltelefon aus der Tasche und drückte hastig darauf herum.

»Was tust du?«, fragte Jo.

»Ich rufe die Polizei.«

»Stopp!«, befahl Jo. Aber es war zu spät.

»Wieland«, meldete sich der Oberkommissar.

»Hier ist Kati Müller. Sie müssen einen Streifenwagen schicken.«

»Wie bitte?«

»Wir haben den Mörder entdeckt. Es ist der Mann aus dem Weinberg. Er ist gleich beim Haus von Gerd Ehlers.«

Die Worte sprudelten nur so aus ihr heraus. »Ich geb Ihnen die Adresse.«

»Nicht nötig, ich weiß, wo Ehlers wohnt«, gab der Oberkommissar zurück. »Was machen Sie dort überhaupt und wieso …« Wieland wurde bewusst, in welcher Situation Kati sich befand.

»Ich schicke einen Streifenwagen. Bleiben Sie, wo Sie sind. Gehen Sie kein Risiko ein, verstanden?«

»Beeilen Sie sich!«, drängte sie und legte auf.

»Komm! Los!« Kati sprang auf und stürzte den Hang hinunter.

»Bleib stehen!«, rief Jo ihr hinterher. Sie beachtete ihn nicht und lief unbeirrt weiter. Jo fluchte. Als er sich in Bewegung setzte, hatte sie bereits einen guten Vorsprung.

Kriminalkommissar Brückner stieg aus dem Wagen und sah sich auf dem Hof um. Mit entschlossenen Schritten steuerte er auf das Haus zu. Kriminalassistentenanwärter Paul Hansen folgte in seinem Schlepptau. Ehe Brückner an die Tür klopfen konnte, wurde diese von innen aufgerissen. Kurt Sauer stand im Türrahmen.

»Was wollen Sie?«, knurrte der Landwirt, ohne sich mit einer Begrüßung aufzuhalten.

»Auf Ihrem Hof soll es zwei weitere ukrainische Ostarbeiter geben«, sagte Brückner. Er zog ein Notizbuch aus der Tasche und blätterte darin. »Der eine heißt Dmytro Shevcik und der andere Bohdan Rudenko. Stimmt das?«

»Ja«, brummte Sauer. »Was wollen Sie von den beiden?«

»Mit ihnen sprechen.«

»Weswegen?« Der Landwirt sah den Kriminalkommissar misstrauisch an.

»Es gibt noch Fragen im Zusammenhang mit dem Tod von Maria Dabrowski.«

»Ich dachte, der Fall sei abgeschlossen«, erwiderte Sauer unwillig. »Sie haben Yurchenko, was wollen Sie von den anderen?«

»Offene Fragen klären.«

»Hat er nicht gestanden? Ich dachte, die Kriminalpolizei hat dafür Verhörspezialisten.«

»Machen Sie sich darüber keine Gedanken.«

»Wenn Sie ihn mir überlassen, prügel ich die Wahrheit aus ihm heraus«, bot Sauer an, »So einen wie Yurchenko muss man mit harter Hand anfassen, sonst spurt er nicht.«

»Vielen Dank für den Hinweis«, antwortete Brückner kühl. »Wenn's recht ist, würden wir gern mit den Ukrainern sprechen.«

»Der Führer hat versprochen, dass mit Kriminellen kurzer Prozess gemacht wird. Vor allem mit so einem Hundesohn, der sich an einem unschuldigen Mädel vergreift. Wenn es nach mir ginge, würde ich ihn am nächsten Baum ...«

»Es reicht, Sauer!«, fuhr Brückner den Landwirt an. »Holen Sie auf der Stelle die beiden Ukrainer, sonst werde ich ungemütlich.«

»Sie sind im Stall. Wenn sie mit ihrer Arbeit fertig sind, können Sie mit ihnen reden.«

»Nein. Wir sprechen jetzt mit ihnen.«

»Wie Sie wollen.«

Die Kriminalbeamten folgten dem Landwirt zum Stall.

»Sie nehmen sie aber nicht mit auf die Wache, verstanden? Mir fehlen hinten und vorne Arbeitskräfte auf dem Hof. Ich kann keinen Mann entbehren.«

»Kein Problem. Wenn Sie uns einen Raum zur Verfügung stellen.«

»Sie können in die gute Stube gehen. Da stört Sie keiner.«

Brückner nickte.

Sauer öffnete die Tür. Heftiger Gestank schlug ihnen entgegen. Paul Hansen blieb ruckartig stehen.

»Sie kommen nicht vom Land, was?«, fragte der Kriminalkommissar. Hansen nickte. Er war blass geworden.

»Wenn Sie Mordermittler werden wollen, gewöhnen Sie sich besser an üble Gerüche«, meinte Brückner. Ohne zu zögern, betrat er den Schweinestall. Zwei Männer in Arbeitsmontur waren dabei, einen der Verschläge auszumisten. Sie sahen die drei erstaunt an.

»Kommt her«, befahl Sauer barsch. Die Ukrainer legten ihre Mistgabeln beiseite.

»Das ist Kriminalkommissar Brückner. Er ermittelt wegen dem Mord an Maria«, erklärte Sauer.

»Wir nix wissen«, sagte einer der beiden Arbeiter. Er hatte ein ausgemergeltes Gesicht und einen unsteten Blick.

»Das werden wir sehen«, antwortete Brückner, wobei er die Männer aufmerksam musterte.

»Geht mit ihm hinüber in die Stube. Aber zieht eure Stiefel aus, bevor ihr das Haus betretet«, wies Sauer sie an. »Und setzt euch ja nicht hin mit euren dreckigen Klamotten.«

Die Ukrainer nickten und trotteten hinter Brückner her. Der Kriminalkommissar lächelte, als er an Hansen vorbeimarschierte. Der junge Mann war an der Tür stehen geblieben und versuchte, möglichst wenig von der Stallluft einzuatmen.

Als sie in der Stube angekommen waren, setzten die Kriminalbeamten sich. Wie befohlen blieben die Ukrainer stehen.

»Wer von Ihnen ist Bohdan Rudenko?«, wollte Brückner wissen.

Der Mann mit dem unsteten Blick hob die Hand.

»Dann sind Sie Dmytro Shevcik«, stellte der Kriminalkommissar fest und sah den anderen Mann an.

Dieser nickte.

»Seit wann sind Sie im Reich?«

»Ich sechs Monate, Dmytro fünf Wochen«, erklärte Rudenko.

»Kann er nicht selbst antworten?«

»Dmytro versteht bisschen, aber nix spricht Deutsch«, erläuterte der Ukrainer. »Ich übersetzen für ihn.«

Brückner war davon nicht begeistert. Er hätte Shevcik lieber direkt befragt.

»Sie kennen Jaroslav Yurchenko?«

Die Männer nickten.

»Gut?«

»Wir arbeiten zusammen und teilen uns Kammer«, sagte Rudenko.

»Sie wissen, was ihm vorgeworfen wird?«

»Ja.«

»Denken Sie, er hat es getan?«

Rudenko verneinte.

»Warum nicht?«

»Jaroslav ist anständiger Mensch.«

»Er soll sich für Maria interessiert haben.«

»Maria ist schönes Mädchen gewesen. Viele Männer haben ihr hinterhergeguckt.«

»Bei ihm war es mehr als das. Er ist handgreiflich geworden.«

»Davon ich nix wissen.«

»Und Sie?«

Brückner sah Shevcik an. Rudenko übersetzte die Frage. Der zweite Ukrainer schüttelte den Kopf.

»Yurchenko behauptet, er hätte den fraglichen Tag mit Ihnen verbracht.«

»Das ist richtig. Wir haben in Scheune und in Stall gearbeitet. Am Abend wir haben in unserer Kammer gegessen und Karten gespielt.«

»Sie alle drei?«

»Ja.«

»Ist Yurchenko dazwischen weg gewesen?«

»Nur für Toilette.«

»Wie lang war das?«

»Fünf Minuten.«

»Sie können also bezeugen, dass er den ganzen Tag und den Abend bei Ihnen gewesen ist?«

Der Ukrainer nickte.

»Wir haben bis 9 Uhr gespielt. Danach haben wir uns hingelegt zum Schlafen.«

»Sie sind sicher, dass er die Kammer nicht mehr verlassen hat?«

»Ja. Boden knarzt. Wenn einer zur Toilette geht, alle wachen auf.«

»Wieso haben Sie nicht gemeldet, dass Yurchenko ein Alibi hat?«, fragte Brückner.

»Wir haben unserem Bauer gesagt.«

Die Kriminalbeamten sahen sich an. Davon hatte Sauer ihnen gegenüber nichts erwähnt.

»Wieso sind Sie nicht selbst zur Polizei gegangen?«

»Wir haben Bauer gesagt. Damit Sache erledigt, oder?«

»Nein. Wir müssen Ihre Aussage aufnehmen.«

»Haben Sie mit anderem Mann gesprochen?«, fragte Rudenko unvermittelt.

»Mit wem?«

»Er ist öfter in der Nähe von Hof gewesen. Er hat ein paarmal mit Maria gesprochen.«

»Sie kannte ihn?«

Der Ukrainer nickte.

»War er ihr Freund?«

»Nein, er war nur Bekannter. Maria immer zu allen nett gewesen. Manchmal Männer haben das falsch verstanden.«

Rudenko hielt inne. Erst jetzt schien ihm bewusst zu werden, was seine Aussage bedeutete. Er biss sich auf die Lippen.

»Wer ist dieser Mann? Wissen Sie seinen Namen?«

Der Ukrainer schüttelte den Kopf.

»Wie sah er aus? Können Sie ihn beschreiben?«

Rudenko zögerte. Die Fragen waren ihm sichtlich unangenehm.

»Rück raus damit!«, rief Brückner ungehalten. Er war unwillkürlich ins »Du« verfallen. »Hast du ihn auch gesehen?«, fragte er den zweiten Ukrainer. Shevcik flüsterte seinem Kollegen etwas zu.

»Wir keinen Ärger wollen«, sagte Rudenko.

»Den werdet ihr aber bekommen, wenn ihr nicht mit der Wahrheit herausrückt«, drohte der Kriminalkommissar. Die Männer sahen sich verunsichert an. Schließlich begann Rudenko zu reden.

Als Jo Kati einholte, war sie fast am Gartenzaun angelangt. Der stämmige Mann mit dem düsteren Blick, den sie beobachtet hatten, stand in der Mitte des Hofs und starrte auf die Eingangstür.

»Ehlers, komm raus!«, schrie er und machte einen Schritt auf das Haus zu.

Kati blieb stehen. Atemlos beobachtete sie die Szenerie.

»Gerd Ehlers, wo bist du? Ich will mit dir reden!«

Der stämmige Mann ballte die Fäuste. Die Tür öffnete sich einen Spaltbreit. Das Gesicht einer Frau wurde sichtbar.

»Wer sind Sie? Was wollen Sie von meinem Mann?«, fragte sie mit unsicherer Stimme.

»Ehlers, warum versteckst du dich vor mir?«, brüllte der Eindringling. »Komm heraus, ich will dir in die Augen sehen.«

»Bitte verlassen Sie unser Grundstück. Sonst hole ich die Polizei«, drohte die Frau nun resoluter.

Der stämmige Mann ließ sich davon nicht beirren und näherte sich weiter. Die Frau schlug die Türe zu.

»Ehlers, die Rache des Herrn ist nah! Du kannst dich nicht davor verstecken«, brüllte der stämmige Mann. Er schien immer wütender zu werden. »Ehlers, du elender Feigling, komm raus!«

Die Tür wurde aufgerissen. Die korpulente Gestalt des Hausherrn tauchte auf. Er füllte fast den ganzen Rahmen aus. In der Hand hielt er einen Revolver.

»Verlassen Sie mein Grundstück!«, forderte Ehlers den Eindringling auf. Ein Lächeln glitt über dessen düstere Gesichtszüge. Dadurch wirkte er noch unheimlicher. Wortlos starrte er Ehlers an. Dieser schien unschlüssig, was er tun sollte. Der stämmige Mann machte einen Schritt auf ihn zu. Ehlers riss die Waffe nach oben und richtete sie auf den Eindringling. Seine Hand zitterte erkennbar. Jo spürte, wie sein Hals trocken wurde. Der stämmige Mann machte einen weiteren Schritt auf ihn zu.

»Bleiben Sie stehen, sonst schieße ich!« Die Stimme von Ehlers überschlug sich fast.

»Meinst du ich habe davor Angst?«

Der stämmige Mann deutete auf die Waffe und lachte verächtlich.

»Du kannst mir nichts antun, was ich nicht bereits durchlitten hätte«, sagte er.

Kati griff nach der Klinke des Gartentürchens, aber Jo hielt sie am Arm fest.

»Wir müssen etwas unternehmen«, flüsterte sie.

»Sie sollten auf Herrn Ehlers hören und gehen«, rief Jo dem stämmigen Mann zu. Der Angesprochene drehte sich um und sah Kati und Jo an. In seinen Augen lag ein manisch entrückter Ausdruck.

»Ich habe den Racheengel gesehen«, rief er zusammenhanglos. »Den Racheengel des Herrn.«

Jo nickte ihm beruhigend zu.

Der stämmige Mann nestelte an seinem Kragen und zog ein silbernes Kreuz hervor, das er um den Hals trug.

»Er wird am Kreuz für seine Sünden büßen. So wie unser geliebter Heiland.«

Gerd Ehlers wurde blass. Der Revolver in seiner Hand begann, noch stärker zu zittern.

»Das Ende ist nah«, erklärte der stämmige Mann beschwörend. »Ich hab den Engel gesehen.«

In dem Moment hörten sie ein Martinshorn. Mit hoher Geschwindigkeit raste ein Streifenwagen die Straße entlang. Mit quietschenden Reifen hielt er an. Zwei Beamte sprangen heraus und liefen auf das Grundstück zu. Der erste sah die Waffe in Ehlers Hand und riss die Pistole aus dem Holster.

»Fallen lassen!«, schrie er den Hausherrn an.

Der zweite Streifenbeamte hatte ebenfalls seine Dienstwaffe gezückt. Er war deutlich älter als sein Kollege.

»Legen Sie den Revolver langsam auf den Boden«, befahl er. Ehlers nickte.

»Ich habe mich nur verteidigt«, sagte der korpulente Mann, während er der Aufforderung Folge leistete. »Er hat unberechtigt mein Grundstück betreten und mich bedroht.«

Anklagend deutete er auf den stämmigen Mann, der die Beamten mit ausdrucksloser Miene musterte.

»Er wollte nicht gehen, obwohl ich ihn mehrfach dazu aufgefordert habe und meine Frau auch.«

»Das werden wir alles in Ruhe klären«, antwortete der ältere Beamte trocken. »Machen Sie einen Schritt zurück.«

Der jüngere Polizist steckte seine Waffe zurück ins Holster, betrat das Grundstück und ging zielgerichtet auf den am Boden liegenden Revolver zu. Nachdem er ihn an sich genommen hatte, entspannten sich die Beamten sichtlich.

»Ist der Revolver echt?«, wollte der ältere Polizist wissen. Ehlers nickte.

»Ich bin Jäger. Die Waffe ist ordnungsgemäß eingetragen.«

»Das prüfen wir gleich. Aber zunächst zu Ihnen.« Der ältere Polizist wandte sich an den stämmigen Mann.

»Wie ist Ihr Name?«

Der Angesprochene schwieg.

»Stimmt es, dass Sie das Grundstück trotz mehrfacher Aufforderung des Eigentümers nicht verlassen haben?«

Der stämmige Mann machte keine Anstalten zu antworten.

Der Streifenbeamte seufzte.

»Ich nehme an, Sie wollen Anzeige erstatten?«, fragte er, an Ehlers gerichtet.

»Selbstverständlich.«

Der Beamte nickte und wandte sich wieder an den Eindringling.

»Da Sie nicht gewillt sind, uns Ihre Personalien zu geben, müssen wir Sie mit aufs Revier nehmen.«

Widerstandslos ließ der stämmige Mann sich festnehmen. Der jüngere Polizist legte ihm Handschellen an und brachte ihn zum Streifenwagen. Der ältere Beamte ließ sich vom Hausherrn die Ereignisse vor dem Eintreffen der Polizei schildern. Nachdem er sich vergewissert hatte, dass der Revolver in dessen Waffenbesitzkarte eingetragen war, gab er Ehlers die Waffe zurück.

»Alles korrekt. Allerdings muss ich Sie darauf hinweisen, dass wir eine waffenrechtliche Zuverlässigkeitsprüfung veranlassen werden.«

»Gegen mich? Wieso? Ich befinde mich auf meinem eigenen Grund und Boden.«

»Der Täter hat Sie nicht unmittelbar körperlich bedroht. Sie hätten im Haus bleiben und unser Eintreffen abwarten können. Es war nicht erforderlich, Ihre Waffe aus dem Tresor zu holen.«

»Ich muss abwarten, bis ein Wahnsinniger auf mich losgeht, bevor ich mich verteidigen darf? Das ist unerhört«, schnaubte Ehlers. »Ich werde meinen Anwalt anrufen.«

»Ist Ihr gutes Recht.«

Ehlers drehte sich um und stapfte wutentbrannt zurück ins Haus.

»Sie und Ihre Frau müssen eine Aussage machen und das Protokoll unterschreiben«, rief der Polizist ihm hinterher. Ohne ein weiteres Wort schlug Ehlers die Tür hinter sich zu. Der Beamte schüttelte den Kopf.

»Nun zu Ihnen«, wandte er sich an Kati und Jo.

»Sie haben uns alarmiert?«

Kati nickte.

»Was haben Sie hier gemacht?«

»Wir sind zufällig vorbeigekommen«, antwortete Jo.

»Da habe ich anderes gehört. Sie werden uns aufs Präsidium begleiten«, erklärte der ältere Beamte in einem Ton, der keinen Widerspruch duldete.

»Können wir mit unseren eigenen Autos fahren?«, fragte Kati.

»Natürlich. Kennen Sie den Weg?«

»Klar.«

KAPITEL 25

Jo rutschte unruhig auf seinem Stuhl hin und her. Seit einer Viertelstunde saßen Kati und er in einem Besprechungsbüro des Polizeipräsidiums in Koblenz und warteten darauf, vernommen zu werden.

»Warum hast du die Polizei angerufen?«, fragte Jo vorwurfsvoll. »Jetzt kriegen wir mächtig Ärger.«

»Hätten wir zusehen sollen, wie dieser Typ auf Ehlers losgeht?«

»Wie du gesehen hast, war er sehr gut selbst in der Lage, sich zu verteidigen.«

»Woher hätte ich das wissen sollen? Außerdem wäre vielleicht Schlimmeres passiert, wenn wir nicht die Polizei gerufen hätten.«

»Schön. Aber warum hast du bei Wieland angerufen und nicht beim Notruf?«

»Bis ich denen alles erklärt hätte, wäre eine halbe Stunde vergangen.«

»Du hättest sagen können, da bricht jemand ein. Das hätte ihnen genügend Beine gemacht.«

»Lässt sich nicht mehr ändern.«

»Wenn Wenger kommt, überlässt du mir das Reden, verstanden?«

»Ja, Boss«, antwortete sie pikiert. Die Tür öffnete sich und der Hauptkommissar betrat den Raum. In seinem Schlepptau folgte Oberkommissar Wieland. Beide hatten einen ernsten Gesichtsausdruck. Sie setzten sich. Wenger sah sie schweigend an.

»Was an meiner Anweisung, sich aus dem Fall herauszuhalten, haben Sie nicht verstanden?«, eröffnete der Hauptkommissar das Gespräch.

»Ich weiß nicht, was Sie meinen«, antwortete Jo. »Wir waren zufällig in Nastätten spazieren und haben einen Mann gesehen, der unberechtigt ein Grundstück betreten hat.«

»Hören Sie auf mit dem Quatsch. Für wie dämlich halten Sie uns?«, rief Wenger wütend. »Sie haben den Mann, den Sie für den Mörder halten, beschattet, ohne uns zu informieren.«

»Das stimmt nicht«, widersprach Jo.

»Sie bringen sich und Ihre Mitarbeiterin in ernste Schwierigkeiten. Wenn Sie uns absichtlich in die Irre geführt haben, nur um selbst einen Vorsprung zu haben, haben Sie einen mutmaßlichen Mörder gedeckt. So etwas nennt man Beihilfe!«

»Unsinn!«, rief Kati. »Wir haben Ihnen alle Informationen gegeben, die wir hatten. Es ist nicht unsere Schuld, wenn Sie damit nichts anfangen.«

»Wie sind Sie dem Mann auf die Spur gekommen?«, schaltete Wieland sich ein. »Wenn Sie sein Gesicht nicht gesehen haben, wie Sie uns gegenüber behauptet haben, und das Nummernschild auch nicht, wie konnten Sie ihn ausfindig machen?«

»Haben wir nicht. Es ist, wie Herr Weidinger gesagt hat: Wir waren zufällig in der Gegend spazieren und der Mann ist uns aufgefallen.«

»Weil er wie ein potenzieller Einbrecher aussah oder weil Sie ihn für den Mann aus den Weinbergen hielten?«

Kati biss sich auf die Lippen.

»Sein Motorrad sieht so ähnlich aus wie das, das wir in den Weinbergen gesehen haben. Und von der Figur her könnte es ebenfalls passen.«

»Sie sind nicht sicher, dass es derselbe Mann ist?«

»Nein«, gab Kati widerstrebend zu.

»Und Sie?«

Wieland sah Jo an.

»Ich auch nicht.«

»Aber am Telefon klangen Sie felsenfest davon überzeugt.«

»Er hat das Haus von Gerd Ehlers aus einem Versteck beobachtet. Als er darauf zumarschiert ist, hatte ich keine Zweifel, dass es der Mörder ist«, antwortete Kati.

»Sie waren also nicht hinter dem Mann auf dem Motorrad her, sondern haben Gerd Ehlers überwacht«, stellte der Hauptkommissar fest.

Kati blickte unsicher zu Jo hinüber.

»*Sie* haben uns den anonymen Brief geschickt, stimmt's?«, sagte Wieland ihnen auf den Kopf zu.

Jo schwieg.

»Wie sind Sie auf die Verbindung von Gerd Ehlers zu den Toten gestoßen und wieso haben Sie sich bei seinem Haus herumgetrieben?«, fragte Wenger.

»Dazu sage ich nichts«, antwortete Jo.

»Verdammt noch mal, Herr Weidinger! Sie erzählen uns alles, was Sie wissen!«, rief Wenger aufgebracht und schlug mit der flachen Hand auf den Tisch. Kati zuckte erschrocken zusammen.

»Ich belaste mich nicht selbst«, entfuhr es Jo.

»Wir gehen nicht gegen Sie vor«, versprach Wieland. Die Ader an Wengers Stirn pochte. Man konnte ihm ansehen, wie schwer es ihm fiel, sich zurückzuhalten.

»Wenn Sie mir keine Zusicherung geben, sage ich gar nichts«, beharrte Jo.

»Was haben Sie angestellt, um an die Information zu kommen? Sind Sie bei jemandem eingebrochen?«

Jo schüttelte den Kopf.

»Möglicherweise habe ich heimlich ein Gespräch belauscht«, erklärte er vorsichtig.

»In einem Haus?«

»Nein. Ich habe es durch das gekippte Fenster gehört.«

»Das ist nicht illegal«, ermutigte Wieland ihn.

»Auch nicht, wenn man dafür unerlaubt ein Grundstück betreten hat?«

»War es eingezäunt?«

»Nein.«

»Hausfriedensbruch liegt nur vor, wenn man ein umfriedetes Grundstück betritt. Außerdem ist es ein Vergehen, das auf Antrag verfolgt wird. Wenn der Eigentümer Sie nicht zum Verlassen des Grundstücks aufgefordert hat, haben Sie nichts zu befürchten.«

»Stimmt das?«, fragte Jo Hauptkommissar Wenger. Dieser nickte widerstrebend.

»Na gut«, gab Jo nach und berichtete, wie er auf Helmut Stehr und Gerd Ehlers gestoßen war und wie Kati und er weiter vorgegangen waren. Als er geendet hatte, starrte Wenger ihn fassungslos an.

»Sie sind auf ein mögliches Motiv für einen Doppelmord gestoßen und haben sich entschieden, es uns vorzuenthalten?«

»Bei unserer letzten Begegnung haben Sie gedroht, dass Sie gegen mich vorgehen werden, wenn mein Name nochmals bei dieser Ermittlung auftaucht. Darauf wollte ich es nicht ankommen lassen.«

»Sie wollen *mir* die Schuld für Ihr unmögliches Verhalten zuschieben?« Die Zornesröte stieg Wenger ins Gesicht.

»Ich bin viel zu lange geduldig mit Ihnen gewesen. Sie haben eine Mordermittlung behindert. Das wird Konsequenzen für Sie haben!«

»Sie haben zugesagt, dass Jo keinen Ärger bekommt!«, rief Kati empört.

»Einen Dreck habe ich. Kollege Wieland hat sich diesbezüglich aus dem Fenster gelehnt. Ich werde den Vorgang an die Staatsanwaltschaft weiterleiten. Diese wird entscheiden, ob sie ein Verfahren gegen Herrn Weidinger eröffnet.«

»Das können Sie nicht machen!«, protestierte Kati. »Ohne unsere Hilfe hätten Sie den Mörder nie dingfest gemacht.«

»Ob der Mann etwas mit den Morden zu tun hat, muss sich erst noch herausstellen«, antwortete Wenger.

»Das finde ich unmöglich. Ich werde mich bei der Staatsanwaltschaft über Sie beschweren!« Katis Augen funkelten wütend.

»Passen Sie auf, dass Sie nicht selbst in die Bredouille kommen!«, gab Wenger übellaunig zurück. Das war zu viel für Kati. Sie sprang auf, rauschte aus dem Büro und knallte die Tür hinter sich zu. Jo blieb einen Augenblick gedankenverloren sitzen. Dann erhob er sich wortlos und folgte ihr.

Als Jo den Parkplatz vor dem Polizeipräsidium betrat, stutzte er. Kati war nicht weggefahren, sondern stand mit verschränkten Armen vor seinem Wagen und wartete auf ihn.

»Es tut mir leid«, erklärte sie zerknirscht.

»Ist nicht deine Schuld«, antwortete er.

»Wenn ich nicht die Polizei gerufen hätte, wärst du nicht in dieser Situation«, sagte sie selbstkritisch.

»Du hast gemacht, was du für richtig gehalten hast. Wer weiß, was sonst passiert wäre. Hat nicht viel gefehlt und Ehlers hätte abgedrückt.«

»Es wäre trotzdem besser gewesen, anonym anzurufen.«

»Kann man nicht mehr ändern.«

»Das Verhalten von Wenger ist absolut inakzeptabel. Sie versprechen, dass sie nicht gegen dich vorgehen, wir sagen ihnen alles und das ist der Dank dafür.«

»Irgendwann musste es so kommen. Ist schließlich nicht das erste Mal, dass ich Wenger in die Quere komme.«

»Meinst du, wir bekommen eine Strafe?«, fragte sie kleinlaut.

»So weit sind wir noch nicht. Selbst wenn Wenger uns anzeigt, heißt es nicht, dass die Staatsanwaltschaft etwas unternimmt.«

Die Aussicht, Ärger mit der Justiz zu bekommen, schien Kati zu beunruhigen. Von ihrem sonst demonstrativ zur Schau gestellten Selbstbewusstsein war nicht mehr viel zu spüren.

»Ich werde nachher mit Doktor Frank telefonieren«, versprach Jo. »Vielleicht kann er ein gutes Wort beim Staatsanwalt für uns einlegen.«

Doktor Frank war ein bekannter Strafverteidiger aus Frankfurt, der regelmäßig ins »Waidhaus« zum Essen kam.

»Der ist doch viel zu teuer«, sagte sie.

Jo lachte.

»Wenn es was kostet, übernehme ich die Hälfte«, bot sie an.

»Nicht nötig«, winkte er ab. »Ich hab 'ne Rechtschutzversicherung.«

»Ihr Name ist Friedrich Menz«, eröffnete Hauptkommissar Wenger das Gespräch. Der breitschultrige Mann, der ihm und Oberkommissar Wieland im Verhörraum gegenübersaß, verzog keine Miene.

»Warum haben Sie den Beamten, die Sie festgenommen haben, nicht Ihre Personalien gegeben? Dachten Sie, wir finden nicht heraus, wer Sie sind?«

Menz sah sie weiter schweigend an.

»Sie haben widerrechtlich ein Grundstück betreten und den Hauseigentümer bedroht. Dafür können Sie mächtig Ärger bekommen«, fuhr Wenger fort.

»Ich habe niemanden bedroht«, erklärte Menz.

»Das haben wir anders gehört. Laut der Aussage von Gerd Ehlers haben Sie ihm mit dem Tod am Kreuz gedroht.«

»Das stimmt nicht. Ich habe ihn davor gewarnt, damit er umkehren kann.«

»Was meinen Sie mit umkehren?«, hakte Wieland nach.

»Er hat den Weg der Sünde beschritten und schlimme Dinge getan. Wenn er sie nicht bereut und den Herrn um Vergebung bittet, wird es ihm ergehen wie den anderen.«

»Mit den anderen meinen Sie Ernst Hoffmann und Hans Gruber.«

Menz nickte.

»Sie wissen, dass sie gekreuzigt und ermordet wurden?«

»Ja.«

»Woher? In den Zeitungen wurden die Namen abgekürzt.«

»Ich weiß es eben.«

»Haben Sie etwas damit zu tun?«

Der breitschultrige Mann sah die Beamten überrascht an.

»Es steht Menschen nicht an, Rache zu üben. Das darf nur Gott.«

»Sie sind davon überzeugt, dass die Kreuzigungen von Gott veranlasst wurden?«

Menz nickte wieder.

»Und wie genau hat Gott das bewerkstelligt?«

»Er hat einen Racheengel gesandt.«

»Aha.«

Die Kriminalbeamten sahen sich an.

»Wie genau sieht so ein Racheengel denn aus?«, wollte Wieland wissen. »Richtig mit Flügeln und so?«

Menz stutzte.

»Sie denken, ich bin verrückt.«

Ein Lächeln glitt über seine Züge.

»Nein, keineswegs«, versicherte der Oberkommissar. »Wir wollen nur verstehen, was Sie uns sagen.«

»Engel gibt es überall. Manche davon sind unsichtbar wie die Schutzengel, manche kann man sehen. Auf der Erde zeigen sie sich immer in Menschengestalt.«

»Dieser Racheengel, von dem Sie gesprochen haben, gehört zu den sichtbaren?«

»Ja.«

»Sieht er zufällig so aus wie Sie?«

Menz schüttelte den Kopf.

»Ich weiß, dass Sie mir nicht glauben. Engel sind real, auch wenn die meisten Menschen es nicht wahrhaben wollen. Ich habe den Racheengel gesehen und zwar mehr als einmal.«

»Beschreiben Sie ihn uns. Wie sieht er aus, Ihr Racheengel?«

Menz sah Wieland durchdringend an.

»Sie wollen ihn finden, um ihn von seiner Aufgabe abzuhalten«, stellte er fest. »Aber das können Sie nicht. Niemand kann einen Racheengel aufhalten. Es ist meine Aufgabe, ihn zu beobachten und seine Taten zu dokumentieren. Gott hat mich auf diese Mission gesandt.«

»Lassen wir das«, ging Hauptkommissar Wenger dazwischen. »Sie sagten, Gerd Ehlers, Hans Gruber und Ernst Hoffmann haben schlimme Dinge getan. Was waren das für Dinge?«

»Sie haben die Kirche betrogen.«

»Inwiefern?«

»Sie haben dafür gesorgt, dass unser Heim verkauft werden musste und haben es sich billig unter den Nagel gerissen. Deswegen sind wir in das andere Heim gekommen, in dem …«

Der breitschultrige Mann stockte.

»Sie sind dort missbraucht worden, stimmt's?«, fragte Wenger.

Menz schwieg.

»Waren die drei Männer an dem Missbrauch beteiligt?«, wollte der Hauptkommissar wissen.

»Ich möchte jetzt gehen«, sagte Menz und erhob sich abrupt.

»Sie gehen erst, wenn ich es erlaube«, rief der Hauptkommissar in scharfem Ton. »Setzen Sie sich!«

Wortlos leistete Menz der Aufforderung Folge.

»Laut Zeugenaussagen sind Sie an der Stelle gesehen worden, an der das Kreuz mit Hans Gruber gefunden wurde. Was haben Sie dort gemacht?«

Friedrich Menz verschränkte die Arme vor dem Körper und sah demonstrativ an den Beamten vorbei.

»Sie wissen, dass wir Sie hierbehalten können, wenn Sie nicht mit uns reden«, drohte Wenger. Der breitschultrige Mann schien davon unbeeindruckt. Die Kriminalbeamten bemühten sich, wieder ein Gespräch in Gang zu bekommen, aber Menz verweigerte beharrlich jede Antwort. Schließlich gaben sie frustriert auf und ließen ihn abführen.

»Was denkst du?«, fragte Wieland seinen Vorgesetzten.

»Bei dem sind definitiv ein paar Schrauben locker.«

»Laut den Profilern würde es passen. Du hast gesehen, wie er auf die Frage nach dem Missbrauch reagiert hat. Während sich viele Opfer vom Glauben abwenden, flüchten sich andere regelrecht in die Religion. Er hat offensichtlich religiöse Wahnvorstellungen.«

»Deswegen muss er nicht der Mörder sein. Möglicherweise üben die Taten auf ihn eine morbide Faszination aus. Er hat behauptet, er wollte Ehlers warnen. Das deckt sich mit dem Bericht der Kollegen. Jedenfalls hat er ihn nicht direkt bedroht. Wäre nicht der erste Fall, der einen verwirrten Geist anlockt.«

»Er hat zugegeben, dass er ein Motiv hat. Er gibt Ehlers

und den anderen die Schuld an dem, was ihm passiert ist. Das macht ihn eindeutig verdächtig«, beharrte Wieland.

»Ich weiß nicht. Er hat klipp und klar gesagt, dass es Menschen nicht zusteht, Rache zu üben. Es kam mir nicht so vor, als hätte er dabei gelogen.«

»Was, wenn er schizophren ist und der Racheengel eine zweite Persönlichkeit in seinem Kopf ist? Auf der bewussten Ebene will er das nächste Opfer warnen, weil er spürt, dass etwas Düsteres in ihm schlummert.«

»Du meinst wie bei Doktor Jekyll und Mister Hyde?«, spottete Wenger. »Tagsüber ist er ein anständiger Christ und geht brav in die Kirche, während er nachts als Gottes Racheengel durch die Gegend streift und Leute umbringt? Ich bin zwar kein Psychiater, aber Schizophrenie ist etwas komplexer, fürchte ich.«

»Mein Bauchgefühl sagt mir, dass mit dem Kerl etwas nicht stimmt.«

»Deines oder das von der hübschen Sommelière?«

»Was soll denn das heißen?«, fragte Wieland irritiert.

»Du hättest dich sehen sollen, wie du an ihren Lippen gehangen hast«, stichelte Wenger.

»So ein Unsinn«, verwahrte Wieland sich. »Ich hab genau zugehört. Das ist alles. Ich finde ihren Verdacht absolut nachvollziehbar.«

»Alles nur Fantastereien und Hirngespinste.«

»Sie haben Menz am Fundort von Hans Gruber gesehen und dann taucht er bei Gerd Ehlers vor der Tür auf. Das kann kein Zufall sein.«

»Weder Weidinger noch seine Sommelière können bestätigen, dass es sich um dieselbe Person handelt. Auf der Basis bekommen wir niemals einen Haftbefehl.«

»Du kannst Menz unmöglich laufen lassen.«

»Er war nicht bewaffnet, als er das Grundstück betreten

hat. Oder habt ihr den Elektroschocker bei ihm gefunden, mit dem die Opfer kampfunfähig gemacht wurden?«

»Nein«, gab Wieland widerstrebend zu.

»Wie ist es mit Fingerabdrücken?«

Der Oberkommissar schüttelte den Kopf.

»Kurz gesagt: Wir haben gar nichts.«

»Aufgrund des Hausfriedensbruchs können wir ihn zumindest für 24 Stunden festhalten.«

»Und was hilft uns das?«

»Ich habe einen Gentest veranlasst. Die Kollegen arbeiten mit Hochdruck daran. Sie haben mir die Ergebnisse für morgen Nachmittag zugesagt. Wenn sein genetischer Fingerabdruck mit den Spuren von den Tatorten übereinstimmt, haben wir ihn.«

»Was ist mit Ehlers, hast du mit ihm gesprochen?«

»Ich hab ihn angerufen.«

»Hast du ihn auf den Betrug angesprochen?«

»Nein. Er wollte erst mit seinem Anwalt reden. Die Kollegen haben ihm eine Überprüfung seiner waffenrechtlichen Tauglichkeit angekündigt. Darüber war er sehr ungehalten. Ich habe ihn für morgen früh ins Präsidium bestellt.«

»Was ist mit dem anderen, diesem Helmut Stehr?«

»Mit dem müssen wir noch sprechen.«

»Klemm dich hinters Telefon. Wir müssen Klarheit in die Angelegenheit bringen. Worum geht es bei diesem ominösen Betrug, wer war daran beteiligt und wer waren die Leidtragenden? Schließlich könnte jeder von ihnen der Täter sein.«

»Okay. Ich werde das Nötige veranlassen.«

Wieland erhob sich, blieb jedoch abwartend stehen.

»Ist noch was?«

»Was machen wir mit Menz?«

»Das überlege ich mir noch. Ich sperre jedenfalls niemanden ein, nur weil ein hergelaufener Koch und seine vorlaute Sommelière sich eine bunte Räuberpistole ausgedacht haben.«

»Meines Erachtens wäre es ein schwerer Fehler, ihn laufen zu lassen, bevor die Ergebnisse des Gentests vorliegen.«

»Das lass meine Sorge sein«, sagte Wenger von oben herab.

»Wie du meinst«, erwiderte Wieland und verließ das Büro.

Zurück im »Waidhaus«, ging Jo hinauf in seine Wohnung. Er suchte die Nummer von Doktor Frank heraus und rief den Anwalt an. Zu seiner Überraschung wurde er direkt zu dem Juristen durchgestellt.

»Herr Weidinger, was verschafft mir die Ehre Ihres Anrufs? Ich hoffe, es ist nicht wieder einer Ihrer Mitarbeiter unter Mordverdacht geraten«, sagte Doktor Frank launig.

»Nee, so schlimm ist es nicht«, antwortete Jo und grinste schief. Anschließend schilderte er dem Anwalt, was vorgefallen war.

»Sie sollten so etwas lassen«, tadelte Doktor Frank ihn. »Eine Mordermittlung ist kein Freizeitvergnügen.«

»Was kann ich dafür, wenn ich über eine Leiche stolpere?«

»Schlimm genug, dass es so ist. Jeder normale Mensch würde es der Polizei melden und damit hätte es sich. Woher kommt dieser Drang, die Sache selbst aufzuklären?«

Jo schwieg. Doktor Frank seufzte.

»Was rede ich Ihnen ins Gewissen? Sie sind alt genug. Was den Hausfriedensbruch angeht, müssen Sie sich keine Sorgen machen. Da die Jagdhütte frei zugänglich ist, sind die Voraussetzungen für Hausfriedensbruch nicht erfüllt. Was eine mögliche Strafvereitelung angeht, ist die Lage weniger eindeutig. Klar ist, dass Sie keine aktive Strafvereitelung begangen haben. Sie haben keine Ermittlungen behindert, Beweismittel beiseitegeschafft oder anders versucht, den Täter vor Strafverfolgung zu schützen. Im Gegenteil, Sie wollen an der Aufklärung der Taten mitwirken. Käme nur eine Tatbegehung durch Unterlassung infrage. Was diesen ominösen Betrug angeht – Sie sagten, einer der möglichen Täter habe die Tat als verjährt bezeichnet?«

»Korrekt.«

»Wenn dem so ist, müssen Sie nichts befürchten. Wenn eine Tat verjährt ist, kann es dafür keine Strafvereitelung geben. Aber selbst wenn es nicht so wäre, hatten Sie nicht die Absicht, die Täter vor Verfolgung zu schützen, sondern wollten ihre Namen in Erfahrung bringen. Danach haben Sie die Polizei in einem anonymen Schreiben davon in Kenntnis gesetzt. Das ist leichtsinnig und unorthodox, ich kann mir aber beim besten Willen nicht vorstellen, dass die Staatsanwaltschaft deswegen ein Ermittlungsverfahren gegen Sie oder Ihre Mitarbeiterin eröffnet.«

»Vielen Dank!«, sagte Jo erleichtert. »Was bin ich Ihnen für die Rechtsberatung schuldig?«

»Nichts«, antwortete Doktor Frank und lachte. »Es war für mich spannend zu hören, dass es in diesem Fall Bewegung gibt. Wie Sie sich vorstellen können, hat er in Justizkreisen gehörig für Aufsehen gesorgt.«

»Was, meinen Sie, wird als Nächstes passieren?«

»Nichts. Die Polizei wird den Mann laufen lassen.«

»Ausgeschlossen!«, widersprach Jo. »Sie hätten seinen Gesichtsausdruck sehen sollen. Es hat nicht viel gefehlt und er wäre auf Gerd Ehlers losgegangen.«

»Ist er aber nicht. Bei allem, was Sie mir geschildert haben, handelt es sich um vage Verdachtsmomente. Ein erfahrener Strafverteidiger wird sie mit Leichtigkeit zerpflücken. Sollte es keine Beweise wie Fingerabdrücke, Blut- oder Genspuren geben, die den Verdächtigen eindeutig mit den Taten in Verbindung bringen, wird kein Richter einen Haftbefehl erlassen.«

»Zumindest muss die Polizei ihn überwachen«, wandte Jo ein.

»Wie stellen Sie sich das vor? Sie können keine Dauerobservierung ohne konkrete Beweise anordnen. Sonst wäre Polizeiwillkür Tür und Tor geöffnet. Die Polizei kann ihn nach der vorläufigen Festnahme bis zum Ablauf des folgenden Tages in Gewahrsam behalten. Danach müssen sie ihn entweder dem Haftrichter vorführen oder ihn freilassen.«

Nach dem Telefonat setzte Jo sich in seinen Lieblingssessel am Fenster und blickte hinunter auf den Rhein. Er dachte darüber nach, was der Strafverteidiger gesagt hatte. Im Gegensatz zu Kati, die felsenfest davon überzeugt war, dass es sich bei dem breitschultrigen Mann um den Mörder handelte, war Jo sich nicht so sicher. Natürlich war es äußerst verdächtig, dass sie den Mann in den Weinbergen gesehen hatten und anschließend vor Gerd Ehlers Haus. Andererseits – warum hätte er Ehlers vorwarnen sollen, wenn er plante, ihn zu ermorden? Er musste damit rechnen, dass Ehlers die Polizei rief und diese seine Personalien aufnehmen würde. Warum sollte er sich ohne Not ins Fadenkreuz der Ermittlungen bringen? Wenn er nur gewusst hätte, um welche Art von Betrug es sich handelte und wer dadurch geschädigt worden war. Das hätte Kati und ihm die Möglichkeit eröffnet, sich weiter umzuhören. So waren ihnen die Hände gebunden. Zumal die Polizei jeden Stein umdrehen würde, sowohl was die Verbindung von Hoffmann und Gruber mit den anderen drei Männern anging als auch, wie der breitschultrige Mann in die Angelegenheit verwickelt war. Jedenfalls hielten Wenger und seine Kollegen dank seiner und Katis Hilfe nun alle Fäden in der Hand. Wenn sie Ehlers und Stehr in die Mangel nähmen, würde bestimmt einer mit der Wahrheit herausrücken. Vor allem bezüglich der Frage, wer der geheimnisvolle fünfte Mann war, bei dem es sich offensichtlich um den Drahtzieher handelte. Je länger Jo darüber nachdachte, umso mehr Fragen taten sich auf. Seufzend schob er die Gedanken daran beiseite. Wenger hatte ihnen hinlänglich klar gemacht, dass sie sich heraushalten sollten. Das würde er ab sofort auch tun, schwor er sich. Er brühte sich grünen Tee auf und beschloss, früh ins Bett zu gehen.

KAPITEL 26

Helmut Stehr erhob sich und stöhnte. Sein Rücken fühlte sich steif an und schmerzte bei jeder Bewegung. Er hatte den ganzen Tag über an der Reparatur einer Armbanduhr aus den 60er Jahren gearbeitet, die ein Kunde ihm am Vortag vorbeigebracht hatte. Er sollte nicht mehr so lange am Stück sitzen, dachte der alte Mann verdrießlich. Vorsichtig machte er einige Entspannungsübungen. Danach räumte er sein Werkzeug in die Schublade und schloss die Uhr im Safe ein. Als er auf die Straße hinaustrat, stellte er fest, dass alle anderen Geschäfte bereits geschlossen waren. Das Café gegenüber hatte am Montag Ruhetag, sodass sich außer ihm niemand in der engen Gasse aufhielt. Dennoch hatte er das Gefühl, dass er beobachtet wurde. Hastig sah er sich um, konnte jedoch niemanden entdecken. Mit zügigen Schritten marschierte er zur Fußgängerzone. Dort waren noch zahlreiche Menschen unterwegs, sodass er sich sicherer fühlte. Mit dem Auto fuhr er den Hang hinauf in Richtung Weiler und von dort weiter nach Waldalgesheim. Er bog in eine Seitenstraße ab. Sein kleines Anwesen lag am Ende der Straße, abseits von den anderen Häusern. Er hatte es damals bewusst so ausgesucht. Wenn er von der Arbeit nach Hause kam, wollte er seine Ruhe haben und nicht mit den Nachbarn ein Schwätzchen halten. Er parkte den Wagen in der Auffahrt. Wieder hatte er das Gefühl, dass er beobachtet wurde. Mit zusammengekniffenen Augen spähte er in alle Richtungen. Die Straße war wie leergefegt. Schnell trat er auf den Eingang zu, schloss auf und schlüpfte ins Haus. Danach verriegelte er sorgfältig die Tür hinter sich und hängte die Kette ein. Geschafft! Es war ihm ein Rätsel, wieso er in letzter Zeit so nervös war. Er war nie ein ängstlicher Typ gewesen und ließ sich normalerweise von nichts und niemandem aus der Ruhe bringen. Die Kreuzigungen von Ernst Hoffmann und Hans Gruber hatten ihn aus der Bahn geworfen. Rolf konnte sagen, was er wollte, Helmut Stehr war davon überzeugt, dass die Morde im Zusammenhang damit standen, was sie getan hatten. Seiner Meinung nach sollten sie zur Polizei gehen, reinen Tisch machen und Polizeischutz beantragen. Wenn Rolf nur nicht so engstirnig gewesen wäre. Als ob Geld und Ansehen das Wichtigste im Leben waren. Aber so war Rolf immer gewesen. Geltungssüchtig, herrisch und zu 100 Prozent von sich überzeugt. Er duldete keinen Widerspruch und verlangte bedingungslosen Gehorsam. In seiner Jugend hatte Stehr das beeindruckt. Er hatte Rolf bewun-

dert, vielleicht sogar beneidet für sein selbstsicheres Auf-
treten. Deswegen hatte er wie die anderen drei immer alles
getan, was Rolf von ihnen forderte. Je älter er geworden war,
umso mehr Zweifel waren ihm gekommen. Er hätte öfter
Nein sagen sollen, dachte er selbstkritisch. Über die Treppe
gelangte er in den ersten Stock und ging ins Schlafzimmer.
Er trat auf einen schmalen, graugestrichenen Metallschrank
zu. Er zog einen Schlüssel aus der Tasche, schloss auf und
öffnete ihn. Aus dem oberen Fach nahm er einen Revolver
heraus. Er fühlte sich kalt und schwer an. Vorsichtig klappte
er die Trommel heraus, nahm eine Handvoll Patronen aus
dem Schrank und lud die Waffe. Anschließend durchsuchte
er mit dem Revolver im Anschlag das gesamte Haus. Erst
das obere Stockwerk, anschließend das Erdgeschoss. Er
prüfte jedes Fenster, ob es ordnungsgemäß verschlossen
war, und ließ die Jalousien herunter. Als Letztes stieg er hinunter in den Keller. Er spürte jedes Mal ein beklemmendes
Gefühl, wenn er vor der Kellertür stand. Früher hatte er viel
Zeit in seinem Hobbyraum im Untergeschoss verbracht.
Damals, als seine Frau noch gelebt hatte und ihn am liebsten dauernd für die Hausarbeit eingespannt hätte. Er gab
sich einen Ruck und öffnete die Tür. Ein modriger Geruch
stieg ihm in die Nase. Er schaltete das Licht ein. Vorsichtig setzte er einen Schritt vor den anderen. Den Revolver
hielt er ausgestreckt in der rechten Hand. Am Treppenabsatz hielt er an und lugte um die Ecke. Wieder einmal ver-
fluchte er die Tatsache, dass der Keller so verwinkelt war.
Er trat auf die Metalltür zu, die zum Heizungskeller führte,
und drückte die Klinke herunter. Nichts tat sich. Er rüttelte
daran. Plötzlich gab die Tür mit lautem Quietschen nach. Er
erschrak und packte seine Waffe noch fester an. Sein Finger
lag schussbereit am Abzug. Mit der linken Hand fingerte er
nach dem Lichtschalter. Flackernd ging die Deckenlampe

an. Die Heizungsanlage brummte leise. Sonst war nichts zu hören. Er drückte die Tür schwungvoll auf, bis sie krachend an der Wand anschlug. Ein Lächeln glitt über sein Gesicht. Er konnte nicht sagen, wieso, aber er hatte immer die Befürchtung, dass sich hinter der Metalltür jemand verstecken könnte. Beruhigt verließ er den Heizungskeller und setzte seinen Kontrollrundgang fort. Vor dem letzten Raum blieb er stehen. Er drehte den Schlüssel zweimal im Schloss und stieß die Tür auf. Rechts und links zogen sich Regale an der Wand entlang. Früher waren sie mit Marmeladen- und Einweckgläsern gefüllt gewesen. Seine Frau hatte es geliebt, alle möglichen Obst- und Gemüsesorten einzulegen. Jetzt lagerten darin nur Konservendosen und die Getränkekästen. Unvermittelt machte er einen Satz nach vorn, wirbelte herum und hielt die Waffe in die Ecke hinter der Tür. Sie war leer. Er atmete auf. Wenn man ein unübersichtliches Gebäude durchsuchte, musste man als Erstes seine Flanke absichern, denn hinten hatte man bekanntlich keine Augen. So hatte er es beim Militär gelernt.

Er steckte den Revolver in die Jackentasche und durchschritt den Raum. Am hinteren Ende gab es eine Tür, die nach draußen führte. Sie war durch einen schweren Metallriegel gesichert. Er überprüfte das Fenster daneben. Es war vergittert, sodass niemand darüber ins Haus gelangen konnte. Zufrieden machte er sich auf den Weg nach oben. Seit dem Mord an Hans Gruber war es seine allabendliche Routine geworden, sich zu vergewissern, dass er allein im Haus war. Was immer sein verbleibendes Leben für ihn bereithielt, er würde sich keinesfalls von einem Verrückten ans Kreuz schlagen lassen. Der alte Mann ging in die Küche, holte ein Bier aus dem Kühlschrank und setzte sich. Den Revolver legte er neben sich auf den Küchentisch. Nachdem er das Bier getrunken hatte, überlegte er, was er essen sollte. Oft hatte er abends keinen Hunger und musste sich dazu zwingen. Es gab ohnehin nur Brot, Wurst und Käse. Früher hatte sein Frau für ihn gekocht. Das vermisste er am meisten. Er entschied sich, ein weiteres Bier zu trinken. Dummerweise hatte er keines mehr hier oben. Seufzend erhob er sich und stapfte hinunter in den Keller. Im Vorratsraum ging er geradewegs zum Bierkasten, bückte sich und nahm eine Flasche heraus. Als er hochblickte, stutzte er. Im Fenster neben der Hintertür klaffte ein kreisrundes Loch, sauber wie mit dem Glasschneider herausgeschnitten. Der Riegel der Tür war zurückgeschoben. Helmut Stehr erstarrte. Mit der rechten Hand tastete er nach seiner Jackentasche. Siedendheiß fiel ihm ein, dass er den Revolver auf dem Küchentisch hatte liegen lassen. Er fuhr herum, aber bevor er die Bierflasche hochreißen konnte, zuckte ein stechender Schmerz durch seinen Körper. Er sackte zusammen, schlug mit dem Kopf auf dem Boden auf und verlor das Bewusstsein.

Als Kriminalkommissar Brückner aus dem Haus trat, stutzte er. Kurt Sauer hantierte an einem alten Leiterwagen, der vor dem Fenster des Raums stand, in dem er die Ukrainer vernommen hatte. Unwillkürlich fragte er sich, ob der Landwirt versucht hatte, ihr Gespräch durch das geschlossene Fenster zu belauschen.

»Alles geklärt?«, fragte Sauer, während er sich weiter mit dem Leiterwagen beschäftigte. Shevcik und Rudenko hatten inzwischen ihre Stiefel angezogen und waren Brückner und Hansen in den Hof gefolgt. Neugierig hielten sie an.

»Was steht ihr euch die Beine in den Bauch?«, herrschte Sauer sie an. »Macht, dass ihr in den Stall kommt! Bevor nicht alles blitzblank ausgemistet ist, will ich keinen von euch sehen.«

Rudenko zuckte erschrocken zusammen, flüsterte Shevcik etwas zu und im Nu waren sie im Stall verschwunden.

»Warum haben Sie uns nicht informiert?«, wollte Brückner wissen.

»Worüber?«

»Dass die beiden Yurchenkos Alibi bestätigt haben.«

»Ich weiß nicht, was Sie meinen«, brummte Sauer, wobei er es vermied, dem Kriminalkommissar in die Augen zu sehen.

»Rudenko behauptet, dass Yurchenko den Tag, an dem Maria Dabrowski ermordet wurde, mit ihm und seinem Kollegen verbracht hat.«

»Shevcik spricht kein Wort Deutsch und bei Rudenko ist es nicht viel besser. Manchmal versteht er die Dinge nicht richtig, die man ihn fragt. Yurchenko hat meistens allein gearbeitet. Er hat sich nicht gut mit den anderen verstanden.«

»Shevcik und Rudenko scheinen sich ihrer Sache sicher zu sein.«

»Darauf würde ich nichts geben. Sie haben mir nichts Derartiges gemeldet, sonst hätte ich die Information selbstverständlich an Sie weitergegeben. Vermutlich haben sie sich die Geschichte ausgedacht, um ihrem Kameraden aus der Klemme zu helfen. Ich bin mir auf jeden Fall sicher, dass Yurchenko an dem Tag allein auf dem Feld in der Nähe des Waldstücks gearbeitet hat. Das kann ich jederzeit zu Protokoll geben.«

Brückner sah ihn durchdringend an.

»Ich hoffe, das war alles. Ich muss an die Arbeit. Sonst bekommen Sie und Ihr Gehilfe nichts zu essen. Sie wissen ja, wie knapp die Lebensmittel sind.«

Ohne auf eine Antwort Brückners zu warten, machte er kehrt und stapfte hinüber zur Scheune.

»Kommen Sie, Hansen«, befahl der Kriminalkommissar und ging zum Wagen. Als sie von Damscheid hinunter nach Oberwesel fuhren, starrte Brückner stumm auf die Straße. Das kannte Hansen bereits. Wenn sein Vorgesetzter in Gedanken versunken war, störte man ihn besser nicht. Sie passierten das Ortsschild.

»Sagen die Ukrainer die Wahrheit?«, fragte Brückner.

Hansen sah ihn überrascht an. Es war das erste Mal, dass der Kriminalkommissar sich für seine Meinung interessierte.

»Schwer zu sagen«, antwortete er. »Ich hab nicht viel Erfahrung mit Vernehmungen.«

»Was sagt Ihnen Ihr Bauchgefühl?«

»In der Ausbildung lernen wir, uns auf die Fakten zu konzentrieren und nicht auf unser Gefühl. Bei einem versierten Lügner ist es schwer zu erkennen, ob er die Wahrheit sagt oder nicht.«

Brückner lachte.

»Sie halten die Ukrainer für versierte Lügner?«

»Nein«, gab Hansen zu.

»Wie ist es mit Sauer?«

Der junge Beamte zögerte.

»Er wirkte nicht vollständig ehrlich auf mich«, erklärte er vorsichtig.

Brückner nickte zufrieden. Hansens Einschätzung deckte sich mit seiner eigenen Wahrnehmung.

»Was halten Sie von der anderen Spur?«

Hansen sah ihn erstaunt an.

»Sollten wir uns nicht auf Sauer konzentrieren?«

»Er hat zur fraglichen Zeit in der Gastwirtschaft gesessen und hat Karten gespielt. Dafür gibt es ein halbes Dutzend Zeugen.«

Hansen hielt inne.

»Warum hat er uns dann angelogen?«

»Wahrscheinlich hatte er Angst, dass wir Rudenko und Shevcik mitnehmen.«

»Weswegen?«

»Es waren mehrere Täter. So viel steht fest. Wenn sie Yurchenkos Alibi bestätigen, könnten sie in Verdacht geraten, seine Komplizen zu sein.«

»Eine naheliegende Schlussfolgerung!«

»Umso wichtiger ist es, dass wir überprüfen, was sie uns erzählt haben.«

»Kann mir nicht vorstellen, dass Kriminaldirektor Stelzner beigeistert ist, wenn er davon hört.«

»Ein Mordermittler darf sich nicht von möglichen Widerständen abhalten lassen.«

»Ja, aber ...«

»Wenn Sie wollen, lasse ich Sie in eine andere Abteilung versetzen«, unterbrach Brückner den jungen Mann.

»Sie schicken mich weg?«, fragte Hansen ungläubig.

»Nein. Ich könnte allerdings verstehen, wenn Sie der Sache aus dem Weg gehen wollen. Sie müssen bald zurück an die Front. Besser, wenn Sie sich vorher keinen Ärger einhandeln.«

Der junge Mann überlegte.

»Ich werde bei Ihnen bleiben«, entschied er.

»Sicher?«

»Ich komme aus Norddeutschland. Da lässt man sich von etwas Gegenwind nicht abschrecken«, sagte er und grinste.

»Wie Sie wollen.«

Vor dem Polizeiposten in Oberwesel stoppte Brückner den Wagen.

»Wir werden uns aufteilen. Sie werden zusammen mit Hauptwachtmeister Schmitz einige Befragungen für mich durchführen. Notieren Sie alles genau und erstatten Sie mir anschließend Bericht.«

»Jawoll, Herr Kriminalkommissar.«

»Wir treffen uns nachher auf der Dienststelle. Davor habe ich noch einen Spezialauftrag für Sie.«

Hansen nickte. Er freute sich, dass Bewegung in den Fall kam und er auf eigene Faust ermitteln durfte.

Helmut Stehr öffnete die Augen und blinzelte. Das Licht der Deckenlampe blendete ihn. Mühsam drehte er den Kopf. Er lag auf dem Boden. Seine Arme waren an einem Kantholz festgebunden. Schlagartig wurde ihm bewusst, in welcher Lage er sich befand. Jemand hatte ihn an ein improvisiertes Holzkreuz gefesselt! Stehr wurde bleich. Ein Schatten fiel auf sein Gesicht.

»Na, aufgewacht? Ich hatte die Befürchtung, dass der Elektroschocker zu viel für dich war«, sagte eine männliche Stimme in spöttischem Ton.

»Wer sind Sie? Und was wollen Sie von mir?«, antwortete Stehr mit belegter Stimme.

»So viele Fragen«, erwiderte der Unbekannte und schüttelte den Kopf.

»Wollen Sie Geld? Ich hab was hier. Ein paar 100 Euro. Sie finden sie oben im Wohnzimmerschrank.«

Das Gesicht des Mannes über ihm verzerrte sich. Wut stand in seinen Augen.

»Du bietest mir Geld an? Du elender Hund! Als ob ich etwas von deinem schmutzigen Geld nehmen würde!«

Stehr war ob des unerwarteten Wutausbruchs noch eine Spur blasser geworden.

»Was wollen Sie sonst? Wir können in mein Geschäft fahren. Dort habe ich Uhren, teure Uhren.«

Sein Gegenüber schüttelte den Kopf. Er wirkte wieder völlig aufgeräumt.

»Hast du nicht die Bibel gelesen? Man kann nicht Gott und dem Mammon gleichzeitig dienen.«

»Was wollen Sie von mir?«

»Demut. Buße. Ein Eingeständnis, dass du ein Sünder bist.«

»Ich weiß nicht, was Sie meinen.«

»Du hast schlimme Dinge getan, Helmut. Heute ist der Tag, Abbitte zu leisten.«

Stehrs Blick fiel auf das, was der Unbekannte in der Hand hielt. Es war ein Stück Seil. Er hatte es zu einer Galgenschnur gebunden. Der alte Mann spürte, wie sein Hals trocken wurde.

»Was wollen Sie damit?«, krächzte er.

Der Unbekannte lächelte.

»Du musst keine Angst haben. Das Seil ist dein Freund. Hast du gewusst, dass Hängen zu den ältesten Hinrichtungsarten gehört? In früherer Zeit erfolgte die Tötung an Bäumen. Meist hat man Eichen genommen, weil die besonders stabil sind.«

Der Mann machte einen Schritt zurück. Helmut Stehr ließ ihn nicht aus den Augen.

»Viele haben Angst vor dem Erhängen. Dabei ist es nicht schlimm. Der Durchblutungsstopp der Kopfschlagader führt innerhalb weniger Sekunden zur Bewusstlosigkeit. Hängt man ein entsprechendes Gewicht an den Körper und es gibt einen Ruck, bricht das Genick. Ein schneller Tod.«

Helmut Stehr lief ein Schauer den Rücken hinunter.

»Deine Werkstatt ist gut ausgestattet«, meinte der Unbekannte anerkennend. Er hatte eine stämmige Figur und breite Schultern.

»Ich habe einen Haken gefunden und ihn an der Decke befestigt. Er sollte stabil genug sein, dein Gewicht zu tragen.«

Stehr verdrehte den Kopf noch weiter, konnte den Haken aber nicht sehen.

»Ich werde die Galgenschnur daran befestigen. So lange hast du Zeit, über deine Sünden nachzudenken. Wenn ich wieder bei dir bin, möchte ich, dass du alles gestehst.«

Schlagartig wurde Helmut Stehr bewusst, dass es für ihn keinen Ausweg gab.

»Hilfe, ich werde überfallen«, schrie er, so laut er konnte. »Ich bin im Keller.«

Mit einem Satz war der stämmige Mann bei Stehr. Er legte ihm die Hand über den Mund und drückte ihm mit Daumen und Zeigefinger die Nase zu. Panisch riss der alte Mann an seinen Fesseln. Die Lippen des Unbekannten waren dicht bei seinem Ohr.

»Wenn du nicht still bist, schneide ich dir die Kehle durch, hast du verstanden?«

Stehr erstarrte. Er nickte mit angsterfüllten Augen. Sein Angreifer ließ ihn los.

»Du wolltest wissen, warum ich hier bin. Ich bin gekommen, um Rache zu üben. Rache für das, was ihr getan habt. Du und die anderen.«

»Geht es um das Kinderheim ›Zum Heiligen Kreuz‹? Ich kann nichts dafür, dass es verkauft werden musste. Ich bin nur einer der Erwerber. Mit dem Verkauf hatte ich nichts zu tun.«

»Es geht nicht um eure Betrügereien.«

»Nicht?«

Stehr sah ihn verwirrt an.

»Was wollen Sie sonst von mir?«

»Ich bin wegen Maria gekommen.«

Der letzte Rest Farbe wich aus Stehrs Gesicht.

»Ich weiß nicht, was Sie meinen«, stammelte er.

»Sie war so jung. Hatte noch ihr ganzes Leben vor sich«, erklärte der Unbekannte gedankenverloren.

»Ich hab damit nichts zu tun«, behauptete der alte Mann.

»Willst du leugnen, dass ihr sie beobachtet und verfolgt habt?«

»Davon weiß ich nichts«, beharrte Stehr. Die Angst war ihm unübersehbar ins Gesicht geschrieben.

»Hoffmann und Gruber haben alles gestanden.«

»Nein, das stimmt nicht, ich war an dem Tag nicht dabei.«

»Du verlogener Hund!«, schrie der Mann ihn an.

»Es war Rolf – Rolf Heitmann. Er ist an allem schuld. Er hat sie ausgesucht.«

»Du warst dabei!«

»Oh mein Gott, wir waren doch noch Kinder.«

»Kinder?«

Das Gesicht des Unbekannten verzerrte sich vor Wut.

»Ihr habt sie einer nach dem anderen vergewaltigt und sie in der Kälte liegen lassen wie ein Stück Dreck«, donnerte er. Abrupt wandte er sich ab und trat auf die Werkbank zu. Der breitschultrige Mann nahm einen Nagel und einen Hammer von der Tischplatte. Langsam kam er auf Stehr zu.

»Nein, bitte nicht«, flehte der alte Mann. »Ich gestehe alles, was Sie wollen.«

Der Unbekannte setzte den Nagel prüfend in der Mitte von Stehrs Handfläche an. Verzweifelt versuchte dieser, die Hand beiseitezuziehen, aber seine Fesseln hinderten ihn daran.

»Bitte, bitte, nein«, winselte er. »Wir haben sie getötet. Wir alle. Ich gestehe es.«

»Du hattest deine Chance«, sagte der breitschultrige Mann. »Jetzt ist es zu spät.«

Er hob den Hammer und schlug zu. Helmut Stehr schrie vor Schmerzen. Wieder und wieder.

Aber es kam niemand, um ihm zu helfen …

KAPITEL 27

»Gerd Ehlers ist da. Ich hab ihn in Verhörraum 2 gesetzt«, informierte Wieland Hauptkommissar Wenger.

»Was ist mit seinem Anwalt?«

»Sollte jede Minute eintreffen.«

»Habt ihr Helmut Stehr einbestellt?«

»Den haben wir bisher nicht erreicht.«

»Gib mir Bescheid, sobald Ehlers' Anwalt da ist.«

»Sollten wir ihm nicht Gesellschaft leisten, während wir warten?«

Wieland grinste vielsagend.

»Du hast recht«, antwortete Wenger und erhob sich. Kurz später saßen sie Ehlers gegenüber. Der korpulente Mann fühlte sich in Gegenwart der Beamten sichtlich unwohl.

»Vielen Dank, dass Sie so früh hergekommen sind«, sagte Wieland. »Normalerweise setzen wir Termine später an.«

»Macht mir nichts. Ich bin ein Frühaufsteher«, brummte Ehlers.

»Sie haben gut geschlafen?«

»Warum nicht?«

»So ein Vorkommnis kann einen leicht aus der Ruhe bringen.«

Ehlers hielt inne.

»Mein Anwalt hat mir geraten, nicht mit Ihnen über den Vorfall zu reden«, sagte er.

»Sie sind der Geschädigte. Sie haben von uns nichts zu befürchten.«

»Der Streifenbeamte hat behauptet, dass meine waffenrechtliche Tauglichkeit überprüft wird.«

Ehlers schüttelte den Kopf.

»So weit sind wir in Deutschland heutzutage. Man wird auf seinem eigenen Grund und Boden bedroht und soll sich lieber abschlachten lassen, als seine Waffe zu benutzen. Dabei hab ich nicht einmal einen Warnschuss abgegeben.«

»Kannten Sie den Mann?«

»Nein.«

»Woher wissen Sie, dass er es auf Sie abgesehen hatte?«

»Er war auf meinem Grundstück, hat geschrien, ich soll herauskommen, und hat was von Rache gefaselt.«

»Rache wofür?«

»Was weiß ich? Der Mann ist verrückt.«

»Stimmt es, dass Sie mit Ernst Hoffmann und Hans Gruber befreundet waren?«

Ehlers biss sich auf die Lippen. Ihm wurde bewusst, dass Wieland ihn aufs Glatteis geführt hatte.

»Ohne meinen Anwalt sage ich nichts mehr!«, rief er aufgebracht.

Eine Weile saßen die drei Männer stumm da.

»Haben Sie ihn freigelassen?«, fragte Ehlers.

»Wen?« Wieland machte ein harmloses Gesicht.

»Sie wissen genau, wen ich meine!«

»Darüber dürfen wir Ihnen keine Auskunft erteilen«, blockte Wenger ab.

»Sie müssen ihn festhalten. Ich möchte nicht so enden wie Ernst und Hans!«, brach es aus Ehlers heraus.

»Wir können ihn nicht dauerhaft festhalten. Da müssten Sie uns mehr an die Hand geben als Hausfriedensbruch«, entgegnete Wenger ungerührt.

»Bekomme ich Polizeischutz, wenn ich Ihnen alles erzähle?«, wollte Ehlers wissen.

»Das hängt von Ihrer Geschichte ab«, antwortete der Hauptkommissar vage.

Ehlers stockte. Man konnte sehen, wie er mit sich rang. Er setzte zu einer Erklärung an. Die Tür schwang auf und Rolf Heitmann betrat den Raum. Er stutzte.

»Was tun Sie hier?«, fragte er verärgert. »Haben Sie mit der Befragung ohne mich begonnen?«

»Wir haben Ihrem Mandanten nur Gesellschaft geleistet«, erwiderte Wieland ungeniert.

»Was hast du ihnen erzählt?«, fragte Heitmann, an Ehlers gerichtet.

»Nichts. Die Polizei wäre unter Umständen bereit …«

»Du hältst den Mund, Gerd«, befahl Heitmann. Die Kriminalbeamten sahen ihn verblüfft an.

»Meinen Mandanten dazu zu verleiten, ohne Rechtsbeistand mit Ihnen zu sprechen, ist unprofessionell«, blaffte der Anwalt Wenger an. »Das wird ein Nachspiel für Sie haben. Ich werde mich bei Ihrem Vorgesetzten über Sie beschweren.«

»Ihr Mandant fürchtet um seine Sicherheit und möchte Polizeischutz. Dafür werden Sie uns Gründe nennen müssen«, antwortete Wenger kühl.

Heitmann setzte sich.

»Er ist von einem Verrückten bedroht worden. Deswegen hat er Angst. Was ist daran schwer zu verstehen?«

»Der Name Ihres Mandanten ist in Zusammenhang mit den Morden an Ernst Hoffmann und Hans Gruber aufgetaucht. Laut Zeugenaussagen war er mit ihnen befreundet.«

»Was hat das damit zu tun?«

»Sagen Sie es uns.«

»Wen mein Mandant kennt oder nicht, spielt keine Rolle.«

»Das sehen wir anders. Menz scheint zu glauben, dass

Ihr Mandant, Herr Hoffmann und Herr Gruber zusammen einen Betrug begangen haben.«

»Das ist infam!«, empörte Heitmann sich. »Herr Ehlers ist ein unbescholtener Bürger.«

»Wenn Ihr Mandant uns nicht die Wahrheit sagt, können wir ihn nicht schützen.«

»Dieser Menz ist geistesgestört. Sie sollten ihn in die Psychiatrie einweisen lassen«, forderte Heitmann.

»Warum sagen Sie uns nicht, was die drei angestellt haben. Immerhin geht es um einen Doppelmord!«

»Das Gespräch ist beendet«, erklärte Heitmann kategorisch und erhob sich. Ehlers folgte widerstrebend seinem Beispiel.

»Sind Sie sicher, dass Sie nicht mit uns reden wollen?«, fragte Wenger, an Ehlers gerichtet. Dieser zögerte. Heitmann sah ihn scharf an.

»Ja«, antwortete er.

»Sehr bedauerlich. Sollten Sie Ihre Meinung ändern, wissen Sie, wo Sie uns finden.«

Wenger schob seine Visitenkarte über den Tisch. Heitmann nahm sie und steckte sie ein. Nachdem sie gegangen waren, blieben Wenger und Wieland noch eine Weile sitzen.

»Was für ein bizarrer Auftritt«, meinte der Oberkommissar. »Man hatte fast den Eindruck, Heitmann sei der Auftraggeber und nicht umgekehrt.«

»Er ist ein knallharter Verteidiger«, sagte Wenger. »Was für ein Pech, dass sie sich kennen. Sonst hätte Heitmann so einen Pipifaxfall vermutlich nie angenommen.«

»Was machen wir jetzt? Kann mir nicht vorstellen, dass Ehlers es sich anders überlegt.«

»Lass uns Menz ein zweites Mal vernehmen. Wir müssen unbedingt mehr über diesen Betrug in Erfahrung bringen.«

»Ich hab mit den Kollegen vom Dezernat für Wirtschafts-

kriminalität gesprochen. Sie gehen die Unterlagen von Hoffmann und Gruber durch. Wenn sie an einem Betrug beteiligt waren, muss es einen entsprechenden Geldfluss geben.
Außerdem spricht einer der Kollegen mit der Kirchenverwaltung. Die müssten sagen können, wer damals an dem
Verkauf beteiligt war und ob alles mit rechten Dingen zugegangen ist.«

»Und schaff diesen Stehr hierher. Hoffentlich ist er
gesprächiger als sein Kompagnon.«

»Mach ich.«

Rolf Heitmann und Gerd Ehlers standen auf dem Parkplatz
vor dem Präsidium.

»Mir reicht's, Rolf!«, rief Ehlers ungehalten.

»Reiß dich zusammen!«, zischte Heitmann.

»Ich will auf keinen Fal! wie Hans und Ernst enden.«

»Das wirst du nicht.«

»Kannst du nicht verstehen, dass ich Angst habe?«

Heitmann winkte verärgert ab.

»Polizeischutz hilft dir gar nichts. Die stehen ein paar
Wochen vor deinem Haus und wenn nichts passiert, ziehen
sie wieder ab. Glaubst du, die schützen dich für den Rest
deines Lebens? Weißt du, was so was kostet?«

»Nein«, erwiderte Ehlers kleinlaut.

»Das Beste, was wir tun können, ist, diesen Menz aus dem
Verkehr zu ziehen. Ich werde eine einstweilige Anordnung
gegen ihn beantragen. Taucht er danach in deiner Nähe auf,
lassen wir ihn festnehmen.«

»Geht das denn?«, fragte Ehlers skeptisch.

»Das Gewaltschutzgesetz gegen Stalker sieht ausdrücklich Zwangsmaßnahmen vor, wenn sich jemand nicht an die
richterliche Anordnung hält. Dazu gehört auch Zwangs-
haft.«

»Na gut«, gab Ehlers nach. »Wir machen es nach deiner Fasson. Aber wenn es nicht klappt, gehe ich zur Polizei.«

»Du kannst dich auf mich verlassen.«

»Außerdem will ich meinen Revolver behalten.«

»Niemand wird dir deine geliebten Jagdwaffen abnehmen. Ich sprech persönlich mit dem zuständigen Beamten im Landratsamt.«

»Was ist noch mal unser Auftrag?«, fragte Polizeikommissar Rohde, als der Streifenwagen in eine ruhige Seitenstraße einbog.

»Wir sollen einen Zeugen darüber informieren, dass die Kollegen von der Kripo in Koblenz mit ihm reden wollen«, sagte Polizeioberkommissar Engler.

»Wieso rufen sie ihn nicht an?«

»Du Schlaumeier. Meinst du, das hätten sie nicht versucht?«

»Wie heißt der Zeuge?«

»Helmut Stehr. Er hat ein Uhrmachergeschäft in Bingen.«

»Das kenn ich. Wieso fahren wir nicht zuerst dort hin? Um die Zeit ist er bestimmt in der Arbeit.«

»Die Stadtstreife hat bei ihrem Rundgang am Geschäft vorbeigeschaut. Der Laden war geschlossen.«

»Vielleicht ist er krank.«

»Genau um das zu prüfen, sind wir hier«, sagte Engler. »Da vorn ist es, Hausnummer 17.«

Rohde parkte den Streifenwagen. Die Polizisten stiegen aus und setzten ihre Mützen auf.

»Der Wagen ist auf jeden Fall da«, stellte Rohde fest. Sein Kollege trat auf die Eingangstür zu und klingelte. Sie warteten. Engler schellte erneut. Im Haus blieb es ruhig.

»Wahrscheinlich liegt er im Bett und hat sich die Decke über den Kopf gezogen«, mutmaßte Rohde. Polizeioberkommissar Engler blickte durchs Küchenfenster.

»Sieht alles sauber und ordentlich aus.«

Er ging zurück zur Tür und klopfte mit der Hand dagegen.

»Herr Stehr, sind Sie zu Hause? Hier ist die Polizei.«

Die Beamten lauschten nach drinnen. Nichts war zu hören.

»Was machen wir jetzt? Wir können ja schlecht die Tür eintreten«,

»Lass uns die Fenster checken. Vielleicht sieht man von außen was. Geh du rechts rum, ich nehm links. Wir treffen uns hinterm Haus«, ordnete Engler an.

Rohde spähte ins Wohnzimmer. Es war niemand zu sehen. Rasch umrundete er das Gebäude. Er entdeckte den Kellerabgang und stieg die Treppe hinunter.

»Marcel«, rief er aufgeregt.

»Was ist?«

Englers Gesicht tauchte über der Brüstung auf.

»Sieh mal.«

Rohde deutete auf ein kreisrundes Loch in der Fensterscheibe neben der Tür. Es war groß genug, um mit einem Arm nach innen zu greifen. Rohde zog seine Dienstwaffe und drückte die Klinke nach unten. Die Tür schwang auf.

»Hey, was machst du?«, zischte Engler und war mit zwei, drei Schritten bei seinem Kollegen.

»Die Einbrecher könnten noch drinnen sein.«

»Nachdem wir mehrfach geschellt und gerufen haben, dass die Polizei da ist?«

»Sicher ist sicher«, beharrte Rohde.

»Na gut«, gab Engler nach und zückte ebenfalls seine Waffe. »Ich geh voraus, aber knall mich nicht über den Haufen, ja?«

»Bin doch kein Anfänger«, erwiderte Rohde beleidigt.

Vorsichtig durchsuchten die Streifenbeamten den Keller. Die ersten drei Räume waren leer. Sie näherten sich einer graugestrichenen Tür. Schlagartig blieben sie stehen. Aus dem Inneren tönte leise Musik. Engler bedeutete Rohde, sich links von ihm zu positionieren. Er zählte mit der Hand die Sekunden herunter: drei … zwei… eins … Engler riss die Tür auf, brachte die Waffe in Anschlag und stürzte in den Raum, dicht gefolgt von seinem Kollegen. Die beiden erstarrten mitten in der Bewegung. Fassungslos starrten sie auf das Bild, das sich ihnen bot.

An der gegenüberliegenden Wand lehnte ein Holzkreuz. Daran war ein Mann festgenagelt. Sein Gesicht war blutüberströmt und entsetzlich entstellt. Die Beamten waren wie gelähmt. Engler fasste sich als Erster.

»Alarmier die Einsatzzentrale. Wir brauchen die Kripo, Rechtsmediziner, Leichenwagen … das volle Programm«, sagte er mit rauer Stimme. Rohde nickte und war im nächsten Augenblick um die Ecke verschwunden. Engler schloss die Tür und lehnte sich gegen die Wand. Er war kreidebleich. Mit zitternden Händen steckte er die Pistole ins Holster. Er versuchte, die Szene aus seinem Kopf zu verbannen. Vergeblich: Das Bild des Toten würde ihn noch Wochen verfolgen …

Jo stand im »Waidhaus« am Herd und probierte ein neues Menü aus. Nach seiner Auseinandersetzung mit Hauptkommissar Wenger hatte er beschlossen, sich keine weiteren Gedanken über den Fall zu machen und sich stattdessen mit der Kreation eines neuen Degustationsmenüs zu beschäftigen. Als Vorspeise plante er Tartar vom Rinderfilet im Lardomantel mit Zitronenkonfit und Schwarzbrot, gefolgt von einer Velouté von Gartenerbsen mit Pata Negra, Kaisergranat und Buttermilch. An der Suppe hatte er besonders lange getüftelt. Basis war eine weiße Grundsoße der französischen Küche, die aus heller Mehlschwitze bestand, die er mit einem Gemüsefond einige Zeit gesimmert hatte.

Dadurch erhielt die Soße ihre namensgebende samtige Konsistenz. Die Soße wurde mit der Erbsensuppe und Minze zusammengemixt. Für den Buttermilchschnee musste man die Buttermilch mit Salz und Zitronensaft verrühren und mindestens zwölf Stunden einfrieren. Anschließend wurde sie kurz angemixt. Danach gab es warmen, hausgebeizten Alaska-Lachs auf glaciertem Frühlingsgemüse mit Kamillenblütenschaum. Als Hauptgang hatte er sich für zartrosa gebratene Tranchen vom Hunsrücker Rehrücken an Cranberryjus mit Kartoffelstampf und Steckrüben entschieden. Für die Nachspeise plante er Baumkuchenspitzen mit karamellisierter weißer Schokolade und Tonkabohneneis.

»Telefon für dich!«, rief Kati in die Küche.

»Wer ist es?«

»Klaus Sandner.«

Jo übergab an Pedro und folgte Kati nach draußen.

»Stellst du mir das Telefonat ins Büro durch?«

»Klar.«

Jo setzte sich an seinen Schreibtisch. Der Apparat klingelte.

»Was gibt's?«, fragte er.

»Schlechte Neuigkeiten«, antwortete der Journalist. »Es hat einen weiteren Mord gegeben.«

»Wann?«

»Heute Nacht. Der Mann heißt Helmut Stehr und ist Inhaber eines Uhrmachergeschäfts in Bingen. Mehr weiß ich noch nicht.«

Jo lief ein kalter Schauer den Rücken hinunter.

»Wenger ist so ein Idiot!«, entfuhr es ihm.

»Weshalb?«

Jo brachte Sandner auf den letzten Stand.

»Es gibt einen Mordverdächtigen und du informierst mich nicht?«, fragte der Journalist vorwurfsvoll.

»Sorry, bin noch nicht dazu gekommen«, entschuldigte Jo sich. »Außerdem steht nicht fest, dass er es war.«

»Er kann's schlecht gewesen sein, wenn er im Gefängnis sitzt.«

»Vielleicht haben sie ihn freigelassen. Wenger schien von unserer Theorie nicht viel zu halten.«

»Dem gehen wir nach. Sollte die Polizei den Mörder in Gewahrsam gehabt haben und hat ihn wieder laufen lassen, wäre das ein absoluter Hammer! Das kann Wenger den Kopf kosten!«

Die Aussicht schien Sandner keine schlaflosen Nächte zu bereiten.

»Übrigens hat mir eine Quelle etwas Seltsames gesteckt. Angeblich hat die Polizei sowohl im Haus von Hans Gruber als auch bei Helmut Stehr eine Galgenschnur gefunden, die von der Decke hing.«

»So richtig wie in den Western?«

»Offenbar. Was, denkst du, hat es zu bedeuten?«

»Woher soll ich das wissen?«

»Hast du nicht ein halbes Dutzend Bücher über Serienmörder gelesen?«

»Deswegen bin ich noch lange kein Experte.«

»Schade. Oft hast du bei so was eine bessere Spürnase als die Polizei.«

Jo überlegte.

»Möglicherweise hat der Mörder seinen Opfern die Wahl gelassen.«

»Wer würde sich freiwillig für eine Kreuzigung entscheiden?«

»Wenn du erhängt wirst, ist es in ein paar Minuten vorbei. Vielleicht haben die Opfer gehofft, dass sie gefunden und gerettet werden, wenn sie lang genug durchhalten.«

»Ich weiß nicht.«

»Mehr fällt mir dazu nicht ein«, erklärte Jo bedauernd.

»Kein Problem. Viel wichtiger ist die Frage, ob der Mörder weitere Personen auf seiner Abschussliste hat. Denkst du, dieser Ehlers ist der Nächste?«

»Schwer zu sagen. Ich hoffe, dass die Polizei ihn unter Schutz stellt.«

»Werden sie bestimmt. Ich muss weiter. Ich halt dich auf dem Laufenden.«

Sie verabschiedeten sich. Jo dachte nach. Eines war aufgrund der jüngsten Entwicklungen klar: Die Polizei würde alles tun, um Gerd Ehlers abzuschirmen.

Er rief Kati in sein Büro und teilte ihr die Neuigkeit mit.

»Das fasse ich nicht!«, rief sie empört. »Wir servieren der Polizei den Mörder auf dem Silbertablett und die Idioten lassen ihn laufen.«

Sie griff zu ihrem Mobiltelefon.

»Was tust du?«

»Ich rufe Wieland an.«

»Wozu?«

Der Oberkommissar meldete sich.

»Hier spricht Kati Müller.«

»Was wollen Sie? Ich hab keine Zeit.«

»Wieso haben Sie den Mörder laufen lassen? Helmut Stehr könnte noch leben, wenn Sie und Hauptkommissar Wenger auf uns gehört hätten.«

»Woher wissen Sie von dem Mord an Stehr?«, fragte Wieland überrascht.

»Geht Sie nichts an.«

»Wenn Sie weiter herumgeschnüffelt haben, wird Sie das teuer zu stehen kommen!«, drohte er.

»Hab ich nicht.«

»Wissen Sie was? Ist mir egal. Ich hab Wichtigeres zu tun.«

»Von wegen! Wir werden uns an die Presse wenden. Die werden Sie in der Luft zerreißen, wenn sie hören, dass die Polizei den Täter hat laufen lassen.«

»Das werden Sie bleiben lassen!«, rief Wieland verärgert.

»Sie können mir gar nichts befehlen«, gab Kati schnippisch zurück.

Wieland hielt inne.

»Er war es nicht, okay?«, sagte er in ruhigerem Ton.

»Woher wollen Sie das wissen?«

»Weil er die Nacht in Polizeigewahrsam verbracht hat.«

»Kann nicht sein.«

Wieland seufzte.

»Aber wie ist das möglich?«, stammelte Kati fassungslos.

»Haben Sie ernsthaft geglaubt, zwei Amateure wie Sie können im Alleingang eine Mordserie aufklären? Überlassen Sie das uns und kümmern Sie sich um Ihre eigenen Angelegenheiten.«

Mit diesen Worten legte er auf.

»Ich war mir so sicher«, sagte Kati leise. Sie wirkte niedergeschlagen. Am liebsten hätte Jo sie tröstend in die Arme genommen.

»Ich bin im Weinkeller«, teilte sie ihm mit und verschwand ohne ein weiteres Wort aus seinem Büro. Etwas später streckte Pedro den Kopf zu ihm herein.

»Hast du vor, dein neues Menü heute fertigzukochen oder soll ich es in den Mülleimer werfen und du fängst morgen von vorn an?«, fragte er.

»Ich komme«, antwortete Jo und grinste schuldbewusst.

KAPITEL 28

Die nächsten Tage waren für Hauptkommissar Wenger und sein Ermittlungsteam ein Spießrutenlaufen. Noch am selben Tag sickerte der Mord an Helmut Stehr an die Medien durch. Die dritte Kreuzigung innerhalb weniger Wochen schlug bundesweit hohe Wellen und die Pressestelle des Koblenzer Polizeipräsidiums wurde mit Anfragen überschüttet. Der Gentest bei Friedrich Menz ergab, dass sich keine einzige der an den verschiedenen Tatorten gefundenen Spuren mit ihm in Verbindung bringen ließ. Seit er aus dem Polizeigewahrsam entlassen worden war, folgten ihm Zivilfahnder auf Schritt und Tritt, ohne dass sie bisher etwas Verdächtiges hatten feststellen können. Menz war ein Einzelgänger, der seine Freizeit am liebsten allein verbrachte. Er arbeitete als Wachmann bei einem großen Unternehmen in Ingelheim, wobei er häufig für Nachtschichten eingeteilt war. Dieser Umstand verschaffte ihm wasserdichte Alibis für die Morde an Ernst Hoffmann und Hans Gruber. In beiden Nächten hatte er gearbeitet, was von mehreren seiner Kollegen bestätigt worden war. In seiner Freizeit fuhr er viele Stunden ziellos mit seinem Motorrad durch die Gegend, besuchte den Gottesdienst oder zog sich in seine Wohnung zurück. Wenger ließ ihn zwei weitere Male zum Verhör vorladen, aber Menz blieb bei seiner Linie, stur geradeaus zu blicken und sich jedem Gespräch zu verweigern. Das frustrierte die Ermittler zusätzlich, da es ihnen bisher nicht gelungen war, den Namen des unbekannten Mannes aus der Jagdhütte zu ermitteln.

Bei der Untersuchung eines möglichen Betrugs im Zusammenhang mit dem Verkauf des Kinderheims »Zum Heiligen Kreuz« vor knapp 30 Jahren kamen die Kollegen vom Fachkommissariat 14, das auf Wirtschaftskriminalität spezialisiert war, nur langsam voran. Viele der Unterlagen waren in der Zwischenzeit vernichtet worden oder wurden in ausgelagerten Archiven aufbewahrt, sodass sie in mühevoller Kleinarbeit zusammengetragen werden mussten. Einige der damals Beteiligten waren verstorben oder konnten sich nicht mehr an die Details der Transaktion erinnern. Nach allem, was die Ermittler bisher herausgefunden hatten, war das Kinderheim aus allen Nähten geplatzt. Die Ordensschwestern, die das Heim betrieben, wollten es erweitern, stießen bei der Kirchenverwaltung jedoch auf taube Ohren, zumal der Ausbau mit erheblichen Investitionen verbunden gewesen wäre. Ein privater Projektentwickler hatte davon erfahren und bot an, das Grundstück und das Gebäude zu einem günstigen Preis zu erwerben und es im Gegenzug auf eigene Kosten auszubauen und langfristig an die Kirche zu vermieten. Das Angebot schien die perfekte Lösung zu sein, ohne dass dafür zusätzliches Geld von der Kirche aufgebracht werden musste. Der Projektentwickler stellte sich jedoch als windiger Vertreter seines Fachs heraus, der seine Zusagen nicht einhielt und bald darauf pleiteging. Er hatte einen Kredit auf die Immobilie aufgenommen, weswegen es zu einer Zwangsversteigerung kam. Die Kirche konnte oder wollte nicht mitbieten, sodass ein Privatinvestor das Grundstück übernahm und darauf Eigentumswohnungen errichtete. Als Geschäftsführer der dafür gegründeten Projektgesellschaft waren Ernst Hoffmann, Hans Gruber und Helmut Stehr aufgetreten. Dies erstaunte die Ermittler, verfügte doch keiner der drei über ausreichende Mittel, ein derartiges Projekt zu stemmen, geschweige denn, dass sie Erfahrungen auf dem Gebiet der Immobilienentwicklung und -vermarktung gehabt hätten. Das nährte den Verdacht, dass sie als Strohmänner fungiert hatten. Als Wenger davon hörte, drängte er darauf, weiter nachzubohren und die Geldgeber zu ermitteln, was sich als schwierig herausstellte. Hinter der Projektgesellschaft stand eine Stiftung in Liechtenstein, deren Eigentümer im Dunklen blieben. Trotz mehrfacher Auskunftsersuchen bei Liechtensteiner Behörden weigerten sich diese beharrlich, Informationen darüber zur Verfügung zu stellen. Die Frage, ob ihre Mitwirkung an dem Projekt der Grund für die Ermordung der drei Männer war, brannte den Ermittlern auf den Nägeln. Der Verdacht lag nahe – andererseits, warum sollten der oder die Täter fast 30 Jahre warten, bevor sie sich an den Männern rächten?

Zudem hatte sich keine Verbindung zu Gerd Ehlers ergeben. Er war zur fraglichen Zeit zwar in der zuständigen Kirchenverwaltung tätig gewesen, jedoch waren bisher keine Belege dafür gefunden worden, dass er in den Verkaufsprozess involviert gewesen war. Ehlers blockte alle Fragen dazu ab und ließ sich auch durch den Hinweis, dass ein mögliches Fehlverhalten seinerseits inzwischen verjährt war, nicht von seiner Verweigerungshaltung abbringen.

Als schließlich die Information an die Medien gelangte, dass die Polizei einen möglichen Verdächtigen zuerst verhaftet, aber später wieder freigelassen hatte, war es endgültig mit jeder Zurückhaltung vorbei. Der Druck auf die Ermittler wurde so groß, dass die Polizeiführung und die Staatsanwaltschaft sich entschieden, in die Offensive zu gehen und eine Pressekonferenz anzusetzen. Sie riefen die Bevölkerung auf, alle verdächtigen Beobachtungen rund um die drei Tatorte der Polizei zu melden. Je länger die Pressekonferenz dauerte, umso deutlicher wurde, dass die Ermittler weiterhin im Dunkeln tappten, was zu vielen kritischen Nachfragen vonseiten der Presse führte.

Intern bereitete die eskalierende Brutalität des Täters den Beamten erhebliche Sorgen. Zum ersten Mal hatte er die Handflächen eines Opfers mit Nägeln durchschlagen. Offensichtlich entwickelte der Täter sein Ritual weiter und man musste davon ausgehen, dass er weitere Morde begehen würde. Die Fallanalytiker befürchteten, dass sich die Abstände zwischen den Taten weiter verkürzen könnten. Nicht zuletzt deswegen hatte Wenger angeordnet, Gerd Ehlers rund um die Uhr zu überwachen. Er wollte einen weiteren Mord unter allen Umständen verhindern.

Jo bekam davon nicht viel mit. Er hielt sich von dem Fall fern und las keine Berichte dazu in der Zeitung. Stattdessen konzentrierte er sich darauf, die Speisen noch akribischer als sonst zuzubereiten. Unermüdlich trieb er seine Küchenmannschaft von einer Bestleistung zur nächsten. Am dritten Tag reichte es Ute und sie nahm Jo beiseite.

»Was ist los mit dir?«, fragte sie vorwurfsvoll.

Jo sah sie überrascht an.

»Seit neuestem tust du bei jedem Teller so, als ob wir um unser Leben kochen müssten.«

»Die Gäste zahlen für ein großes Menü mit Weinbegleitung über 200 Euro. Dafür können sie ein optimales Ergebnis erwarten«, verteidigte er sich.

»Perfektion ist das eine, Besessenheit ist das andere. Wir sind schließlich kein Drei-Sterne-Restaurant. Wenn du dauerhaft auf diesem Niveau kochen willst, solltest du zusätzliche Mitarbeiter einstellen. Auch wenn keiner was sagt – alle gehen auf dem Zahnfleisch.«

Jo machte ein schuldbewusstes Gesicht.

»Und was hast du mit Kati gemacht? Das arme Mädel traut sich kaum mehr in die Küche herein.«

»Quatsch«, wehrte er ab.

»Wenn sie nicht im Restaurant ist, verbringt sie die meiste Zeit im Weinkeller. Bei aller Liebe zu einer gut sortierten Auswahl – so viel kann es gar nicht umzuräumen geben. Selbst in einem chaotischen Weinkeller wie deinem nicht.«

»Mein Weinkeller ist nicht chaotisch«, verwahrte er sich. Er hielt inne. Tatsächlich hatte er Kati in den letzten Tagen kaum zu Gesicht bekommen. Da sie durchgehend ausgebucht gewesen waren, hatte er dem kein größeres Gewicht beigemessen.

»Ich red mit ihr«, versprach er.

»Gut. Und nimm gefälligst einen Gang raus. Sonst kippt demnächst einer um.«

»Yes, Mam!«, rief er zackig und salutierte.

»Ich meine es ernst«, sagte Ute und hob mahnend den Zeigefinger.

Nach dem Mittagsservice machte Jo sich auf der Suche nach Kati. Im Weinkeller wurde er fündig. Sie saß an ihrem Schreibtisch und hatte eine Liste vor sich liegen.

»Was machst du?«, wollte er wissen.

»Den Bestand prüfen. Wir haben die letzten Tage gut verkauft. Ich gucke, was wir nachbestellen müssen.«

Er nickte.

»Wie geht es dir?«

»Gut, wieso?«

»Ute meint, dass du dich hier unten verkriechst.«

»Unsinn. Ich hab viel zu tun.«

Beide schwiegen.

»Ich muss dauernd an Helmut Stehr denken«, bekannte sie. »Wenn ich nicht so darauf versessen gewesen wäre, dass wir den Mörder erwischt haben, könnte er noch leben.«

»Wie das?«, fragte Jo verblüfft.

»Möglicherweise hätten sie Stehr unter Polizeischutz gestellt, wenn sie davon ausgegangen wären, dass der Mörder noch frei herumläuft.«

»Glaubst du, Wenger lässt sich bei so was von uns beeinflussen?«

»Dann hätten wir ihn selbst überwachen müssen«, meinte sie selbstkritisch.

»Rund um die Uhr? Wie hätten wir das bewerkstelligen sollen? Wir haben getan, was wir konnten.«

»Ich fühle mich so hilflos. Es hat alles so gut gepasst. Ich dachte, wir hätten den Täter.«

»Tja, so ist das. Mal gewinnt man, mal verliert man.«

»Aber wenn man bei so was verliert, ist anschließend jemand tot.«

»Nicht durch unsere Schuld. Dank uns weiß die Polizei zumindest, wie alles zusammenhängt. Jetzt müssen sie die einzelnen Puzzlestücke zusammensetzen. Außerdem können sie Gerd Ehlers unter Schutz stellen.«

»Was ist mit dem fünften Mann?«

»Das muss die Polizei herausfinden. Oder er stellt sich selbst. So oder so ist die Sache für uns erledigt.«

»Ich weiß.«

»Kopf hoch. Bestimmt findet die Polizei den Täter bald.«

»Hoffen wir, dass du recht hast«, sagte sie mit zweifelndem Gesichtsausdruck.

»Hast du eine Zigarette für mich?«, fragte Kommissar Hilbig und knüllte seine leere Schachtel zusammen.

»Ich rauche nicht mehr«, gab sein Kollege Assmann zurück.

Die Zivilfahnder hatten ihre Nachtschicht eben angetreten. Ihr Fahrzeug stand keine 100 Meter von Gerd

Ehlers Anwesen entfernt. Von ihrem Beobachtungsposten aus hatten sie einen guten Blick auf die Vorderseite des Gebäudes.

»Ich frag mal bei Eddie nach«, verkündete Hilbig und griff nach dem Funkgerät. Ein Stück die Straße runter parkte ein weiteres Zivilfahrzeug. Die Beamten darin überwachten die Rückseite des Hauses.

»Habt ihr Zigaretten?«, wollte Hilbig wissen.

»Nee«, krächzte es aus dem Funkgerät zurück. »Nur 'ne Packung Kaugummi.«

»Was soll ich denn damit?«

»Ist auch orale Befriedigung«, antwortete Oberkommissar Peters aus dem anderen Wagen.

»Unter oraler Befriedigung versteh ich was anderes«, sagte Hilbig anzüglich.

»Du kannst ja deine Freundin anrufen und sie herbestellen«, erwiderte Peters trocken.

»Würde dir so passen, du alter Lustmolch«, tönte es zurück.

Die Männer lachten.

»Willst du jetzt 'nen Kaugummi oder nicht?«, hakte Peters nach.

»Später vielleicht.«

»Funkdisziplin, Männer«, knurrte Assmann. »Wenn ihr weiter so viel ins Funkgerät quatscht, können wir unsere Anwesenheit gleich per Lautsprecher verkünden.«

»Ehlers und seine Frau wissen sowieso längst, dass wir hier sind. Vorgestern hat sie herübergegrüßt, als sie zum Einkaufen gefahren ist. Außerdem hat Hauptkommissar Wenger gesagt, die sollen ruhig merken, dass wir sie überwachen. Setzt Ehlers hoffentlich unter Druck, dass er mit der Wahrheit herausrückt.«

»Muss ein unangenehmes Gefühl sein, wenn man weiß,

dass man auf der Abschussliste eines Wahnsinnigen steht«, sinnierte Assmann.

»Selbst schuld. Soweit ich weiß, waren er und die anderen in einen Betrug um ein Waisenhaus verwickelt.«

»Das rechtfertigt keinen Mord. Eine Kreuzigung ist heftig. Einer der Kollegen, die am letzten Tatort waren, hat mir erzählt, dass die Leiche furchtbar entstellt war.«

Hilbig zuckte mit den Schultern.

»Ich glaub, ich will doch 'nen Kaugummi«, teilte er seinen Kollegen im anderen Fahrzeug mit. »Könnt ihr ihn rüberbringen?«

»Würd dir so passen«, antwortete Peters. »Ein bisschen Bewegung ist gut für die Blutzirkulation. Vor allem, wenn du nachher die Sache mit der oralen Befriedigung durchziehen willst.«

»Idiot«, gab Hilbig zurück. Er öffnete die Wagentür und machte sich auf den Weg. Assmann sah seinem Kollegen hinterher und schaltete das Radio ein.

»Bäh, Volksmusik«, sagte er und drückte auf den Sendersuchlauf. Der Kriminalbeamte war so in die Auswahl eines neuen Musiksenders vertieft, dass er nicht bemerkte, wie sich eine dunkle Gestalt aus dem Schatten eines Baumes neben dem Haus löste und sich dem Kellerfenster an der Seite näherte. Als Hilbig wieder hochsah, war der dunkle Schatten aus seinem Sichtfeld verschwunden …

»Wie lautet Ihr vollständiger Name?«, fragte Kriminalkommissar Brückner und sah über den Rand seiner Lesebrille hinweg.

»Wozu brauchen Sie den?«, fragte der junge Mann, der ihm gegenübersaß.

»Für unser Protokoll. Es muss schließlich alles seine Richtigkeit haben.«

Brückner lächelte entschuldigend.

»Rolf Anton Heitmann.«

»Alter?«

»17.«

»Sie sind bei der Hitlerjugend?«

»Sieht man das nicht?«, fragte der junge Mann und zupfte seine Uniform zurecht. »Ich bin Scharführer«, fügte er hinzu.

»Das ist eine wichtige Funktion, nicht?«

»Ich führe 40 Kameraden. Wir helfen bei der Flugabwehr«, erläuterte Heitmann stolz. »Letzte Woche hat unsere Einheit einen amerikanischen Jagdflieger heruntergeholt.«

»Respekt.«

Es entstand eine Pause.

»Wissen Sie, warum wir Sie herbestellt haben?«

»Ihr Assistent ...«, Heitmann deutete auf Paul Hansen, der neben Brückner saß und sich Notizen machte, »... hat mir gesagt, es geht um den Mord an dieser Polin.«

»Ihr Name war Maria Dabrowski. Kannten Sie sie?«

»Ich spreche nicht mit Ostarbeitern«, erwiderte der junge Mann. »Laut Vorschrift ist der Umgang mit den Ostarbeitern auf ein Minimum zu begrenzen.«

»Selbstverständlich. Aber das war nicht meine Frage.«

»Kann sein, dass ich sie mal im Dorf gesehen habe.«

»Und Sie haben nie ein Wort mit ihr gewechselt?«

»Nein.«

Heitmann blickte misstrauisch zwischen den Kriminalbeamten hin und her.

»Was sollen diese Fragen? Ich dachte, der Mörder ist überführt.«

»Leider gibt es Ungereimtheiten. Wir sind nicht sicher, dass er es war.«

»So ein Unsinn. Jeder weiß, dass Yurchenko ein Auge auf sie geworfen hatte.«

»*Er behauptet steif und fest, dass er es nicht gewesen ist.*«

»*Das glauben Sie ihm?*« *Heitmann lachte verächtlich.*

»*Jeder Täter leugnet seine Tat.*«

»*Denkt man immer. Tatsächlich fangen die meisten an zu reden, sobald wir sie in Gewahrsam haben. Ein Mord lastet schwer auf der Seele. Das halten die wenigsten auf Dauer aus.*«

»*Nur Schwächlinge können Druck nicht standhalten*«, *erklärte Heitmann von oben herab.*

»*Das Problem ist, dass zwei seiner Kameraden ihm ein Alibi gegeben haben. Laut ihrer Aussage war er während der Tatzeit bei ihnen.*«

»*Das sind Untermenschen*«, *entfuhr es Heitmann.* »*Wer gibt einen Nickel darauf, was sie zusammenlügen.*«

»*Trotzdem können wir ihre Aussagen nicht ignorieren. Wir brauchen Zeugen, mithilfe derer wir ihn überführen können. Deswegen haben wir Sie einbestellt. Wir haben gehört, dass Sie und Ihre Kameraden von der Hitlerjugend oft im Wald unterwegs sind.*«

»*Das stimmt. Wir üben im Wald.*«

»*Wenn einer von Ihnen Yurchenko an dem Tag in der Nähe des fraglichen Waldstücks gesehen hätte, würde uns das helfen. Besser noch, wenn wir mehrere Zeugen dafür hätten.*«

Heitmann dachte nach.

»*Jetzt wo Sie es sagen, fällt mir ein, dass wir an dem Tag in der Nähe des Waldstücks waren, wo sie ermordet wurde*«, *behauptete er.*

»*Wer ist wir?*«

»*Ich und vier meiner Kameraden. Ihre Namen sind Stehr, Hoffmann, Gruber und Ehlers. Sie sind alle Mitglieder meiner Schar.*«

»*Sie haben Yurchenko dort gesehen?*«

»*Ja.*«

»Nur ihn oder auch die anderen Ukrainer?«

»Sie alle drei zusammen.«

»Da sind Sie sich sicher?«

»Absolut.«

»Seltsam. Die Ukrainer behaupten das Gegenteil. Sie geben an, dass sie am Feld neben dem Waldstück gearbeitet haben. Zuerst kam Maria vorbei und kurz danach Sie mit Ihrer Bande. Sie sind ihr in den Wald gefolgt.«

»Das ist gelogen!« Heitmanns Augen funkelten wütend.

»Wir haben eine Reihe anderer Zeugen vernommen. Sie haben übereinstimmend ausgesagt, dass Sie sich auffällig für die junge Frau interessiert haben. Sie sollen öfter mit Maria Dabrowski herumgeschäkert haben.«

Die Gesichtszüge von Rolf Heitmann verhärteten sich.

»Das ist eine infame Unterstellung«, presste er zwischen den Zähnen hervor.

»Zeugen haben Sie und Ihre Kumpane mehrfach in der Nähe von Maria gesehen. Einer hatte sogar den Eindruck, dass Sie sie überwacht haben.«

»Alles Lüge!«, brüllte Heitmann und sprang auf.

»Setz dich wieder hin!«, schnauzte Brückner ihn an.

»Ich bin Scharführer der Hitlerjugend. Ich hab ein Anrecht darauf, dass Sie mich siezen!«, rief Heitmann zornbebend.

»Ich seh nur einen Gernegroß, der glaubt, dass er sich alles erlauben kann, weil er eine braune Uniform anhat«, erwiderte Brückner ungerührt.

»Das werden Sie bereuen!«, zischte Heitmann. »Ich werde mich an höchster Stelle über Sie beschweren.«

Mit diesen Worten drehte er sich um und riss die Tür auf. Abrupt blieb er stehen. Vier junge Männer in der Uniform der Hitlerjugend saßen vor ihm.

»Hast du gedacht, du bist der Einzige, den wir verhören?«

Brückner war neben ihn getreten.

»Meine Männer werden das Gleiche aussagen wie ich«, erklärte Heitmann im Brustton der Überzeugung. Die vier sahen ihn verunsichert an.

»Männer? Ich sehe vier Jungen, die sich vor Angst in die Hose machen«, spottete Brückner. »Wir werden einen nach dem anderen durch die Mangel drehen.«

»Viel Glück dabei. Ein Mitglied der Hitlerjugend lässt sich nicht einschüchtern. Schon gar nicht von einem alten Mann wie Ihnen.«

Heitmann warf dem Kriminalkommissar einen hasserfüllten Blick zu.

»Wir werden sehen«, gab Brückner zurück, ohne eine Miene zu verziehen. »Das ist der Unterschied zwischen dir und mir. Du brauchst viermal Glück, ich nur einmal.«

Obwohl Heitmann versuchte, sich nichts anmerken zu lassen, versetzte die letzte Bemerkung ihm einen Dämpfer.

»Begleiten Sie den jungen Mann nach draußen«, wies der Kriminalkommissar den Schutzpolizisten an, der die vier Mitglieder der Hitlerjugend beaufsichtigt hatte.

»Jawoll«, antwortete dieser und schlug die Hacken zusammen. Nachdem er Heitmann weggeführt hatte, musterte Brückner einen nach dem anderen der vier. Keiner wagte es, ihm in die Augen zu sehen. Der Blick des Kriminalkommissars blieb an einem von ihnen hängen. Er hatte die Augen auf den Boden gerichtet und starrte auf einen imaginären Punkt vor sich. Brückner richtete den Zeigefinger auf ihn.

»Name?«, fragte er streng. Der junge Mann wurde blass.

»Gerd Ehlers«, stammelte er erschrocken.

»Mitkommen«, befahl der Kriminalkommissar und legte ihm die Hand auf die Schulter.

»Sie sind immer noch draußen«, flüsterte Heidrun Ehlers, während sie angestrengt in die Dunkelheit spähte.

»Was erwartest du? Sie werden die ganze Nacht vor dem Haus stehen«, antwortete ihr Mann. »So wie die letzten fünf Tage.«

»Warum sagst du mir nicht, was die Polizei von dir will?«, fragte sie, während sie die Jalousien herunterließ.

»Es gibt nichts zu erzählen.«

»Und warum ruft dieser Hauptkommissar so oft an?«

»Sie denken, dass ich ihnen mehr über den Verkauf des Kinderheims mitteilen kann, aber das ist nicht so. Ich hab ihnen alles gesagt.«

»Was ist mit diesen drei Männern, die gekreuzigt wurden? Kennst du sie wirklich nicht?«

»Nein. Sie waren in der Geschäftsführung des Unternehmens, welches das Gelände des Kinderheims gekauft hat. Das ist alles, was ich über sie weiß.«

»Wer macht so etwas nur?«

Heidrun Ehlers schauderte, als sie an die Morde dachte.

»Du hast diesen Wahnsinnigen vor unserer Tür gesehen.«

»Aber er hat doch mit den Morden nichts zu tun.«

»Er hat mich bedroht. Allein dafür gehört er hinter Gitter.«

»Ich hoffe, sie finden den Täter bald und der Albtraum hat ein Ende.«

Für eine Weile schwiegen beide.

»Ich geh ins Bett«, verkündete Ehlers und erhob sich. »Kommst du?«

»Wenn's dich nicht stört, gucke ich noch etwas Fernsehen«, antwortete seine Frau. Sie hatte in letzter Zeit Probleme beim Einschlafen und blieb daher meistens länger auf. Ohne ein weiteres Wort stapfte Ehlers in Richtung Schlafzimmer. Heidrun Ehlers schaltete zwischen den Programmen hin und her. Auf einem Kanal lief eine Schlagersendung, auf einem anderen eine Liebesschnulze. Gegen 22.30

Uhr stand sie auf und ging hinüber in die Küche. Sie bereitete sich einen Becher heiße Milch zu und träufelte einen Löffel Honig hinein. Als sie zurück in den Flur kam, blieb sie wie angewurzelt stehen. Die Tür zum Keller stand offen.

»Gerd, bist du das?«, flüsterte sie mit unsicherer Stimme. Nichts war zu hören. Sie stellte ihre Tasse auf dem Sideboard ab und trat auf die Kellertür zu. Plötzlich spürte sie, dass jemand hinter ihr stand. Sie wollte schreien, aber eine große Hand legte sich über ihren Mund. Sie versuchte, die Hand wegzuschlagen, als ein stechender Schmerz durch ihren Körper jagte. Sie verlor das Bewusstsein.

Als Heidrun Ehlers erwachte, war es dunkel um sie. Jemand hatte ihr die Augen verbunden. Sie spürte, dass sie auf etwas Weichem lag. Ihr Körper schmerzte und ihr Hals fühlte sich trocken an. Sie versuchte, sich zu bewegen, aber etwas hinderte sie daran. Langsam tastete sie mit den Fingern danach. Sie fühlte raue Fasern. Ein Seil! Sie war gefesselt! Die Panik in ihr wurde immer größer. Sie wollte rufen, schreien, auf sich aufmerksam machen, aber es ging nicht. Ihr Angreifer hatte ihren Mund mit Klebeband zugeklebt. Verzweifelt riss sie an ihren Fesseln. Mitten in der Bewegung erstarrte sie. Da war ein Geräusch. Sie konnte es nicht genau zuordnen, aber es kam aus einem anderen Raum. Jemand schleifte etwas Schweres über den Boden. Ihr wurde klar, was das Geräusch bedeutete. Tränen traten ihr in die Augen. Sie verdoppelte ihre Anstrengungen. Verbissen kämpfte sie mit den Fesseln und versuchte, das Klebeband über ihrem Mund loszuwerden. Die Polizisten waren in der Nähe. Sie musste nur die Tür öffnen und nach Hilfe rufen. Verzweifelt klammerte sie sich an den Gedanken. Sie riss an ihren Fesseln. Irgendwie musste sie die verdammten Dinger aufbekommen! Sie stöhnte, so laut es der Knebel zuließ. Schritte näherten sich.

Sie erstarrte. Jemand war mit ihr im Raum! Heidrun Ehlers' Nerven waren zum Zerreißen gespannt. Sie atmete stoßartig und lauschte panisch in alle Richtungen. Da hörte sie eine Stimme dicht bei ihrem Ohr.

»Wenn du nicht still bist, töte ich dich«, flüsterte der Unbekannte ihr zu. Seine Stimme klang sanft, fast zärtlich. Das ließ sie noch bedrohlicher wirken. Heidrun Ehlers war wie gelähmt. Sie wagte kaum zu atmen. Die Dunkelheit um sie herum machte alles noch schrecklicher. Die Schritte entfernten sich. Sie war wieder allein – allein mit all den Gedanken, die durch ihren Kopf rasten. Sie wusste genau, was der Unbekannte ihrem Mann antun würde ... und sie konnte nichts dagegen tun!

»Ich werd zu alt für diesen Mist«, seufzte Assmann und versuchte, sein eingeschlafenes Bein zu bewegen.

»Unsere Ablösung müsste jede Sekunde kommen«, gab Hilbig aufmunternd zurück. »Ich freu mich auf den Kaffee zu Hause.«

»Du trinkst Kaffee vor dem Schlafengehen?«, fragte Assmann.

»Macht mir nichts aus.«

Assmann stutzte.

»Wie viel Uhr ist es?«

»Zehn nach sieben.«

»Die Jalousien sind noch unten«, stellte er fest.

»Und? Alte Leute schlafen auch mal aus.«

Assmann griff zum Funkgerät.

»Eddie, wie ist die Lage?«

»Was meinst du?«, krächzte es aus dem Lautsprecher.

»Siehst du Bewegung im Haus?«

»Nee, alles ruhig.«

»Gefällt mir nicht«, sagte Assmann.

Hilbig sah seinen Kollegen verständnislos an.

»Die sind sonst immer um 7 Uhr auf.«

Assmann hatte die Wagentür geöffnet und war mit wenigen Schritten am Eingang zum Grundstück. Hilbig beeilte sich hinterherzukommen.

»Was bist du denn so nervös?«, wollte er wissen.

»Da stimmt was nicht«, sagte Assmann.

»Wie kommst du darauf? Nur weil die beiden verpennt haben?« Hilbig konnte seine Skepsis nicht verbergen.

Assmann war an der Haustür angelangt und drückte energisch auf die Klingel. Nichts rührte sich. Er schellte erneut. Keine Reaktion. Schließlich läutete er Sturm.

»Nur die Ruhe, Bernt«, versuchte Hilbig ihn zu beschwichtigen.

Assmann hämmerte mit der flachen Hand an die Tür.

»Herr Ehlers, öffnen Sie, hier ist die Polizei!«

Inzwischen waren die Kriminalbeamten aus dem anderen Fahrzeug eingetroffen.

»Was macht ihr für einen Lärm?«, fragte Peters vorwurfsvoll.

»Bernt hat eine seiner Ahnungen«, spottete Hilbig.

»Man hört nichts«, sagte Assmann alarmiert.

»Vermutlich haben sie Angst, weil du so herumbrüllst«, tadelte Peters ihn.

»Wir müssen reingehen«, drängte Assmann.

»Bist du verrückt? Was, wenn sie nur 'ne Schlaftablette genommen haben?«

»Alle beide?«

Hilbig klingelte erneut. Die Beamten warteten. Nichts tat sich.

»Okay, gehen wir rein«, entschied Peters. Er war der dienstälteste Beamte vor Ort. »Wir hebeln die Balkontür auf. Das geht am einfachsten.«

Hilbig sprintete zurück zum Wagen und holte das Werkzeug. Als sie die Tür geöffnet hatten, hörten sie ein deutlich vernehmbares Stöhnen. Die Beamten zogen die Waffen und folgten dem Geräusch. Auf dem Bett im Gästezimmer fanden sie Heidrun Ehlers. Sie war gefesselt und geknebelt, hatte die Augen verbunden und wimmerte. Hilbig und Assmann banden sie eilig los, während Peters den Krankenwagen alarmierte. Als sie die Polizisten sah, schossen Heidrun Ehlers die Tränen in die Augen. Ein regelrechter Weinkrampf schüttelte ihren Körper durch.

Assmann versuchte, die völlig verängstigte Frau zu beruhigen, während seine Kollegen das Haus durchsuchten. Im Keller wurden sie fündig. Oberkommissar Peters fing sich als Erster wieder.

»Schöne Scheiße«, sagte er trocken.

KAPITEL 29

»Was war das für eine Schreierei eben?«, fragte ein jüngerer Streifenbeamter neugierig, als Oberkommissar Wieland aus dem Haus trat.

»Torsten hat sich das Überwachungsteam zur Brust genommen.«

Hauptkommissar Wenger hatte Peters und seine drei Kollegen fünf Minuten lang angeschrien, was für ein komplett unfähiger Haufen sie seien. Mit hängenden Köpfen trotteten sie einer nach dem anderen aus dem Haus.

»Ich finde nicht, dass die Jungs was dafür können«, meinte der jüngere Beamte. »Der Kellereinstieg ist verdeckt.«

»Zeig's mir.«

Der Streifenpolizist führte Wieland auf die von der Straßenseite abgewandte Seite des Hauses. Das Kellerfenster stand offen.

»Er hat mit dem Glasschneider ein Loch ins Fenster geschnitten und nach innen gegriffen. So ist er reingekommen.«

»Am letzten Tatort hat er es genauso gemacht«, sagte Wieland.

»Die Bäume reichen fast bis ans Haus. Außerdem gibt es vorn die Gartenhecke. Man kann die Seite von der Straße nicht einsehen. Kein Wunder, dass Peters und sein Team ihn nicht entdeckt haben.«

Als der Oberkommissar zurück zum Hauseingang kam, traf der Rechtsmediziner ein.

Er schüttelte Wieland die Hand.

»Man hat mir gesagt, der Kreuzigungskiller hat wieder zugeschlagen?«

»Davon gehen wir aus.«

»Die Situation eskaliert«, stellte Doktor Walter lapidar fest. »Wenn er so weitermacht, haben wir bald jeden Tag einen Toten.«

»Sehen die Profiler genauso«, nuschelte Wieland.

»Stimmt es, dass das Opfer überwacht wurde?«

»Ja.«

»Was für ein Desaster.«

Kopfschüttelnd folgte der Rechtsmediziner Wieland in den Keller. Am Eingang zum Raum mit dem Toten blieb er stehen.

»Das ist neu.«

Auf dem Boden lag ein eilig zusammengezimmertes Kreuz. Darüber hing ein korpulenter Mann von der Decke. Dass das Seil zu einem Henkersknoten gebunden war, ließ die Szenerie noch unheimlicher wirken.

»Der Tote ist der Hausherr?«

»Ja. Sein Name ist Gerd Ehlers.«

»Hat er allein gewohnt?«

»Seine Ehefrau war im Haus, als es passiert ist.«

»Die arme Frau.«

Doktor Walter machte ein ernstes Gesicht. Wieland sah ihn überrascht an. Es war eines der wenigen Male, bei denen er den Rechtsmediziner Emotionen zeigen sah.

»Zumindest haben Sie diesmal eine Zeugin. Was hat sie über den Täter ausgesagt?«

»Nicht viel. Sie ist nervlich am Ende. Der Mann hat sie von hinten überfallen und mit einem Elektroschocker außer Gefecht gesetzt. Er hat ihr die Augen verbunden und sie gefesselt und geknebelt. Sie musste mit anhören, wie ihr Mann in den Keller geschleift wurde.«

»War der Täter allein?«

»Nach jetzigem Stand gehen wir davon aus.«

Hauptkommissar Wenger kam hinzu.

»Was können Sie uns sagen?«, fragte er.

Doktor Walter trat auf den Toten zu. Er begutachtete ihn von allen Seiten, fasste den Kopf an und bewegte ihn ein Stück.

»Das Genick ist gebrochen, vermutlich im Bereich des zweiten Halswirbels. Diese Verletzung hat unmittelbar zum Tod geführt.«

»Ist das Genick sofort gebrochen?«

»Schwer zu sagen. Ich sehe keinen Stuhl oder ein Podest, das man hätte wegziehen können. Das lässt vermuten, dass der Täter das Opfer hochgezogen hat. Trotz des Körpergewichts muss das nicht notwendigerweise zum Brechen der Halswirbel führen.«

Nachdenklich betrachtete er die Spuren am Hals.

»Der Täter muss ungewöhnlich kräftig sein. Augenscheinlich würde ich das Gewicht des Opfers auf mindestens 120 Kilo schätzen. Ihn in den Keller zu schaffen Und an der Schlinge nach oben zu ziehen, erfordert einen hohen Kraftaufwand. Sind Sie sicher, dass Sie es nicht mit zwei Tätern zu tun haben?«

»In diesem gottverdammten Fall ist nichts sicher«, entfuhr es Wenger.

»Wir können es nicht ausschließen«, fügte Wieland hinzu. »Alle mutmaßlichen Täterspuren, die wir bisher gefunden haben, lassen sich allerdings einer Person zuordnen.«

»Warum, denken Sie, hat er ein Kreuz angefertigt?«, fragte der Rechtsmediziner neugierig.

»Es ist der dritte Tatort, an dem wir Galgenschlinge und Kreuz vorfinden. Die Profiler haben keine Ahnung, wieso er das macht. Vielleicht lässt er den Opfern die Wahl. Möglicherweise lost er die Todesart aus«, antwortete Wenger mit zynischem Unterton. Es war unverkennbar, dass der Fall dem Hauptkommissar an die Nieren ging.

»Wir werden Ihnen den Toten so schnell wie möglich in die Rechtsmedizin schicken. Was immer Sie uns zusätzlich sagen können, ist wichtig.«

»Verstanden. Wir geben unser Bestes.«

Schweigend sahen die drei den Toten an. Je länger sie das taten, umso trüber wurde ihre Stimmung. Vier Tote und die Polizei hatte keinen ernstzunehmenden Hinweis auf den Täter. Wie hatte Doktor Walter so treffend bemerkt: Der Fall war ein Desaster.

Das war auch die einhellige Meinung der Medien. Die Zeitungen überschlugen sich mit Berichten über den unheimlichen Killer, der im beschaulichen Mittelrheintal sein Unwesen trieb und einen Mord nach dem anderen beging, ohne dass die Polizei in der Lage schien, ihn aufzuhalten. Als durchsickerte, dass das letzte Opfer von der Polizei überwacht worden war, brachen alle Dämme. Hauptkommissar Wenger und seine Kollegen wurden als unfähige Dilettanten beschrieben, was diesen besonders wurmte. Obwohl das Ermittlerteam weiter aufgestockt wurde, kamen sie der Aufklärung des Falls keinen Schritt näher.

Jo verfolgte das Geschehen nur sporadisch. Kati schien ebenfalls Abstand davon gewonnen zu haben. Jedenfalls zuckte sie mit den Achseln, als sie davon hörte, dass Gerd Ehlers trotz Polizeiüberwachung dem Mörder zum Opfer gefallen war. Jo fuhr in den nächsten Tagen viel Fahrrad und versuchte, sich mit den unterschiedlichsten Freizeitaktivitäten von dem Fall abzulenken.

Einige Tage später fing Ute ihn nach der Arbeit ab.

»Ich hätte eine Bitte an dich.«

»Schieß los.«

»Kannst du mir den Volvo leihen?«

»Wofür brauchst du ihn?«

»Bei mir steht ein Großkampftag an. Die Gräber meines Mannes, meiner Eltern und der Schwiegereltern müssen neu bepflanzt werden. Ich hol die Blumen traditionell in einer Gärtnerei in Boppard. In meinen kleinen Flitzer kriege ich nicht viel rein. Da müsste ich zwei- bis dreimal fahren.«

»Soll ich dir helfen?«

»Ich will dir nicht deine spärlich bemessene Freizeit klauen.«

»Quatsch. Das mach ich gern. Außerdem bin ich für jede Ablenkung dankbar«, bekannte er freimütig.

»Sollen wir Montag sagen?«

»Passt.«

Bevor sie an dem Tag starteten, frühstückten sie gemütlich in Utes ehemaliger Pension. Sie hatte Apfelkuchen und Zimtschnecken gebacken. Dazu gab es Käse, Wurst und eine Auswahl leckerer Brötchen. Sergej schloss sich ihnen an und die drei plauderten munter über alles Mögliche. Der Russe erzählte von seiner Zeit als Matrose auf einem Expeditionsschiff der russischen Marine. Dabei verstand er es, so anschaulich über seine Reisen zu erzählen, dass sie das Gefühl hatten, in einem Jack-London-Roman gelandet zu sein. Eine Anekdote über die verwegenen Seebären auf seinem Schiff jagte die nächste und die Zeit verging wie im Flug. Während Sergej sich auf den Weg machte, um weiter an seinem Restaurationsauftrag zu arbeiten, fuhren Ute und Jo nach Boppard in die Gärtnerei. Mit einem vollgeladenen Wagen kehrten sie nach Oberwesel zurück.

Jo hatte in seiner Kindheit oft seiner Mutter im Garten geholfen und liebte die Arbeit mit Blumen. Deswegen stellte er sich zu Utes Überraschung durchaus geschickt an und sie kamen gut voran. Zweieinhalb Stunden später waren sie fertig und Ute setzte die letzten Chrysanthemen auf dem Grab ihres Mannes ein. Lediglich zwei lilafarbene Stiefmütterchen waren übrig geblieben.

»Hättest du noch Zeit, um mit mir am Seniorenzentrum vorbeizufahren? Ich will die Blumen dort abgeben.«

»Kein Problem.«

Sie fuhren durch die Stadt und hielten vor dem Seniorenzentrum an.

»Willst du im Auto warten oder kommst du mit?«, fragte Ute.

»Wie lang dauert es denn?«

»Ein paar Minuten. Ein Freund meines Vaters wird im Zentrum betreut. Er hat keine Familie mehr, deswegen sehe ich nach ihm.«

»Das ist nett von dir. Ich war noch nie im Seniorenheim. Das gucke ich mir an.«

Sie fuhren mit dem Aufzug in den vierten Stock.

»Wie alt ist der Freund deines Vaters?«, fragte Jo, während sie den Flur entlanggingen.

»91. Er ist vor einigen Jahren an Demenz erkrankt. Deswegen musste er ins Heim umziehen.«

»Erkennt er dich?«

»Selten. Es ist merkwürdig mit ihm. Die meiste Zeit ist er in seine eigene Welt versunken und sitzt stumm da. Aber an manchen Tagen hat er lichte Momente. Dann weiß er alles wieder und du kannst dich mit ihm über die alten Zeiten unterhalten. Leider werden diese Augenblicke immer seltener.«

Ute schüttelte den Kopf.

»Es ist doppelt schade, denn speziell für dich wäre es spannend, sich mit ihm zu unterhalten.«

»Wieso? Ist er Koch gewesen?«

Ute lachte.

»Nein. Er war früher bei der Kriminalpolizei. Genauer gesagt, bei der Mordkommission. Bei seinen Besuchen bei meinem Vater hat er gelegentlich von seinen Fällen erzählt. Ich fand es immer gruselig. Aber bei deinem Hobby wäre er der ideale Gesprächspartner.«

Ute war vor einer Tür stehen geblieben und klopfte. Niemand antwortete. Sie öffnete die Tür und trat ein. Das Zimmer war hell und modern eingerichtet. Am Fenster saß ein älterer Herr in einem Sessel und schaute hinaus. Von hier oben hatte man einen wunderbaren Blick auf den Rhein und die vorbeifahrenden Schiffe.

»Hallo, Herr Hansen. Ich bin es, Ute«, rief sie fröhlich. Der ältere Herr beachtete sie nicht und sah weiter stumm zum Fenster hinaus.

»Ist heute kein guter Tag, fürchte ich.«

Sie sah sich um.

»Die Damen haben alle Blumentöpfe weggeräumt«, meinte sie tadelnd. Sie stellte die Blumen vor Herrn Hansen auf das Fensterbrett.

»Ich hab Ihnen Stiefmütterchen mitgebracht«, sagte sie zu dem alten Herrn. »Die mögen Sie doch so gern.«

Ute seufzte.

»Ich gucke, ob ich eine der Pflegerinnen finde. Blumenvasen sind hier Mangelware. Bleibst du so lang bei Herrn Hansen?«

Jo nickte. Nachdem Ute das Zimmer verlassen hatte, sah er Herrn Hansen verlegen an. Sollte er mit ihm sprechen oder besser ruhig sein?

»Tolles Wetter heute, was?«, bemerkte er.

Keine Reaktion.

»Ein schönes Plätzchen haben Sie hier.«

Der alte Mann blieb stumm. Offensichtlich war er nicht in Plauderlaune, dachte Jo und grinste schief. Er ließ den Blick durchs Zimmer wandern. Es wirkte zwar freundlich, strahlte aber dennoch etwas Unpersönliches aus. Jo stutzte. Er nahm eines der Stiefmütterchen vom Fensterbrett. In der Gärtnerei hatten sie die Blumen in Zeitungspapier eingewickelt. Er packte sie aus und faltete das Papier auf. Es handelte sich um eine Seite des »Mainzer Express«. Der Polizeireporter des Boulevardblatts war ein gewisser Dieter Klein, mit dem Jo in der Vergangenheit mehrfach aneinandergeraten war. Er schrieb reißerische, sensationsheischende Artikel, ohne auf die Betroffenen Rücksicht zu nehmen. Daher hatte Jo sich geschworen, die Zeitung zu ignorieren. Seine Neugierde gewann die Oberhand. Aufmerksam sah er sich die Seite an. Sie enthielt Bilder von dreien der vier Tatorte: Das Weingut von Erich Hoffmann, der Bauernhof von Hans Gruber und das Wohnhaus von Helmut Stehr waren abgebildet. Anscheinend war es Klein diesmal nicht gelungen, ein Foto von einem der Opfer zu bekommen. Der Reporter hatte sich stattdessen mit einer Zeichnung beholfen, die plastisch darstellte, wie Ernst Hoffmann aufgefunden worden war. Dazu beschrieb Klein die Situation derart detailreich, als habe er persönlich die Leiche entdeckt. Jo verzog angewidert das Gesicht. Entgegen der sonst üblichen Verfahrensweise hatte Klein die Nachnamen der Opfer ausgeschrieben und nicht nur mit einem Buchstaben abgekürzt.

»Wer sind Sie und was machen Sie in meinem Zimmer?«

Jo erschrak, als der alte Mann ihn ansprach. Er musterte Jo mit strengem Blick.

»Ähm, mein Name ist Jo Weidinger. Ich bin mit Ute hier.«

»Wo ist sie?«

»Sie holt Blumentöpfe. Sie hat Ihnen Stiefmütterchen mitgebracht.«

Ein Lächeln glitt über die hageren Gesichtszüge des alten Mannes.

»Ich heiße Paul Hansen«, stellte er sich vor und reichte Jo die Hand. Dieser schüttelte sie und lächelte ebenfalls. Plötzlich erstarrte Hansen.

»Was ist das?« Er griff nach der Zeitungsseite. Seine Lippen bewegten sich, während er den Bericht las. Dabei wurde er immer aufgeregter.

»Jemand hat sich an ihnen gerächt!«, rief er aus. »Er hat sie gekreuzigt. So wie sie es mit ihr gemacht haben.«

Jo sah ihn ratlos an.

»Verstehen Sie nicht? Sie waren alle mit dabei – Hoffmann, Stehr, Gruber und die beiden anderen. Sie waren alle beteiligt!«

»Beteiligt an was?«

»An dem Mord. Dem Mord an Maria! Sie haben sie gekreuzigt.«

Erst jetzt begann Jo zu begreifen.

»Es geht um einen Mordfall, in dem Sie ermittelt haben?«

Paul Hansen nickte.

»Wir müssen los«, rief er aufgeregt. »Wir müssen sie festnehmen.«

Er versuchte aufzustehen.

»Wen meinen Sie? Gerd Ehlers?«

»Ja, ihn und den Anführer.«

»Wie ist sein Name?«

Der alte Mann stoppte mitten in der Bewegung. Er machte einen verwirrten Eindruck. Mit einem Seufzer ließ er sich in den Sessel zurückfallen.

»Ich bin nicht mehr bei der Polizei, stimmt's?«

»Nein«, antwortete Jo. »Sie sind in einem Pflegeheim.«

Der alte Mann sackte in sich zusammen. Die Aufregung war schlagartig aus seinem Gesicht gewichen.

»Herr Hansen, wer war der fünfte Mann? Wer ist der Anführer gewesen?«, fragte Jo eindringlich.

Der alte Mann hüllte sich in Schweigen und blickte zum Fenster hinaus. Seine Augen wirkten glasig. Als hätte jemand einen Vorhang vorgezogen. Jo packte ihn an den Schultern und schüttelte ihn.

»Bitte, Sie müssen es mir sagen. Wen haben sie ermordet? Wie heißt Maria mit Nachnamen?«

»Jo! Hör auf!«, rief eine Stimme scharf.

Mit wenigen Schritten war Ute bei Herrn Hansen. Jo hatte ihn losgelassen und wich zurück.

»Bist du verrückt geworden?«, sagte Ute vorwurfsvoll und tätschelte dem alten Mann beruhigend die Hand.

»Er weiß, wer es war!«

»Wie bitte?«

»Die Mordserie – Herr Hansen hat gegen die Männer ermittelt.«

Die Worte sprudelten aus ihm heraus. Aufgeregt erzählte er Ute, was er von Herrn Hansen erfahren hatte. Sie hörte ihm ruhig zu.

»Wir müssen versuchen, ihn aufzuwecken«, forderte er.

»Wie stellst du dir das vor? Es gibt kein Mittel gegen Demenz«, erklärte sie nüchtern.

»Dann muss jemand bei ihm bleiben, bis er das nächste Mal bei sich ist.«

»Das kann Wochen dauern.«

Jo machte ein langes Gesicht.

»Am besten gehst du damit zur Polizei.«

»Auf keinen Fall!«

»Sie müssen nur in Herrn Hansens alte Fälle gucken.«

»Wenn ich Wenger mit so einer Geschichte komme, erklärt er mich für verrückt. Oder er unterstellt mir, dass ich es erfunden habe.«

Ute lachte ungläubig.

»Wenger wartet bloß darauf, dass er mir eine Irreführung der Polizei anhängen kann.«

»Du kannst ihm so etwas nicht vorenthalten.«

»Erst muss ich mehr darüber herausfinden.«

»Wie willst du das anstellen?«

»Ich bitte Klaus um Hilfe. Wenn der Mord an dieser Maria in der Gegend passiert ist, hat das ›Rheinische Tagblatt‹ 100-prozentig darüber berichtet. Ein Fall, bei dem eine Frau gekreuzigt wurde, muss Aufsehen erregt haben.«

»Mir sagt es gar nichts und ich hab mein gesamtes Leben im Mittelrheintal verbracht«, gab Ute zu bedenken. »Besser, du meldest es der Polizei, die können bundesweit suchen.«

»Später vielleicht«, wehrte er ab.

Kaum war Jo zurück im »Waidhaus«, klemmte er sich ans Telefon. Er rief Klaus Sandner an und schilderte ihm, was er von Herrn Hansen erfahren hatte.

»Sorry, Jo, das hört sich für mich nach einer argen Räuberpistole an«, meinte der Journalist skeptisch. »Könnte es sein, dass der alte Herr sich einen Spaß mit dir erlaubt hat?«

»Warum sollte er das tun?«

»Weil ihm in seinem Altenheim langweilig ist oder weil ihm der Schalk im Nacken sitzt?«

»Er hat bei der Mordkommission gearbeitet. So jemand spaßt nicht mit Mord. Ich bin sicher, dass er mir nichts vorgespielt hat.«

»Vielleicht hat er etwas durcheinandergebracht oder sein Gedächtnis hat ihm einen Streich gespielt. Du hast selbst gesagt, dass er nicht richtig im Kopf ist. «

»Bitte, Klaus, wir müssen etwas unternehmen! Der fünfte Mann läuft frei draußen herum. Könntest du es mit deinem Gewissen vereinbaren, wenn er ermordet wird?«

»Also gut«, gab der Journalist nach. »Ich setz einen meiner Volontäre dran. Allerdings maximal einen halben Tag. Wenn er bis dahin nichts findet, ist die Sache für uns erledigt.«

»Vielen Dank!«

Anschließend informierte er Kati. Im Gegensatz zu Ute und Klaus war sie bezüglich des neuen Ermittlungsansatzes Feuer und Flamme.

»Soll ich ins Seniorenzentrum fahren und mit Herrn Hansen sprechen?«, fragte sie.

»Was soll das bringen? Laut Ute kann es Wochen dauern, bis er seinen nächsten lichten Moment hat.«

»Was soll ich sonst tun?«

»Kannst du im Internet recherchieren, ob du etwas zu einem Mordfall mit einer Maria findest, in dem ein Kreuz eine Rolle spielt?«

Kati lachte.

»Was gibt's da zu lachen?«, fragte er irritiert.

»Ich hab parallel geguckt. Wenn du Maria und Kreuzigung eingibst, kriegst du tonnenweise religiösen Kram.«

Jo biss sich auf die Lippen. Daran hatte er überhaupt nicht gedacht.

»Was für ein Pech, dass wir keinen Nachnamen haben«, bedauerte sie.

»Kannst du trotzdem schauen, ob du was findest?«

»Klar. Ich meld mich.«

Jo starrte auf den leeren Bildschirm seines Computers. Zweifel nagten an ihm. Möglicherweise hatten sich bei Herrn Hansen die Synapsen falsch verbunden und er hatte die Kreuzigung von Jesus fälschlicherweise mit dem Namen seiner Mutter Maria in Zusammenhang gebracht. Andererseits hatte er ernsthaft betroffen gewirkt, als er die Namen von Hoffmann, Gruber und Stehr las. Jedenfalls schien er zu wissen, wer die drei waren. Oder handelte es sich um die Hirngespinste eines verwirrten alten Mannes?

Er schob den Gedanken daran beiseite und griff erneut zum Hörer.

»Herr Weidinger, was verschafft mir das Vergnügen Ihres Anrufs?«, fragte Hauptkommissar Milde gut gelaunt.

»Es geht um die Kreuzigungen.«

Der ehemalige Kriminalbeamte wurde ernst.

»Üble Sache. Vier Tote, und nach allem, was ich den Medien entnehme, keine heiße Spur. Die Kollegen sind nicht zu beneiden.«

»Ich wollte diesbezüglich etwas fragen.«

»Sind Sie immer noch an der Sache dran? Sie können es nicht lassen, was? Wie ich Ihnen bereits beim letzten Mal sagte: Ich kann Ihnen nicht helfen. Erstens weiß ich nichts über den Fall und zweitens will ich den Kollegen nicht ins Handwerk pfuschen.«

»Ich hab eine allgemeine Frage.«

»Warum gehen Sie damit nicht zum Kollegen Wenger?«

»Er ist nicht gut auf mich zu sprechen.«

»Kann ich mir vorstellen. Keiner ist begeistert, wenn Amateure in einem Mordfall mitmischen.«

»Außerdem ist meine Idee ungewöhnlich. Bevor ich Wenger damit nerve, wollte ich bei Ihnen nachhören.«

»Bei mir als Pensionär schadet es nichts, was?« Milde lachte. »Worum geht's?«

»Als Sie noch aktiv im Dienst waren – wurden Sie da über Mordfälle in anderen Bundesländern informiert?«

»Nicht routinemäßig. Von spektakulären Fällen, die bundesweit Schlagzeilen machten, hat man natürlich gehört. Aber sonst bekommt man das nicht mit. Man hat genug mit seinen eigenen Fällen zu tun.«

»Ist Ihnen in Ihrer 30-jährigen Praxis ein Fall untergekommen, bei dem eine junge Frau gekreuzigt wurde? Entweder hier in der Gegend oder woanders in Deutschland?«

»Nein.«

»Sind Sie sicher?«

»Absolut. Wenn eine Frau gekreuzigt und öffentlich ausgestellt worden wäre wie bei den aktuellen Fällen, wäre mir das in Erinnerung geblieben.«

»Schade.«

»Wie kommen Sie darauf?«

»Nur so«, wich Jo aus.

»Selbst wenn mein Ratschlag bei Ihnen auf taube Ohren stößt: Lassen Sie die Finger davon. Es kommt nichts Gutes dabei heraus, wenn man sich zu viele Gedanken über Mord und Totschlag macht.«

KAPITEL 30

Am nächsten Morgen informierte Kati ihn über das Ergebnis ihrer Internetrecherche.

»Ich hab über zwei Stunden rauf und runter gesucht, leider ohne Erfolg«, erklärte sie bedauernd.

Jo nickte trübselig. Er hatte parallel selbst nachgeforscht, war jedoch ebenso wenig fündig geworden.

»Wir sollten die Hoffnung nicht aufgeben. Im Internet findet man vor allem neuere Sachen. Wenn etwas 20 Jahre oder länger her ist, gibt das Internet meist nicht viel her.«

»Warum sollte jemand so lange warten?«

»Könnte ein Sohn sein, der damals ein Kind war und erst jetzt alt genug ist, um sich zu rächen.«

»Scheint mir weit hergeholt.«

»Hast du eine bessere Erklärung?«

»Nein«, gab er zu.

»Schauen wir, was Klaus Sandner herausfindet. Vielleicht eröffnet es uns einen neuen Ansatzpunkt.«

Jos Geduld wurde diesbezüglich auf eine harte Probe gestellt. Sandner meldete sich erst drei Tage später.

»Was habt ihr rausgefunden?«, fragte Jo gespannt.

»Nichts.«

»Wie – nichts?

»Es gibt keinen Mord an einer Frau mit dem Namen Maria, bei dem ein Kreuz eine Rolle spielt.«

»Bist du sicher?«

»Wir haben unser gesamtes Archiv durchgesehen.«

»Da muss es was geben. Habt ihr im restlichen Bundesgebiet geguckt?«

»Auch das hat der Kollege gemacht. Er hat fast einen Tag an der Recherche gesessen. Mehr als ursprünglich geplant.«

»Dann setz noch jemand anderes dran.«

Der Journalist seufzte.

»Weißt du, wie viel wir um die Ohren haben? Mein Chefredakteur sitzt mir im Nacken, dass wir jeden Tag eine neue Geschichte zur Mordserie abliefern, obwohl die Polizei komplett mauert.«

»Umso wichtiger ist es, dass wir selbst was unternehmen. Stell dir vor, wir finden eine Spur, auf welche die Polizei bisher nicht gestoßen ist.«

»Ernsthaft? Ich will deinen Enthusiasmus nicht bremsen, aber ein Mann, der an Demenz leidet und gelegentlich einen lichten Moment hat, ist keine belastbare Quelle. Die Sonderkommission von Wenger ist auf über 30 Mann aufgestockt worden. Wenn es einen anderen Mordfall mit Kreuzigung gäbe, hätten sie ihn längst ausgegraben.«

»Wir müssen weitersuchen«, beschwor Jo seinen Freund.

»Sorry, wir haben mehr als genug Zeit dafür investiert. Wie soll ich das in der Redaktion rechtfertigen?«

Obwohl Jo alles andere als glücklich darüber war, konnte er nichts dagegen tun. Er bedankte sich, und sie beendeten das Gespräch. Anschließend informierte er Kati, die darüber genauso enttäuscht war wie er selbst. Um auf andere Gedanken zu kommen, verabredete er sich für den nächsten Tag zu einer Partie Schach mit Sergej.

Wie immer war der Russe gut aufgelegt und verwickelte ihn in ein munteres Gespräch. Er hatte Tee gekocht und Ute hatte einen Kuchen für sie gebacken. Alles war für ein anregendes Duell angerichtet, wenn Jo nicht die ersten zwei Partien leichtfertig abgegeben hätte.

»Was ist los mit dir? Nicht, dass ich nicht gern gewinne«, grinste Sergej, »aber wenn du so wenig Widerstand leistest, macht es keinen Spaß.«

»Es ist diese Mordserie. Sie geht mir nicht aus dem Kopf.«

»Bist du immer noch hinter diesem Polen her?«

»Nee, der ist lange außen vor.«

Jo erzählte Sergej, was sich in der Zwischenzeit ereignet hatte und was Kati und er herausgefunden hatten. Der Russe hörte aufmerksam zu. Als Jo geendet hatte, schüttelte er den Kopf.

»Ihr jungen Leute – immer gleich die Flinte ins Korn werfen, wenn es nicht so läuft, wie ihr es euch vorstellt«, tadelte er.

»Von wegen. Wir haben alles Menschenmögliche getan«, verteidigte Jo sich. »Außer, dass wir zur Polizei gegangen sind. Aber das mache ich nicht, so wie Wenger uns behandelt hat.«

»Wer redet von der Polizei?«, meinte Sergej und grinste. »Es gibt jede Menge Sachen, die deine Freundin und du machen könnt.«

»Sie ist nicht meine Freundin«, verwahrte Jo sich. »Und was wäre das, bitte schön?«

»Ihr müsst tiefer graben.«

»Was soll das heißen?«

»Ihr habt gerade mal ein wenig an der Oberfläche gekratzt. Als Restaurator bekomme ich oft alte Figuren in die Hand, bei denen die Farben verblasst sind und dir niemand sagen kann, wie sie ursprünglich ausgesehen haben, geschweige denn, wie die Farben hergestellt wurden. Wenn ich deswegen aufgeben würde, hätte ich keine einzige Figur überarbeiten können. Manchmal suche ich wochenlang in Archiven, um ein Buch oder eine Originalschrift zu finden, die mir Hinweise darauf gibt.«

»Wir haben das Internet rauf und runter durchsucht und Klaus Sandner hat das Archiv des ›Rheinischen Tagblatts‹ durchwühlen lassen.«

»Wie lang reicht das zurück?«

Jo zückte sein Smartphone.

»Die Zeitung wurde 1946 gegründet«, informierte er Sergej und lächelte triumphierend. »Ich wüsste nicht, wie man noch tiefer graben könnte.«

Sergej schien davon gänzlich unbeeindruckt.

»Was, wenn der Mord an dieser Maria vorher geschehen ist?«

»Vor 1946?«

Jo sah ihn ungläubig an.

»Wie alt ist Paul Hansen?«

»Anfang 90.«

»Und die vier Mordopfer?«

»Alle um die 80.«

»Findest du das nicht seltsam?«

»Nur weil sie alt sind, soll der Mord vor mehr als 60 Jahren passiert sein?«

»Du hast erzählt, sie hätten nach dem Krieg Schwarzmarktgeschäfte betrieben. Was, wenn sie noch Schlimmeres gemacht haben?«

»Glaube ich nicht.«

»Warum?«

»Weil niemand so lange mit seiner Rache wartet.«

»Rache kennt keine Halbwertszeit.«

»Nehmen wir an, du hast recht. Wer ist der Mörder? Ein Freund? Der Ehemann? Selbst wenn diese Maria 1946 extrem jung war, müsste ihr damaliger Partner an die 100 sein.«

»Der Mörder könnte ein Sohn, ein Neffe oder ein Enkel sein.«

»Wieso hätte ein Verwandter so lang mit seiner Rache warten sollen?«

»Möglicherweise hat er erst vor Kurzem davon erfahren.«

»Vier Menschen wegen einer Tat umzubringen, die sie vor Jahrzehnten begangen haben, ist verrückt.«

»Jemand, der andere kreuzigt, ist nicht mit normalen Maßstäben zu messen«, gab Sergej zu bedenken.

»Kommt mir weit hergeholt vor«, erwiderte Jo.

»Wie sagt Sherlock Holmes so schön: Wenn man das Unmögliche ausgeschlossen hat, muss das, was übrig bleibt, die Wahrheit sein, so unwahrscheinlich sie auch klingen mag.«

»Du hast Arthur Conan Doyle gelesen?«, fragte Jo überrascht.

»Er ist kein Dostojewski. Im Gegensatz zu sowjetischen Funktionären war ich allerdings immer der Ansicht, dass man die Klassiker des Klassenfeindes gelesen haben sollte.«

Sergej grinste.

»Wollen wir weiterspielen?«

Ob es daran lag, dass er sich den Fall von der Seele geredet hatte oder ob er nur konzentrierter war – jedenfalls wendete sich das Blatt und Jo gewann die folgenden Partien. Zufrieden machte er sich auf den Heimweg. Dabei dachte er darüber nach, was Sergej ihm gesagt hatte. Zurück im »Waidhaus«, sprach er mit Kati darüber. Zu seiner Überraschung fand sie die Idee gut.

»Was schadet es, wenn wir dem nachgehen? Besser als rumzusitzen und abzuwarten, ist es allemal.«

»Du willst dich durch historische Archive wühlen? Wo sollen wir da anfangen? Ich hab keine Ahnung, ob Kriminalakten überhaupt so lang aufbewahrt werden. Falls ja, sind die noch bei der Polizei oder in einem historischen Archiv?

Wenn sie bei der Polizei sind, können wir es ohnehin vergessen. Wenger lässt uns niemals alte Mordakten einsehen.«

»Meine beste Freundin aus der Schulzeit hat Geschichte studiert. Die arbeitet an der Uni Mainz an einem Lehrstuhl für neuere Geschichte und macht nebenbei ihre Doktorarbeit. Die kann ich fragen.«

»Tu das.«

Zwei Stunden später kam Kati freudestrahlend auf ihn zu.

»Meine Freundin hat Entwarnung gegeben. Kriminalakten aus dieser Zeit werden nicht bei der Polizei gelagert, sondern liegen im Landeshauptarchiv.«

»Wo ist das?«

»In Koblenz – wir müssen nicht mal weit fahren!«

»Dort sind alle Akten zu alten Mordfällen archiviert?«, fragte er ungläubig.

»Leider nicht alle – nur die historisch wertvollen.«

»Was soll das heißen?«

»Früher ist Mord nach 30 Jahren verjährt. Wenn der Zeitraum abgelaufen war, wurden viele Akten vernichtet. Außer der Fall war spektakulär oder aus anderen Gründen für die Forschung interessant.«

»Also bringt es uns nichts«, sagte Jo enttäuscht.

»Wieso?«

»Wenn nur wenige Fälle archiviert wurden, wie wahrscheinlich ist es, dass ausgerechnet der dabei ist, den wir suchen?«

»Ein Mord mit Kreuzigung – meinst du nicht, so was haben sie aufgehoben?«

Jo war skeptisch. Andererseits, wenn sie nicht Hunderte Akten durchsehen mussten, sondern lediglich einige Dutzend, machte es die Arbeit erheblich einfacher.

»Brauchen wir dafür einen Termin?«, wollte er wissen.

»Nein, man kann so vorbeikommen.«

»Wann sollen wir anfangen?«

»Morgen ist unser freier Tag. Ich bin zwar mit zwei Freundinnen zum Inlineskaten verabredet, aber das kann ich absagen.«

»Wenn du willst, gucke ich erst mal allein.«

»Quatsch. Zu zweit geht es doppelt so schnell. Außerdem bin ich neugierig, was dabei rauskommt.«

Kati und Jo trafen sich gegen 9 Uhr am Eingang zum Landeshauptarchiv in Koblenz. Am Empfang trugen sie ihr Anliegen vor. Sie mussten eine Weile warten. Schließlich kam eine ältere Dame, die sie abholte.

»Mein Name ist Annegret Schelling«, stellte sie sich vor. »Ich bin Archivarin und werde Sie bei Ihrer Recherche unterstützen. Was genau suchen Sie?«

»Ich studiere Geschichte und möchte in einer Hausarbeit beleuchten, wie Mordermittlungen unmittelbar nach dem Ende des zweiten Weltkriegs durchgeführt wurden, also vor allem in den Jahren 1945 und 1946.«

»Und wer sind Sie?«, wollte Frau Schelling von Jo wissen, während sie ihn kritisch über den Rand ihrer Brille musterte.

»Das ist mein Freund. Er hat heute frei und hilft mir bei meinen Recherchen«, antwortete Kati.

»Ein spezielles Thema, mit dem Sie sich da beschäftigen«, merkte Frau Schelling an.

»Unser Professor stellt uns laufend so komische Themen.«

»Bei wem studieren Sie?«

»Bei Professor Neubauer.«

Frau Schelling lachte.

»Sie kennen ihn?«, fragte Kati.

»Wir hatten bereits das Vergnügen mit ihm.« Der ironische Unterton in der Stimme der Archivarin war nicht zu überhören.

»Dann wissen Sie, was ich mitmache«, sagte Kati und lächelte entschuldigend.

»Sie können sich an einen der freien Tische setzen.« Die Archivarin deutete auf den hinteren Teil des Lesesaals. »Ich bringe Ihnen, was wir haben.«

»Ich wusste gar nicht, dass wir ein Paar sind«, flüsterte Jo Kati zu, während sie zu dem ihnen zugewiesenen Platz gingen.

»Was hätte ich sonst sagen sollen? Dass du mein Chef bist und wir zusammen einen Mordfall lösen?«

Jo hob abwehrend die Hände. »Ich hab damit kein Problem.«

Er grinste süffisant.

»Bild dir nichts darauf ein«, antwortete sie und knuffte ihn in die Seite. »Alles nur, damit wir nicht auffliegen.«

Sie setzten sich.

»Wieso kennst du dich so gut mit Geschichtsforschung aus?«

»Ich hab mich gestern vorbereitet.«

»Und woher wusstest du den Namen von diesem Professor?«

»Von meiner Freundin. Du kannst dir nicht vorstellen, wie oft sie mir wegen ihm die Ohren vollgeheult hat. Hätte nie gedacht, dass mir das mal was nutzt.«

Jo kam nicht umhin, ihre Schlagfertigkeit zu bewundern. Kati verstand es geschickt, sich auf jede Situation einzustellen und ihr Gegenüber mit ihrer charmanten Art um den Finger zu wickeln. Das hatte sich auch positiv für das »Waidhaus« ausgewirkt: Seit sie das Restaurant leitete, war der Weinumsatz um fast 40 Prozent gestiegen.

Frau Schelling tauchte wieder auf. Sie schob einen Wagen vor sich her, der mit Akten vollgepackt war.

»Das ist hoffentlich nicht alles für uns«, meinte Kati und lächelte unsicher.

»Ich fürchte, doch. Und das sind nur die Akten aus einem Halbjahr.«

Kati und Jo sahen die Archivarin entgeistert an.

»Wieso ist es so viel? Es kann unmöglich derart viele Morde in einer so kurzen Zeit gegeben haben«, sagte Jo.

»Die Akten sind nicht nach Mordfällen oder anderen Straftaten sortiert«, teilte Frau Schelling ihnen mit. »Sie umfassen alle Straftaten in diesem Zeitraum.«

»Dafür brauchen wir ewig«, stöhnte Kati.

»Als Geschichtsstudentin sollten Sie wissen, dass Quellenforschung mühsam ist.«

»Bisher hab ich vor allem mit Sekundärliteratur gearbeitet.«

Die Archivarin lächelte nachsichtig.

»Soll ich Ihnen noch mehr bringen?«

»Nee, bitte nicht. Damit haben wir genug zu tun«, wehrte Kati ab. Nachdem Frau Schelling sich auf ihren Platz am Eingang des Saales zurückgezogen hatte, machten sie sich an die Arbeit. Einen Ordner nach dem anderen nahmen sie in die Hand und blätterten ihn durch. Nach einer Weile schien Kati die Lust daran zu verlieren.

»Hast du bisher was?«, fragte sie.

»Diebstähle, Schwarzmarktgeschäfte, Schlägereien. Nichts Spektakuläres.«

»Glaubst du, wir finden überhaupt was?«

»Das wissen wir, wenn wir fertig sind.«

»Ist dir nicht langweilig?«

Jo zuckte mit den Schultern.

»Ist nicht das erste Mal, dass ich mich durch Archive wühle. Bei dem Fall in Japan mussten wir viel mehr Dokumente durchgehen.«

»Wer ist wir?«

»Meine Helferin und ich.«

»Du sprichst doch gar kein Japanisch. Wie konntest du da was lesen?«

»Meine Helferin hat die Hauptarbeit gemacht«, gab er zu.

»Wer war sie?«

»Eine japanische Geschichtsprofessorin.«

»Wie hast du sie kennengelernt?«

»Über einen Freund.«

»Das stelle ich mir total langweilig vor – Professorin für Geschichte. Dafür muss man bestimmt ein trockener Bücherwurm sein.«

»Nicht unbedingt. Kiki ist eine sehr quirlige Person.«

Kati hielt inne.

»Wie alt ist sie denn?«, wollte sie wissen und sah ihn neugierig an.

»31.«

»So jung?«

»Wollen wir über meine Damenbekanntschaften reden oder einen Mordfall lösen?«, sagte er. Widerwillig nahm Kati die nächste Akte vom Stapel und vertiefte sich darin. Zwei Stunden später hatten sie den Stapel auf dem Wagen abgearbeitet.

»Irgendeinen Hinweis auf eine Maria gefunden?«, fragte Jo.

Kati schüttelte den Kopf.

»Wie lang müssen wir noch?«, fragte sie.

Jo sah auf die Uhr.

»Ist grade mal elf«, antwortete er.

»Können wir nicht Mittagspause machen?«

Jo konnte sie verstehen. Aktenstudium war nicht die spannendste Freizeitbeschäftigung. Andererseits hatten sie noch einige Arbeit vor sich.

»Ein paar gehen wir noch durch«, entschied er. »Als Ausgleich lade ich dich nachher zum Essen ein. Ich kenn einen guten Italiener in der Innenstadt. Der wird dir gefallen.«

Die Aussicht schien Katis Lebensgeister zu wecken. Sie räumte eilig die Akten auf den Wagen. Zusammen schoben sie ihn nach vorn.

»Nichts gefunden?«, fragte Frau Schelling.

»Bisher nicht. Ich fürchte, wir müssen den nächsten Stapel durchgehen«, erwiderte Kati und schnitt eine Grimasse.

Die Archivarin lachte.

»Am Anfang ist es meistens mühselig. Wenn man schließlich etwas findet, freut man sich doppelt.«

»Ich hoffe, es dauert nicht mehr lang.«

»Sie schaffen das!«, munterte Frau Schelling sie auf. »Neulich hatten wir einen Gast, der hat fast zwei Wochen von morgens bis abends hier gesessen. Mit nahezu derselben Themenstellung wie Sie. Er war auf der Suche nach alten Mordakten.«

Kati und Jo stutzten.

»Aus demselben Zeitraum?«, fragte Jo.

»Fast. Nur etwas früher. Er hat mit 1945 angefangen und von da aus rückwärts gearbeitet.«

Kati und Jo sahen sich atemlos an.

»Der Mann, ist es so ein schmaler, kleinwüchsiger?«

»Oh, nein«, lachte Frau Schelling. »Er war kräftig und hatte breite Schultern. Er sah mehr aus wie ein Seemann als ein Geschichtswissenschaftler.«

»Wissen Sie seinen Namen?«

»Wieso wollen Sie den wissen?«, fragte die Archivarin misstrauisch.

»Vielleicht ist es einer meiner Kommilitonen. Er könnte mir bei der Suche einen Tipp geben.«

»Der Herr war deutlich älter. Außerdem sagten Sie doch, Sie brauchen einen Nachkriegsfall.«

»Ich könnte mit Professor Neubauer sprechen, ob ich den Schwerpunkt der Hausarbeit nach vorn verlegen kann.«

»Sie sollen bei so einer Arbeit die Praxis kennenlernen. Dazu gehört es, selbst die Akten durchzusehen«, sagte die Archivarin streng.

»Wissen Sie seinen Namen?«, fragte Kati, ohne auf den Einwand einzugehen.

»Das darf ich leider nicht sagen. Datenschutz.«

»Können Sie uns wenigstens die letzten Akten bringen, die er sich angesehen hat?«, schaltete Jo sich ein.

»Warum?«

»Sie sagten, er hat lange gesucht. Vermutlich hat er aufgehört, als er einen passenden Fall gefunden hatte.«

»Sehr schlau, junger Mann. Aber ich bleibe dabei: Ihre Freundin sollte keine Abkürzungen nehmen.«

»Bitte. Es wäre eine große Hilfe für mich. Ich hab so viel Stress mit den Prüfungsvorbereitungen.«

Kati sah Frau Schelling treuherzig an. Die Archivarin seufzte.

»Also gut«, gab sie nach. »Ich bringe Ihnen die entsprechenden Akten.«

Sie zog aus einem Ablagefach neben ihrem Computer eine Liste heraus und warf einen Blick darauf.

»Es dauert einen Moment«, teilte sie ihnen mit und erhob sich. Kaum war sie aus dem Raum verschwunden, griff Kati über den Tresen und nahm die Liste in die Hand.

»Was tust du?«, flüsterte Jo.

»Ich schaue, wie der Kerl heißt.«

»Und wenn wir erwischt werden?«

»Papperlapapp«, wischte sie seinen Einwand beiseite. »Guck mal, was der sich alles angesehen hat.«

Für jeden Tag, an dem er Akteneinsicht genommen hatte, hatte der Unbekannte separat unterzeichnet. Jo fiel auf, wie präzise und akkurat er seinen Namen geschrieben hatte. Es sah fast aus wie Kalligrafie.

»Peter Müller. Er heißt genau wie mein Opa!«, rief Kati überrascht.

»Hoffen wir, dass er es nicht war.«

»Quatsch. Opa ist eine Seele von Mensch. Der würde nie jemandem was zuleide tun.«

»Der Name ist falsch.«

»Wie kommst du darauf?«

»Peter ist einer der meist genutzten Vornamen, Müller der häufigste Nachname. Wenn du einen falschen Namen angibst, dann den.«

»Weidinger ist auch nicht gerade originell«, meinte sie schnippisch. Schnell legte Kati die Liste zurück. Keine Sekunde zu früh. Frau Schelling kehrte in den Saal zurück. Sie hatte einen Stapel Akten in der Hand.

»Das ist alles, was besagter Gastnutzer an seinem letzten Tag bei uns ausgeliehen hat«, erklärte Frau Schelling und reichte die Unterlagen über den Tresen. Jo nahm sie und brachte sie an ihren Tisch. Währenddessen hatte Kati auf ihrem Smartphone herumgetippt.

»Du hattest recht«, flüsterte sie. »Laut Telefonbuch gibt es den Namen Peter Müller mehr als 3.000 Mal in Deutschland.«

Sie stockte.

»Glaubst du, dieser Müller ist der Mörder?«, fragte sie.

»Wir werden sehen«, antwortete Jo.

Sie teilten die Unterlagen untereinander auf. Hektisch blätterten sie sich durch die vergilbten Seiten. Plötzlich hielt Jo inne. Er las sich an einer Stelle fest.

»Das ist sie!«, rief er aufgeregt.

KAPITEL 31

»Sie haben Maria Dabrowski also auf Schritt und Tritt verfolgt«, stellte Kriminalkommissar Brückner fest und sah den jungen Mann durchdringend an. Gerd Ehlers rutschte nervös auf seinem Stuhl hin und her.

»Ja«, gab er zu.

»Wer von Ihnen fünf?«

»Wir haben uns abgewechselt. Am meisten hat Rolf sie beobachtet.«

»Warum?«

»Er meinte, wir müssen die Ostarbeiter überwachen. Damit sie nichts klauen oder Sabotage begehen.«

»Sie haben sich dabei aber nur auf Maria konzentriert.«

Ehlers nickte.

»Kam Ihnen das nicht seltsam vor?«

Der junge Mann zuckte mit den Schultern.

»Wann haben Sie gemerkt, dass es um mehr ging?«

»Vor ein paar Wochen. Ich hab Rolf gesehen, wie er sich mit ihr unterhalten hat. Er hat nachher gesagt, er wollte sie aushorchen. Aber man konnte ihm ansehen, dass es gelogen war. Es war offensichtlich, dass er etwas von ihr wollte.«

»Sie meinen sexuell?«

Ehlers vermied es, Brückner anzusehen.

»Stießen seine Avancen auf Gegenliebe?«

»Sie war nett zu ihm, allerdings nicht mehr als zu allen anderen. Das hat Rolf geärgert. Er ist es nicht gewohnt, dass er seinen Willen nicht bekommt.«

»Was ist an dem Tag passiert, als sie gestorben ist?«

Ehlers schwieg.

»Sie wollen glimpflich aus der Sache herauskommen. Wenn ich mich beim Staatsanwalt für Sie einsetzen soll, müssen Sie uns alles sagen. Sonst kann ich nichts für Sie tun.«

Der junge Mann blieb stumm.

»Wir werden einen nach dem anderen in die Mangel nehmen. Sie sollten reinen Tisch machen. Wenn nachher einer Ihrer Kameraden auspackt, haben Sie Ihre Chance vertan«, erhöhte Brückner den Druck.

»Rolf hat gesagt: ›Wir machen uns heute einen Spaß mit Maria.‹ Wir wussten nicht, was er vorhat.«

»Sie sind ihr also nachgeschlichen.«

Ehlers nickte.

»Rolf meinte, wir jagen sie durch den Wald. Nur um zu sehen, ob sie Angst vor uns hat. Als sie uns gesehen hat, ist sie weggerannt. Wir hatten Mühe, an ihr dranzubleiben. Aber schließlich haben wir sie doch gekriegt. Wir standen um sie herum und haben sie angesehen. Uns allen ist bewusst geworden, wie hübsch sie ist.«

Der junge Mann stockte.

»Was passierte als Nächstes?«

»Sie zückte ein Messer und hat geschrien, dass sie uns alle absticht. Wir haben Angst bekommen, aber Rolf hat sie damit nicht beeindruckt. Er ist auf sie zugegangen und …«

Der junge Mann stockte wieder. In dem Moment flog krachend die Tür auf. Erschrocken fuhr Ehlers herum. Im Türrahmen stand Kriminaldirektor Stelzner. Er bebte vor Zorn.

»Was ist hier los?«, brüllte er.

»Ich führe eine Vernehmung durch«, erklärte Kriminalkommissar Brückner, ohne mit der Wimper zu zucken.

»Das ist ungeheuerlich. Ich hatte Ihnen eine klare Anweisung gegeben. Die Ermittlungen sind beendet.«

»Sind sie nicht. Yurchenko ist unschuldig. Der junge Mann

hier …«, Brückner deutete auf Gerd Ehlers, »ist dabei, ein Geständnis abzulegen. Er und seine Kameraden sind es gewesen.«

Stelzner starrte den Kriminalkommissar fassungslos an. Seine Augen verengten sich zu schmalen Schlitzen.

»Sie wollen unseren jungen Männern Rassenschande unterstellen?«

Stelzners Stimme war mit einem Mal gefährlich leise.

»Sie haben einen Mord begangen«, antwortete Brückner kühl. »Das wiegt noch viel schwerer.«

»Sind Sie irre, Brückner? Wissen Sie, was Sie da behaupten?«

»Kriminalkommissar Brückner hat recht, wir müssen …«, setzte Paul Hansen an.

»Halten Sie den Mund«, unterbrach Stelzner ihn barsch. »Aber ich …«

»Sie werden sich auf der Stelle bei Ihrer Einheit melden. Ihr Marschbefehl für die Ostfront ist da.«

Hansen sah ihn ungläubig an.

»Sind Sie immer noch hier?«, schrie Stelzner ihn an. »Wenn Sie nicht sofort verschwinden, lasse ich Sie vor ein Kriegsgericht stellen.«

Hansen wurde blass.

»Gehen Sie«, wies Brückner seinen Assistenten an. Wortlos stand Hansen auf und verließ den Raum. Hinter Kriminaldirektor Stelzner tauchte das schmale Gesicht von Rolf Heitmann auf. Seine Augen leuchteten triumphierend. Ein höhnisches Lächeln glitt über seine Züge.

»Scharführer Heitmann?«

»Ja, Herr Kriminaldirektor.«

»Nehmen Sie Ihre Männer mit und schließen Sie die Tür hinter sich.«

»Jawoll, Herr Kriminaldirektor.«

Heitmann winkte Gerd Ehlers zu sich. Dieser erhob sich und schlich an Stelzner vorbei. Der Kriminaldirektor schloss die Tür hinter ihnen und setzte sich auf den Stuhl vor Brückners Schreibtisch.

»Wieso können Sie nicht auf das hören, was man Ihnen sagt?«

»Der Ukrainer ist unschuldig. Dafür gibt es Zeugen.«

»Sie meinen seine Komplizen, Shevcik und Rudenko?

»Ja.«

»Ich habe veranlasst, dass die Gestapo sie abholt. Sie werden an ein Konzentrationslager überstellt. Dort werden sie auf ihr Urteil warten.«

»Das können Sie nicht machen«, protestierte Brückner.

»Der Fall ist abgeschlossen. Die drei werden hingerichtet.«

»Wir dürfen die Mörder nicht frei herumlaufen lassen.«

»Die Hitlerjungen sind unsere Zukunft. Sie werden das Reich zu neuer Blüte führen.«

»Das Tausendjährige Reich kann froh sein, wenn es noch ein halbes Jahr hält«, sagte Brückner zynisch. »Hören Sie nicht die Berichte von der Front? Die Amerikaner haben Aachen eingenommen.«

Stelzner hielt inne.

»Seien Sie froh, dass wir uns so lange kennen, Brückner. Sonst würde ich Sie auf der Stelle wegen Hochverrats verhaften lassen.«

»Wir haben einen Amtseid geschworen. Wir dürfen den Ukrainern keinen Mord anhängen, den sie nicht begangen haben«, beharrte Brückner.

»Sie wollen es nicht verstehen, was? Wegen einem toten Polackenmädchen können wir nicht die Ehre unserer Jugend beschmutzen. Wissen Sie, was passieren würde, wenn ich Sie weiter ermitteln lasse? Es würde Sie und mich den Kopf kosten.«

»Das schreckt mich nicht.«

»Weil Sie ein verdammter Sturkopf sind. Damit ist es jetzt vorbei. Sie werden Ihres Postens enthoben. Ab morgen sind Sie dem Volkssturm zugeteilt.«

Mit diesen Worten erhob er sich und verließ den Raum.

Brückner starrte auf das Vernehmungsprotokoll, das halb ausgefüllt vor ihm lag. Nachdenklich nahm er es, heftete es in die Fallunterlage und schloss die Akte.

»Wollen Sie keine Kopien machen lassen?«, fragte Frau Schelling, als Jo ihr hastig die Akten zurück auf den Tresen legte.

»Nicht nötig. Wir haben alles, was wir brauchen«, antwortete Kati kurz angebunden.

Bevor die Archivarin etwas sagen konnte, hatten sie sich aus dem Staub gemacht. Verwundert sah Frau Schelling ihnen hinterher. Ein schönes Paar, dachte sie. Und wie süß von ihm, dass er ihr bei ihrer Arbeit half. Daran sollte sich ihr Mann mal ein Beispiel nehmen! Seufzend wandte sie sich wieder den Akten zu.

Draußen in der Halle blieb Kati stehen.

»Diese Drecksschweine!«, rief sie empört. »Sie haben sie vergewaltigt und zum Sterben zurückgelassen.«

Sie schüttelte sich.

»Ich will mir gar nicht vorstellen, wie sie sich gefühlt haben muss! Jetzt wissen wir auch, warum er sie kreuzigt. Er macht mit ihnen das Gleiche, was sie ihr angetan haben.«

Jo nickte düster.

»Denkst du, es ist ein Sohn?«

»Ich weiß nicht. Der müsste inzwischen ziemlich alt sein. Warum sollte er auf seine Rache so lang warten?«

»Möglicherweise ist es ein Enkel.«

»Die Frage ist, ob sie überhaupt Kinder hatte. Darüber stand nichts in der Akte.«

»Was machen wir jetzt?«, fragte sie.

Jo überlegte.

»Wir müssen zur Polizei gehen«, entschied er.

»Warum? Lassen wir den Dingen ihren Lauf.«

Jo sah Kati entgeistert an.

»Das ist nicht dein Ernst, oder?«

»Ist doch reiner Zufall, dass wir darauf gestoßen sind. Was, wenn wir die Akte nicht gefunden hätten?«

»Haben wir aber. Wir können nicht rumsitzen und zusehen, wie ein weiterer Mord geschieht. Sonst machen wir uns mitschuldig.«

Kati griff nach ihrem Smartphone.

»Was tust du?«

»Ich guck, ob es diesen Heitmann noch gibt.«

»Wie willst du den finden?«

»Hab's schon. Von dem Namen gibt's nur 20 in Deutschland. Nur einer ist in Koblenz. Anscheinend ein Rechtsanwalt«, sagte sie überrascht. »Vielleicht ein Sohn?«

Sie tippte hektisch auf ihrem Smartphone.

»Auf der Website von dem Anwalt steht, er ist Jahrgang 1927. Das muss er sein! Wahnsinn, dass er noch beruflich aktiv ist.«

Sie wählte eine Nummer.

»Sag bloß, du rufst da an.«

»Klar. Ich will wissen, was es für ein Mensch ist.«

»Bist du verrückt?« Jo wollte sie aufhalten, aber es war zu spät.

»Rechtsanwaltskanzlei Doktor Heitmann«, meldete sich eine weibliche Stimme.

»Mein Name ist Kati Müller. Ich muss dringend mit Doktor Heitmann sprechen.«

»Weswegen?«

»Es geht um eine persönliche Angelegenheit.«

»Herr Doktor Heitmann ist nicht im Haus.«

»Wann kommt er?«

»Eigentlich wollte er vor zwei Stunden da sein. Leider konnten wir ihn bisher nicht erreichen.«

Kati legte auf.

»Da stimmt was nicht.«

»Wieso?«

»Ich konnte an der Stimme der Sekretärin hören, dass sie sich Sorgen macht.«

Ein schrecklicher Gedanke durchzuckte Jo.

»Steht im Telefonbuch seine Privatadresse?«, fragte er mit belegter Stimme.

»Ja. Er wohnt fünf Minuten von hier.«

Wie von selbst setzten sich ihre Beine in Bewegung. Sie wussten selbst nicht, wieso sie eine derartige Unruhe befallen hatte. Ein älterer Herr sah ihnen missbilligend hinterher, als sie an ihm vorbeirannten. Jo riss sein Mobiltelefon aus der Tasche und wählte die Nummer von Oberkommissar Wieland.

»Wir wissen, wer der fünfte Mann ist«, rief er in den Apparat. »Sein Name ist Rolf Heitmann.«

Wieland stutzte.

»Der Anwalt?«, fragte er erstaunt.

»Ja.«

»Woher wissen Sie das?«

»Später«, japste Jo. »Heitmann ist nicht in seiner Kanzlei aufgetaucht und sein Büro kann ihn nicht erreichen. Sie müssen einen Streifenwagen zu seinem Haus schicken!«

Jo gab Wieland die Adresse durch.

»Ich werde es sofort veranlassen. Sind Sie vor Ort?«

»Quasi.«

»Unternehmen Sie nichts, verstanden? Warten Sie, bis die Kollegen eintreffen!«, forderte Wieland ihn eindringlich auf.

»Da ist es!«, keuchte Kati. Sie standen vor einer eleganten Villa aus der Gründerzeit. Die Gartentür stand offen. Zögernd traten sie ein. Aus dem Inneren des Hauses drang ein unterdrückter Schrei. Jemand rief nach Hilfe! Jo stürzte auf die Tür zu und hämmerte dagegen.

»Herr Heitmann, sind Sie da drin?«, rief er. Der Schrei war schlagartig verstummt. Ohne weiter nachzudenken, warf er sich gegen die Tür. Ein heftiger Schmerz zuckte durch seine Schulter. Jo fluchte. Im Fernsehen sah es immer so leicht aus. Hektisch sah er sich um. Kati hatte ein Gartenhäuschen entdeckt und rannte darauf zu. Mit einer Axt kehrte sie zurück und reichte sie ihm.

»Weg!«, schrie er. Sie sprang zur Seite. Er hob die Axt und schlug gegen die Tür. Die Axt glitt ab und verfehlte seinen Fuß um Haaresbreite. Er holte erneut aus. Beim dritten Versuch klappte es. Die Klinge war tief zwischen die Tür und den Rahmen eingedrungen. Mit einem kräftigen Ruck hebelte er sie auf. Sie stürzten ins Haus.

»Herr Heitmann, wo sind Sie?«

Aus dem Wohnzimmer drang ein Röcheln. Jo stieß die Tür auf und blieb wie angewurzelt stehen. Auf dem Boden lag ein Mann. Er war blutüberströmt. Jo ließ die Axt fallen und war mit einem Satz bei ihm. Jemand hatte ihm die Kehle durchgeschnitten. Kati riss ihre Jacke herunter und reichte sie Jo. Dieser drückte sie dem Mann auf den Hals und versuchte verzweifelt, die Blutung zu stillen. Doch so fest er auch drückte, es blutete weiter und weiter. Plötzlich standen zwei Polizeibeamte im Raum. Einer von ihnen zog Jo beiseite und beugte sich zu dem Schwerverletzten hinunter. Der zweite rief einen Rettungswagen. Die Beamten kämpften um das Leben des Mannes, aber als Minuten später der Notarzt eintraf, konnte er nur noch seinen Tod feststellen.

Die folgenden Stunden nahm Jo wie durch einen Schleier war. Der Raum füllte sich mit Polizisten und anderen Rettungskräften. Ein Beamter führte Kati und Jo in einen Nebenraum. Dabei mussten sie an einem grobgezimmerten Holzkreuz vorbei, das im Flur auf dem Boden lag. Ein kalter Schauer lief ihnen den Rücken hinunter, als ihnen bewusst wurde, was Rolf Heitmann bevorgestanden hatte.

Hauptkommissar Wenger und Oberkommissar Wieland trafen ein. Nachdem sie sich einen Überblick über die Lage verschafft hatten, folgte eine erste Vernehmung von Kati und Jo. Angesichts der Tatsache, dass sie erkennbar unter Schock standen, kam die Befragung nur langsam voran. Insbesondere Kati schien der gewaltsame Tod von Heitmann völlig erschüttert zu haben. Mehrfach brach sie während ihrer Aussage in Tränen aus. Schließlich hatten die Beamten ein Einsehen und schickten sie nach Hause.

Obwohl Kati mit ihrem eigenen Wagen gekommen war, fuhr Jo sie nach Hause. Er brachte sie in ihre Wohnung und blieb so lange bei ihr, bis sie vor lauter Erschöpfung auf der Couch eingeschlafen war. Er betrachtete ihre ebenmäßigen Gesichtszüge, die zum ersten Mal, seit sie Rolf Heitmann aufgefunden hatten, einen entspannten Ausdruck zeigten. Obwohl sie sich ohne sein Zutun in die Ermittlungen gestürzt hatte, fühlte er sich ihr gegenüber schuldig. Schlimm genug, dass er solchen Dingen ausgesetzt war. Kati hatte wahrlich etwas Besseres verdient. Er deckte sie zu und verließ leise die Wohnung.

KAPITEL 32

Am nächsten Tag wurde Jo ins Polizeipräsidium einbestellt, wo er detailliert befragt wurde. Zudem musste er sich eine ausführliche Standpauke von Hauptkommissar Wenger anhören, weil er nach dem Gespräch mit Paul Hansen nicht zur Polizei gekommen war. Gleichzeitig waren die Beamten skeptisch, dass eine über 60 Jahre alte Tat für die grausame Mordserie ursächlich sein sollte. Bezüglich eines möglichen Täters schienen sie nach wie vor im Dunklen zu tappen. Zum Glück blieben Kati die Vorwürfe erspart. Sie hatte sich krankgemeldet und verbrachte die Zeit auf dem Weingut ihrer Eltern, die sich um sie kümmerten. Jo hatte mit ihr telefoniert und ihr geraten, sich so viel Zeit zu nehmen, wie sie brauchte. Sie war ihm dankbar für sein Angebot, kündigte jedoch an, dass sie in den nächsten Tagen ins »Waidhaus« zurückkehren würde.

Jo stürzte sich in die Arbeit und verbrachte jede freie Minute in der Küche, um neue Gerichte auszuprobieren. Außerdem fuhr er in seiner Freizeit exzessiv Fahrrad und versuchte, seine innere Anspannung auf die Weise loszuwerden. Obwohl er sich bemühte, nicht mehr an die Morde zu denken, kehrten seine Gedanken immer wieder dahin zurück.

Drei Tage später stand Jo am Tresen und überprüfte den letzten Teller für den Mittagsservice. Er gab einen Tick mehr Soße auf das zartrosa gebratene Fleischstück und nickte der Bedienung zu, den Teller anzuservieren.

Ute und Philipp hatten die Köpfe zusammengesteckt und tuschelten miteinander.

»Gibt's Probleme?«, fragte Jo.

»Nee, wir überlegen, ob wir Pascha machen sollen«, antwortete Philipp.

»Kenn ich nicht«, bekannte Jo. »Was soll das sein?«

»Eine russische Nachspeise, die normalerweise an Ostern serviert wird«, erklärte der Jungkoch. »Die Basis ist ein Speisequark. Dazu kommen reichlich Butter, süße und saure Sahne, außerdem Rosinen, Mandeln, Vanille, Zitronenschalen und kandierte Früchte.«

»Hört sich interessant an.«

»Finden wir auch. Man kann es gut mit Beeren und frischen Saisonfrüchten kombinieren«, sagte Philipp.

»Allerdings ist es aufwendig in der Zubereitung«, gab Ute zu bedenken. »Der Quark muss in ein feines Sieb platziert werden und muss mindestens zwei Stunden abtropfen.«

Jo war neugierig geworden und trat auf sie zu. Vor ihnen lag ein Rezept. Er warf einen Blick darauf und erstarrte. Der Text war von Hand geschrieben, gestochen scharf, mit eleganten Bögen und Schwüngen. Es sah fast aus wie Kalligraphie. Jo schluckte.

»Von wem habt ihr das Rezept?«, fragte er mit gepresster Stimme.

»Sergej hat es aufgeschrieben. Es stammt von seiner Mutter«, antwortete Ute und lächelte.

»Wo ist Sergej?«

»Er arbeitet heute zu Hause. Es sind Unterlagen für ihn gekommen, die er durchgehen wollte.«

»Ich muss weg«, sagte Jo und knöpfte seine Kochjacke auf. Bevor einer etwas erwidern konnte, war er aus der Küche verschwunden.

»Fandest du das nicht merkwürdig?«, fragte Ute.

»Was?«

»Jos rapiden Abgang.«

»Vielleicht mag er keine russischen Nachspeisen«, mutmaßte Philipp und grinste. »Wir könnten es probeweise zubereiten und sehen, ob es ihm schmeckt.«

»Ja«, gab Ute einsilbig zurück, wobei sie nachdenklich in Richtung Tür blickte.

Jo stand vor Utes altem Fachwerkhaus und atmete tief durch. Er drückte auf den Klingelknopf. Nach einer Weile hörte er, wie sich Schritte näherten. Die Tür schwang auf und eine gedrungene, kräftige Gestalt füllte fast den gesamten Türrahmen aus.

»Jo, was für eine nette Überraschung«, sagte Sergej und lächelte.

»Ich muss mit dir reden.«

»Komm herein.«

Er folgte dem Russen hinauf in den ersten Stock, wo er sein Zimmer hatte. Auf dem Tisch in der Mitte des Raums stand ein Schachbrett. Die Figuren waren akkurat aufgestellt.

»Erwartest du jemanden?«, fragte Jo.

»Dich, um ehrlich zu sein«, antwortete Sergej. »Setz dich. Ich hab Tee gemacht.«

Er goss Jo eine Tasse ein.

»Wollen wir spielen?«

Bevor Jo etwas erwidern konnte, hatte Sergej den weißen Königsbauern zwei Felder nach vorn geschoben. Automatisch setzte Jo seinen schwarzen Bauern dagegen.

»Hat Ute dich angerufen, dass ich auf dem Weg zu dir bin?«

»Nein. Ich wusste, dass du kommen würdest, aber nicht, dass es heute ist. Ich dachte, du brauchst noch eine Weile. Wie bist du mir auf die Spur gekommen?«

Jo hielt inne. Er musterte Sergej. Dessen Miene zeigte keinerlei Verärgerung oder Überraschung. Nur freundliches Interesse.

»Durch deine Handschrift. Ich habe das Rezept gesehen, das du Ute gegeben hast. Die Buchstaben sahen genauso aus wie die, mit denen du im Landesarchiv als Peter Müller unterschrieben hast.«

»Du hast meine Ausleihliste eingesehen? Verstößt das nicht gegen den deutschen Datenschutz?«

»Kati hat sich die Liste geschnappt, als die Archivarin nicht im Raum war.«

»Cleveres Mädchen«, lobte Sergej und lächelte anerkennend. »Du solltest sie dir warmhalten. Gute Frauen sind schwer zu finden.«

Der Russe machte einen weiteren Zug.

»Warum hast du es getan?«

»Hast du die Akte gelesen?«

Jo nickte.

»Dann weißt du, warum.«

Wut blitzte in Sergejs Augen auf.

»Kannst du dir vorstellen, was sie durchgemacht hat? Sie haben sie durch den Wald gehetzt wie ein wildes Tier. Sie haben sie geschlagen und geschändet, immer wieder.«

Blanker Hass verzerrte seine Gesichtszüge.

»Sie haben sie an einem Kreuz festgebunden – ohne eine Chance, sich zu befreien. Gott, wie verzweifelt muss sie gewesen sein, als sie realisierte, dass sie sterben würde.«

So schnell, wie seine Wut gekommen war, verschwand sie wieder.

»Wer war sie?«

»Weißt du das nicht längst? Maria Dabrowski war meine Mutter.«

»Du bist doch Russe.«

»Das dachte ich. Bis meine vermeintliche Mutter mir die Wahrheit gesagt hat.«

Die Bitterkeit in Sergejs Stimme war unüberhörbar.

»In Wirklichkeit war sie meine Tante. Ich bin Anfang 1944 geboren. Meine Mutter war erst 17, als sie mit mir schwanger wurde.«

»Wer ist dein Vater?«

»Hat sie nie verraten. Ich bin ein uneheliches Kind. Ein Bastard sozusagen. Im katholischen Polen war das ein riesiger Skandal, selbst in Kriegszeiten. Für meine Großeltern war es ein schwerer Schlag. Trotzdem haben sie zu meiner Mutter gehalten. Aber es war nicht einfach. Ständig wurde die Familie angefeindet. Richtig schlimm wurde es nach meiner Geburt. Meine Mutter hat es nicht mehr ausgehalten. Sie wollte keine Last für die Familie sein. Außerdem war die Versorgungslage in Polen katastrophal. Deswegen hat sie sich freiwillig zum Arbeitsdienst in Deutschland gemeldet. Sie hoffte, dass sie uns Geld nach Polen schicken könnte. Das war zwar verboten, aber sie wollte es versuchen.«

Er machte eine Pause und starrte nachdenklich auf das Schachbrett.

»Mich hatte sie in die Obhut ihrer älteren Schwester gegeben. Sie sollte auf mich aufpassen, bis sie wieder da ist. Anfangs kamen regelmäßig Briefe, viele davon mit Geld. Irgendwann hörten sie auf. Natürlich haben sich alle Sorgen gemacht. Aber die Russen rückten aus dem Osten heran und nahmen Polen Stück für Stück ein. Es war nicht verwunderlich, dass keine Post mehr durchkam. Nach dem Ende des Krieges haben alle auf ein Lebenszeichen von ihr gehofft oder dass sie eines Tages vor der Tür steht. Aber sie kam nicht. Meine Großeltern haben versucht, etwas über ihr Schicksal herauszufinden – ohne Erfolg. In der Zeit hat sich meine Tante in einen russischen Offizier verliebt. Er hat ihr angeboten, sie zu heiraten und mit nach Russland zu nehmen. Um die Sache einfacher zu machen, haben sie mich als ihren gemeinsamen Sohn ausgegeben, und ich wurde zu Sergej.«

»Wie ist dein richtiger Name?«

»Mikolaj.«

Man konnte sehen, wie nahe ihm die Schilderung ging. Er nahm einen Schluck Tee.

»All die Jahre in meiner Kindheit und später als Jugendlicher hatte ich das Gefühl, dass etwas nicht stimmte, als wäre ich fremd in Russland. Erst als meine Tante im Sterben lag, hat sie ihr Gewissen erleichtert. Sie gab mir die Briefe meiner Mutter und ein vergilbtes Foto.«

Sergej reichte Jo die Aufnahme. Das Schwarz-Weiß-Foto war verknittert und verblasst. Dennoch konnte man darauf eine schlanke junge Frau erkennen. Sie lächelte fröhlich in die Kamera.

»Sie war sehr schön«, sagte er und gab die Aufnahme zurück.

»Das war sie«, bestätigte Sergej.

Er machte eine Pause.

»Am liebsten hätte ich mich sofort auf die Suche nach ihr gemacht. Aber daran war nicht zu denken. Russland befand sich mitten in den Wirren der Perestroika und ich hatte meinen Job verloren. Ich habe den Suchdienst des Roten Kreuzes angeschrieben und jede andere Hilfsorganisation, die sich mit dem Auffinden vermisster Personen befasste – ohne Ergebnis. Als ich Jahre später genug Geld beisammen hatte, bin ich zuerst nach Polen gefahren, um mehr über meine Familie in Erfahrung zu bringen. Meine Großeltern waren lange tot und auch sonst hatte ich dort keine Verwandtschaft mehr. Ich habe mich als Restaurator durchgeschlagen und fast ein Jahr nach Unterlagen gesucht, die möglicherweise Aufschluss über das Schicksal meiner Mutter gaben. Schließlich bin ich nach Deutschland gegangen und habe begonnen, hier Nachforschungen anzustellen. Es hat Monate gedauert, bis ich fündig geworden bin.«

»Warum bist du nicht zur Polizei gegangen? Mord verjährt in Deutschland nicht. Du hättest die fünf anzeigen können.«

Sergej lachte verächtlich.

»Sie sind damals damit davongekommen. Glaubst du, sie wären heute verurteilt worden? Die Ukrainer waren tot. Ebenso alle anderen Zeugen. Nachdem sie den Mord begangen hatten, haben sie sich geschworen, nie mehr darüber zu sprechen.«

Er schüttelte den Kopf.

»Paul Hansen hat Anfang der 50er-Jahre einen Versuch unternommen, den Fall neu aufzurollen. Leider ist er erst 1952 aus russischer Gefangenschaft zurückgekehrt. Er hat die alte Akte von Kriminalkommissar Brückner herausgesucht und die Ermittlungen wieder aufgenommen. Als die Staatsanwaltschaft Wind davon bekommen hat, wurde er zurückgepfiffen. Es gab im Justizapparat viele alte Nazis. Sie hatten keinerlei Interesse an einer Strafverfolgung und haben alles getan, den Fall unter den Tisch zu kehren. Je mehr ich darüber nachgedacht habe, umso wütender bin ich geworden. Sie alle haben sich ein schönes Leben aufgebaut, während meine Mutter so früh sterben musste. Ich konnte sie nicht damit davonkommen lassen und habe begonnen, sie auszuspähen. Jede freie Minute habe ich sie beobachtet und mir ausgemalt, was ich mit ihnen tun werde.«

»Bist du nicht erst seit ein paar Wochen in Deutschland?«

»Ich hatte vorher zwei andere Restaurationsjobs in der Nähe übernommen.«

»Warum die Kreuzigung und die öffentliche Zurschaustellung?«

»Sie sollten die Leiden meiner Mutter nachempfinden. Und es sollte eine Warnung an die anderen sein. Deswegen habe ich Hoffmann in seinem Weinberg aufgestellt. Allerdings haben sie es nicht verstanden. Sie dachten allen Ernstes, es hat etwas mit ihren Betrügereien zu tun. Den Mord an meiner Mutter hatten sie völlig verdrängt.«

»Was hat die Galgenschnur zu bedeuten?«

»Nachdem Ernst Hoffmann einige Stunden am Kreuz gelitten hatte, begann er zu reden. Er hat mir alles erzählt, was sie getan haben. Jedes Detail. Und er hat sich reuig gezeigt. Deswegen habe ich ihn von seinen Qualen erlöst. Dieselbe Chance habe ich den anderen gegeben. Wenn sie gestanden hätten, wäre ihnen das Kreuz erspart geblieben. Außer Gerd Ehlers haben sie es alle abgestritten. Bis zuletzt.«

»Warum hast du mir bei meinen Ermittlungen geholfen?«

»Habe ich das?«

Sergej lächelte feinsinnig.

»Du hast alles getan, um mich von Wojceks Unschuld zu überzeugen. Später hast du mir geraten, tiefer zu graben. Ohne dich wären wir nie auf die Akte deiner Mutter gestoßen.«

»Vielleicht wollte ich, dass du mir auf die Spur kommst.«

»Weshalb?«

»Weil du der Einzige bist, der mich versteht. Du hast auch einen geliebten Menschen verloren, stimmt's?«

Jo wurde blass.

»Woher weißt du das?«, fragte er mit tonloser Stimme.

Sergej lachte.

»Du musst keine Angst haben, ich habe dir nicht hinterherspioniert.«

Er wurde wieder ernst.

»Ich habe es in deinen Augen gesehen. Gleich beim ersten

Mal, als du mir von deiner Ermittlung erzählt hast. Dieser unbedingte Drang, diese Besessenheit, den Mörder zu finden … niemand tut so etwas aus Neugier. Wer ist es – deine Mutter? Dein Vater? Oder jemand von deinen Geschwistern?«

Jo schwieg.

»Andere Mordfälle aufzuklären, wird dir nicht helfen. Du musst dich deinen eigenen Dämonen stellen, sonst wirst du nie Ruhe finden.«

Jo schwieg eisern weiter.

»Manchmal frage ich mich, ob es anders gekommen wäre, wenn ich mit jemandem darüber gesprochen hätte.«

Jos Gesicht blieb völlig ausdruckslos.

Sergej seufzte.

»Du hast recht. Es steht mir nicht zu, dir Ratschläge zu geben. Schließlich bist du gekommen, um über mich zu sprechen.«

»Ich kann es nicht geheim halten«, sagte Jo. »So sehr ich verstehe, warum du es getan hast.«

»Ich weiß.«

Sie saßen sich eine Weile stumm gegenüber.

»Es war mutig von dir hierherzukommen. Immerhin bin ich ein fünffacher Mörder.«

Sergej streute Zucker in seinen Tee.

»Als ich mich damit beschäftigt habe, wie ich sie töten werde, habe ich zuerst an Gift gedacht. Wusstest du, dass russischer Tee so bitter ist, dass man problemlos den Geschmack von Gift damit verdecken kann?«

Jo, der gerade aus seiner Tasse trinken wollte, stellte sie vorsichtig ab. Ungläubig sah er Sergej an.

Der stämmige Mann lachte.

»Du musst keine Angst haben. Ich würde dir nie etwas tun. Das Gift ist nicht in deiner Tasse, sondern in meiner.«

Er nahm einen kräftigen Schluck. Plötzlich begann er zu husten. Ein regelrechter Hustenanfall schüttelte seinen Körper durch. Er begann zu zucken und rutschte vom Stuhl.

Jo sprang auf und war mit einem Schritt bei ihm. Sergej zuckte heftig und rang nach Luft. Jo riss sein Hemd auf und versuchte, ihm Erleichterung zu verschaffen.

»Sergej, was ist mit dir?«, rief er und schüttelte ihn. Ute tauchte im Raum auf.

»Schnell, wir brauchen einen Krankenwagen.«

Ohne ein Wort machte Ute kehrt und verschwand. Sergej zuckte unkontrolliert. Ein Ruck ging durch seinen Körper und er wurde schlagartig ruhiger. Er atmete flach und hatte Mühe, Luft zu bekommen. Jo spürte, dass er etwas sagen wollte. Er beugte sich zu ihm hinunter.

»Glaubst du, Gott wird mir verzeihen?«, fragte Sergej und hustete.

»Bestimmt«, versicherte Jo ihm und drückte Sergejs Hand. Sie fühlte sich kalt und leblos an.

»Du kommst sicher in den Himmel«, schob er hinterher.

Ein Lächeln glitt über Sergejs Gesichtszüge.

»Du bist ein schlechter Lügner«, sagte er mit schwacher Stimme, »aber ein guter Mensch.«

Er schloss die Augen und hörte auf zu atmen.

»Nein«, schrie Jo. Mit kräftigen Stößen auf Sergejs Brustkorb versuchte er, sein Herz am Schlagen zu halten. Dazwischen beatmete er ihn. Seine Bemühungen wurden immer verzweifelter. Sergej öffnete die Augen. Etwas Melancholisches lag in seinem Blick. Er versuchte, das Gesicht zu einem Lächeln zu verziehen. Dann wurden seine Augen glasig. Jo bemerkte es nicht und versuchte weiter, ihn zu reanimieren. Er spürte eine Hand auf seiner Schulter. Es war Ute.

»Es ist vorbei, Jo«, erklärte sie mit ruhiger Stimme. »Du musst ihn gehen lassen.«

Verständnislos blickte er sie an. Schließlich setzte er sich neben Sergej auf den Boden und blieb bei ihm, bis der Notarzt eintraf.

EPILOG

Die unerwartete Wendung in der Mordserie sorgte für ein riesiges Aufsehen in den Medien. Obwohl Jo seine Rolle am liebsten geheim gehalten hätte, sickerte in Windeseile durch, dass er den Täter gefunden hatte. Das »Waidhaus« wurde von Journalisten belagert und konnte sich kaum vor Reservierungsanfragen retten. Jeder wollte einen Blick auf Jo werfen oder ihm zu seinem Erfolg gratulieren. Seine Mitarbeiter taten alles, um ihn von der Öffentlichkeit abzuschirmen. Insbesondere Kati, die inzwischen ins »Waidhaus« zurückgekehrt war, wehrte alle Fragen nach Jo höflich, aber mit dem gebotenen Nachdruck ab. Es dauerte Tage, bis sich alles einigermaßen eingespielt hatte.

Dazu kam, dass Jo sich um Sergejs Beerdigung kümmerte. Er hatte keine Angehörigen, die seine Rückführung nach Russland hätten veranlassen können. Es gab ein Hin und Her zwischen deutschen und russischen Behörden, wer für die Kosten aufkommen sollte. Daher entschied Jo, es selbst in die Hand zu nehmen. Er wollte Sergej auf dem Friedhof in Oberwesel beerdigen lassen. Der Plan stieß im Pfarrgemeinderat auf heftigen Widerstand. Niemand wollte einem überführten Mörder auf dem Friedhof eine Heimstatt geben. Ute musste ihren gesamten Einfluss geltend machen, um die übrigen Mitglieder des Pfarrgemeinderats an die Prinzipien von christlicher Nächstenliebe und Vergebung zu erinnern.

Schließlich einigte man sich darauf, die Beerdigung zuzulassen, sofern das Grab lediglich mit einem Holzkreuz ohne

Namen geschmückt werden würde. Widerstrebend ließ Jo sich darauf ein.

Es war eine ruhige, schlichte Zeremonie. Außer Ute und Kati war eine Handvoll Mitglieder der Kirchengemeinde gekommen. Ein russisch-orthodoxer Priester sprach ein paar Worte. Anschließend wurde der Sarg in die Erde hinuntergelassen. Nachdem alle anderen gegangen waren, blieben Ute, Kati und Jo zurück.

Kati räusperte sich.

»Kommst du zurecht?«, fragte sie und berührte sanft seinen Arm. Er nickte stumm. Sie wartete einen Augenblick, ehe sie sich umdrehte und den Friedhof verließ.

Die Minuten verrannen.

»Sergej hat schlimme Dinge getan. Hoffen wir, dass seine Seele Frieden findet«, sagte Ute.

Jo schwieg.

»Warum sprichst du nie über deine Familie?«

Die Frage traf Jo völlig unvorbereitet.

»Du musst nicht alle Last allein auf deinen Schultern tragen.«

Jo schwieg beharrlich weiter.

»Wir sind alle für dich da. Pedro, ich … auch Kati, wenn du das möchtest.«

Jo schluckte.

»Ich kann nicht«, sagte er mit erstickter Stimme.

»Schon gut«, erwiderte Ute nachsichtig und tätschelte ihm den Arm. Sie stand noch eine Weile neben ihm. Dann wandte sie sich um und ging.

Jo starrte auf Sergejs Grab. Das Bild vor seinen Augen begann zu verschwimmen.

Und mit einem Mal liefen ihm die Tränen über die Wangen.

ANMERKUNGEN

Die in diesem Buch enthaltenen Personen und Begebenheiten sind frei erfunden.

In »Der Tote im Weinberg« habe ich eine zweite Zeitebene eingebaut. Dabei habe ich versucht, die Ermittlungen im Jahr 1944 so authentisch wie möglich darzustellen, habe mir aus dramaturgischen Gründen jedoch auch an der einen oder anderen Stelle künstlerische Freiheiten genommen. Historiker unter meinen Lesern bitte ich, mir dieses nachzusehen. Die Recherchen zu Mordfällen Ende 1944 beziehungsweise Anfang 1945 waren für mich überaus spannend, da ich dafür einen Einblick in echte Mordakten nehmen konnte. Erstaunt hat mich, dass aus dieser Zeit und vor allem aus der Region Rheinland nur noch sehr wenige Akten zu Mordfällen erhalten geblieben sind. Überraschend war für mich zudem, wie gründlich die Polizei selbst in der Endphase des Krieges ermittelt hat, auch wenn nicht alle Mordfälle aufgeklärt werden konnten.

DANKSAGUNG

Sehr herzlich bedanke ich mich bei allen Mitarbeiterinnen und Mitarbeitern des Gemeiner Verlags und insbesondere bei meiner Lektorin Claudia Senghaas für die gute Zusammenarbeit.

Bei den Recherchen zu den Mordfällen 1944 beziehungsweise 1945 haben mich eine Reihe von Personen großartig mit Recherchetipps und Literaturhinweisen unterstützt. Mein Dank gilt insbesondere: Prof. Dr. Patrick Wagner vom Institut für Geschichte der Martin-Luther-Universität Halle-Wittenberg, Dr. Wolfgang Schulte von der Deutschen Hochschule der Polizei in Münster, Dr. Thomas Grotum von der Universität Trier, Dr. Walter Rummel, Leiter des Landesarchivs Speyer, Dr. Bastian Gillner vom Landesarchiv Nordrhein-Westfalen Abteilung Rheinland, Birgit Brahm vom Landeshauptarchiv Koblenz sowie bei Sabine Bender vom Landesarchiv Speyer. Bei ihr möchte ich mich zudem für das interessante Gespräch und die Einblicke in die Tätigkeit eines Landesarchivs bedanken.

Die Prüfung der rechtsmedizinischen Aspekte hat wieder Dr. Dorothea Hatz vom Institut für Rechtsmedizin der Universitätsmedizin Mainz übernommen, wofür ich mich an dieser Stelle sehr herzlich bedanken möchte. Da Doktor Walter bisher nur kurze Auftritte hatte, habe ich ihm auf speziellen Wunsch von Dorothea im aktuellen Krimi mehr Platz eingeräumt. Ich hoffe, dass seine Ausführungen zum Thema Kreuzigung nicht zu plastisch ausgefallen sind.

Großen Dank schulde ich auch meinen Korrekturlesern Christiane, Jana, Matthias und Ralf für ihre konstruktive Kritik und ihre wertvollen Anregungen; dies gilt insbesondere für Matthias und seine Anregungen zum Thema »Cliffhanger«.

DAS REZEPT

Nachfolgend finden Sie das Rezept für ein Drei-Gang-Menü, das Katja Mailahn zusammengestellt hat. Es freut mich, dass es mir gelungen ist, diesmal eine Köchin für das Rezept im Buch zu gewinnen. Katja Mailahn ist eine wunderbare Köchin, die in Vendersheim das Privatrestaurant & Kochschule Fachwerk im Eulengarten betreibt. Ihr Ziel ist es, kreativ zubereitete Gerichte mit regionalem und internationalem Einfluss zu servieren. Ich hatte das große Vergnügen, bereits einige Kochkurse bei Katja zu besuchen. Sie liebt es, immer wieder Neues auszuprobieren und einem innovative Ideen für die Küche an die Hand zu geben.

Viel Spaß beim Nachkochen!

*

Vorspeise
Dreierlei von Saibling und Landgurke
Zutaten je 8 Portionen
Zubereitungszeit 120 Minuten

Saiblingstatar mit Gurkensalsa

Zutaten
250 g frische Saiblingsfilets, ohne Haut und Gräten
1 halber Bund Schnittlauch
Fleur de Sel

Pfeffer

2 EL Zitronensaft

2 El Traubenkernöl

1 kleine Landgurke, gewaschen, mit Haut, auf der Brot-
maschine der Länge nach zu 2 mm dicken Scheiben
geschnitten

Sprossen, Friséesalatästchen oder Shizokresse

150 g geputzte Landgurke, geschält und entkernt

1 EL Öl

1 EL Biolimettensaft

20 g rote Zwiebel, feinst gewürfelt

1 halbe rote Chilischote, entkernt und feinst gewürfelt

Salz

Zucker

Zubereitung

Haut: Wenn der Fisch selbst filetiert wird, die Saiblingshaut aufbewahren. Haut zwischen zwei Lagen Backpapier
auf ein Backblech legen und mit einem weiteren Blech
beschweren. Im vorgeheizten Backofen bei 160 C (Ober-/
Unterhitze) 25 Minuten lang kross werden lassen.

Tatar: Saiblingsfilets fein würfeln. Schnittlauch in feine
Röllchen schneiden. Fischwürfelchen mit Schnittlauch, Salz,
Pfeffer, etwas Zitronensaft und Öl abschmecken.

Gurkensalsa: Öl und Limettensaft verrühren. Gurken-
und Zwiebelwürfel sowie fein gehackte Chilischote unter-
heben. Mit Salz und einer Prise Zucker würzen.

Anrichten: Tatar und Salsa: Gurkenscheiben zu 16 Kreisen (3 – 4 cm Durchmesser) ausstechen. Je einen EL Tatar
darauf geben und mit einer weiteren Gurkenscheibe abdeckeln. Mit Sprossen, Salat oder Shizokresse garnieren und
bis zum Servieren kalt stellen. Salsa in kleinen Gläschen
(z. B. Schnapsgläschen) anrichten.

Gebeizter Saibling
mit Holunder-Caipirinha-Creme

Zubereitungszeit 35 Minuten, zuzüglich mind. 24 Stunden Marinierzeit

Zutaten
250 g gebeizte Saiblingsfilet-Scheiben

Caipirinha-Creme
1 Bio-Limette
20 ml Rohrzuckerschnaps
3 EL Holunderblütensirup
4 EL Crème fraîche
4 EL Traubenkernöl
Fleur de Sel (feuchtes Meersalz),
Pfeffer

Holunderblütenbeize
1 EL Fleur de Sel
5 Stängel Dill
1 halber Bund Kerbel
Abrieb von einer Biolimette
1 halber TL weiße Pfefferkörner
1 halber TL Koriandersaat
1 EL Wacholderbeeren
40 ml Holunderblütensirup
2 EL Rohrzuckerschnaps

Holunder-Caipirinha-Creme: ½ TL Limettenschale abreiben. Dann die Limette halbieren und auspressen. Die Limettenschale und etwas Saft mit dem Holunderblütensirup und dem Rohrzuckerschnaps verrühren. Die Crème fraîche unterrühren und mit Salz und Pfeffer würzen. Achtung, die Creme soll flüssig vom Löffel laufen, aber nicht zu dünnflüssig sein. Vorsichtig abschmecken.

Gebeizte Saibling: Wer möchte, lässt sich das Fischfilet vom Händler in Scheiben schneiden. Diese von eventuell noch vorhandenen Gräten befreien und nebeneinander in eine passende Form geben. Kräuter grob hacken. Gewürze im Mörser groß zerstoßen. Kräuter und Gewürze mit dem Salz mischen und den Fisch damit einreiben. Rohrzuckerschnaps und Holunderblütensirup verrühren und über den Fisch geben.

Eine Beize ist wirklich ganz einfach herzustellen. Sie entzieht dem Produkt das Wasser und machte den rohen Fisch haltbar, wunderbar weich sowie herrlich aromatisch. Eine »trockene Beize« ist eine Mischung aus Salz, Zucker, verschiedenen Gewürzen und Kräutern, die vor dem Servieren wieder abgestreift wird. Der Zucker wird in diesem Rezept durch den Holunderblütensirup ersetzt, der in Verbindung mit dem würzigen Schnaps den Fisch zusätzlich aromatisiert.

Die Form mit Frischhaltefolie und einem weiteren Teller oder Brett abdecken, beschweren und im Kühlschrank über Nacht beizen (maximal 24 Stunden). Vor dem Servieren die Beize gründlich vom Fisch streifen.

Anrichten: Saiblingsscheiben zu einer Blüte formen und auf einen Aperitivlöffel oder einen kleinen Teller setzen. Je einen TL Caipirinha-Creme in die Mitte der Saiblingsblüte geben. Mit Kräutern, Sprossen oder Kresse garnieren; bis zum Servieren kalt stellen.

Gebratener Saibling auf Gurkengemüse

Zubereitungszeit 30 Minuten

Zutaten
800 g Saiblingsfilet, mit Haut und sauber entgrätet
Salz
Pfeffer
1 kg Landgurken
100 g Gemüsezwiebeln, fein gewürfelt
1 Bund Dillkraut mit Blüten
10 EL Butter
2 EL Honig
5 EL Wermut
400 ml Gemüsefond
1/2 EL gelbe Currypaste (Asiamarkt)
Distelöl zum Braten

Zubereitung
Gurken schälen und halbieren. Das Kerninnere mit einem Löffel oder Melonenkugelformer entfernen, dann in 5 mm dicke, schräge Stücke schneiden. Dillkraut mittelfein hacken. Einzelne Blütenästchen sollen noch zusammenhängen.

Zwiebeln in 5 EL Butter glasig anbraten, Wermut und Honig dazugeben bis die Flüssigkeit eine bräunliche Färbung annimmt. Currypaste gut einrühren und auflösen. Gurkenstücke dazugeben und ebenfalls glasig und noch sehr bissfest angehen lassen. Fond angießen und sämig einkochen, 3 EL Butter hinzufügen. Gurken salzen, pfeffern und den Dill dazugeben.

Die Saiblingsfilets rundherum mit Salz und Pfeffer würzen. Eine beschichtete Pfanne stark erhitzen, Öl dazugeben und heiß werden lassen (das geht jetzt sehr schnell).

Den Fisch darin auf der Hautseite 3 Minuten knusprig braten, gegebenenfalls mit einer Metallpalette in der Pfanne flach drücken (oder einem pfannengroßen Topf beschweren), damit sich der Fisch nicht zu sehr wölbt. Wenden, die restliche Butter (2 EL) zugeben und kurz auf der Fleischseite fertig garen. Das dauert ca. 1 – 2 Minuten. Der Fisch darf im Kern eher glasig als trocken durchgebraten sein.

Anrichten: In tiefe, vorgewärmte Teller mit breitem Rand das Gurkengemüse füllen und darauf mittig mit der Hautseite nach oben den Saibling setzen. Wenn vorhanden, einen langen Streifen krosse Saiblingshaut parallel zum Fischfilet auf den Tellerrand legen. Zusätzlich Saiblingstatar und Gurkensalsa sowie gebeizter Saibling und Caipirinha-Creme auf dem Rand anrichten.

✢

Hauptgang
Perlhuhn in Rieslingrahm, Lauchnudel-Nestchen, glasierte Perlzwiebeln
Zutaten je 8 Portionen
Zubereitungszeit 80 min

Zutaten
2 Perlhühner à 1,5 kg, je in 6 – 8 Hühnerteile zerlegt:
2 Keulen nochmals geteilt ergeben 4 Stücke, sowie 2 Flügel und 2 Bruststücke am Knochen. Das macht auf Vorbestellung bereits der Geflügelhändler. Hühnerbrust auf dem Knochen lassen und so garen. Das ergibt die feinere Soße und das saftigere Brustfilet.
500 ml Riesling
500 ml Hühnerfond (siehe Grundrezepte im Anhang)
2 Schalotten, fein geschnitten

1 Lorbeerblatt

1 Sträußchen Thymian

2 Knoblauchzehen

Salz

Pfeffer

Geklärte Butter (Butterschmalz, Ghee) zum Braten

Butter

2 EL Mehl

300 ml Creme double

Salz

Pfeffer

Glasierte Perlzwiebeln

pro Person 4 – 5 kleine Perlzwiebeln

200 ml roter Portwein

100 ml Geflügelfond (Grundrezepte siehe Anhang)

5 Lorbeerblätter

2 EL brauner Zucker

3 EL Balsamessig

Lauch-Nudel-Nestchen

3 Stangen Porree (Lauch), ohne die äußere harte Blatt-
schicht, gewaschen, geputzt und der Länge nach in feine
Streifen (etwa so breit wie die verwendete Pasta) geschnitten

700 – 800 g schmale Bandnudeln (getrocknete, harte
Nudeln)

oder 1,4 kg frische Pasta

Salz

Butter zum Einfetten des Backbleches

Zubereitung

Hühnerteile waschen, mit Küchenkrepp gut trocken tupfen, salzen, pfeffern. Dann in einem Schmortopf (mit dickem Boden und passendem Deckel) portionsweise auf der Hautseite in geklärter Butter oder Butterschmalz anbraten und wenden. Wenn die Teile eine satte goldbraune Farbe haben, überschüssiges Fett abgießen. Einen EL Butter dazugeben, die Schalotten hinzufügen und mitbraten. Alles mit Mehl bestäuben, Fleischstücke wenden und mit Riesling ablöschen. Diesen etwas einkochen lassen, dann die Brühe sowie Thymian, Lorbeerblatt und den in der Schale zerdrückten Knoblauch dazugeben.

Im geschlossenen Topf für 45 Minuten bei mittlerer Hitze schmoren lassen. Nach 25 – 30 Minuten die Bruststücke herausnehmen, sonst übergaren sie. Im Ofen bei 60 °C (O-/U-Hitze) warm halten bis kurz vor dem Servieren.

Um festzustellen, ob die Perlhuhnteile schon gar sind, Mit einem Holzspießchen in die dickste Stelle der Brust oder in einen der übrigen Teile stechen. Tritt klare Flüssigkeit aus, ist das Fleisch gar, tritt blutige Flüssigkeit aus, muss es weitergegart werden.

Wenn das Huhn gar ist, die Stücke mit der Brust im Ofen warm halten. Soße durch ein Haarsieb in einen kleinen Topf passieren. Mit dem Schneebesen etwas Creme double unterrühren, die Soße abschmecken und wenn sie zu flüssig ist, weiter einkochen und eventuell etwas Mehl-Butter unterrühren und einmal stark aufkochen.

Die Bruststücke vom Knochen lösen und in der Soße erhitzen.

Glasierte Perlzwiebeln: Zwiebelchen 1 Minute lang mit Schale in kochendes Wasser legen, dann in Eiswasser abschrecken. Danach lässt sich die Haut einfach abziehen.

In einem Topf Portwein und Geflügelfond mit Lorbeer

und Zucker zum Kochen bringen. Zwiebelchen dazugeben und 30 Minuten köcheln lassen. Wenn die Zwiebeln zart bis ganz leicht bissfest sind, Zwiebeln aus dem Sud nehmen und die Flüssigkeit offen einkochen lassen, bis sie die Konsistenz von sehr flüssigem Honig hat. Balsamessig und Zwiebelchen dazugeben und gemeinsam erwärmen.

Lauch-Nudel-Nestchen: Die Nudeln in kräftig gesalzenem Wasser al dente kochen. 3 Minuten vor Ende der Kochzeit die Lauchstreifen dazugeben. Die Nudeln mit dem Lauch abgießen. Einige Lauchstreifen zur Garnitur getrennt warm stellen.

Mit Hilfe einer Fleischgabel und eines Schöpflöffels pro Person ein hübsches Nudelnest aufdrehen. Die Nester auf ein leicht gefettetes Backblech geben und bei 60 °C im Ofen gemeinsam mit den Perlhuhnteilen unter Frischhaltefolie bis zum Servieren warm halten.

Anrichten: Brustfleisch in 3 – 4 gleichgroße Stücke portionieren. Pro Person 1 Stück Brust in die Mitte der vorgewärmten Teller auf ein Stück Keule setzen. Ein Nudelnest an den oberen Tellerrand platzieren. Mit etwas Lauchgrün garnieren. Die Perlzwiebeln am unteren Tellerrand arrangieren. Rieslingrahm über Fleisch und Nudeln schöpfen.

*

Nachspeise

Warmer Kirschauflauf (»Kirschenmichel«), Vanillesoße
und spontan angesetzter Rumtopf mit Sommerfrüchten
Zutaten je 8 Portionen
Zubereitungszeit 60 Minuten

Zutaten
Kirschenmichel

600 g Sauerkirschen, entsteint (frisch oder aus dem Glas)
120 g fein gemahlene, blanchierte Mandeln ohne Haut
250 g altbackene Milchbrötchen ohne Rinde oder Toast-
brot ohne Rinde
250 ml Milch
125 g Butter, zimmerwarm
Abrieb von ½ Bio-Zitrone
5 Eier, getrennt
180 g feinster Backzucker
4 cl Kirschbrand
Salz
1 TL Zitronensaft
8 kleine Auflaufformen (11 cm Durchmesser), gebuttert
und mit Zucker ausgestreut
Kirschen (frisch oder kandiert)

Vanillesoße

1 Päckchen Vanillepuddingpulver
Milch oder flüssige Schlagsahne
1 TL Abrieb einer Bio-Orange

Rumtopf

Weinsud
350 ml Muskateller
350 g Zucker

Abrieb von je ½ Bio-Orange
und einer ½ Bio-Limette
3 – 4 Zweige frischer Minze
2 Zimtstangen
2 Sternanis
1 Vanilleschote, Mark und beide Schotenhälften
5 EL braunen Rum

Früchte
Pro Person eine Rispe Rote Johannisbeeren
1 EL Blaubeeren
1 EL Walderdbeeren oder Himbeeren
1 EL polierte, entsteinte und geviertelte Mirabellen (nicht zu reif)
8 Weckgläschen à 160 ml mit Deckel und Klammern

Zubereitung
Für den Kirschenmichel die gemahlenen Mandeln in einer Pfanne ohne Fett leicht bräunen (Vorsicht, brennt schnell an!). Brot oder Brötchen gleichmäßig würfeln und ca. 10 Minuten in Milch einweichen. Danach Eigelbe, 130 g Zucker, eine Prise Salz, Kirschbrand und Butter in einer Küchenmaschine mit Schneideinsatz oder mit einem Pürierstab zu feinem Brei verarbeiten.

Eiweiß mit 1 Prise Salz und 1 Spritzer Zitronensaft in einer breiten, fettfreien Metallschüssel zu festem Eischnee aufschlagen. Beginnt die Eimasse steif zu werden, nach und nach die restlichen 50 g Zucker einrieseln lassen und mit aufschlagen. Den Eischnee vorsichtig mit einem Küchenspatel unter den Brei heben.

Frische Kirschen waschen, trocknen. Kirschen aus dem Glas gut abtropfen lassen und mit Küchenkrepp gut trockentupfen. Die Böden der Auflaufformen mit je einer Lage

Kirschen belegen. Die Teigmasse darauf geben (das obere Viertel der Formen frei lassen, da das Soufflé noch aufgeht beim Backen.) und im vorgeheizten Ofen ca. 15 Minuten bei 180 °C (Ober-/ Unterhitze) backen. Die warmen Kirsch-aufläufe sind locker-saftig, abgekühlt wird der gebackene Teig ziemlich fest.

Für die Vanillesoße Puddingpulver mit dem Orangenab-rieb mischen und in doppelt so viel kalte Milch oder Sahne als auf der Packungsbeilage angegeben einrühren. Aufko-chen lassen. Ist die Soße noch zu dickflüssig, noch etwas Milch oder Sahne hinzugeben und erneut aufkochen.

Muskateller-Wein mit Zucker aufkochen, bis der Zucker sich gelöst hat. Etwas abkühlen lassen und dann die Gewürze, Schalenabrieb und Minze hinzugeben. Den Weinsud abge-deckt 2 – 3 Stunden ziehen lassen. Durch ein Sieb passieren und den Rum dazugeben.

Die geputzten und handverlesenen Beeren schichtweise mit dem Esslöffel in ein Weckglas geben. Mit Wein-Rum-Sud auffüllen, nach Belieben mit einem weiteren Minze-zweig garnieren, abdeckeln und mit den Klammern ver-schließen und servieren. Den Sud kann man auch einige Tage vorher zubereiten und gut verschlossen im Kühlschrank aufbewahren.

Anrichten: Warme Kirschtörtchen mit einem Messer aus den Formen lösen und auf einen tiefen Teller setzen. Mit Puderzucker bestäuben und Kirschen dekorieren. Vanille-soße angießen. Den Rumtopf gekühlt separat dazu reichen.

*Weitere Titel finden Sie auf den
folgenden Seiten und im Internet:*

WWW.GMEINER-VERLAG.DE

Rasante Mörderjagd

Christof A. Niedermeier
Tödliches Sushi
Kriminalroman
408 Seiten, 12 x 20 cm
Paperback
ISBN 978-3-8392-2347-5
€ 13,00 [D] / € 13,40 [A]

Brutaler Mord auf der Loreley. Ein japanischer Geschäftsmann wird enthauptet aufgefunden. Wer ist der unheimliche Killer und warum hat er den Kopf als grausige Trophäe mitgenommen? Am Abend war der Tote noch bei Jo Weidinger im Restaurant zu Gast. Der junge Küchenchef ist tief erschüttert und beginnt auf eigene Faust zu ermitteln. Doch die Uhr tickt, denn schon bald wird der nächste Japaner kaltblütig ermordet. Offenbar verbirgt sich hinter den grausamen Taten ein uraltes Geheimnis, das Jo bis nach Japan führt …

SPANNUNG

GMEINER

WWW.GMEINER-VERLAG.DE
Wir machen's spannend

Tod im
Rotweinparadies

© travelpeter/
shutterstock.com

Gabriele Keiser
Ahrweinkönigin
Kriminalroman
345 Seiten, 12 x 20 cm
Paperback
ISBN 978-3-8392-2493-9
€ 14,00 [D] / € 14,40 [A]

Pfingstweinmarkt im Ahrtal: Alljährlich wird an diesem
Freitag die neue Ahrweinkönigin gekürt. Das ersehnte
Krönchen gewinnt die charmante Melanie Dellinger aus
Ahrweiler, für die ein langgehegter Traum in Erfüllung
geht. Kurze Zeit später wird die junge Frau tot aus
der Ahr geborgen. Schnell fällt der Verdacht auf ihren
früheren Freund Robin. Oder sollte eine der rivalisie-
renden Weinkönigin-Anwärterinnen die Konkurren-
tin auf dem Gewissen haben? Das Team um Franca
Mazzari rätselt lange, bis sich eine heiße Spur auftut …

GMEINER SPANNUNG

WWW.GMEINER-VERLAG.DE
Wir machen's spannend